读客® 知识小说文库

读小说，学知识

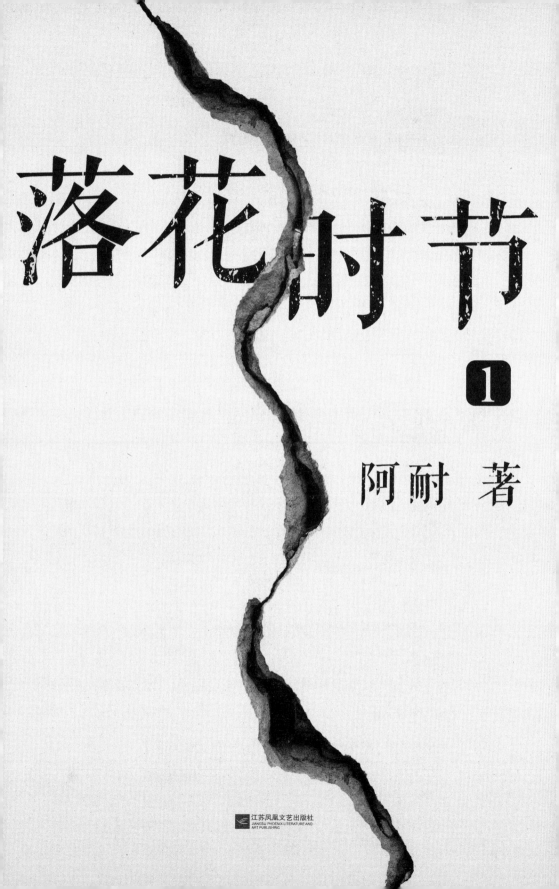

落花时节 ①

阿耐 著

江苏凤凰文艺出版社
JIANGSU PHOENIX LITERATURE AND
ART PUBLISHING

图书在版编目（CIP）数据

落花时节：全4册 / 阿耐著. — 南京：江苏凤凰
文艺出版社，2021.8
ISBN 978-7-5594-5853-7

Ⅰ.①落… Ⅱ.①阿… Ⅲ.①长篇小说－中国－当代
Ⅳ.①I247.5

中国版本图书馆CIP数据核字(2021)第077722号

落花时节：全 4 册

阿 耐 著

责任编辑	丁小卉
特约编辑	谢梓麒
装帧设计	刘小梅
封面图片	Pappamaart
责任印制	刘 巍
出版发行	江苏凤凰文艺出版社
	南京市中央路 165 号，邮编：210009
网　　址	http://www.jswenyi.com
印　　刷	三河市龙大印装有限公司
开　　本	680 毫米 ×990 毫米 1/16
印　　张	80.5
字　　数	1008 千字
版　　次	2021 年 8 月第 1 版
印　　次	2021 年 8 月第 1 次印刷
标准书号	ISBN 978-7-5594-5853-7
定　　价	199.00 元

江苏凤凰文艺版图书凡印刷、装订错误，可向出版社调换，联系电话：010-87681002。

第一部

目录 Contents

第一章
重 逢

高教园区里，一家名叫"西三"的数码店等着十一点十八分开业。店门口是一帮训练有素的工作人员在做最后的整理，举凡花环门、气球门、红地毯、拉花、花篮等庆典该有的东西一样不落，密集的热闹铺满连绵十来个大橱窗的门面，花团锦簇地昭示该店的实力。

店老板田景野叉腰站门边只是看着，基本不用指点。他穿一身鲜嫩的湖绿色西服套装，那种鲜嫩与他皱纹遍布的黑瘦脸庞颇不相称，谁经过都会忍不住别扭地看他一眼。即使在花团锦簇的庆典场合，他的衣着依然滑稽得招人眼球，只要看清他的脸，谁都会在心中暗笑：这老板准保是刚洗净泥腿的暴发户。

田景野并不在乎别人的眼光。他脸上淡淡的，甚至像是没睡醒，但敛在单眼皮下的小眼睛精光四射地看着不远处一辆锈迹斑斑的小面包车慢慢靠近。等面包车慢慢地穿过自行车道，打算蛮横地奔着摆满花篮的路阶轧过去时，田景野才快步走过去，老远就冲着拉开的车窗里伺机寻衅的几个小瘪三喊道："兄弟，帮忙，帮忙……"

车是停住了，险险地没轧到花篮，但车里的小瘪三奇道："干吗，路是你家的？不让停车？谁规定的？"

田景野皮笑肉不笑地扔两包中华进去，道："阿才哥里面交的好朋友田景野刚定的规矩嘛。"

小瘪三惊道："哟，田哥，是田哥。"连忙将手里的两包烟塞回去，"田哥，大水冲了龙王庙，我们兄弟几个刚从老家回来，还没去才总那儿报到……"

"呵呵，回吧。"田景野摆手打断小瘪三，将香烟推回去，便转身走开了。

他身后，几个小瘪三逃命似的将小破面包车开走了，油门踩得杀鸡似的尖叫。

不远处的一辆黑色吉普指挥者里，姐姐宁宥这才放开压在弟弟宁恕肩上的手，笑道："我怎么说的？即使把田景野扔到寸草不生的花岗石山里，他照样活得活蹦乱跳，区区小事难不倒他。"

宁恕敲着方向盘皱眉道："你看他穿的是什么啊，还有这些艳俗装饰，他老皮老脸，还走小清新路线？"

宁宥抿嘴一笑："大学城里小清新多啊。你回吧。"

"我跟田哥打个招呼。"宁恕边说边下车，很自觉地绕过车头替刚下车的姐姐将车门关上。

宁宥本想嘲笑宁恕一下，可扭头见田景野笑嘻嘻地迎过来，只得放过宁恕，飞快换上一副惊讶的表情，轻轻软软地吐声儿，一点儿不怕急急赶来的田景野听不到，只怕丢了自己怯生生一段文雅秀气："田景野，你又闹什么花样？帮你做布置的是婚庆公司吗？"

田景野一张睡不醒的脸这会儿笑得满脸皱纹，没心没肺地涎皮赖脸道："没错，据说是全市排名第一的婚庆公司。等会儿嘉宾都走红地毯，钻花环门，撒玫瑰花瓣，哈哈。我们班同学早年结婚没一个大操大办的，我今天全替你们补上。我这身打扮，小丑吧？给你们当司仪。"

宁宥抿嘴而笑，刚刚因惊讶而微微圆睁的双目笑得弯如新月，此时眼角才显出若隐若现的细纹来。到底是人到中年了，再好的保养也敌不住岁月雕琢。可她笑得如此柔美，田景野看得一愣，立刻下意识地转开眼去，这才留意到跟在宁宥身边的宁恕。他脑子稍微一转，便知来者是谁，他是真的吃惊："宁恕？你不是在北京高就吗？回来了？啧啧，这身帅气，肯定什么五百强中坚吧，你们姐弟都是五百强高层的料。我这路边小店开门，就等着你们这种白领——不，金领，来帮我撑撑门面，免得一屋子都是乡下土财主味儿。"

宁宥道："你才五百强高层，你们全家都是五百强高层。有谁比我早到？"

宁恕诚恳地抱拳道："恭喜田哥新店开业。我以后就回家发展了，请田哥关照。"

田景野伸手压下宁恕的抱拳，笑道："这么郑重干什么？你是宁宥的弟弟，就是我的弟弟。宁宥，你还记得吗？当初你上高一，宁恕上初一，你们姐弟俩一起去学校报到，是我替你们拉的行李。想不到宁恕现在出落成个大帅哥，我快认不出来了。"

宁宥轻轻柔柔地微笑道："田景野，您贵庚？别以为憋出一张老脸皮就有资格倚老卖老，在宁恕面前也不行。宁恕，你回去上班，回头等田景野不忙了，你再来找他玩。"

田景野紧紧握着宁恕的手晃了晃，笑道："是啊，宁恕，你走吧，明天开始我就闲了，你随时过来找我玩，我们玩。"

宁恕却仿佛没听见田景野一口一个玩，礼数周全、彬彬有礼地与田景野告别。

田景野借着送宁恕，脸朝宁恕方向递着笑容，嘴却对着宁宥一五一十地如实交代："实际上是十一点十八分正式开业，要要要发。但我现在的朋友三教九流都有，你肯定不喜欢，就特意请你早来一步，虽然知道你大清早从上海赶来很辛苦。我领你里面看看去，咱走红地毯？"

宁宥又笑。她似乎总在笑。她挑了挑眉毛，欲言又止，又一笑，转身袅袅娜娜地沿着红地毯进店去了。

她身后的田景野毫不犹豫地掏出手机狂拍那女性味十足的背影。

可螳螂捕蝉，黄雀在后，等宁宥走进店门拐了弯，田景野刚想收起手机，身后传来不紧不慢但权威十足的声音："田景野，你犯规。把相片都传到我邮箱，你手机清空。立刻，马上。"

田景野"嗷"一声回头，能这么命令他的，还能是谁呢？当然是高中做了他三年班长的简宏成。他当即依言飞快地操作手机，将照片传到简宏成邮箱，又当着简宏成的面将自己手机内存里的照片清空。但他手指翻飞时，做了手脚。他赌简宏成这大爷操作手机肯定不灵。事实是，简宏成即使眼睁睁看着，还是被田景野陈仓暗度了。田景野一边还不忘笑问："班长，你不是该在达沃斯或者博鳌吗？"

"你开这个店，我怎么可能不飞来捧场？现在还早，你忙，我帮忙。"可简宏成嘴上这么说，等面前一列婚庆公司的工作人员搬着花篮走过，他立刻大步流星奔店里而去。

田景野只得赶紧跟上。

宽敞的店堂里，一眼望去，都是年轻的店员在做最后打扫，却不见才刚先一步进来的宁宥。简宏成失声大喊："宁宥！宁宥？"

田景野也四处张望，他不像简宏成东奔西突地乱找，而是熟门熟路地穿过店堂，直奔办公室。果然，后门还在轻晃，宁宥显然是从这儿走了。他愣了会儿，失落地走回，对简宏成大声道："别找了，后门跑了。你俩王不见王的，早知道你来，我就不通知她了，白害她清早从上海赶来。"

简宏成站住，却依然不死心地两眼扫视橱窗外面，悔恨刚才没抢快一步。等田景野嘀嘀咕咕地走近，简宏成焦躁地问："她现在怎样？"

"老样子。"田景野回答得很简单，又立刻跟上一句，"陈昕儿现在怎么样？怎么没跟你一起来？"

简宏成道："她……带孩子在加拿大坐移民监。宁宥……"

田景野完全不打算让简宏成继续打听宁宥，继续盯住了问："你还不打算跟陈昕儿结婚？"

简宏成最初被宁宥的逃离搞得心烦意乱，反而田景野的逼问让他脑袋转向，抓回智商："对了，我在纳闷你开这么大店面的投资。"

田景野微微思索了一下，才道："你是明眼人，不瞒你。我吃那么多苦头，硬是一字不招，硬是坐足三年大牢，他们需要对我有所表示。"

"可是像你这样的金融奇才开这种批零店？"简宏成伸手重重戳着柜台，"我连夜赶来，是想赶在你开张前最后问你一句话，你是因为拮据而被迫做谁的白手套，还是你自愿，从此索性破罐子破摔？如果是被迫，你我立刻商量个对策，由我支持你。"

田景野有些郁闷："这么明显？"

简宏成一边越权指挥一个店员将一盆发财树挪走，仿佛他才是数码店的老板，一边道："别人或许看不出，我了解你，你不是安于守个门面一进一出做个批零生意的料。招吧。"

田景野犹豫了会儿，道："没你想的那么简单。晚上你不走吧？我晚上空下来跟你好好谈。你如果肯入股，我就少很多约束。跟傻蛋合作是我最不愿意的事，偏傻蛋会投胎，钱多就以为有资格指手画脚出低级主意。现在你找个地方睡觉去，别想宁宥了，好好想想陈昕儿，人家无怨无悔跟你那么多年，连孩子都给你生了，给她个名分你会死啊。"

简宏成若无其事地一笑："好吧，我睡觉去，回头去曹老师家吃个饭。你忙。啊，忘了，恭喜发财，兄弟。"

田景野笑道："我都懒得劝你直接去宾馆，知道你肯定得绕着本小店找上一个小时才会死心。走吧，走吧。"

等简宏成一走，一直远远站着的田景野的大侄子才机灵地跳过来，小心地问："那位就是你班长？"

田景野点头："是啊，我坐三年牢，别人避嫌，不敢去探监，只有班长和刚才那个宁宥去看我。连你爸我亲哥哥都还嫌远呢。"

大侄子小田颇为尴尬。

宁宥并未走远。她一看见简宏成的身影，便条件反射似的只想到逃跑。可她在路边招出租车时，接到丈夫郝青林单位打来的十万火急的电话。她一时没有心思想别的，正好看见对面一家星巴克开着门，便想都没想穿街而过，找个僻静位置坐下，赶紧电话回拨，一时也顾不得她最厌恶的披头散发了。

电话一接通，她便急着道："是的，是的，我坐下了，星巴克。请您说吧，郝青林出什么事了？"一边手忙脚乱地掏出纸笔准备记录。这是她的风格。

对方稳重地道："检察院的同志一早过来，从我们局带走几位同志，郝科也在其中。我负责通知家属，有什么疑问，你尽管问我。"

宁宥震惊了。她以为丈夫出了什么事故，想不到更严重。她颤抖着在笔记本上记录内容，却不知道问什么才好，神经质地问了对方的各种联系方式，以便回头联络之外，只有放下电话发呆。可她发呆没超过十秒，便打开手机，输入搜索主题，"检察院""双规""纪委"等。她对那些机构只有模模糊糊的印象，谁平日里没事去弄清那些东西呢？可心慌意乱之下，看什么都进不了脑子，她就是神经质地一直在搜索着消息。

果然不出田景野所料，简宏成从后门出去，便沿街一家店一家店地搜。时间还早，好几家店还没开门。星巴克是好大一个目标，简宏成搜到十字路口，便过街直奔星巴克。他有感应，进门就一眼看向宁宥所在的方位，果然看到揪着头发、面红耳赤的宁宥。但眼前的宁宥让简宏成吃惊，印象中宁宥一直笑眯眯的，静静的，娇娇的，刚才看背影也好好的，怎么忽然变成这样？他一时竟然胆怯了。他觉得宁宥是因为被他突袭才变成眼前这样，他怕再次冲撞她。他这辈子怕的只有这一个人。

可宁宥已经抬头看见了他。宁宥眼神中的恍惚与无助让他心头如针刺。简宏成豁出去了，大步过去坐到宁宥对面："出什么事了？告诉我，我替你解决。"

既然被逮个正着，宁宥便不再回避简宏成的逼视。她也看着简宏成，这个中年发福的男人，这个久违的不知该如何形容的男人。宁宥用颤抖的手将笔记本和笔收进包里，最后是手机，什么都没落下，然后一言不发地起身，走了。

可她的一口真气只维持到门口。正好一个莽撞小子摔门出去，门反弹回来，打中看似镇静的宁宥的鼻梁。虽然不重，可微微一阵酸痛，逼出顺势而下的眼泪。

跟在宁宥身后的简宏成不知所措，伸伸手，又缩回去，但又伸出去，帮宁宥推开门，让她出去，慌乱得如同大男生。出门后，宁宥在前面走，他在后面跟，两人都不说话。

数码店门口，一批批的朋友开始到达，田景野与大家握手嬉笑。上午十一点十八分，店堂的四面八方响起提醒的铃声，田景野亲手点燃门口长长的一挂鞭炮。烟火与飞溅的红纸屑在他面前飞舞，他有一时的走神，一脸的严肃。但他很快便遮掩过去，又与众人笑闹成一团。

简宏成从未想过，会有那么一天，鼓动喉舌是如此费劲。他都不知该如何与宁宥打招呼才算体面大方又不会吓走宁宥。他也不急于赶上去与宁宥并行，以更好地看清她的脸。不急，因为他刚才已经在咖啡馆看清她，依然是他心中眼波欲流的林妹妹。多少女人结婚成家后，两只眼睛便变成蒸熟的带鱼的眼珠，宁宥不同，宁宥的眼睛里依然有水波涟漪。即便是宁宥用的香水也非常迷人，他的鼻炎鼻子一向对香水反感，却对宁宥的香水来者不拒。他漫无目的地跟着，越走越是欢快，好情绪如同宁宥身上传来的香水味将他抱拥，他只希望此路漫漫无绝期。

宁宥走在前面，也不知哪来那么多眼泪，是郝青林的事儿彻底刺激了她吧。她不在乎后面有简宏成看着，低头自顾自优雅地笃悠悠地走，右手的纸巾轻轻地拭去眼泪、鼻涕，便落到左手卷起来收着，连高跟鞋细如钉子的鞋跟都精准地绕过各处人行道的陷阱，绝不显露一丝心中的慌张。等终于见到一只路边垃圾桶，她才站住，将濡湿的纸巾丢入，背着简宏成掏出小镜子审视泪脸。她一向化妆不多，因此，流几滴眼泪对妆容并无大影响，最多是鼻梁上几粒俏皮的雀斑终于得见天日。可细致的她依然从包里掏出硕大墨镜将脸掩上一半。

看清宁宥是在招呼出租车，简宏成走前一步，干咳一声后才道："我的车子就停在田景野店门口，我让司机开过来让你差遣。"

宁宥视其若无物，却正是如此，简宏成反而欣赏不已。多年不见，只是从同学们嘴里听说宁宥的一切，他心中的宁宥犹如拼图缺角，每每搅得他心烦意乱。眼下这一只角近在眼前，简宏成心中无比踏实。但他显然不是容易满足的人，等一阵子的刺激稍微平复，他便蠢蠢欲动，不等宁宥在白眼之外再赏赐他其他的坏脸色，便又清清嗓门道："你无论遇到什么难题，都可以告诉我，我帮你解决。"

宁宥稍微走开几步，继续专心打车。可惜这是城乡接合部，出租车连影子都罕见。宁宥心中暴跳如雷，可脸上再也不露一丝情绪。见简宏成开始打电话呼叫他的司机，她也终于等不住了，打开手机，接通她公司的总经理："宋总，不好意思直接打搅您。我先生与他几个同事今早一起被检察院叫去，我第一次遇到这种事，六神无主，不知道作为家属需要做什么，有没有什么特殊程序，唯一想到的是找您。"

令宁宥宽心的是电话那头宋总的表态："你安心，可能未必有什么大事。你把你先生的姓名等资料传给我，越详细越好，我替你问问。我会让人指点你做什么、怎么做，你安心工作，别轻举妄动。"

简宏成见宁宥脸色稍微一松，对着电话连说感谢，他不客气地道："我不是故意偷听。公务员犯事，有纪委或者检察院，一般外围调查，结果够刑事的，就检察院直接出手。你别侥幸。再说我早先也想过这事，两年前郝青林凭什么维持婚外情，他工资卡上的收入要上交，就必然要找外财。聪明点儿的打擦边球，笨蛋除了犯法还能做什么。他犯事是为了维持婚外情，为那种人着急，你何必。"

简宏成只要心智恢复正常，就依然是能看透人心、肝、肺的简宏成。宁宥被他戳得脸色煞白，倒吸着气道："你少管闲事。"

简宏成却忽然别转脸去，躲开宁宥墨镜后面的飞刀眼，开腔唱起。他五音不全，唱得滑稽，可那调门是宁宥最熟悉的："侬今葬花人笑痴，他年葬侬知是谁。一朝春尽红颜老，花落人亡两不知。"

宁宥傻了。

那年高考前夕，同学们都在做最后冲刺。最后几天都是自习，走读的同学在家复习，住宿的在炎热的教室里挥汗如雨。

简宏成作为连任三年的班长，自然是当仁不让地担当起维持秩序的重任。但他最关注的人整个下午都没来。他耐心等了一个小时，便忍不住了，走过去悄悄问团支部书记陈昕儿："宁宥没来？点名就少她一个。"

陈昕儿却瞄简宏成一眼，脸一红，稍稍避开点儿，才扭头左右看看，有点儿结结巴巴地道："咦，怎么回事？不应该啊，我出来时又没见她午睡。我去寝室看看。"

简宏成果断道："你复习你的，我去看看。你这会儿还看语文干吗？你最缺的是数学。"

陈昕儿更是满脸通红。她轻声嘀咕了一句，但简宏成没耐心听她，而是大步走到田景野身后，一掌拍在藏抽屉下的武侠小说上，嘴巴凑到田景野耳边一字一句地道："回寝室看，别在这儿影响军心。"

田景野掩嘴而笑，立刻从善如流，收拾收拾跟简宏成出去，到了教室门外，才笑道："这不是怕你点名嘛。我琢磨着宁宥也是被你管烦了，躲寝室避难呢。班长，你要是能把宁宥捉回来，我保证放下古龙，考完再看。"

简宏成不以为然："你跟她比？切！"说完，甩下田景野，跳上自己簇新的自行车。田景野妄图揩油搭车，却拍马难及，索性找一处树荫钻进去，隐蔽地继续看他的古龙。这下，即使简宏成用心搜，也未必找得到他了。

当然，田景野知道，此时简宏成绝对没时间管他，简宏成此时的心里只有宁宥。简宏成也很不争气地完全被田景野猜中，飞奔到寝室区，一幢年代可追溯至民国的砖木结构老楼。暑假的寝室区人迹稀少，连门房都不知躲哪儿去了。简宏成顺利到达女生寝室二楼，顺利得简直不敢想象。当然，如果有门房在，他也照样顺利，他的脸在全校是通行证。

才刚拐出楼梯，简宏成便全身如触电似的呆了几秒，一缕细细的、跟他一样五音不全的声音从203室漏风的门板内传出，显然是宁宥在苦苦学习越剧唱段。反正简宏成也听不出有差，他只觉得如此柔美，如此娇嫩。他听得除了背手站在门口发呆，全忘了自己是来做什么的。门里只有一个她，门外只有一个他，整个世界仿佛只有两个人。而那歌词，宁宥反反复复练习的歌词，"侬今葬花人笑痴，他年葬侬知是谁。一朝春尽红颜老，花落人亡两不知"，虽然宁宥一唱到"红颜老"便卡壳，嗓门儿吊不上去，简宏成却听得如痴如醉，才发现他一直没耐心看到底的《红楼梦》原来是如此美。

宁宥显然是被自己的臭水平急出一头汗。她将抄本往床上一扔，拿起脸盆想去水房洗脸。她在门口的忽然现身，令简宏成猝不及防。他只觉得一阵羞惭涌出，几乎是条件反射似的猛然后退，没承想那民国栏杆经不住他的猛撞，竟然嘶哑地叫唤一声，"英勇就义"。简宏成直直坠落。幸好，楼下是茂密的黄杨树丛，他正正地落在树丛里。睁开眼，满眼乱晃的蓝天白云和骄阳。简宏成惊魂甫定，却又一眼看见宁宥战战兢兢地趴在二楼走廊地上看着他尖叫。他感觉到有一滴水落在他脸上。他下意识地伸手一抹，湿的，却又忽然想到什么，将手掌伸到眼前。没错，真是水。再看楼上，宁宥已经不见，而尖叫声转从楼梯口滚滚而来。"难道是宁宥的眼泪？"简宏成才想到这儿，立刻有一张脸遮住了蓝天白云和骄阳，更多的雨滴落在简宏成的脸上。简宏成激动得反反复复、愣头愣脑只会表态："我没事，真的没事，可我即使死了也甘愿，你竟然为我哭……"

如此肉麻，终于提醒了宁宥。她擦干眼泪，上下左右一打量，可不，颤巍巍的黄杨树好好地托举着简宏成，他怎么可能受伤？宁宥恼羞成怒，瞅准受力点，一脚蹬飞一条树枝，顿时支撑系统溃不成军。简宏成完全身不由己，狼狈地滚下树丛，趴到地上。再抬头，宁宥早扬长而去。简宏成却开怀大笑，在楼下放肆大喊："宁宥，有我！"

余音袅袅，尤其是路边的黄杨树丛犹如昨日。

简宏成的司机驾车飞奔赶来。简宏成拉开后车门，殷殷看着宁宥。宁宥发了会儿呆，才低头坐进车里，但将简宏成关在门外。简宏成遣走司机，甘为驾驶。

田景野数码店开张的鞭炮轰然响起，打破空旷的高教园区里的寂静，有斑鸠被惊吓得扑棱棱乱飞。车里的人静静的，等待鞭炮声止歇。简宏成等到归于寂静，才问："要不要回去支持一下田景野？"

这个问题，是宁宥必须回答的："不了，直接回上海。呃，请，谢谢。"

简宏成这才将车子发动起来："赶回上海找人吗？司法系统的捐客水深，你这种良民还是别去尝试，我替你介绍个好律师。"

宁宥淡淡地道："不用。我只是必须赶在小孩放学时站在校门口，必须是我第一个告诉他家里发生了什么。其他的，我无能为力。"

简宏成沉默了会儿，到一处红灯前停下车，坚决地道："跟他离婚，跟我结婚。"

宁宥完全不当回事地"呵呵"两声，靠在椅背上打盹，唯有嘴角稍稍牵动了一下，仿佛是笑。可简宏成压根儿没看到。

简宏成不屈不挠地道："陈昕儿不是问题。她是自由的，我也是自由的，她也从来很清楚。"

简宏成等了会儿。这回，宁宥连"呵呵"声都不给了。可简宏成既然好不容易逮到宁宥，自然不会放过这百年一遇的机会："经济方面，我们是成年人，我不会说'我的就是你的'这种空话，只要你答应，我当天无条件汇一千万元到你账户，保障你的生活，保障你的选择。此后，我列出资产，我们谈协议。"

预料之中的，简宏成又没等来任何答复。他在红灯前扭头看一眼，见宁宥抱臂而睡，嘟着嘴，也不知在想什么："好吧，还有你知我知，我永远爱你，你也爱我。这都不必再说，说了多余。可我担心你清高，以为跟钱一有牵连就是买卖婚姻，我……"

"Stop！"宁宥终于拍案而起，截断简宏成的自说自话，"我只提醒你一句，意守丹田，均匀吐纳，专心开车。要是下午三点之前赶不到我儿子校门口，我跟你没完。就这样，请继续。"

简宏成却得意地道:"我早知你在意我,这么多年,你依然记得我路盲,知道我再说下去肯定走岔路。好吧,我说完最后一句就闭嘴——我爱你,宁宥,我对你志在必得。这辈子,只要是我认准的,我从不放弃。"

宁宥再也淡定不起来,她早知只要遇到简宏成,就肯定无法避免这一幕,可她还是不知不觉昏头上了贼车。简宏成的言语完全不出她所料,而她也完全无法应答。答案,她无法说出口。她只得将脸扭向一边,借着飞驰而过的路边景色分散注意力。不由自主地,她无声地唱起越剧《红楼梦》里的"葬花",当年为赋新词强说愁,而今心中百般滋味,花已落,人未亡,怎生挨得这下半辈子。

简宏成却果真一路不再唠叨,只是非常兴奋,偶尔吹一下口哨,前一夜赶路的劳累似乎完全不在话下。

酒足饭饱,有几位朋友与田景野再回西三数码店,支起麻将桌码长城。田景野的手气不错,即使带醉上阵,依然连连得手,因此,接到陈昕儿来电时,有些不情不愿地退出位置。他原本是可以不退的,可陈昕儿关心地问这问那,诸如为什么叫西三、经营着什么产品、主导客户群是谁,等等,似乎挺懂营销的样子。田景野一个脑袋应付不了两头,只得专心接电话,被问得不耐烦了,就道:"呵呵,你知道的,我失业至今,朋友看我无聊,帮我开家小店面,让我玩玩。哪有什么规范啊,那是你们外企才讲究的事。"

陈昕儿笑道:"埋汰我呢,我是家庭主妇,问的问题很傻,是吧?唉,看到你玩开店,又忍不住手痒。"

田景野笑道:"让班长在加拿大开个公司,你一边坐移民监,一边管公司,就不无聊了嘛。"

陈昕儿道:"你难道不知简宏成?他是最恨把公司办成家族企业,

连偶尔我去接他，都不能靠近他们大楼。"

"哈哈，我不一样，我这儿办公室里还搓麻将呢。这么晚，你那儿半夜了吧，还不睡？"

陈昕儿道："想到你今天开门大吉，我想你这会儿该空一些了，赶紧来祝贺，要不然就迟了。田景野，恭喜发财哦。"

田景野满脸笑容可掬，可两只眼睛频频扫视麻将桌，急于回归。于是，他索性主动将陈昕儿打电话来的目的挑破："呵呵，班长刚才来，也说的是恭喜发财，你们还真是夫妻相啊，哈哈。他现在回宾馆睡觉，晚上我们再聊。同学里面最早来的是宁宥，但她远远看到班长来就闪了。你放心睡吧，两人没见面。"

"嗳，咳咳，我不是这个意思，别……"

田景野道："我虽然喝酒了，但还不至于醉，这话是我劝你的。跟了班长后，你的能力、你的自信跑哪儿去了？都已经给他生了儿子，有什么话不可以直说？光明正大查班长的岗有何不可？别好好一个人搞得小三一样。别人对你的态度往往是由你自己的言行决定的。这几年，我坐牢，看样子你混得比我更不如，你得反省。"

"我……"陈昕儿说不出话来，好一会儿才幽幽地道，"妾身未分明，名不正则言不顺。"

田景野差点儿一口黑血吐出，悻悻地道："也是，也是，是个难题哈。还不睡？"

陈昕儿既然已经获得答案，终于肯挂机了。田景野撇了撇嘴，再想想宁宥早上的样子，不禁为陈昕儿可惜。

田景野不知道陈昕儿是什么时候变成妾身未分明的不自信样儿的，即使简宏成气场再强大，也没必要在他面前做小媳妇状。当年初见陈昕儿，她那时仰着小脸，一脸骄傲呢。也是，考进一中的孩子，谁不翘翘尾巴呢，即使装个大尾巴狼，不知不觉翘个下巴总也情有可原。田景野心说，他当年何尝不是，被老爹教育着戒骄戒躁，可他怎么管得住自己？走路都两脚生着风。相比之下，陈昕儿才只是仰着个小脸，算克制得多。他提前三天就将行李都搬到一中旁边的小姑家里，然后天天得意地去"我们一中"踩点。在那儿，他见到此后的班主任曹老师，也见到了陈昕儿。

那时候，曹老师才五十来岁，是物理老师，近身三尺便已烟味袭人。田景野活络地打听到曹老师将是他所在（3）班的班主任，便偷偷跑去教研室瞻仰。结果没等他露出全部的小黑脸，就被曹老师一眼瞄到。曹老师有一对差点儿凑一起热烈握手的浓眉，因此，即使说话声音和蔼可亲，那对浓眉也能把他变得不苟言笑："同学，你是哪个班的？"

"报告曹老师，我听说分在（3）班，我叫田景野，田野的田……"

"哦，田景野，数学附加题全答对的，英语不大好，物理满分，要不是错别字，附加题也答对。很好，好孩子，你来替我写卡片，回头挂到各寝室去，省得新生家长抢床位。"

田景野想不到曹老师竟然熟悉他，他得意忘形，手舞足蹈地跳到曹老师桌边开始写卡片。

才坐下，一个女教师走进来，笑眯眯地道："曹老师，我又得把一帮孩子移交给你了。"

"哟，正想找你呢。我们三年交接一次，都成惯例了。"曹老师立刻拿出簇新的花名册，"你的孩子有几个到我班上？"

"先隆重向你推荐陈昕儿，一直是班长，非常称职，做事情稳重周到，待人接物大方得体，班里孩子都听她的。"

"哦，陈昕儿？耳东陈？"曹老师低头翻阅花名册，老花眼让他的浓眉更是紧凑。田景野惊讶地发现，曹老师对他了如指掌，却连陈昕儿的姓都不甚了解。他看到还是女教师伸手指出花名册里的陈昕儿。曹老师则是又翻看一本笔记本，找到有关陈昕儿的记录，感喟道："这孩子发展均衡，文科比理科更好，理科完全不见突出，未来可能跟很多优秀女孩子一样，最终落到文科班。你知道，我这个班，高二开始肯定做理科班，前儿分班时，好几个理科突出的孩子是我特意争取来的。她这样的才气，做班长恐怕不能让那些理科孩子信服。"

田景野留意到，一个女孩子经过窗外，忽然站住了，最初的时候小下巴微扬，满脸克制的骄矜，但等曹老师说完，那女孩一张脸憋得通红，扭头走了。田景野心里笑翻了天，认定那女孩就是陈昕儿。可令田景野没想到的是，没过多久，女孩绕过教学楼，站在高中物理教研室门口，清脆响亮地喊了一声"报告"。田景野心里又笑翻了，都高中生了，还报告个头啊，那是小学生的玩意儿。

女教师招呼女孩进来，介绍给曹老师。果然就是陈昕儿。

而陈昕儿坚定地对曹老师道："曹老师，我绝不会去文科班，不会。您可以考察。"

女教师开心地道："我说怎样？团支部书记，必须的。"

田景野看到曹老师眉头打结，被迫将团支部书记职位的决定权拱手让出。与此同时，田景野意识到，自己可能就是曹老师特意争取来的几个理科突出孩子之一。他心中更是扬扬得意。等女教师一走，他就问曹老师："曹老师，有没有数学和物理都满分，附加题也满分的？"

曹老师都不用看花名册，如数家珍："有，一个简宏成，一个宁宥。宁宥竟然是小姑娘，想不到小姑娘的数理化成绩也么好，尤其这次的附加题，没点儿理科脑袋答不出的。你也差不多，只要以后别粗心就好。"

曹老师浓眉下的眼睛看着田景野满是慈爱，田景野自然是沐浴在这慈爱下，而旁边的陈昕儿则如同路人甲。

当时的田景野当然没当回事，现在回想起来，尤其是想到刚刚那句

"妾身未分明"，不禁一哂。自那以后，陈昕儿就没骄傲过，在这个理科班里备受打击。现在替陈昕儿想想，何必呢。

简宏成沉默地开着车，一脸欢欣，偶尔抬眼从后视镜看一下似乎在打瞌睡的同样安静的宁宥。

来电提醒打破车厢里的沉默。简宏成按下车载电话通话："喂？"

电话那一头显然是顿了顿，才温柔地道："呀，你没睡？还以为你睡了，我睡前打个电话碰碰运气。什么事这么高兴？"是陈昕儿。

通话从音响里传出，宁宥在后面当然也听得见，她不禁皱了皱眉头。

简宏成道："我很高兴？啊，有。我在开车，送宁宥回上海。你给田景野打电话了？"

宁宥的脸都快皱起来了。而显然，陈昕儿也愣了。过了会儿，她有点结结巴巴地道："嗯，是啊，是啊，我去祝贺一下田景野，他非要说我是查岗，硬跟我说你回宾馆睡去了。宁宥在吗？宁宥？"

宁宥皱眉道："我在，陈昕儿，好久不见。"

简宏成笑对宁宥道："宁宥，你看，我说了，我不会对你有所隐瞒。陈昕儿，田景野没撒谎，我本来准备回宾馆睡觉，结果在星巴克遇见宁宥。她有急事要回上海，我送她一程。你睡吧，明天还得送小地瓜上课。"

陈昕儿喃喃道："睡前去星巴克喝杯咖啡……我这么理解，宁宥，我没理解错吧？"

简宏成抢在前面："你没理解错，我整条街一个店面一个店面找过去，要不是她正好遇到急事在星巴克驻足，我未必有这好运气。我挂了，开车呢。"

陈昕儿冷笑道："别挂啊，我跟宁宥说话呢。宁宥，有什么急事，我可以帮忙吗？"

宁宥叹道："班长别挂，话说清楚。这件事，还是一贯的，班长有想法，我没想法。陈昕儿，你自己呢？也是一贯的，你们夫妻有问题，你先找我外人逼问。就这样。"

简宏成飞快地插嘴："我跟陈昕儿不是夫妻。难得三个人都在，我澄清一下事实。陈昕儿，你说，我跟你是不是这种状况？"

宁宥的眉毛全吊了起来，这是她完全想不到的状况。只听电话那头陈昕儿也是一声不吭，不久，她便将电话挂了。

简宏成"哼"了一声，道："我一直怀疑陈昕儿在你我之间搬弄是非，今天不证自明。你处理得很好，我原以为你应付不来，本想替你挡着。"

宁宥摇头，不接茬："好好开车，别给我走错路。"

简宏成笑道："是，大爷。现在没人这么对我说话，你对我不是另眼相待是什么？"

见宁宥又是假寐，简宏成不甘心地问："我这儿该解释的都已解释清楚，你还要我做什么才肯接受我？我对你一心一意这么多年，即便是石头也该感化了。可你能原谅郝青林那种人渣，为什么不能正眼看我？难道我们以前的感情都是虚幻吗？"

"要我哭给你看吗？"

简宏成忙道："不要，不要。行行行，我知道你意思了。你继续睡，我专心开车。我还真没开过长途。"

可简宏成的百依百顺还是戳痛了宁宥。她满腹心事地翻滚来翻滚去，到底是没止住眼泪。她手向前一伸，道："纸巾。"

简宏成忙应一声，将前座的纸巾递给宁宥："你别哭啊，拜托，你到底要我怎样啊？我对陈昕儿确实坚壁清野，那是我必须表明的态度。我也不想对她那样狠，可不狠她就有幻想，她没法再有自己的生活。我一向的为人你不会不知道，我到底做错什么了？你告诉我啊。"

"你别问了，整件事你就是最冤的，我也是不得已的。但我已婚，爱家爱孩子，而你我从没有过什么，这就是我的态度。别问了，我心里很乱，我得优先考虑怎么跟我儿子对话。"

"行行行，你只要记住，你随时可以找我，我随叫随到。"简宏成顿了顿，又忍不住道，"你这么一说，我明白了。"

宁宥欲言又止，心说，你明白什么。车厢里终于又归于寂静。

第二章

入　局

简宏成居然没走错路。宁宥见时间还早，让简宏成将她送到所住小区门口。宁宥说了"谢谢"，垂眉静默了会儿，便转身进去了。简宏成心中千言万语，但想想宁宥现在心里乱，就什么都没说，让她走了。可久别重逢，他心里无法平静，默默坐进车里发呆。

宁宥快步走回家去，想不到走出电梯，却见家门开着。她惊慌地冲进去一瞧，只见穿制服的人员正在她家搜查，而郝青林戴着手铐灰头土脸地垂首站在客厅。宁宥明了，什么都不说，自觉地手一背，站在门口。等制服人员看见她，才自我介绍："我是郝青林的妻子宁宥，你们请便。"

郝青林这才意识到宁宥回家了，他一脸愧意地看着宁宥，连忙解释："我都说了，我没拿一分钱的工资外收入回家，我的事与你无关，可他们还是要来。对不起，宥宥，连累你。"

宁宥瞪着他，只会摇头，对他无话可说。她还是直接跟制服人员讲："如果你们愿意让我动用你们已经查抄的电脑，我愿意配合向你们演示我家历年通过家庭记账程序做的家庭账，以及提供所有相应单据。我是收纳控。"

制服人员不禁笑道："电脑里面的内容我们会查。你看看，除了地上这些，还有什么证据是我们该收集的？"

"有，这些恐怕郝青林也不清楚，我进书房拿给你们。几张光盘，在这儿，是我保存的我们家人历年QQ交流的记录。我是做技术的，职业病。这里是我名片，如果有看不明白的地方，欢迎来电。但最好请让我做一下备份，这是我的家庭档案，我不愿看到有任何闪失。"

光盘封面，是清晰标注的年份。制服人员见宁宥如此配合，便也客气对待，拿出他们随身携带的电脑先粗粗查看了一下，就帮宁宥刻盘。

宁宥此时无事可做，又看向郝青林，想问，又不便问，一径怔怔地看着他。郝青林被她看得低下头去，道："我爸妈那儿，你先帮我瞒着。我在里面会好好交代，不会一错再错。我的事……"他看看制服人员，见对方摇头，连忙吞下，只说私事，"宥宥，你要帮我，看在灰灰的面上，一定要帮我。"

宁宥看着丈夫，却不禁想到简宏成的话："两年前，郝青林凭什么维持婚外情，他工资卡上的收入逃不过你的法眼，他必然要找外财。"她摇头，再摇头："我早该在获知你出轨那天想到你哪来的钱出轨。同志，我提供一条线索，郝青林的婚外情对象，应该比我清楚钱去了哪儿。"

"宁宥！"郝青林大喝。

宁宥冷笑一声，提笔写下婚外情对象的联络方式，交给制服人员，然后又背手站到一边："家里我会照顾好，你在里面放心。你爸妈那儿我会相机行事，你也可以放心。帮你，只要是我该做的部分，你可以放一百个心。唯一希望，你在里面好自为之，不要影响你儿子灰灰的一生。"

郝青林脸色铁青："我不指望你。你早等着这一天连本带利报复我。你就是条披着羊皮的狼。"

宁宥不意郝青林竟然能说出这些，气得全身发抖，但一声不吭，依然背手站在一边。

本来，这是极好的见面机会，但两人斗鸡一样，任大好机会白白流失。

等搜查结束，人被押着往外走，郝青林才如梦初醒般意识到，能帮他在外面奔走，并出大钱请好律师的，唯有宁宥，什么时候都能得罪宁宥，唯有此时不行。他挣扎着大喊："宥宥！你得救我！别恨我，我刚才不对，救我，救我！"

为了让郝青林听见，宁宥在屋里冷着脸大声道："能做的，我都能做到，别瞎想。"宁宥一向说话细声细气，这会儿喊重了，嗓子刺痛，说完便狂咳起来。

郝青林在等电梯，闻言放心许多，立刻抓紧时机喊："宥宥，你也保重，有些事别太追求完美，这家都靠你了，你不能累着。我在里面会想你和灰灰，你和灰灰好，我在里面也安心。"

郝青林最后几句话消失在电梯里。宁宥扶门咳嗽，但并未出门再看郝青林最后一眼。郝青林最后的话她听得清清楚楚，一贯的体贴入微。可宁宥记性好，骂她是披着羊皮的狼，也是言犹在耳。宁宥倒了杯冷水，将咳嗽压下，但狠狠"呸"了一声，久久无法平息呼吸，直起身环视凌乱的房间。她这个完美主义者觉得简直无从下手，还是赶紧拿起车钥匙，去学校接儿子。

田景野再次接到陈昕儿的电话，完全没有打招呼，接通就满耳朵都是陈昕儿气急败坏的声音。

"他们在一起！他们在一起！他送她回上海，他亲自开车，他一路盲，竟然亲自开长途……"

田景野好一阵子反应不过来，等想明白了是什么事，冷静地道："你打算怎么办？"

陈昕儿怒道："我为他放弃工作，为他来加拿大坐移民监，他一点儿不记情。我为他放弃那么多，弄得不明不白，春节都不敢回家去，他一点儿不记情。我不坐了，明天就回北京！"

田景野不耐烦地道："依现状看，你如果好好坐满移民监，拿到身份，在加拿大扎根，我说难听点儿，等哪天班长有个什么要紧事，他就需要你这个身份了，你对他还有那么一点用。但你如果没拿到身份就回来，你对他就一点儿用都没有了。"

陈昕儿急道："不行啊，我再不回去，他们就勾搭上了。"

田景野几乎是烦得歪鼻子歪眼了："宁宥有家有口，没那么容易被勾搭上。她要是那么容易被勾搭，早八百年没你什么事了。其实我想说的是，你现在这种日子有意思吗？"

"我已经为他付出那么多，我还能怎么办？"

"是啊，还真不甘心。可你有什么不甘心的？你得到过班长吗？我看是从来没有。我都不知道你为什么一直以简宏成太太自居。呃，我大哥来了，我挂了。你冷静冷静，先冷静下来再想对策。一定要冷静，尤其不要影响孩子。"田景野不由分说断了通话。根本没什么人来找他，他只不过是听烦了。

陈昕儿从头至尾并未啜泣一声，很是坚强的样子。田景野也习以为常，并未理会。

办公室里麻将激战正酣，田景野没法再插进去，只好到店里巡视，却见宁恕在柜台前看手机。田景野走过去问："怎么不进办公室找我？"

"看你皱着眉头打电话，就退出来了。我姐走了？奇怪，说好晚上有事的。"

田景野面不改色地撒谎："你姐有点急事，中饭没吃就走了。名片！别看我是小店老板就不赏名片。"

宁恕忙笑道:"哪敢。姐姐在的时候不敢拿出来,怕被她拍掉,说我小人得志什么的。田哥请指教。"宁恕赶紧摸出名片。

田景野笑:"你姐做人太小心了。哟,想不到啊,家和房产诸侯王,厉害,厉害!我就知道你有出息,从小看到大,没看错。"

宁恕依然很谦虚地笑道:"其实只相当于一个项目组的小头目。如果一年内拿不到地,就得滚回总部了。今年房地产不景气,地价喊不高,市里捂着地不放,我压力很大,唯有削尖脑袋了。田哥晚上有空吗?我们一起吃饭,叙叙旧。"

田景野对着名片若有所思地道:"饭当然是要吃的,今天我办公室里现成几个朋友你先认识认识,改天我再约几个。你……嘿,赶紧给我回家把衣服换掉,要再这一身五百强金领样儿,连我一起被笑话。"

宁恕大笑:"哈哈,当然,这身是为了应付特定人员。我当初从外企跳到房企,就是觉得外企偏单纯,跟这个社会有点隔阂。"

田景野正要说话,接到简宏成来电,他不由分说先喊起冤来:"我说班长,你们两口子吵架能不能关上门,别扯上我外人?我今天一下午净忙着接你俩电话了。我知道啦,晚上你过不来,饭局取消。"

田景野接电话时,习惯稍微转身背对别人,但正好前面有一面老土的画着迎客松的装饰镜,是今天一位朋友送的。他清楚地看到身后的宁恕脸色沉了一下。田景野心说,难道宁宥把今天的事告诉宁恕了?显然宁恕不喜欢十几年如一日试图拆散宁宥家庭的人。他不禁心中暗笑。

不料简宏成说他问朋友借了个司机,正车轮滚滚地赶来,他就在后座睡觉。田景野接完电话,只能跟宁恕道:"晚上简宏成也来,你如果忙,不能来,我很能理解哈。"

宁恕忙道:"我不忙,一并见见班长,也是多年未见了。"

"那行。你出去顺便帮我个忙,去前面那西饼店随便买几个小零食,到实验小学三年级(4)班送给我儿子。我难得有个像样的朋友,一定得让我儿子见见，让他对我有点儿信心。"

宁恕笑道："小事一桩。有田哥这样的父亲，孩子该有多骄傲。"

"恰恰相反。小孩子还不懂什么挨义气，他只知道他爸做过劳改犯，见都不想见我。"

"我会见机行事。"宁恕点头，"即使孩子懂，可周围的小朋友不知道，小朋友残忍起来……"他连连摇头。

田景野则是连连点头，宁恕的话说到他心坎里去了："你姐当初也这么劝我，她让我为了孩子，千万先择清自己，再帮朋友扛。但我身不由己。现在婚离了，孩子不理我，你看我这人生失败的。少年得志，做错的事太多。好在总算有几个真朋友。"

宁恕使劲点头，反而没了花言巧语，紧紧握住田景野的手，以示安慰。

宁恕与田景野握别。田景野看着宁恕的背影，心头怪怪的，总觉得宁恕对简宏成的恶感并非因宁宥而起。还有陈昕儿与简宏成的关系，也越发扑朔迷离。他不过是坐牢三年，难道还有什么是自己不了解的？

已是春日的下午，太阳早已沉到雾霾里，但空气中依然荡漾着香糯的暖意。春意在角角落落绽放，经过的路人脸上都禁不住挂上了笑意。可宁宥内心与外面的春色格格不入，她现在重点考虑的是如何跟儿子解释郝青林的事儿。她慢慢走近学校大门，无心欣赏围墙上盛放的蔷薇，有些魂不守舍。

学校里面下课铃响起，宁宥才全身一震，从魂不守舍中惊醒，赶紧给儿子手机发条短信，双眼盯紧大门。

宁宥儿子郝聿怀不情不愿地走出大门。他是初一学生了，这么大的人还需要柔弱的母亲来接，显然并不是光彩的事。一直与他同乘公交回家的同学便就此表示惊讶，并窃笑。

宁宥是个细致人，早考虑到这些，迎上去便道："妈妈电脑崩溃，需要你帮忙抓数据，赶紧的。"

郝聿怀不信："怎么会……"

"马有失蹄。"宁宥微笑打断儿子的疑问，周全地与儿子的同学道了抱歉，说了再见，才与儿子急急而走。

母子俩几乎是小跑来到五百米外的车里。才刚坐下，郝聿怀就伸手抓下妈妈戴着的墨镜，果然见妈妈双眼红肿。这下郝聿怀狐疑了："真丢数据？你不是比我还高手吗？"

宁宥摇头，双眼看着儿子，尽量平静地道："你爸出事了。"

"又？"郝聿怀一下子坐得笔直，满脸愤怒。他以为爸爸再次出轨。

"不，这回是……"宁宥双手做出一个被手铐铐住的姿势，"早上被检察院找去了，下午搜查了我们的家。"

郝聿怀惊呆了，都忘了愤怒："为什么？"

"我不知道具体是什么问题，估计是受贿之类的事。"宁宥将双手重重放到儿子双肩上，坚定而清晰地道，"我很生气，也为你爸难过，但并不为此而羞愧，因为我完全不知情，而且我也没接触过一分钱的赃款。你懂我的意思吗？我和你都是无辜的，我们不需要因为此事而羞愧。"

郝聿怀惊呆了，张着嘴好一阵子反应不过来。而宁宥也不急着开车走，等儿子对此事反应过后再说。她陪着儿子，又何尝不是儿子同样陪着她渡过难关？

过了会儿，郝聿怀惊恐地问："爸爸会坐牢吗？会坐几年？"

"听熟悉法律的人说，一般由检察院直接来把人叫走，八成是证据确凿了，而且得坐牢。但我不知道你爸究竟做了什么，会判几年。我会尽快请律师介入。你其他事不用做，只需要积极调整心态，适应未来有一段时间没有爸爸陪伴的日子，以及，最要命的，别人的风言风语。"

“妈妈，你真的一点儿都不知道吗？”郝聿怀的手渐渐攥成拳头。

“我发誓，我真的不知道。而且毫无疑问，我和你都没接触到爸爸的赃款。我已经把历年记的账交给检察院来搜查的叔叔，配合他们的调查，也证明我们的清白。所以，我前面说了，我们都不必为此事而羞愧。”

郝聿怀怒道：“不，我羞愧。他竟然犯罪！以前他出轨，你让我原谅他，我最终屈服在你的眼泪下。今天开始，我再也不原谅他。他竟然犯罪！他是罪犯！我再也不尊敬他。”

宁宥听着儿子的愤怒，自己心里的愤怒反而缓解了些。但作为母亲，她不能纵容自己的情绪：“我也很生气。但不管你爸爸做了什么，我们两个的日子还得照旧过。我们不要让这件事影响我们的生活，你觉得你做得到吗？”

“做不到。上回他跟风流女人苟且，害我每天被同学嘲笑，我想尽办法才压下去。这回他竟然犯罪。他犯罪的时候，有没有想想我们？我是罪犯的儿子，不用别人风言风语，我首先鄙视自己。我还有脸上学吗？谁能相信我没用他一分赃款？我就是个罪犯的儿子。”

宁宥一点儿都不惊讶。她装作没看见儿子眼睛里闪烁的泪花，镇定地道：“我理解你的想法，也想象得出你即将遭遇的冷嘲热讽。我正是因此才不顾一切，从老家紧赶慢赶地回来，争取及时与你讨论我们未来该怎么应对。你已经是男子汉，我跟你分享经验，你也得给妈妈提供建议。以后我一个人支撑一个家，会比较辛苦，需要你的帮助。”

郝聿怀背过身去，装作不经意地揩掉眼泪，回过头来，便坚决地点头，像个小男子汉似的，认真地道：“妈妈，我支持你离婚，我再也不把你和爸爸关一间屋里逼你们和好了。我也会忍辱负重去上学，不会让你担心。我们等下去快餐店打包晚饭，妈妈心里一定不好受，别做饭了。”

宁宥的眼泪唰唰地下来了："可是我要你做到的不是忍辱负重，忍辱负重不是好办法，关键是调整心态。我希望你认清一个事实，爸爸是爸爸，你是你，爸爸犯错与你无关，完全无关，你没必要为此忍辱负重。好吧，我们回家吃了晚饭继续讨论。我会告诉你，妈妈的爸爸犯严重错误之后，妈妈是怎么过来的，供你借鉴。"

"外公不是病逝的吗？"

"不是。以前你还小，我不让你知道那些事。我们回家慢慢谈。"

郝聿怀愣了会儿，伸手抹去妈妈满脸的泪水，也抹去自己的，坚强地道："不怕，妈妈，以后有我。"

儿子如此之乖，宁宥却趴在方向盘上不想起来了。

宁宥原以为与儿子的一场近乎成年人对成年人的对话足以给儿子打一针预防针，可打开家门，一眼看见家里反常的凌乱，走进书房，习惯性地在电脑边放下书包，却发现电脑主机位置空空荡荡，这种实实在在的现场冲击，还是将郝聿怀打蒙了。他发了会儿呆，便狼奔豕突地到处找妈妈。

宁宥从厨房外的设备阳台取抹布扫把进来，眼见儿子高呼着"妈妈"从厨房门外没头没脑地蹿过去，又听见主卧的开门声。她忙喊了句："我在这儿。"只见郝聿怀立马滚滚而来。眼见着快要撞上时，郝聿怀精准地刹车，但还是一头轻轻地顶撞了宁宥的肩膀一下。宁宥知道，若是几年前，儿子肯定是一头扎进她怀里，现在自以为是大人了，这才处处别扭。她当然唯有主动伸手拥抱儿子，小心地问："怎么了？"

郝聿怀扭了两下，并不肯顺服，而是扭身趴到妈妈后背上："爸爸晚上真的不回来了吗？"

"是的，而且估计好几晚都无法回家。"

"爸爸真的是戴着手铐，被警察叔叔押来押去的吗？"

"是的。但法律上疑罪从无，也就是说，没判之前，只是嫌疑人，不是罪犯。可为了调查需要，警察叔叔需要限制一下嫌疑人的人身自由。"

郝聿怀一下子抓到了希望，扒着妈妈的肩膀，踮着脚急切地问："那可能爸爸没犯罪，是不是？妈妈，爸爸还是好人？"

宁宥真想顺着儿子说一声"是的"，让小小的孩子不受打击，可她最终还是决定不说谎："据你爸同事电话里说的那些和你爸在家里跟妈妈说的那些，你爸肯定是犯罪了。但不管你爸是否犯罪，他依然爱你，他依然是你爸。"

郝聿怀一下子又变成泄气的气球。他双手插口袋里，以免忍不住像小孩子一样堕落地抱妈妈，但又忍不住脸贴在妈妈背后。妈妈往前走，他也贴在后面走。宁宥想逗儿子笑，只得自己先强颜欢笑："这是不是传说中的一狼一狈？谁狼？谁狈啊？狈好像已经灭绝了啊，谁灭绝了呢？"

郝聿怀顺口就来："狼前腿长，在前面；狈后腿长，在后面……啊，妈妈又'胜子不武'，是'子'，不是'之'。"

宁宥趁热打铁："哈哈，总之爸爸不在，这下没人护着你喽。你就是狈，妈妈的'宝狈'，原来宝贝一词是这么来的啊。"

郝聿怀的脑袋在妈妈背上打转："才不，从没有科考资料证明有狈的存在，古人瞎说。"

"可你就是爸爸妈妈的'宝狈'啊。灰灰，不管发生什么，爸爸妈妈都最爱你。"

郝聿怀却不吭声，过了一会儿，才问："可爸爸如果爱我，他怎么会去苟且？爸爸如果爱我，他怎么会去犯罪？"

"人都有犯浑的时候，大人也一样。要学会原谅。"

"妈妈并没有原谅爸爸，妈妈对爸爸也没以前好了。"

宁宥一张脸都红了，转过身子，对着儿子真诚地道："是，原谅很难，我也没做好，怎么办？"

郝聿怀为难地道："我没想好，先让我生气几天。妈妈，你也暂时别跟爸爸离婚好吗？"

宁宥这才松口气，握拳道："我真的非常非常生气，可我幸好有灰灰分担，妈妈真是超超超超爱灰灰。说好了，回头我心里生气生得装不下了，灰灰，你得严肃认真地跟我谈话。同样，你如果心里非常生气，也得找妈妈严肃认真地谈话，拉钩。"

郝聿怀很是不屑："切，多大了，还玩拉钩。反正，有我在。"

"那好，你先帮我给爷爷、奶奶、舅舅打电话汇报这件事，我整理饭桌。就这么决定？妈妈真欣慰，灰灰能帮妈妈了。"

郝聿怀表示此乃小事一桩。宁宥再度松口气，她只希望儿子的心理别受太大打击。

宁恕根据田景野指示，来到饭店包厢。该包厢是套房格局，已有两人在。宁恕一点儿不见外，扛着田景野的大旗撞上去自我介绍，与两位交流名片。正说着话，又进来一个跟在场三位都不认识的。宁恕一眼就觉得此男人有点邪气，不仅是眼圈发黑透出的酒色过度，更有眼神的飘忽闪烁，但此男人全身衣着是一丝不苟的奢侈与休闲。他本想敷衍过去，却看到该人递来的名片：简宏图。宁恕一下子抓回简宏图的手，热烈地道："幸会，幸会，如果没猜错，你跟简宏成简总是兄弟。我是简总同班同学的弟弟。"

简宏图顿时笑得实诚了："我哥名气真大。不过，别人都说，啊，是我们中学率人跟小流氓打群架的简宏成？哈哈。我哥让我过来认识认识高人，果然满屋子都是。宁总，以后买房子要请你指教了。"

"不敢，不敢。宏图工贸……如果没猜错，是解放路北出口、地段超一流的那家？"

"哈哈，你们做房地产的，一说起那块地，个个流口水。我告诉你，那是祖传的地，简家祖上积德。"

宁恕跟着一起笑："哦，已经有人瞄上你们商场了？"

"有啊，呵呵。宁总，你是内行人，你看这地值多少？我是跟人合作一起开发呢，还是自己独立开发，或者干脆卖个高价？"

宁恕笑道："吊着，等别人来竞价。简家财大气粗，耗得起。"

简宏图得意地笑："宁总内行人，我喜欢。什么时候到我公司来喝茶……呃，哥，你怎么回事？"

与简宏图浑身一丝不苟大相径庭，简宏成睡眼惺忪，衣服皱皱巴巴。简宏成看见弟弟就问："洗手间？"其实洗手间就在包厢入门处。

简宏图便顺从地将哥哥送去洗手间，中途对宁恕做了个鬼脸。宁恕也一笑以对。

简宏成拿冷水淋了一下脑袋，将自己折腾清醒了，出来时，正好田景野进门。田景野一进门，气氛就陡然上升到高潮。他左手勾搭这个，右手抱拥那个，嘴巴还不忘损满头湿漉漉的简宏成一句："这什么人啊？你到底是来吃饭还是洗澡的？让大家不吃饭看你出浴，虽然一屋子都是大男人，可方便吗？"

简宏成左手揍了田景野一拳，右手指向宁恕："宁恕！我没认错。赶紧给你姐打电话，她遇到了麻烦，需要亲人支持。"

不仅宁恕惊愕，田景野也惊愕不已。田景野见宁恕掏出电话匆匆走出去，急问："你怎么知道？什么事？"

简宏成一笑："你以为我一大路盲冒险开车送她回上海是吃饱了闲的献殷勤？回头一并跟你谈。来认识我弟弟简宏图，以后我把他托付给你，请你提携他。"

田景野道："哦，我们早认识，我没坐牢前见过几面。来入席吧，人到得差不多了，不等了。"田景野并未与简宏图握手，只是伸手一揽，将简宏图推向饭桌，又忍不住回头对简宏成道，"我说她怎么可能上你的车，果然有原因。你还真别在此事上面大做文章，破坏别人家庭。"

"她老公不成器，让检察院抓走，我为什么不做文章？"

"你就添乱吧。"田景野不再招呼简家兄弟，转去与其他朋友招呼。他像润滑剂，场面看上去冷落了，他就三言两语挑个有趣的话头，而自己却不多话，坐一边笑嘻嘻地听。

简宏成却不同，他见手中茶杯空了，便大爷似的往弟弟面前一放。在他手里，惫懒的简宏图都能变得勤快非常，立刻替他招呼服务员将水满上。

田景野冷眼瞅着，并不吱声。只是等简宏图将水杯捧回哥哥面前时，他才恍然想通一件事，立刻跳起来出门找到宁恕。他不由分说打断宁恕："宁宥的？"见宁恕点头，便伸手道，"电话给我，我有几句要紧话。"

宁恕看清田景野严肃的神色，毫不犹豫就将手机交给田景野。田景野对着电话便道："宁宥，我田景野。有关走法律程序的事，你可以跟我说，我是过来人，自学成才的高手。我替你做程序把关，没人能在这方面比我强，你即使找到再好的律师也得问问我怎么走程序。"

宁宥听了异常感动："跟你不说谢了。我现在心里很乱，等会儿需要好好整理一下思路，发一份电邮给你。"

田景野笑道："我估计你这份电邮一定是零点以后发给我，呵呵，随便你，你一向小心。"

宁宥微笑，那种熟知和信任，让她在儿子面前挺直了一下午的腰板垮塌了下去："还有啊，有两个不情之请，虽然是不情之请，但还是希望你尽力帮忙，一个是千万隔绝宁恕与简宏成的交往，原因我不便说；

另一个是简宏成如果问起我家的事，请别告诉他。"

田景野一听就扑哧一声笑出来："我知道，我知道，防火防盗防班长，哈哈。我也有个要求，你想想，最坏结果不过是老郝坐上几年牢，其实坐几年没什么大不了。你们大城市，搬个家周围就没人认识你们，照旧做人。再说你收入高，你家少一份收入对你没影响。所以，你别太乱了阵脚，注意好吃好睡，大事情别捂在心里，多找我们老同学做后援团。做得到吗？"

"你都说到这份儿上了，我怎么会做不到。谢谢你，田景野。"

田景野回到饭桌，见宁恕与简宏图坐在一起交头接耳，简宏成冷眼旁观，他便不动声色地一拍宁恕肩膀，道："这位置是我的，你坐对面，帮我照顾好李总和包总两位兄弟。"见宁恕果真依言起身，他就拉宁恕到李总、包总身边，介绍道："小宁是我看着长大的，跟我亲弟弟一样，现在回老家发展了，你们可得替我提携他一把，带上他玩。"

简宏成继续冷眼旁观，不理弟弟咨询宁、田究竟什么关系。等田景野回座，简宏成淡淡地道："你亲弟弟？"

田景野满不在乎地笑道："咋？只许你有亲弟弟，不许我认一个？手快有，手慢无，你再嫉妒也没用了。"

简宏成轻道："我看弟弟不如姐姐。"

田景野起哄："是哟，谁比得上宁宥？"

简宏成呵呵一笑，扭头对弟弟轻轻嘱咐："你跟宁恕吃喝玩乐可以，生意方面，一点儿别让他接触到，最好吃喝玩乐也避开他。"

田景野不要脸地探过头去偷听，闻言诧异："为什么？"

简宏成对田景野并无隐瞒："我刚才一直看他眼睛，直觉。"

即使简宏成并未跟上一句"我的直觉基本上不出错"，大家却都主动替他脑补了。田景野不禁看看宁恕，讪笑一声："这方面还得听你的。"

简宏成不置可否，却在那儿赞叹上了："田景野，你看他们姐弟，五官都长得特别立体，头发自然卷，好像轻微混血。"

田景野递上一方口布，情真意切地道："班长，你对着男人流口水了。"

简宏成没留意，接了口布才意识到田景野在说什么。他如常地将口布放下，还放回到田景野面前，全然不当回事。

田景野觉得很没意思，便扔下一句话："你这人，无趣。有意思的女人会喜欢你才怪。"

这一下，简宏成是真触动了。

宁恕喝了点儿酒，与田景野等人告别后，让人代驾来到解放路。车子停在夜晚空荡荡的停车场，他站在宏图公司对面街道的人行道上，再一次细细审视这幢属于简家的物业。这一区域因城市扩展，近年已迅速热闹起来。虽然简家原本的工厂早在十五年前已经搬迁，工厂旧址上建起五层楼房用作商场，可这房子眼看着即将被蔓延过来的高楼大厦湮没，显得非常不起眼。简宏图的门面只占了五层楼的一部分，但占了最好的位置，挂了最大的招牌，显得很是出众。

宁恕看了会儿，回到车里，拿出 iPad 打开地图。对照着地图，他粗粗画出简家物业所占地块的大致轮廓，然后跳下车。他用双脚实地丈量这块土地，并标在手绘轮廓图上。他其实有最精确的规划图，可他今天就想用双脚丈量。

但他并未就此结束，而是又招了出租车，来到荒僻的货运火车站边的仓库区，在清冷月色下花了两个多小时，硬是揪出简宏图言语之间泄露出来的仓库所在。他在西斜的月亮下终于微笑了。这笑，阴森森的，而他，如啸月的狼人。

简宏图早一步到家，旋风似的将正玩游戏的女友赶走，将看上去游手好闲的玩意儿都扔进壁橱藏好。可没等他收拾完，门外车门撞响，简宏成拉田景野赶来了。

简宏成只粗粗打量一下房间，眉头照例皱了皱，问："清场了？"

简宏图连忙道："谁说的，没人，鬼影子都没有。我给你们煮咖啡还是煮茶？"

简宏成捡起一只漏网之鱼——游戏机遥控，虽然只是看了看便扔下，但瞪了弟弟一眼。简宏图连忙点头哈腰认错。简宏成终究还是不放心，亲自上楼去搜。本来坦然入座的田景野见此诧异起来，预感今晚谈的是要紧事。

简宏成搜一圈回来，下面简宏图的脸都绿了，知道自己来不及收起来的各种乱七八糟玩意儿都落在哥哥眼里，回头有的苦头吃。果然，简宏成下来时脸色很臭，但他没发作，而是虎着脸要简宏图坐下。等简宏图坐下，他又命令简宏图坐得笔挺。简宏图什么都不敢说，乖乖照做。田景野惊讶地看着，等简宏成亲自动手倒水给他，才轻轻笑道："比老子对儿子还凶。"

简宏成一笑，坐下，扭过脸，两眼犀利地又盯了弟弟一会儿，扭回头对田景野讪讪地道："我不知道怎么开口才好。"

田景野立马将杯子往桌上一放："哎哟，又是你和陈昕儿的问题，我走，我怕你。"

简宏成连忙拉住田景野："不是，不是，你先别急。我先给你讲个故事。我爸以前承包一家工厂，就在现在的解放路北出口那儿……"

"都知道你是富二代，我们能有辆破 26 寸自行车骑已经很好，你一来报到就是一辆崭新摩托车，后来自己想想年龄不达标，换了，换的还是崭新凤凰牌自行车。你还是班长，成绩又好，幸好人不是特别帅，否则男生都想揍死你。"

简宏成笑道："好像现在人们都说我长得很正点。"

"钱多就好看，我出去，人们也喊我帅哥。"

简宏成还是笑，态度好得简宏图都不敢相信。但简宏图只要稍微坐歪点儿，简宏成的目光就唰地扫过来，完全没情面可讲。简宏成顿了会儿，有些尴尬地道："那时候已经不行了。早年我爸受伤，担心他治疗期间工厂没人管，就让他一手带大的徒弟替他守着。但徒弟毕竟不是自家人，我爸不放心，就把徒弟变成女婿。手术后，我爸身体一直不好，虽然又回去管工厂，可心有余而力不足，苦的、累的都是我姐夫担着，我姐帮忙。"

如此隐私，田景野听得坐立不安起来。他隐隐觉得简宏成今天要跟他谈大事："班长，有事尽管吩咐，这些旧事不用跟我讲了，我不便听。"

"请你出山，必须师出有名。"简宏成示意弟弟给田景野续杯，"我继续，你爱听不听。姐夫很能干，我爸没看错人。你说我很风光地去报到那阵子，实际是我姐夫开始出手，他一边送摩托车给我，送其他好东西给我家其他人，加力笼络人心，下迷魂药，一边将工厂搬去乡下。我爸体力不支，再也不可能三天两头看着工厂，工厂就慢慢落入我姐夫手中。解放路原厂房那块地当时还属于郊区，不值几个钱，厂子搬迁后，姐夫在原地建起五层楼出租，中途被我爸查到，所有资料上的所有者名字，都写着我姐和姐夫，我爸就给气死了。后来我姐也被姐夫踢开，虽然没离婚，但也跟离了差不多。再以后我创业之初，又被姐夫涮了几道。我这辈子的仇人只有两个，一个已经死了，不提；一个是姐夫张立新。田景野，我打算出手收拾他，替我妈和弟弟讨还应得的一份家业，恳请你帮我。"

田景野想了会儿，问："宏图刚刚吃饭时好像说解放路那五层楼是他的……"

简宏成一点儿面子不给:"他瞎吹。即使那家店,也是我出资、出面从张立新那儿租下,给他开公司找个事做。"

简宏图的脸红成关公。

田景野听着想笑,又不便笑,垂下眼皮强忍笑意,道:"你打算怎么做?是不是终于等到张立新露出软肋了?"

简宏成道:"呵呵,我一直在设法制造张立新的软肋,还在他身边安插下两个亲信。想不到人算不如天算,他这两年搞产业升级,搞到一半,国家收紧银根。以前他手中的银行贷款到期归还后,没几天就转贷下来。今年很惨,转贷一直下不来。我安插的人告诉我,张立新开始考虑问私人借款。我想,机会来了。我继续操作,请你帮我盯着。"

简宏成打开他一直随身带着的包,拿出一沓资料:"包括前年和去年的年报,他这两年的财务报表都在这儿,你看看。"

田景野将手盖在资料封面上,不让简宏成打开:"你打算做到什么地步?"

简宏成不容置疑地道:"他必须净身出户。"

田景野打开资料,翻到公司营业执照复印件,看到法人代表果然已经是张立新,他摇头:"这事,我说句公道话,如果不是张立新,凭你们一家老小自己管理工厂,工厂可能早已倒闭,你也不会有那几年富二代日子。而且,如果不是张立新,还会有张力旧、李立新什么的,可能更坏,谁大权在握都会走到这一步,谁让你们当时老的老,弱的弱,小的小?整个一块儿肥肉。班长,恕我冒昧,我旁观者的意见是,打到让张立新对你们全家赔礼道歉,吐出解放路那块地皮及公司部分股份。你参考。"

简宏成道:"他当初往死里打压我,我刻骨铭心。田景野,这件事我必做。我正着手把集团总部从深圳迁到上海,方便近距离打压。我已启动,决不罢休。"

田景野叹息："好吧，资料我拿去看。我这几天会找人调查摸底，一周后给你回话。但我只替你做这些，不能再多了。"

"真不帮？我又不会逼你犯法。"

"不帮。我这人现在臭原则很多，只想过安稳小日子。你，我也劝你适可而止。"

"那行。还有我弟公司生意上的事，我每一票都让他去请教你，你拿抽成。"

田景野本来以为讨论的是这件事，想不到这件事反而轻描淡写一句话带过，他都不禁问了一句："就这样？"

简宏成笑道："反正，交给你，我全放心，索性不问。"

田景野笑道："现在圈子里凡提到我，都忘了我业务水平一流，全只记得一条——这人嘴巴严实，呵呵。宏图啊，吃饭前你哥提醒你少透露生意上的事给宁恕，我看你除了客户是谁，其余都说得差不多了。要是你以后跟谁都这么嘴巴漏风，班长，我可不敢帮他。"

简宏成简单粗暴地问弟弟："你是退出公司管理，还是从此做哑巴？"

田景野哈哈一笑，不等简宏图回答，就起身溜了。

简宏成送田景野回来，还没等他瞪起眼睛发话，简宏图就捂住了嘴巴。简宏成也笑了。他让简宏图坐下，道："我这回既然杀回来，所有大事都必须做个了结。崔家的人，这回也必须调查个水落石出。我们从未搬家，我们一直在明，现在还树大招风，我担心崔家人暗箭伤人。你给我抓紧明察暗访调查起来，每星期向我汇报一次。"

"这么多年了，还有必要提起崔家吗？"

"你恨崔家吗？"

"好像……不是很恨。"

"你想，崔家会恨我们简家吗？"

"恨。"简宏图一个激灵，自觉坐直了。

"如果他们就在你的员工队伍里，就潜伏在你的朋友群里，可你不知道他是崔家人，你怕不怕？立刻着手调查吧。"

"可怎么找啊？老房子全拆光了……呃，我去找，去找，一定找到。"简宏图又捂住嘴巴，在哥哥面前装出楚楚可怜状。

简宏成不语。他与弟弟不一样，那时候他已经有记忆，记忆里是浑身是血的爸爸，是医院急诊室门前的血路，以及简家从此被张立新鸠占鹊巢。他恨。

宁宥虽然在儿子面前表现镇定，可等躺下，她心烦得翻来覆去地睡不着，心想索性不睡了，又怕吵到儿子，可越睡越不舒服。

正"烙饼"呢，只听门外儿子压着声音轻轻问："妈妈，你睡着了吗？"若非夜深人静，若非她正好那时没在翻身，她可能错过了儿子的声音。可她有点儿恍惚是不是幻听，也轻轻回了句："灰灰吗？你没睡？"

郝聿怀这才清晰地在门外回答："妈妈，我睡不着。我能进来吗？"

"请进。"宁宥连忙起来，快速收拾一下头发和衣服，只见儿子挟一只枕头瘪着嘴开门进来。

"妈妈怕不怕？我来陪你。"

宁宥不点破，连忙叫好。于是，郝聿怀将枕头往床上一扔，积极地蹿出去："我去抱被子来，我睡地上。"

宁宥阻止了儿子，从橱柜里找出一套客用的被褥铺在地上。一顿忙碌后，母子二人就着暗暗的台灯光静静地各自躺下。

"妈妈，爸爸现在也睡觉呢吗？"

"爸爸可能也睡不着呢。"

"爸爸睡觉也戴着手铐吗？"

"我也想知道呢。我还担心你爸着凉感冒。"

"妈妈，你别离婚好吗？我……错了。"郝聿怀说到这儿时，带着浓重的鼻音，显然是哭了。

"我没说要跟爸爸离婚啊，这会儿爸爸最需要妈妈和灰灰，怎么能给他打击呢？"

"嗯，嗯……"

"反正睡不着，灰灰想听妈妈小时候的故事吗？"

"嗯……"

"那我就讲了啊。从哪儿说起呢？就从妈妈小学二年级那年说起吧。那时候外公是一家工厂的晒图员，外婆是医院的药剂师，你舅舅还在读幼儿园。外公身体很不好，三天两头不能去上班，每个月领到的工资克克扣扣下来就没多少了，吃药又得花钱，日子过得很难，家里的重担都落在外婆身上。你外公心里就很不好受，总是发脾气，跟外婆吵架。"

"外婆这么辛苦，他还跟外婆吵架？"

"是啊，我小时候也这么想，后来才知道，你外公心里也苦。幸好你舅舅那时候还小，很调皮，家里到处是他的笑声，大家才有点儿高兴。可越是穷苦人家，越是害怕过年。过年，年关，那一年的年关，你外公竟是没有迈过去……"

第三章
旧 事

对于那一天，宁宥当时年幼，记忆中存在许多谬误，长大后与妈妈的回忆对照，才将偏差纠正了过来。

那时她叫崔启真，弟弟叫崔启明，爸爸叫崔浩，妈妈叫宁蕙儿。

正常日子里，妈妈每天早早起来上街买菜。等妈妈回来，爸爸正好捅旺了煤球炉，催俩小孩起床。妈妈做了早饭先吃好，穿越半个城市去上班。爸爸煎药的当儿，宁宥带着弟弟洗漱吃饭，再送弟弟去幼儿园，她自己上小学。

就是这一天，崔浩晚上有心事睡不着，翻来覆去便盗汗了，更加睡不好。早上宁蕙儿起床时，他也醒了，可稍微赖了一下床便又睡了过去。等宁蕙儿买菜回来，见老的小的都还蒙头大睡，一下子火大了，可又担心吵架被孩子听见不好，便隔着被子狠狠捶了崔浩两拳头。

崔浩好不容易才睡着，梦里他健康美好，却被生生捶醒，一醒来，千头万绪的烦恼事又一拥而上塞满了脑子。他一怒之下，腾地钻出被窝，只穿着单衣，也不怕冷，脱口而出："我下岗了，以后不会赚钱了，让我死好了！"

"你还有理了？！快起来。"宁蕙儿全没好气，又不能发作，只好咬紧牙关，伸出长满冻疮、胡萝卜一样的手，扳起丈夫瘦弱的肩膀狠狠摇晃两下，恨恨而走，到布帘外面叫醒小姐弟。

宁蕙儿的强硬让崔浩觉得自己很窝囊，火气更是腾腾燃烧到了头顶，闷了一夜的话再也拦不住，喷涌而出："我是有理！厂里关了晒图室，简厂长让我要么去翻砂车间做工人，要么别再去上班。我这身体，怎么搬得动翻砂件？我跟他求情，他不干，说现在厂子是他的，发工资是掏他的腰包，他不养懒汉。他说我是懒汉，他逼我，你也逼我，你们联手逼死我好了！"

宁宥听到妈妈回家就醒了，赶紧乖巧地起床自己穿衣服。可怎么推弟弟，宁恕都不肯起。她一边焦急地自己穿衣服——冬天的衣服一层层的还特多，急不来，一边懵懂地听爸妈吵架。她不是很懂，可知道爸爸只要提到死啊活啊的，事情肯定很大。她吓得连忙再催宁恕，可宁恕还太小，不知轻重，被推得烦了，索性在被窝里钻来钻去，越钻越起劲，就是不肯出来。

宁蕙儿正拎煤炉出去，听得丈夫如此说话，惊得炉子一扔，掀帘子回来，紧张地道："你说什么？不行，你得去上班。我找人托关系跟你们简厂长说说去。别有事没事只知道发脾气，你又不是小孩子。"

崔浩只顾生气，忘了穿衣服，冻得咳嗽起来，可此事万分紧急，必须说清楚，忙一边穿一边急着道："你又去找唐英杰？还不如我死了，你干干脆脆嫁给他去！我宁死也不要他帮忙。"

宁蕙儿气得发抖，发狠说了句："你省省吧。"轻蔑地一摔帘子走了，都不愿跟丈夫纠缠。丈夫靠不住，她还不如吩咐女儿："炉子灭了，妈妈来不及生炉子，你等下自己拿竹壳热水瓶的热水泡冷饭，给弟弟挖勺猪油，不然他不肯吃。快，别迟到。"说着，伸手去被子里揪儿子。可宁恕怕冷，满被窝地逃窜。

崔浩火气才发了一半，目标却不理他走了，正没处撒气，听得帘子外面床板乱响，知道又是儿子淘气，便大声喊："崔启明，你滚出来！你想气死你爸啊！"

已经跳下床的宁宥吓得赶紧又爬上床，钻进被子里揪弟弟。两个小人儿在被子下狭路相逢，她轻轻道："快别玩了，爸爸气死了。"

宁恕瞪着大眼睛问："爸爸真的会气死？"他躲在厚棉被底下，听不真切，还不知道爸妈闹得很凶。

宁宥见弟弟还是不肯动，急了："爸爸会被你气死，快起来。"

宁恕吓得赶紧钻出来，乖乖地让姐姐帮忙穿衣服。宁蕙儿这才放心，一看时间不对，赶紧再向女儿交代一下早饭吃什么，抹去儿子嘴边乱窜的牙膏泡沫，亲亲两个宝贝，饭都来不及吃就急急走了。

崔浩穿好衣服下来，咳嗽着见妻子理都不理他就出门，完全当他不存在，他心里很阴郁，更加生气自己的没用。想到简厂长必然不会再要他这个使不上力的人，以后他就是家里的累赘，妻子更看不起他，尤其是那唐英杰，总是对妻子勾勾搭搭，总有一天他得戴绿帽子。他越想越生气，坐床上呼呼大喘气。

宁宥偷偷掀帘子往里看看，见爸爸还在生气，一声都不敢吭，连忙自己手脚麻利地搬凳子爬上灶桌，拿热水瓶给自己和弟弟做好泡饭，低声吆喝弟弟赶紧吃了。她怕爸爸的脸色，飞快吃完，就背上书包拉上弟弟哧溜出门了。

崔浩生了会儿气，好不容易胸口乱砸的心跳平缓下来，走出帘子，见姐弟俩不知什么时候走了，连招呼都不打一声。他想用热水刷牙，摇摇热水瓶，全空了，再随手揭开铝锅盖一看，给他留下的米饭都不够一碗。他气得将锅盖往地上猛摔："当我死人啊？！我还没死呢，这都当我死人了啊！"

可这回更没人应他，他的愤怒犹如笑话，完全没人在意他，除了地上的锅盖，被他狠狠踩得刺耳地响。

宁宥中午一放学就赶紧跑去隔壁的幼儿园领弟弟一起回家。按照惯例，如果爸爸生病没上班，他们回家会有热饭吃；如果爸爸上班，会从食堂买饭回来一起吃。可姐弟才刚拐进弄堂，就见家门口围了一帮邻居，指手画脚地不知在说什么。等姐弟走近，有人发现了这对小姐弟，忽然，这帮人都沉默了。宁宥觉得很诧异，拉着弟弟不敢走了。这些大人的眼光好可怕。

终于有个大人激动地说话了："你爸杀人了！"

"乱讲！"宁宥毫不犹豫地反驳。

大人们的声音顿时一哄而上了："你爸真杀人了。""看不出他会杀人，还敢跳楼自杀。""你爸是杀人犯啊，想不到我们邻居会出个杀人犯，晚上出门要慌兮兮了。""会枪毙吗？""早上就听隔壁老崔在骂人啊，我就说他怎么发那么大火，真没想到他会去杀人啊。""你爸早上跟谁在生气啊？都能气得他出去杀人，杀人要枪毙的啊。"……

七嘴八舌围着姐弟俩，宁宥不知所措，只知道伸出双手捂耳朵，却看到弟弟圆溜溜的眼珠子惊慌地乱滚。她忙转而捂住弟弟的耳朵。可弟弟早已惊慌地贴着耳朵问："姐姐，早上，我气爸爸了。"

"不是，不是。"

"你说的。"宁恕的记性很好。

宁宥不知道该怎么办，爸爸杀人的事早已把她吓坏了，她害怕得双手连钥匙都摸不到了，还是弟弟把她挂在胸口的钥匙递给她。她连忙拖着弟弟钻过大人们林立的大腿，往家里钻，踮起脚开锁。总算还有邻居可怜他们，帮她将门打开。她赶紧拉弟弟进门，把门关上。

门外那些大人兴奋得不肯散去？依旧围着叽叽喳喳。宁宥只知道抱着弟弟钻在布帘子后面。黑暗给他们安全感，可黑暗挡不住外面恶意、好意的声音。不一会儿，连姐弟俩也面对面地说："爸爸杀人啦。"

爸爸杀人了！比天还大的一件事，姐弟俩不知怎么办才好。宁恕憋了会儿，终于哇哇大哭起来："我气爸爸了，我气爸爸了……"他翻来覆去只会说这句话，他是真这么以为的。宁恕一哭，宁宥也忍不住了，抱着弟弟哇哇大哭。

屋子外面的人一时安静下来，有人貌似诚恳地叹息道："老崔做事也不动动脑筋，他这一冲动，往后两个孩子可怎么做人哦。"

"都是顶聪明的孩子，啧啧，遇到这种事，越是聪明越麻烦。"

"散了吧，散了吧，他们妈一时也回不来，咱还没做中饭呢。"

"哦哟，都忘了做中饭了。"

…………

两个孩子都不知道外面人已经散去，等哭得饥肠辘辘，又开始冻得瑟瑟发抖。宁宥把弟弟放到爸妈床上，拿被子围住，她自己动手生煤球炉。她早就会干家务了，可她不敢出去外面生，只好在屋里烧得满屋子烟，烟熏得她眼泪更是刹不住。忙碌间，她忽然感觉身后有什么，拭去眼泪一看，却是弟弟扯着她的后襟，一直偷偷跟在她身后，泪眼里全是恐惧。宁宥也非常害怕，可妈妈不在，她都不知道上哪儿找妈妈，眼前却有比她更害怕的弟弟。这一瞬间，她仿佛长大了。

郝隼怀在黑暗中努力平静地道："妈妈，我不怕，我已经上中学了。你别担心。"

宁宥叹道："不是怕，而是……你舅舅一直不能释怀，一直认为外公是被他气得去杀人的。我当时小，不懂开解他。我妈妈——你外婆当时在外面被人呼来喝去，没精力管我们，你舅舅就种下心病了。其实跟他无关的，就像你爸爸出事，也与你无关。"

"可爸爸是我爸爸，他犯罪了。"

"是的，这是你明天起最难面对的问题。同学问起来，你该怎么回答？老师来找你了解情况，你怎么回答？熟悉的人在你背后叽叽喳喳，你是发火呢，还是当耳边风？"

"妈妈，你忘了，我已经应对过一次，有经验。"郝聿怀这回的回答与在校门外停车场时已不同，颇为平静。

宁宥"啊"了一声，全然无语了。想到儿子曾经面对与又将面对的困窘，她被子下的手不禁握成了拳头。为了儿子，她暂时将自己的情绪放下，可儿子此时若无其事地提起他将一再面对爸爸导致的难堪。儿子才多大的孩子啊，却被郝青林折腾得提前成熟，让宁宥如何不恨丈夫："灰灰，对不起。"

"妈妈，不是你的错。但是……但是……妈妈，你恨过外公吗？"

"恨过，恨他怎么可以犯罪，恨他因为他的冲动，害我少年时代吃了许多苦头，尤其是你外婆，吃的苦头更多，我还非常愧对简厂长的家属。但随着年纪增大，我能设身处地站在他的角度重新看待他。我现在是可怜他。他当时心里一定很不好过，可生活艰难，谁都没时间照顾他的心。你是不是恨爸爸？"

郝聿怀沉默了会儿，忽然大声道："我恨他！"

宁宥清晰地道："如果你有理由，我不拦着你，恨吧。如果理由不明确，只是难堪等情绪作怪，我建议你暂时放一放。恨一个人，对别人毫无影响，但对自己肯定有很负面的影响。恨，会让你内心阴暗，变成妈妈所不愿看到的人。可是，你如果现在真的很激动，克制不住，恨他一阵子也无妨，又死不了人。总之，没什么大不了。"

郝聿怀飞快地道："那我恨他几天，放心了。妈妈，我困了，明天早上我照旧上学去，不请假。"

看到儿子果然是几乎翻个身就呼呼熟睡了，宁宥吊了半天的心终于放了下来。可她已经睡不着。为了小心翼翼地开解已经进入叛逆期的儿子，不让儿子堕入负面情绪，宁宥不得不打开尘封多年的记忆。可是打开的记忆岂是容易关闭的？那一天发生了太多的事，很多就像照片似的封存在她的大脑里，大概一辈子都不会泛黄掉色。即使已时隔多年，想起，她依然心悸。

那天，她在烟熏火燎的屋子里给自己和弟弟煮了一锅烧煳了的夹生米饭。她会生煤球炉，可不会煮饭，以往都是她放学捅好炉子，煮着开水，等爸妈回来烧饭烧菜。而且她只会煮一个菜——榨菜蛋花汤。鸡蛋一般是给爸爸吃的。可今天她没办法了，除此之外，她不会做。姐弟俩抹着眼泪吃好一顿中饭。然后，她烧开了水，将每一只热水瓶灌满。充热水瓶是她最怕的活儿，可今天她大胆地做了。她想，妈妈回来有热水洗脸，一定会喜欢，就不会那么难过了。

宁宥不敢去上学，她怕外面的人。她即使忙碌着，每一根头发丝都在倾听外面的响动。连宁恕都懂事地扒着窗缝向外张望。

冬天的天色暗得早，尤其是这种阴天，下午三点多点儿天光就暗淡下来，可妈妈还没回来。看着书本的宁宥忽然捕捉到一丝可疑的声音，她才抬头，就见宁恕招着小手压低声音喊："姐姐，快来，快来。"宁宥扒着窗缝一看，只见一群陌生的男女吵吵闹闹地过来，正跟邻居打听崔家在哪儿。宁宥不知那些人来干什么，但见他们辞别邻居，朝着崔家走来时，她从那些人的气势里感受到了恐惧。连小小的宁恕都感受到不对劲，飞快地爬下桌子，往爸爸妈妈住的帘子后面钻。

宁宥被弟弟提醒，却没忘抱起书包跟弟弟而去，两人飞快钻入床底。

人声渐近，有男人说"就这儿了，门关着"，有个女人哭泣着说"踹进去，谁给我踹进去"。话音才落，薄薄的板门被一脚踹飞，一帮人冲进来直接打砸。

宁宥从布帘子下看到很多脚丫子，男人的，女人的。有人踢飞了热水瓶，有人抓起热水瓶往布帘子里扔。热水瓶被布帘子一挡，咣一声，掉在宁宥眼前，滚烫的热水直奔姐弟而来。宁宥吓得忙推弟弟挪窝，不知不觉头露在外面。正好，有人大手一挥，扯下帘子。

顺着一下子透进来的亮光，来不及躲的宁宥忍不住抬头一瞧。而扯帘子的男人也正好低头往下看，两人的目光碰到一起。那年轻男子一愣，立刻飞快地将扯下的帘子草草一团，正好扔在宁宥头顶，铺天盖地地将宁宥遮住。那男子道："里面没东西，只有张床。好了，走吧，差不多了。"

女人嘶哑的声音道："我要烧了这家！我要烧了这家！火柴呢？谁吸烟带火柴？"

还是那男人道："算了，这房子连着隔壁，烧起来隔壁不相干人家也会被烧到。走吧，你爸该出手术室了，需要你照料。"

"不，张立新，你别拦我，我没完，没完！"

"简敏敏，够了！"男人喝止后，显然是抢夺下了什么。

"好，不让我烧，不让我烧是吧，我……恨你！恨你！恨你……"女人吼得歇斯底里。

宁宥不知道那女人恨什么，她不敢动，更别说探头看了。她最大的注意力都放在捂住弟弟的嘴巴上。她只听见撕书的声音。

那群人终于闹哄哄地走了，宁宥又等了好久，听得没声音了，才敢钻出布帘子瞧。她见到一地的狼藉。弟弟也爬出来，看着地上的狼藉发呆。宁宥想到了什么，又钻回床底下摸出书包，翻出新华字典。

"jian"，宁宥轻轻念着这个音，翻到这一页，好多字读"jian"。宁宥不知该是哪个"jian"，只知道将这个音的字都认下来。等妈妈回来，她已经在昏暗中带着弟弟认了七个"jian"字，而妈妈手指直指向"简"。宁宥和宁恕齐齐地将这个字记住了。

简，爸爸杀的那个厂长姓简，带头来砸崔家的女人姓简。妈妈说，简敏敏是简厂长的女儿。

宁蕙儿哭过，但当着孩子的面，她没流一滴泪。她一声不吭地打包各种没被砸坏的细软。灯泡早被砸了，屋里没一丝灯光，全靠一支蜡烛头烧出的火光照亮。宁宥被安排管束弟弟，别在玻璃碴满地的屋里乱走。她看到妈妈拿扯下的布帘子包住被子，忍不住问："妈妈，我们晚上不睡了吗？"

宁蕙儿简单明确地道："我们不能住这儿了。你们爸干了件大坏事，以后简家的人可能随时来砸，我们都没话说，只能躲着。"

那一夜，崔家连夜搬走，先搬到外婆家去，是唐叔叔骑着三轮摩托车来帮的忙。

宁宥还记得坐在妈妈自行车后面穿过半个城市，终于跳下车时，生了冻疮的脚底碰到地面，针刺般地疼。而宁恕乘摩托早到，小小的宁恕也在一天之内懂事了，竟然帮着往外婆家里搬东西。

等唐叔叔告辞，宁宥见妈妈终于对着外婆哭了，哭得撕心裂肺的。

而今天的宁宥一个人默默地对着黑夜流泪，什么都想，什么都不想，却又睡不着，脑子里乱哄哄的，嗡嗡作响。

耳边似乎听到电梯门开合的声音，她不禁一惊，静下心来听，声音又没了。宁宥忍不住急切地支起身子，在黑暗中看向房门的方向，希望听到随后而来的房门被打开的声音。可静待良久，再没有声音响起。宁宥心中升起失望，正要钻回被窝，忽然呆住了。这情形好熟悉，两年前郝青林出轨的那阵子，多少个夜晚，她在椎心的失望中等待，等待电梯门开的声音，等待家门打开关上的声音，等待那个不愿回家的人。这套路好熟悉，今天想起，睡意全消。于是，她不免想到下午她揭发郝青林贪污的钱可能是与小三共享时，郝青林似乎要吃了她的样子。她今晚一直避免回忆这一幕，可这一幕还是席卷而来。

宁宥扭头看看依然沉睡的儿子，想了想，抓起手机，隔着棉被将早上起床的闹钟设定消除。这时，她才忽然想到，一整夜光顾着揪心儿子的反应，忘了处理郝青林的大事。她说好要发给田景野的邮件没写，公婆那儿没通知，宋总那儿没去打听一下事情办到了什么地步，更别说去找郝青林单位里那些难兄难弟的家属，商量下一步该怎么办。她只专心在儿子身上了，完全顾不上处于危急的丈夫。黑暗中，宁宥不由得似笑非笑，一脸玩味。她心知，这一切虽非故意，可已经足够说明郝青林在她心中的地位已一落千丈。而若是让郝青林知道此事，毫无疑问，必然认定她是蓄意报复，君子报仇，十年不晚，隐忍两年，今朝出手。什么时候起，夫妻关系走到如此不堪的地步了？

她更睡不着了。确认儿子睡得很沉后，宁宥悄悄起床，将自己关在客用洗手间里，坐在柔软的织锦软垫化妆椅上，冷静而娴熟地做起各种面部保养。蒸汽"咝咝"地喷在脸上，宁宥闭着眼睛，正确无误地摸到毛孔清洁器，等蒸脸步骤停止，清洁毛孔的步骤便顺势跟上，中间绝无间断，另一只空着的手则是轻轻做起眼部按摩。

宁宥毫不吝啬对自己的爱护。

简宏图被闹钟叫醒，几乎是连滚带爬地飞快起床，飘到洗手间的时候，连眼睛都还没睁开。哥哥在的时候，打死他也不敢睡懒觉。摸到牙刷时，撞翻了牙杯，异常的响动终于将他惊醒。他捡起杯子愣了会儿，赶紧先去探哥哥的动静，才出门，便见对面的书房门洞开，简宏成对着电脑不知已坐了多久。

简宏成听见小响动，扭头做了个噤声的动作，招呼简宏图走近，才轻声道："大姐在楼下，我没让她看见就回头了。你给她钥匙了？"

简宏图忙又是摇头又是摆手："怎么会？只四个人有钥匙——你、我、妈和钟点工。"

简宏成道："噢，那应该是问妈拿的钥匙，大概也是从妈那儿听说我在，大清早逮我来了。你等会儿下去告诉她我还在睡觉。"

简宏图撇嘴："她现在知道她姓简不姓张了？她来干什么？"

简宏成道："不知道。晾着她。但你得下去一趟，让她知道我们已经起床。对，就这么蓬头垢面地下去，逗她一下，她才会心急。她最怕等，越等心里越没把握，最后肯定不打自招。"

"她会不会吃了我？她到底来干什么？"

"我真不知道，所以逼她自己暴露出来。下去吧，我压着场子，她不会吃你。"

简宏图简直跟上刑场似的蹭下楼去，蹭到第二截楼梯就忍不住停了，因为大姐简敏敏听到响动，两眼如电一般扫了过来。但他很快想到，今时不同以往，大姐再不可能摁着他打他屁股，他才干咳一声，装作镇定地往下走。可简敏敏一直逼视着他，令他心里很没底。

"老二呢？"简敏敏果然心急，先发制人。

简宏图装傻："你怎么进来的？我昨晚反锁的门。哦，哥给你开的门？那你不会逮住他啊，干吗问我？"简宏图话音未落，只见一团黑乎乎的东西冲着自己飞来，连忙抓住，展开一看，却是一条女用内裤。简宏图不禁笑了，幸好昨晚没被哥发现这条他不知哪个女朋友落下的内裤。

简敏敏厉声道："少废话！叫他下来。"

"你自己上去嘛，哈哈，又没人拦你。"

简敏敏霍地起身，可又一声不吭地坐下了。见此，简宏图一颗提着的心落下，笑嘻嘻地回去二楼，一边乱糟糟地喊："咪咪，哆精，要不要来拜见我大姐？"

简敏敏开始觉得不对劲："老二到底在不在？"

简宏图反正已上二楼，刺溜一下拐弯不见了，不理大姐的焦急。可他立刻就被哥哥抓进书房。简宏成有点奇怪，大姐为什么老老实实待在楼下，早知如此，刚才他也不用龟息在书房不敢动弹。在他逼问下，简宏图吞吞吐吐地交代："有次晚上……大姐是保姆放进来的，一来就蹿上二楼……看……看见我跟……跟朋友，都没穿衣服。汇报完毕。她以后再也不敢乱上二楼。"

简宏成闷笑，想得出当时的尴尬。在简宏成的授意下，兄弟俩将门一关，各自忙碌，全都不理楼下的简敏敏。

简敏敏以反客为主的姿态坐在一楼客厅，甚至还侧身背对着楼梯，以示其简家大姐之风。可老三一去不回，再等，索性连楼上窸窸窣窣的声音也没了，简敏敏狐疑起来。如果老二就在楼上，有老二撑腰的老三一定跳得很，怎么肯躲在二楼不下来？难道是老妈家的保姆谎报军情？她心头焦躁起来，不知不觉，坐的角度开始偏移，渐渐朝向楼梯。

而简宏成在楼上书房里忽然想到他出资买这间别墅，又出资请朋友装修时曾安装的防盗监控，便打开来仔细观察老大的动静。

三姐弟中，是老三简宏图首先坐不住，抓耳挠腮了一番，便打开房门，探出脑袋，观察动静。见二楼什么人都没有，他便轻轻溜进书房，站到简宏成身边。连他这个主人都不知道家里书房还安着监控这玩意儿，他开始担心起来："哥，你在这屋里装了几只探头？有没有联网？会不会你随时可以监视我？"

"联网？好主意。"

"你要真装，我明天起就住办公室，不，租酒店公寓住。不自由，毋宁死。哎，大姐是要起身上楼吗？"

"别打岔。要么用我选的住家保姆，要么联网监控，你任选一种。两种都不选，明天起你跟我去深圳，我时时刻刻盯紧你，这边的业务全移交田景野打理。要不然，妈总有一天被你气死。"简宏成说话的时候，两眼盯住监视屏，不放过简敏敏的细微举止。

"哥，你这话就差了。前几年大姐冷血，你被张立新赶出去不能回来，妈要不是有我陪着，早陪爸去了。不信你去问妈，妈最能给我证明。哎，大姐起身了。怎么不是上楼？去厨房干吗？难道她去给咱俩做早餐？哎哟，太阳打西边出来了。"

简宏图没心机，嘴里叽叽呱呱地为自己辩护，眼睛却追着监视屏，并不知他哥若有所思地看了他一会儿。他惊呼起来："她拿平底锅出来干吗？她学红太狼？"

简宏成立刻换回严肃表情："大呼小叫，像个公司老总吗？不用问了，大姐今天一反常态，必定有大事找我。你等下只看别说，别被她抓住你的破绽害我被动。"

简宏图连忙乖巧得近乎谄媚地道："我知道，谁要敢欺负我，哥一准豁出命去保护我。大姐也知道她拿你没办法，只有通过对付我，让哥的计划破产。我一定乖乖坐哥后面不说话。"

简宏成一愣，却立即看清弟弟眼睛里闪烁的小诡谲，他便坚持对弟弟展示"面瘫"，以示并不接受弟弟的讨好。简宏图也早知哥哥是百毒不侵，虽然无趣，可也无奈。好在乐子很快送上门来，监控切换到二楼，只见简敏敏抄着平底锅在小小回廊里逡巡一番，便冲一扇门猛砸下去。动作如此刚猛，配着笔挺套装、精致打理的头发和细细的高跟鞋，监控屏里的画面又离奇又滑稽。简宏图忍不住哈一声笑出来。

这一笑便暴露了行迹，简敏敏循声打开书房的门。见到抓耳挠腮的老三，简敏敏并不觉得奇怪。她惊讶的是见到看着电脑屏幕嘴角挂着一丝讥笑、全然不把她的进门放在眼里的简宏成。简敏敏惊讶地看清电脑屏幕上是监控画面，原来她的一举一动早落在简宏成眼里，恐怕早已被解读到烂。于是，简敏敏进门便大骂"缩头乌龟"四个字，前三个字骂得雷霆万钧，照着简宏图打去，最后一个字不知不觉往下一坠，气若游丝地朝简宏成飘了几步，便折身落地，出师未捷身先死。不到一个回合，简敏敏的气势便被打掉三分。

简宏成依然不语，简宏图坐在哥哥后面，索性捂住嘴，省得多嘴。

简敏敏尴尬地找个位置坐下，审时度势一番，知道自己只能主动开口。于是，她的气势又弱了一分。可她又走不得。她火烧屁股急得要命："我来……我们简家姐弟三个开个会，商量一下老厂地皮的问题。"

简敏敏开了个挑逗性十足的头，等简宏成发火，可等半天，只见到简宏图试图拍案而起，却被简宏成按下去。简宏成就是一言不发，甚至脸上表情都没露出一丝愠怒。无奈，简敏敏只得继续道："张立新准备卖掉老厂地皮，他已经瞒着我接触房地产商。老厂是我们简家的，你们说吧，该怎么办。妈昨天说了，我们简家又不是没饭吃了，绝不能让张立新卖地。"

"妈这么说了？"简宏成这才回了一句。

"对，妈是这么说的！"简敏敏终于看到希望。

但简宏成抓起电话接通他妈，有条不紊地跟他妈解释："我们老厂那块地现在归在新力公司名下。新力公司股东只有两名，张立新占股60%，简敏敏占股40%。根据新力公司章程，重大事项由股东投票表决，半数通过便可执行。表决票由所占股份决定，张立新六票，简敏敏四票，所以张立新要卖地，神仙都没办法阻拦。卖地的钱进入新力公司，只要随便转几下就可以折腾个精光，恐怕从此新力公司也成空壳一只。所以妈，大姐急了，这恐怕是历史性的一刻，简家名下所有财产将从此消失。可我帮不到她，张立新所作所为都合法。"

简母却不含糊，一举直捣黄龙："宏成啊，公司的管理，妈不懂。但妈知道你生敏敏的气，不肯帮她。你不帮敏敏，妈妈不强迫你。但老厂是你爸拿命换来的，意义不一样。你想想办法，总有办法的，是不是？"

手机开着免提，在场姐弟仨听得清清楚楚。简敏敏松了口气，看来她对妈妈的劝导起作用了。

简宏成看着简敏敏，勉强说出一个"是"，于是，简敏敏的背挺直了。简宏成将椅子转过去，背对着简敏敏，面朝着简宏图，道："但我担心，如果这又是大姐行的苦肉计，与张立新里应外合，说服妈妈来动员我为了爸爸，一定不能放弃老厂那块地，那么他们就可以安心地坐地起价，反正肯定最后有我兜着。上一回，他们联手将我赶出老家，以便任由他们转移家产。这一回，他们看我活过来了，而且活得很好，是不是又有什么想法？我很怀疑，不敢轻举妄动。"

简母惊醒，连忙道："你想得比妈周全，妈听你的。"

简宏成将手机放到桌上，微微扭头斜睨着简敏敏，却对简宏图道："老三，看来得替你找一间办公楼了。你先去找，我下次来替你下定。"

简敏敏强颜欢笑："原来一朝被蛇咬，三年怕井绳啊。看不出你这么怕张立新。"

"如果你拿出你在新力公司的那40%股份给我们简家四口平分，包括你也有一份，每人持股10%，我立刻不怕张立新，同不同意一句话。"

简敏敏被反将一军，但立刻道："只要你拿回老厂地皮，我要求不多，只保留现有的40%，其余你全权处理，张立新的那60%都是你的。"

简宏成没理她，一边动手关掉监控，一边对简宏图道："我同事上午八点半飞机路过带汇票过来，你派司机去机场取，然后直接奔田景野的店，我在那边等你。以后你就听田景野指挥。开始行动吧，早饭路上吃。"

简敏敏急了："爸爸要是在，不会让张立新卖老厂那块地。爸爸最看重你，你有脸让那块地毁在你手里？"

简宏成起身，以右手指着简敏敏，几乎直指鼻尖，道："你没资格跟我谈条件。"

简敏敏不禁倒退一步，差点被沙发绊倒。见两个弟弟果然自顾自地收拾走人，她知道简宏成做得出来，立刻软了身段："好，我答应条件。那么你说，你打算怎么做？"

"行，答应就好。我让律师下午联系你办理股权转让登记手续。等一切手续完成，我自会出手。"

"你如果不出手，只是借机骗走我手里的股份呢？"

"那也只是拿回我们应得的，我心里不会有负罪感。你看着办，赌一把？呵呵。"

简宏成从警觉地盯着他的大姐面前扬长而过，头也不回地走了。简宏图试图学他，可才走到简敏敏面前，就被吃进一口闷气的大姐猛推一把，差点一个趔趄撞到门框上。简宏图眼巴巴地看着大姐与哥保持着固定距离，先后离去，除了在背后狂骂，别无他法。

宁宥与宋总安排的得力律师见面。她即使保养得当，可一夜未睡的疲倦还是写在脸上。她也不想逞强掩饰，就这么一身柔弱地出现在律师面前，完全没有全国著名企业副总工程师的范儿。

律师心里嘀咕，嘴里开门见山："宋总叮嘱我必须全力以赴，完美解决宁总的难题，不让你在工作上分心。我看了一下你早上传给我的情况汇总，你有什么要求，尽管放心跟我交底。"

宁宥毫不犹豫地道："在我们不违法操弄的前提下，尽量轻判。"

"宁总，你知道我要的不是这句空话。"

宁宥柔弱地看着律师，依然毫不犹豫地道："我不知道该怎么做。"

律师差点儿崩溃，愣了一下，只能直说："宁总打算从精力上、金钱上、人情上，付出多少？给我一个度，以便于我操作。"

"我不惜……"宁宥忽然顿住了，她将"一切代价"这四个字生生咽了回去，怔怔地看着律师，说不出话来。可随即反应过来，连忙掩饰地保持微笑。她的微笑是招牌式的，笑的时候微微垂首，柔柔的，怯怯的，即使已人到中年，依然有好看的羞涩。每当她遇到难题时，总是如此微笑。

对面的律师本来很职业地对待着眼前这一票官司，可见此便心软了，于是主动打圆场，周到温和地变得唠叨了："我有数了。宋总也跟我介绍过你家近况。这份委托书需要你签一下，回头我去会见当事人。你如果有什么话需要我带去的，这几天想一下，我去之前电话联系你。"

宁宥连忙点头照办。

这一关，她又一如既往顺利地渡过了。她一向如此。陈昕儿因此说，宁宥从来好运。

可宁宥也有啃不下的骨头，那就是她的公婆，郝青林的父母。郝青林的父亲是退休教授，母亲是退休副教授，都是事事通透、心里明白的老知识分子。他们很讲道理，可正因为很讲道理，宁宥才会一想到要跟他们解释他们唯一的儿子郝青林的事就头痛。

宁宥虽然有二老家门的钥匙，可她基本不用，都是敲门进入。今儿也是如此。她敲门进去，便被婆婆领去日光充足的阳台看两人的折纸成就。郝父沐浴着下午的阳光，很是得意地介绍："宥宥，你来看，我们楼里的老师都在玩这个，就我们家折得最好。你看，各个角度的对称保证纸盘子受力均匀。我们试验了，只要摆放在重心位置，压上三公斤的东西也不会塌。当然，我折得更好，我手指能用力。"

郝母细心，在宁宥进门时便将她细细扫描了一番，又怕弄错，到阳台上再细细观察了一下，才道："宥宥怎么了？不开心？你坐这儿，晒不到太阳。我给你倒杯柚子茶，还是你春节前做的呢，我们都不大舍得吃。"

宁宥拉住郝母，忙道："妈，别忙了，我不渴。我们坐着说话。"

郝母警觉地道："不会是青林又……"

宁宥点头，叹道："妈，坐，坐下再说。"她扶着神色不宁的郝母坐下，才道，"青林昨天被检察院带走了。昨天下午被检察院带着到家里搜查，我正好回家巧遇，说了几句话，基本证实他确有犯事。我早上找律师谈了，律师估计是他们局的窝案。律师经验足，他说以青林的职位，贪不到多少，应该是别人吃肉，他啃到点儿骨头渣。我也想，以他的胆魄，不敢捞太多，可能是被同事提带着，带着点儿侥幸心理顺一笔。所以，我们唯一可庆幸的是他犯的事不会太重。可律师又说，因为是窝案，一个案子里的各位当事人都知根知底，眼睁睁地攀比着别人所受的刑罚，想运作也运作不到哪儿去。青林可能得坐几年牢，但也不会太重。昨天，青林想让我瞒着你们，我想，这事瞒不过去，必须第一时间让你们知道详情，尤其是劝青林如实交代赃款去向这事，可能需要爸妈出面了。"

郝父、郝母从一开始就静静地听着，听到这里，眉头紧紧锁了起来。郝父都没察觉手里的折纸掉到地上，却在中途伸手过去，握住老伴儿颤抖的手。宁宥见此，心如刀绞，不得不低头避开，才能继续说下去。

郝父静候宁宥说完，谨慎地道："宥宥，又害你受苦了。"可满脸抑制不住的是对唯一儿子的担心与愤怒。郝母早已默默垂泪。

宁宥摇摇头，去屋里拿来面纸，交给郝母。郝母接了纸，反抓住宁宥的手，也是谨慎地问："宥宥，你……不相干吧？"

"不相干。昨天我们灰灰听说后，第一个问题也是问我是不是知道青林犯法。可很不幸，近两年，我跟青林已经不再无话不谈。家里一直是我管账，我没收到过一笔横财。他的赃款……外遇是很花钱的。我怎么一早没想到，没警示他呢？可昨天下午看他的表现，他似乎不愿交代赃款的去向。赃款不上缴，可能影响最终判决啊。"

郝父的手也开始发抖，他不停地摇头叹气，叹气摇头，却说不出话来。宁宥轻车熟路地取来急救药，顺手递上茶杯："爸，吃一粒吧。别说话，靠着坐会儿。"

郝父将药吞下，浑身颤抖着，坚持说话："宥宥，随他，随他。他是成年人，让他为自己作的孽担责。"

哭泣着的郝母此时却忽然止住了，她呆呆地看着郝父吞药，破天荒地没伸手，而是等宁宥坐下，焦虑地问："宥宥，你们这两年是不是买房子做投资？"

"有，我和青林的公积金不能让闲着。"

郝母这才舒了口气，起身到郝父身后，替郝父轻轻按摩："那就是了，我刚才差点怀疑青林这几年陆陆续续问我借的二十来万元也是去向不明了呢。你们啊，投资别搞得自己生活也紧张嘛，连春节都手头紧……哎，宥宥……怎么……"

宁宥闻言大惊，可看看正在喘息的郝父，实在不忍澄清："是，我计划不周。"

郝父却一言点破："青林借的钱没到宥宥手上，也是去向不明。"

郝父有药撑着，没出事，郝母却腿脚一软，滑到地上大哭，可又有话无法说出口，只能捶自己的胸口。

宁宥一夜没睡好的迟钝脑袋终于慢慢转了过来，领悟到郝母话里差点儿滑走的线索："他……他春节前又来借过钱？他……"宁宥捂着开始隐隐作痛的胸口，眼前飞舞的是昨天下午，她指出郝青林的赃款可能流向第三者时，郝青林的恶形恶状。无须郝母确认，她已知道答案。她无力再说话。

回到家，宁宥快刀斩乱麻，将刚签的律师委托书撕了，将郝父郝母家的钥匙摘下来，放进信封，将郝青林案子的所有联络人摘录于一张纸上，也放入信封，包装好交给快递。

等郝聿怀放学回家，所有属于郝青林的衣物已全被她打包塞进客房。郝聿怀见到的是几乎空了一半的家和一反常态、披头散发、眼睛充血的妈妈。

"妈妈，怎么了？妈妈，你好可怕，怎么了？"

宁宥咬着嘴唇摇头，阻止自己在儿子面前骂郝青林的冲动，可因为儿子关切地替她撩起一缕刘海，她的眼泪忍不住喷涌而出。她边哭边用笔理智地写出一行字："我向你爷爷、奶奶通报你爸的案子时，意外获知，你爸背着全家依然保持着与第三者的交往。我对你爸彻底失望！！！"

虽然宁宥激动得字不成字，可郝聿怀看得清清楚楚。他再也装不成男子汉了，与妈妈哭成一团。他已看到家庭的破碎。

第四章

初 见

简宏成几乎一整天没见到田景野，天快暗下来时，他才接到田景野的"指示"，单独打车到一僻静的会所。面对迎出来的田景野，简宏成只会问"搞什么鬼"了。

但田景野笑得神神秘秘地将简宏成拉到桑拿房，直到"坦诚相对"了，他才笑道："这年头吧，想说点儿装神弄鬼的话，只有全湿的游泳池和湿润的桑拿房——不怕被录音，不怕有窃听，呵呵。你知道我一整天与谁在一起吗？张立新！"

简宏成惊得差点儿跳起来："难怪不接我电话，还不让我待在你店里守株待兔。快说，快说。"

"呵呵，在本市吧，只要打几个电话，总能拉上关系。我通过银行的朋友找过去，发现张立新是真缺钱，看见我跟亲人一样招呼，中午吃饭要茅台有茅台，要拉菲有拉菲，还恨不得管我叫泰山。"

简宏成笑道："王八蛋，占我便宜。张立新泰山已经过世，你想做鬼？你们谈具体细节了吗？如果只是了解情况，谈不了那么久，张立新也不会招呼得那么周到。"

"瞒不过你。当然，前提是我不想瞒你。我当然是跟他谈具体细节的，要不然套不出他的老底。我的结论是，他是一颗有缝的蛋，只要操作得法，加上你的资金实力，你把他拍碎的愿望可以实现。但我看了他的工厂，那种传统制造企业，你要来何用？纯粹是个大包袱。我建议你先调整一下计划。"

简宏成反问："不把他拍死，我大动干戈做什么？"

田景野笑道："不自己动手，就是把他拍成肉酱，你又能享受到多少快感？你人在深圳，事事交给我，是不是荒谬？呵呵，以上是前言，回头我给你一个报告，方便你全面了解张立新。三天。"

"可我已经等不及。早上我去你店里，是给你送汇票。第一笔，金额不大，两千万元，你先操作起来。虽然打到我弟公司账上，可你全权处理。"

田景野噌地跳了起来，连忙捂住毛巾，不让落下："多少？"

简宏成道："两千万元。"

"这么……信任我？"田景野一改平日里的恚懒样儿。

"我们多少年的交情，我不信任你，还有谁信任你？只能说，你挨什么义气，惹上一身污点，大好身手只能做幕后和地下，倒是让我捡了个大便宜。"

田景野叹一声气，又坐回去："我现在后悔当初没听你和宁宥力劝。我自首前失踪那几天，其实躲在宁宥家，她苦口婆心地给我分析得失，很不幸，都被她料中，你们两个人的预见基本一致。人情世故，我比你们差太多。等我放出来，那些我舍命力保的所谓过命交情的朋友个个躲着我，或者跟打发叫花子一样试图拿几个钱打发我，连儿子都拿我当坏人看。你知道吗？这阵子我活得还不如坐牢时候快活。"

"你……宁宥让你躲她家？她怎么劝你的？凭什么宁宥让你躲她家？她老公当时在不在？"

田景野怒道："是人吗？我跟你诉苦，你跟我宁宥、宁宥、宁宥，有完没完？"

简宏成笑道："你反正狗改不了吃屎，怎么劝你？你对朋友还是要命给命，你这后悔谁听啊。我这么了解你，都想不到你会在今天一天之内把张立新摸透。为朋友这么拼命，我已无话可说。我倒是想让你打个电话给宁宥，她老公出事，她现在怎么样，我关心她，可我不敢打搅她，她现在脆弱得跟玻璃似的。"

田景野悻悻地道："听我吐几口苦水又怎么啦？这不没地方吐吗？要不我跑趟上海，正好这几天宁宥也苦，我跟她对吐？"

简宏成顿时急了，双手比画着道："不行，不行，会出事，必须出事。你冲我来，你爱吐多少我都接着。"

田景野哈哈大笑，末了，轻描淡写地道："张立新的事，让我在友情和原则之间摇摆几天。"

"违背你做人原则的，还是别勉强了。别总为朋友插自己两刀。"

"互惠互利而已。以我现在这身份，上哪儿找这么大笔起始资金支持呢？你背的风险，我拿人情还你。"

简宏成也知道田景野不会白拿他的好处，只得摇头道："你这人，表面看上去最不正经，心里最正经，吃亏吃不怕你。蒸完了吗？我们给宁宥打电话去。"

"宁宥烦着呢，你少趁火打劫。"

"我关心她。这么大的事，她怎么受得起？"

田景野欲言又止。他认识的宁宥可不弱，要不然他当初不会去投奔她。

宁恕掐着钟点做完事，与同事打个招呼，急急飞奔宏图公司仓库所在地。夕阳西下，正是晚高峰，堵车堵得三个红灯都过不了一个路口。眼看着夕阳已经闪现在远远近近的高楼大厦背后，宁恕急得等不住了。

他瞅准路边有一停车位，赶紧抢在一个慢慢倒车的新手前霸占了那位置。等他钻出车门，那抢不过他的新手摇下车窗，对他竖中指。宁恕拱拱手算是抱歉，转身撒丫子往仓库跑。等跑到仓库区，远远看见宏图公司仓库对面那家仓库的卷帘门还开着，他才放心松一口气，离得远远地等待。

过了会儿，那仓库里总算走出一个中年男子，谨慎地左右瞅瞅，推出助动车，拉下卷帘门，锁上后又踢几脚，确定锁住了，才骑上助动车匆匆下班。宁恕这才从转角出来，摸出预备好的里面装了三百元大钞与几张十元小钞的钱包攥手心里，再度撒丫子狂奔，奋起直追。幸好，仓库区道路被卡车轧得坑坑洼洼，骑车快不了，那人很快被宁恕追上。

"师傅，师傅，你丢钱包了，停停。"

那管仓库的立刻停下，摸摸裤袋，钱包硬硬的，还在呢。但宁恕不由分说，将手里钱包塞进那人怀里，气喘吁吁地道："师傅，数数，少没少。我捡起就追，也没打开过。"

那管仓库的一愣，但立刻眉开眼笑地道谢，低头拉开钱包认真数钱。宁恕对着那人的头顶轻蔑地一笑。小测试一个，可见此人贪婪。人若是贪婪，便容易被收买。

那人数完钱，美滋滋地抬头道："没错，三百多，我记得有三张一百的。兄弟，多谢你了，要不是你捡到，我这个月就熬不到月底了。多谢，多谢！你真是好人啊。啊，兄弟，你吃饭没？我请你到旁边兰州拉面吃一碗。"

宁恕摆手："小事一桩，怎么好叫师傅破费。只是，这儿的公交车站在哪儿？我第一次来，摸不到门儿了。"

"哎哟，我陪你去，走走，这边。路不好，得走过去。"那人推着车转个弯儿，领宁恕去公交车站，"兄弟，你看上去像坐机关的，来找人？"

"坐什么机关哟，我是文不能提笔，武不能舞刀，最穷的机关统计局里的编外临时工。你说正式工能来这种地方吃汽车屁吗？"

"那倒是，官老爷谁肯来啊，有事都是一个电话过来，叫我们老板过去训话。"

"可不是？要是电话打不通，就派我们这种临时工来盯。看，这回派我一个活儿，让我来统计每天进进出出的货车。我今天数一天了，头都快炸了。"

"统计进进出出的货车干吗？"

"好像是国家经济好的话，货车装货、卸货的多，要不然就少，是这意思吧？我也搞不清楚。我跟我们领导说，装个探头，办公室里坐着就可以数，多好。可领导倒是答应了，这边仓库老板都不让装，怕探头是税务局的，抓住他们做手脚。给钱都不装，你说傻不傻？只在屋檐下装一只手指头那么大的不起眼的探头，也不照着他的仓库，只是照门口路上的车，你说他们想那么多干吗？思想工作就是做不通，他们不让装，我只好过来数，傻蛋一样。"

那人精明地问："装一个多少钱啊？太少了人家不肯麻烦啊。"

"啊，那倒是。才一千元一个月，仓库区进口一个，出口一个，打死才两千块钱。"

"要不，兄弟，我帮你的忙，你偷偷在我们仓库装两个，一个对准出口，一个对准进口，晚上来装，别让我老板看到……"

"啊，师傅，要这样你就是帮我大忙了。那每个月两千块钱你收着，偷偷收，我们别让你老板知道。太好了，太好了。我明天就拿过来装，师傅，你明天有空吗？"

"晚上，七点半过来，别让老板看见。"

宁恕抓住那人的手谢了又谢，絮絮叨叨的。那人也是抓着宁恕的手不肯放。一个月两千块钱呢，白拿，哪儿找这么好的事儿去。

宁恕不得不跳上一辆公交车，挤在人群中。他想到今早与朋友的讨论。朋友身处北京，是个资深财务，宁恕借口说他跟宏图公司可能合作，可只看报表，不敢确定是否作假，实力是不是吹出来的。朋友说像宏图公司那种没用的富二代当家的公司加店面，不是卖家族企业的产品，就是洗家族企业的钱，只要盯住仓库进货、出货一个月，就能搞清楚做的是前者还是后者。宁恕问仔细了，立刻在心里制订一套方案。运气很好，一锤定音，明天便可装上监控探头，而镜头，将对准宏图公司的仓库。

田景野从桑拿屋出来换上衣服，第一件事是看手机。一看，有一通未接来电和短信来自宁宥，就对简宏成道："宁宥主动找我，准有要紧事。"

简宏成谄媚地笑："开免提让我旁听呗。"

田景野给他个白眼，拨通宁宥的电话。

宁宥家里，郝聿怀在书房做作业，她在客厅拿本书有看没看地打哈欠，等儿子作业做完好睡觉。见田景野来电，连忙跳起来，跟郝聿怀说声去楼下车里拿件东西，便走出家门。

于是，简宏成击节赞叹："她做事周到，大人的不良情绪不传递给小孩，小处见大节。"

田景野做呕吐状。一会儿，宁宥再次来电，开门见山："田景野，有很多问题要向你咨询，你方便吗？"

"你的事，随时都方便。官司进展怎么样了？你还没给我发案情过来，我可是一直在查邮箱的。"

"郝青林的案子我不管了，全部移交给他父母。我决定跟他离婚。本来我是愿意跟他平分家产的，可他依然有外遇，尤其是在向我和他父母保证与第三者断绝关系之后，依然保持关系至今。瞒得如此严实，我不得不在心中警钟长鸣了。我必须提前对家庭财产做个处理，以免万一第三者有可能育有两人的孩子，挟孩子来分割家产，我陷于被动。我需要把主动权掌握在自己手里。再说，这个家的大半家产是我挣来的，这么做我问心无愧。我需要你这位金融业高手教我一步步怎么走。如果你答应，我很快列出资产目录，请你过目。"

"小事一桩。我只提醒你两点，对孩子他爸太苛刻的话，以后让儿子知道了可不好。再说你孩子他爸以后出来，既丢了公职，中年背着污点又难找工作，不留点儿钱给他，他过不下去，你未必乐见。"

"我……我咽不下这口气。"

"今天才知道的？"

"是。"

田景野不禁看看简宏成，却见简宏成眉开眼笑。他用脚指头想都清楚简宏成在高兴个什么："好好睡一晚，气头过去了我们再讨论……"

简宏成却在此时悍然插嘴："宁宥，不用考虑，对那种没良心的男人不用客气，离婚时能抓的都抓自己手里。如你所说，掌握主动权。即使不转移财产，我帮你打官司，让有过错一方拿不到财产。回头他过不下去，你高兴了再施舍点儿给他。咱图的不是钱，图的是一口气。"

电话另一头的宁宥哑了，哑了好一阵子。她想不到简宏成也听着电话，而且还会插嘴，更想不到简宏成会准确无误地说出她心底咬牙切齿的想法。她仿佛看到一幕动漫正上演，动漫里，身材火辣、细腰丰胸的她拼命摇着圆滚滚的简宏成，大喊"你说得好"。可现实中的她只能无语。

田景野打了个圆场："别听班长的，那寡人不会懂。你得顾虑你和孩子他爸当中夹着个已经有独立思想的儿子，所以，你还是尽量避免什么上法庭离婚了。上了法庭，就得恶形恶状地为自己争利益。你再有理，可你打击的是孩子他亲爸，孩子看着会怎么想？别到时候你得到财产，失去了儿子的心。我相信对你而言，钱财重要，儿子更重要。"

不等宁宥回答，简宏成就争辩道："别先忙着做好人。人都犯贱，你拱手送上，没人领情；你全部搂到自己手里，最后漏出一点儿作为施舍，别人却感恩戴德。无论如何，你做好全胜打算，回头再想别的。人要有做恶人的实力，才有办法踏实做好人，主动权永远要掌握在自己手里才放心，届时有的是办法让你儿子置身事外。"

宁宥简直是欲哭无泪，除了在心里再度重复动漫动作，点赞简宏成句句说到她心坎里去，嘴里更无法简单臧否。混乱之下，她索性一言不发地点了结束通话，回头，却正见儿子从大楼里出来，探头探脑地在找她，手里还拿着一条她的围巾，很担心她、很关心她的样子。别看儿子平日里有点中二，可关键时候惦记着她的颈椎有问题，受不得风寒。宁宥鼻头微酸，心想，若是儿子与她形同陌路，她可怎么活？因此，上法庭打官司的念头被毫不犹豫地从她脑袋里删除了。

在迎向儿子的途中，宁宥以平日里编程的缜密，将今儿的事情滤了一遍，立刻发现其中一处失误。她回头接了儿子手中的围巾温暖地戴上，立刻直奔停车处，从各种家用车的抢逼围中满头大汗地蹚出来。尽管如此，她都不舍得摘下儿子特意送来的围巾。她从快递员那里要来快递店的地址，可赶到那儿时，一车快递已经送去集散中心了。她不得不飞奔赶去集散中心，在人们厌恶的目光中，将她下午愤愤投递给公婆的快递从堆积如山的快递堆里扒出来，紧紧抱进怀里。

是，她忍了。她绝不将矛盾冲突白热化，她不能让自己的不幸殃及儿子。她得另想办法。

但，她也有不能忍的。她现在脑袋已经停摆，但她相信自己，总能找出更合理的办法，不是明天，就是后天。

总算回到小区，宁宥先将快递包装"毁尸灭迹"了，然后给公婆打个电话，语气平静地让他们放心，郝青林的官司她会继续管下去，而且随时会与他们商量该怎么办。而且她告诉公婆："我们中年人已经被打磨得神经粗大，百毒不侵，但灰灰还是个孩子，不能让他爸爸的错一波接着一波地冲击他稚嫩的神经。很多事，我宁愿自己担着，为灰灰撑起隔离屏障。也请爸妈有想法尽管找我，这时候我们一家臭皮匠总比分头作战的强。"

接电话的公公道："委屈你了，你这么通情达理，我们更是愧对于你。宥宥，往后你又工作又持家，忙不过来。我们退休总是闲着的，青林的官司还是我们来担着吧。你别担心我们，我们再吃不消也得坚持着，谁让青林是我们生的呢。他是我们的责任，不是你的责任。"

宁宥叹道："这事儿吧，请的律师、找的关系，都有讲究，关系到刑期和其他处罚。我已经请了我们能量很大的老总帮忙。当然，如果爸妈有更好的门路，我们凑一起，这种努力肯定一加一大于二的。"

"唉，青林对不起你啊。"

"别提了，有更要紧的，这闹心事儿搁一边吧。青林看来还得在里面蹲着，他最近也闹不出幺蛾子，唉。"

唉声叹气地结束通话，宁宥的表情在昏暗的路灯下冷冽着。她相信儿子能照顾好自己，便赖在车里，弹着方向盘又冷静地考虑了会儿。

由于宁宥一声不吭地掐了通话，田景野瞅着简宏成道："你这么刚猛的路数，适合宁宥吗？你看，人家理都不理你。"

"她是觉得我对，又不好意思辜负你的婆婆妈妈，只好选择打击我。哼！又是我一说话就掐，一点儿机会都不给我。"

田景野虽然已经司空见惯，但还是忍不住很没同情心地笑出来："那你以后有点儿骨气嘛，别贱兮兮地凑上去，多想想陈昕儿的好。"

简宏成"哼"了一声，不答，从自己的衣柜里拿出 iPad，笑道："我在宏图的手机里做了手脚，你看我查他的岗。这家伙看我晚上忙，一准儿出去玩了，正好逮现行。你帮我看看，宏图是在哪儿。"

田景野一看显示出的定位，就道："湖滨会所，随时带你过去逮人。"

简宏成一笑，一个电话打了过去，简宏图几乎是屁滚尿流地跑到僻静处接起电话。简宏成劈头就道："在湖滨啊，别装了。"简宏成也开了免提，说是回报刚才田景野与宁宥通话时开免提。

简宏图忙详详细细地道："刚到的，真的刚到的，连水都没喝一口呢。我今天调查了一天那个崔家，真的，可你说的那地址早拆迁了。我打听到安置房，老天帮忙，总算让我问到一个知道崔家的老头。他说崔家在他爸出事当天就连夜搬了，不知搬哪儿去了。我花了两百块钱才问出来，崔家老婆在哪家医院工作。我又找到医院，可到了停车场就蒙了，我不知他老婆的名字，怎么找？问老妈，老妈说她以前知道，还真是在医院工作的，她还跟大姐打上医院叫骂过，找过医院领导，可现在愣是想不起他老婆的名字了。老妈说，大姐可能还记得他老婆的名字，大姐去医院找的次数多，硬是把人闹得从铁饭碗里辞职了才罢休。但大姐那儿……得你去问吧。"

简宏成皱起眉头："果然，简敏敏总能把事情闹到极端。我去找她。你……什么时候回家？"

"立刻，立刻，我立刻屁滚尿流滚回家。"

田景野听得一头雾水，但他没多问，听到一半就耸耸肩走开了，不想多听隐私。简宏成看着田景野略显苍老的背影，等通完电话，忍不住发一条短信给田景野。有些略显肉麻的话，他说不出口，只好发短信："好人多磨难，你啊。"

田景野看了低头不语。大概只有屈指可数的几个人还能认他是好人了，连他父母都认得勉强，偶尔还得担忧地在背后叹息。

简宏成穿上衣服就直奔简敏敏家。田景野没送他，他说走出包厢，两人就得分头行动。本城说大不大，说小不小，别弄不好让张立新碰上，前功尽弃不说，还让张立新提高警惕。简宏成这才想到田景野神神秘秘地让他打车到会所，原来是出于缜密。

但简敏敏就没个做姐姐的样子，她不让保姆放弟弟进门，叉腰站在保姆后面问："你来干什么？"

简宏成也不见外，站在门廊下问："当年崔家那个老婆，你还记得她叫什么吗？"

"怎么忽然想起问这个？"

"你昨天提议的事若真行动起来，我得先排除同事中对我们可能有深刻敌意的人。"

"哦。名字我记得，但有条件。拿回老厂那块地后，40%的股份还是归我。你一手立字据，我一手写名字给你。"

简宏成笃定地站着，纹丝不动："早跟你说了，你没资格谈条件。现在更补充一条，别自绝于简家全家人的努力，对你没好处。"

简敏敏一愣，与简宏成僵持片刻，才道："我想好了要不要告诉你，再说。"

简宏成却拿看白痴的眼神看着她，道："不用告诉我了，我查得到。"

简敏敏见简宏成转身就走，在屋里欲言又止。她终究还是没追上去将崔家老婆的名字说出来。她回到屋里坐下，细细挖掘简宏成找崔家人的真正企图。她忽然拍案而起，直呼侥幸。崔家人最恨的是谁？现在爸爸走了，那么最恨的只有她简敏敏。事情发生后对崔家赶尽杀绝，逼得崔家老婆辞职，逼得一家人再次从外婆家搬走，搬到失踪，从此再未出现在她眼皮底下，都是她简敏敏在做。如果被简宏成找到崔家，如果简宏成把崔家人偷偷安排到她身边，那她怎么死的都不知道了。

简敏敏吓出一身冷汗。幸好，她嘴巴严实，谁都不信。

简宏图赶紧辞别朋友打道回府，才刚走出包房，便见宁恕匆匆走过。简宏图还在想着哥哥的警告，犹豫要不要与宁恕打个招呼，宁恕先打了招呼。

"这么巧。这是刚来呢，还是准备回家？"

简宏图不愿说他这是被哥哥逼回家，忙笑道："回家，想起有件事还得连夜做完。"

"好用功啊。不急吧？来我们这儿认识几个朋友？都是我们房地产界的，有本地的银河地产老总的女婿，还有全国房产十强在本市的诸侯王。来敬杯酒？"

简宏图的两脚不由自主地往宁恕这边挪了两步，可又忍不住地犯怵，心知自己上不了台面，只得道："哎哟，真不巧，我那边朋友等着、催着，来绑我的车子都等在门口了。下次，你有这种聚会一定要提早通知我。"

简宏图说完，逃也似的走了。宁恕才想讥笑，却见银河地产老总的女婿从洗手间出来。他灵机一动，对那女婿道："你看刚走到转弯的那位，就是我们刚才说起的解放路那块地的所有者之一。"

那女婿道："原来你早已着手？"

宁恕摇头："我们领导压给我的任务是住宅。你们有兴趣？那是我姐的同学，有时间介绍你们认识。"

"前年接触过，对方态度非常坚决，不卖。不卖拉倒。"

宁恕只得无奈放弃刚刚生出来的一个念头，与那女婿一起回去包房。可宁恕因见到简宏图而内心一发不可收，又是几杯酒下去，脑袋里止不住地乱飘计划的每一个步骤，变得有点儿心不在焉。原本这是一场他好不容易争取到的同行聚会，结果他心不在焉，什么都没捞到。

半夜结束聚会回家，妈妈宁蕙儿居然看着电视等着宁恕归来。儿子能回老家做事，宁蕙儿早已开心不已，何况还是衣锦荣归，作为大公司的地区经理，掌握着大权回归。家里一下子热闹起来，可宁蕙儿不嫌多，总要每天守着儿子在家的每一个时刻才肯罢休。见到儿子回来，宁蕙儿一边开心一边埋怨："又喝酒，一身酒气。我炖了白木耳，你喝点儿消消酒。"

"肚子胀，明天喝。妈，坐，我跟你说个事。还记得姐姐那个同学简宏成吗？我昨天又遇见他了，还认识了他弟弟简宏图，一个没用的花花公子。"

宁蕙儿一惊："你想干什么？那家人不好惹，你离远点儿。"

宁恕咬牙切齿道："我想干点儿什么！"

宁蕙儿被儿子的眼神搞得心惊肉跳，坐立不安："别，事情都已经过去，两家两个男人都已经过世。尤其是我们现在过得很好，日子很安稳，你别给我惹事。"

"如果是两个男人的事，为什么简家人继续逼着你辞职？逼得外婆家不敢收留我们？逼得我们走投无路，隐姓埋名，不，改名？我不会忘记当年怎么吃的苦头，我们一家三口怎么忍辱负重地过日子。我们当年连跟同学吵架都不敢，怕闯祸被查到底细，怕又被简家找上门来。妈，我不会忘记，但凡有点血性的人都不会忘记那么深刻的侮辱和压迫。妈，你只要旁观，我来动手，不会波及你。"

宁蕙儿沉默良久，道："不行，你必须停止报复。我在早年已经打定主意，我们过好自己的生活，不报复，给你们姐弟改的名字也是这个意思，提醒我们全家不报复。"

"简家很强大，我知道。但我已经找准他们的弱点。我不会赤膊上阵动手，我甚至不会让他们知道是我在动手。妈，你放一百个心。"

"我阻止你不是怕他们。我这几年日子过得好了，静下心来想过了，这事是你爸有错在先。他生病后脾气越来越大，完全不讲道理，对你们姐弟也舍得打骂，要不是他当时死了，我迟早也会吃不消跟他离婚，把你们两个都带走。另外，简厂长即使有过错，也不至于要挨一刀子，变成半个废人。简家人恨我们，我现在理解。以前我吃苦吃得撑不下去的时候，也胡乱骂过简家，那是以前。你最好也忘了这事，别提报复。"

"爸爸的错，他已经拿出性命来抵过了。我们受的苦呢？妈妈，你还记得你当时被简家逼得走投无路，接受老唐施舍去学车，一起学车的都是经理、老板，只有我们最穷，请不起教练吃饭，没钱买香烟孝敬教练，你只好天天早上天没亮就去给教练擦车，一擦就是小半年。我们每天自觉去帮忙，那还是冬天，姐姐营养不良低血糖，去河边洗抹布的时候一头栽进河里，差点淹死。妈，你还记得吗？你跳进河里去救人，你也不会游泳，可你那时候不知哪来的力气，一只手牢牢抓住石板台阶，一只手把姐姐拖回岸边。可你把姐姐托上岸后，自己又冷又饿没力气上来，是我死命拖着你，你才没沉下去。等有人路过救上你，你和姐姐一起躺在地上，那时，我以为我要永远失去你们了，幸好你们最后活过来了。"

宁恕双手抓起妈妈的左手，含泪道："这两枚指甲盖是那次抓石板脱落的，至今没长回来。妈，你说我能忘记吗？还有这手臂上的伤，是你起早贪黑开出租挣钱还债，为了不让简家找到，存钱隔两年搬一次家，一个女人半夜独自开出租遇到抢劫留下的。妈，那时你不是胡乱骂简家，是简家真的太赶尽杀绝，太不给活路。妈，我怎么会忘记？！妈，我是男人，那时候我小，没法帮你，现在我有责任为我们全家讨还公道。我不会放弃。"

宁蕙儿将手从儿子的手里抽出来，冷静地道："这是我们作为你爸家属应得的惩罚、报应。我也讨厌简家，尤其是那个大女儿。但我不想报复，我现在日子过得很好，不想节外生枝。你也是，你如果不放弃报复念头，我劝你回北京总公司去，眼不见为净，别在这儿给我惹事。"

宁恕大惊，抹去眼泪看着妈妈："妈，我不会连累你。"

"我不怕你连累，这辈子我什么没经历过，我就是要你放弃报复。车轱辘话已说这么多，你是答应还是不答应？"

"妈！"宁恕试图反抗，可看到妈妈的逼视，满脸都是他从小习惯的那种坚毅和一贯的权威，他几乎是条件反射似的回答，"答应，妈，我答应。"

可答应妈妈后的宁恕满心抑郁，起身一声不吭去了自己的房间。宁蕙儿却在后面紧跟一句："你们姐弟向来答应我的事都会做到，这回你可千万不能阳奉阴违。"

宁恕简直不想回答，可他知道不回答不行，不回答妈妈不会放过他。他愤懑地"嗯"了一声，走进房间，将门关上。

宁蕙儿站在房门外，试图敲门，她还有其他话要纠正儿子，可想了想，还是罢了手。人老心软了，好不容易等到儿子回老家，她可真有点舍不得让儿子一再地不开心。

可她揪心儿子，她在房间里徘徊，聆听儿子房间里的反应，可什么都没听到。

环顾整个家里，并无崔浩的丝毫痕迹，可崔浩还是又回来搅局，尤其是搅上她的儿子。宁蕙儿对崔浩的痛恨原本已经压在心底不愿提起，此刻沉渣泛起。

而宁恕坐在床上发呆，久久不动，像尊雕塑。

简宏成以实际行动对田景野表示的极大信任和对田景野能力的极大肯定，让田景野在这美好的春天里精神焕发起来。他破天荒地做了件这辈子从小逃避到大的事儿——晨跑。更令他没想到的是，晨跑后虽然有点儿累，可心情跟嗑了药似的好。他上网搜了一下，才知跑步果然能刺激内分泌，让人心情愉悦。

田景野竟然心情好到晨跑路上排队买了一包生煎，去前妻家送给儿子吃。想不到在前妻家楼下，他见到一个陌生男人与前妻和儿子一起上车，状甚亲密。田景野张口结舌地愣在那儿，等车子尾灯红红地走了，才抬眼看看身边开得一树璀璨的垂枝海棠，悻悻地一笑。宁宥早告诉他会有这么一天，有别的男人住他的房，开他的车，打他的娃，可亲眼见到了，还是心生不快。回家的路上，他跑得蔫蔫儿的。

偏偏，陈昕儿此时来电。因来电显示是上海的座机，田景野听清是陈昕儿的来电，惊讶了："你……你真回国了？"

"我把孩子托付给朋友了，我必须赶回来一趟。没办法，我这辈子都交给简宏成了。"

田景野再次看看手机，没错，显示的确实是上海的座机号。他心里有些明白了，但明知故问道："班长在深圳啊，你等下转机过去？你还不如飞香港转深圳方便嘛。"

"不瞒你说，我想找宁宥谈谈。你前几天刚见过宁宥，你能给我她的家庭地址吗？我刚找去她几年前的家，搬了。"

"我看你就是缠住她也没用，班长完全是单相思，你为什么不从班长那个源头解决问题？"

陈昕儿叹道："你不是女人，你不懂。你不知道宁宥见了简宏成就声音变细变软，变得像只讨人抚摸的小猫。她完全不需要用嘴表态。"

田景野噎住，想来想去，宁宥对他与对简宏成没什么不同，对简宏成只有更加坚壁清野。田景野本来还想说点儿劝阻的话，可一想到多年前初见宁宥的一幕，不禁一笑，懒得说了。这个陈昕儿虽然看似女强人派头，可在宁宥面前从来是吃瘪，全方位地吃瘪。

田景野往家跑的路上，想起初见简宏成和宁宥的一幕幕。

报到第一天，田景野应曹老师的要求，和陈昕儿一起在大门口摆下接待桌。几乎是刚摆放妥当，一辆异常拉风的雪亮崭新的摩托车轰鸣着蹿进宁静的校园，一个大回旋，红尘滚滚地停在他们的接待桌前。田景野羡慕得几乎流口水，殷勤地冲上前询问："大哥，您找哪位？"

摩托车上的男子慢慢摘下罩住全脸的硕大头盔，狂野地甩甩汗湿的头发，却是一张与田景野差不多年龄的脸。可田景野此时心中早对此人五体投地了。一边的陈昕儿张口结舌地看着摩托男，比田景野的表现更差，甚至都说不出话来。

摩托男一手夹着头盔，一手指向红榜："我看到我的名字，简宏成。"

"啊，原来你就是曹老师惦记的简宏成。曹老师说让你一来就去见他，那边的三层楼，看到吗？一楼，数学教研室。曹老师早在等你了。没想到你数学满分，附加题也满分，人也满分，哇！"田景野竟然就这么忽视了简宏成的小眼睛与厚嘴唇混合在那张方脸上有多不配。

简宏成大笑，伸过手来，跟田景野像成年人似的握了个手，又潇洒地向发呆的陈昕儿敬了个礼，戴上头盔，摩托车轰轰轰地疾驰而去。

陈昕儿张着小嘴，看简宏成不见人影了，才回过神来："不是说，未成年人不能骑摩托车吗？"

"怕什么，戴上头盔谁看得出？"

田景野一脸神往地看着那边的教学楼，恨不得扔下曹老师派的活儿，跟去再瞻仰瞻仰那个简宏成。陈昕儿也是望着教学楼的方向发呆，直到一缕细细的、好听的声音打断他们的遐想。

"请问，报到是这儿吗？我叫宁宥。"

田景野这才不情不愿地将眼睛收回，好在，面前这位号称宁宥的女孩长得好看，大夏天毒辣辣的太阳，一个暑假晒下来，皮肤居然还是那么白皙，再配上立体的五官和瘦弱的身板，再配上柔柔的、怯怯的笑。

田景野这个不识风情的小子竟然一颗心温柔了起来。若说刚才的简宏成是太阳，惹得他田景野热烈地追逐，那么眼前的宁宥正好相反，犹如缠绵于星云间的新月，让人不由自主地微笑。

但陈昕儿不同，她热情地张罗开了："你叫宁宥？我找找名册……嗯，你拿着报到证吗？请在这儿签字。还有哦，你被安排在203寝室，这是你的寝室钥匙，请在已领取这栏签名。你的名字……可能许多人会念错。不过，老话说，秀才读字读半边，起码读音上'有'和'宥'是一样的。"

陈昕儿办事老练，有条不紊，在她的指点下，宁宥依言笑眯眯地静静地照做。但等陈昕儿评论到宁宥的名字时，田景野见低着头的宁宥眯起眼睛深深地露出一个微笑，笑得像只狐狸。田景野心里立刻灵光一闪，毫不犹豫地代言："'有'有三声和四声，一般念三声，但'宥'是四声。其实刚才宁宥自报家门时，已经正确地念给我们听了。"然后，他好奇地看着宁宥。咦，这么文静的女孩，竟然也是数学附加题答对的三巨头之一？同为三巨头之一，田景野对宁宥莫名产生了好感。

而陈昕儿一张脸立刻烧得通红，但她正对着埋头签名的宁宥的头顶，没看到宁宥的笑。只是，等宁宥抬起脸将签名本转回给她时，她无言了。她不说话了，宁宥才开口："是这些手续了吗？"

陈昕儿才忙道："完了，完了。"

田景野听了又忍不住地笑。幸好，陈昕儿大方，很快调整了状态，还抢在田景野之前对宁宥道："你没带行李？家就在附近？你是什么中学毕业的呀？"

宁宥笑眯眯地道："我弟弟今年也考进一中，在对面初中那儿报到呢。我的行李先放他那儿。等下我可以把行李放你这儿吗？我得先把我弟弟安顿好。"

陈昕儿一边听一边翻看花名册："行啊，行啊，你放心放这儿，我和田景野都在。哦，你是马山中学考上来的，马山……"

陈昕儿看向田景野。田景野也觉得这个校名很陌生，还是宁宥不紧不慢地道："马山镇的中学啊，山坳坳里的，很多老师也不知道。"

陈昕儿赞叹："天哪！你们姐弟一起考上一中，一定是你们马山镇的名人了。难怪你普通话不准，可你发音像唱越剧一样，真好听。"

田景野往初中部那边瞧瞧，见一个同样皮肤白皙、五官立体的秀气小男孩独自守着一大堆行李朝这边张望，旁边并无家长陪同。于是，田景野立刻放弃废话，推出他因考上一中而获得的奖励，一辆二手自行车，道："走，我送你们姐弟去宿舍。"

"真好，谢谢你。"宁宥依然不紧不慢，领田景野去弟弟那儿，不忘周到地与陈昕儿道别。

陈昕儿才刚有些担心她一个人要如何应付等会儿可能蜂拥而至的其他同学，恰巧，简宏成又一阵风似的刮回来了。隔着头盔，简宏成自来熟且当仁不让地问陈昕儿："又来报到几位？只有这位女生吗？"

"是的，她叫宁宥。"这回，陈昕儿读得很准，只是刚羞红的脸还没消去，又被眼前威武的头盔男给逼红了。

"噢，她叫宁宥，你叫陈昕儿，是团支部书记，他叫田景野。我是班长。"

陈昕儿感觉到头盔后面两只眼睛的注视，她的脸更红了。幸好简宏成油门一轰，一个回旋飞驰过去，迅速拦在走到一堆行李前的宁宥与田景野面前。他这动作实在惊险，若稍微控制不当，弄不好就撞上两个人。宁宥吓到了，本能地紧闭双眼站得笔挺，一动不敢动。简宏成鄙夷地摘头盔、熄火，但温言道："别怕，没撞上。你们去宿舍？"他迅速评估了一下行李，多是挺多，但打捆得很好，搬运起来看上去挺容易。他主动掏出摩托车的链条锁，自作主张地将最大的两个包连起来，双臂奋力扛到田景野自行车后面挂上："行，大件解决，零碎的你们自己想办法，不是问题。田景野，你保证将他们安顿好了，立刻回来报到处，今天多的是用到你的地方。"

若换作别人这么说话，田景野早后脑反骨凸出，可面对简宏成，他的态度出奇地好，还两脚后跟一靠，敬个军礼："是，长官。"

宁宥早睁开了眼睛，静静地看着简宏成大刀阔斧地处置她的行李。等到这会儿，她轻轻踢弟弟脚跟一下。于是，宁恕很懂事地大声道："谢谢哥哥。"

简宏成满不在乎地道："不客气，以后我是你姐的班长。行了，我去其他地方转转，看缺什么。"简宏成也冲田景野敬了个礼，又看宁宥一眼，皱皱眉头，风驰电掣地走了。

田景野神往地看着那背影，道："原来前天曹老师死守着班长位置不放，就是要交给他。我服气。"

宁宥不知所以，但她没问。在她心里，也觉得该摩托男很有班长的气概，比她历年遇到的班长更像班长。小小的宁恕也是悠然神往。但他也是不多嘴的人，除了两眼流星赶月似的盯着摩托车上的人不放，都没什么举动。对比这姐弟两个，田景野顿时觉得自己太张牙舞爪了。

宁宥将自己的行李往 203 室一扔，先去弟弟的宿舍安顿。田景野卸下所有行李后，很是不放心这个长相柔弱、手脚慢吞吞的姐姐，还想帮忙做点儿什么力气活儿，可帮忙打来一桶水后，发现实在没什么可帮了，他又不会打扫什么的。他告别时，姐弟俩并排站着送他，令田景野觉得自己对姐弟俩有责任。

其实宁宥手脚看似慢吞吞，可不知怎么搞的，两人整理得比另一位有家长带着的同学快。他们占了男寝室窗边的上铺，很是心满意足。然后他们急急地赶去宁宥的 203 室，指望也抢在别人之前占一个合适的好位置。很幸运，还没有别的同学到来。

再回 203 室才看清，每张床上都贴了小纸条，纸条上是毛笔写的名字。宁恕很快找到姐姐的名字，拍手笑道："太好了！太好了，也在窗边。"

宁宥却皱起细细的眉："一点儿都不好，朝西的，等下午你再来瞧，太阳全晒在这张床上，热都热死。可是都贴条了……"宁宥缓缓地原地转了个 360 度，立刻计上心头，以异乎寻常的速度将所有纸条撕下，交给宁恕，"你细细撕碎了，拿去扔掉，别让人看到。"

这一幕，却正好落入巡视到 203 室门口的简宏成眼里。简宏成一愣，立刻忙不迭地避到其他寝室，随即忍不住大笑。这女同学的鬼主意太灵了，正是他爸以培养接班人的良苦用心，耳提面命教导的秘诀：发现形势不对，索性把水搅浑，还能浑水摸鱼，抢到大鱼。简宏成在心里关注上了这个女孩。他从小在爸爸"女孩不中用"的论调下长大，心里素来也不大看得上女孩。宁宥成了他此生第一个关注的女孩子。

下一个女同学来报到，有两个家长一起跟着来，声势浩大，挑夫、帮工齐全，不需要田景野做苦力，因此，由陈昕儿陪着过来。陈昕儿有点儿小得意地一路向家长们展示自己井井有条的工作成就。可到了 203 室一看，她吹嘘的管理有方的纸条不见了。她叫住屋里唯一的犯罪嫌疑人，严肃地问："宁宥，请问床上贴的纸条呢？"

宁宥从朝东靠窗下铺钻出头来，按住弟弟，细声细气地问："什么纸条呢？"

陈昕儿看着比她还无辜的宁宥，一时迷惑了。可是她又确信，这一间寝室的纸条是她亲手贴的，目前宁宥是拿到钥匙进来的唯一新生，除了宁宥，还有谁有作案条件？她心里这么想，嘴里这么说，将她的怀疑严肃地抛给宁宥。

但宁宥简单给她一句"我不知道"，便又转身忙着给自己的床上吊蚊帐。

陈昕儿将信将疑，见她陪来的女同学父母也欢欢儿地开抢好床位，她心里嘀咕着出去，飞奔回报到处，打算照着花名册再写几张纸条。如此乱成一团，可不是曹老师的意愿，她必须以一个团支书的自觉，抢在曹老师之前将事情办妥当。

陈昕儿再做纸条时，与田景野和刚巡视回来的简宏成说起自己的怀疑。田景野不禁想起宁宥听到陈昕儿读错她名字时，低头的那狐狸般的笑，忍不住追着问陈昕儿宁宥是怎么回答的。简宏成在一边翻阅着已经报到同学的名单，等陈昕儿说完了，才斩钉截铁地盖棺定论："我看着他们姐弟进的203室，那时候就没纸条。"

可看到简宏成斜睨认真写纸条的陈昕儿的眼神，那眼神里有小小的讥诮，田景野立刻猜到了真相，背着两人哈哈哈地欢快地大笑三声，然后回过身严肃认真地道："我没笑。"

简宏成抬肩撞了田景野一下，两人一声不吭地达成默契。只有陈昕儿郁闷得直抓头皮。难道真的是她没贴？陈昕儿绝想不到，会有人因臭味相投而天然结成联盟。这一结，竟延续二十年而不见终止。

第五章
妾身未分明

田景野一白丁与新班级新设立的两巨头合作，三个人配合默契。但不到半天，简宏成已经给陈昕儿起了个绰号：陈规矩。

面对陈昕儿瞪起的眼睛，简宏成一脸较真地解释："我发现你不仅是规矩多，最怪的还是自己制定规矩约束自己，把自己约束得死死的。可这样不是限制你的发展吗？你把自己束缚在规矩里，怎么敞开胸怀认识世界？我认为你的规矩可以大而化之。简单讲，只要求自己做个好人，有良心，有义气，就行了，其他的应该灵活权变。"

陈昕儿的眼神由不满转向困惑。等简宏成说完，她欲辩无能，翘起嘴嘀咕："可是你不能乱给别人起绰号。"

简宏成却问："现在是我跟你说那么一大通，你觉得有道理吗？"

田景野不禁看看这个，看看那个，忽然想到他这个暑假正在研究的血型与性格，忍不住感慨："血型真是一只看不见的大手。班长，你肯定是 O 型；书记，你是 A 型。我说得准吗？"

简宏成道："别打岔，我们一个问题一个问题地解决。"

陈昕儿发现她无法回避简宏成咄咄逼人的追问，被迫硬着头皮回答："我不管你说得对不对，总之，一，你不能给我起绰号；二，我这样挺好。"

简宏成却不追问了，但依然认真地道："行，我保留意见。但你应该多想想我的意见，不会害你。"然后扭头对田景野说，"我不知道我是什么血型，但我爸是 O 型。说到看不见的手，我这个暑假正在研究一只看不见的手，经济学名著，明天我把书拿来，你肯定也喜欢。但这书很难懂，有些章节之间的关系我想不通，回头我们一起研究。对了……"他附耳对田景野轻声道，"想个办法把我们搞到一个宿舍。"

田景野听了，就贼兮兮地笑了："早已搞定。"

两人挤眉弄眼会心而笑，简宏成很热诚地道："我相信你肯定也喜欢那本书。暑假我看得兴奋至极，可找不到人交流。你一定行，我们可以高端交流。"

陈昕儿完全插不到两人的对话中，但想想女生与男生思维必然有距离，便也心安理得了。她看到曹老师匆匆赶来，便提醒两位男生。简宏成就算再大大咧咧，也站起迎候。

曹老师笑道："家长们都反映你们的工作做得不错。怎么样，一共报到多少人了？第一天应该都比较积极。"

简宏成道："报到了二十三个，其中十八个已经入住寝室，另五个报到后在校园转一圈就走了。我查了一下花名册上没报到的，大多是家离一中较远，需要倒两三趟车的，可能下午来的就是这些人，不用担心。"

曹老师很是满意，对田景野与陈昕儿笑道："我跟简宏成谈了不到十分钟，就决定在任命他做班长这件事上独裁一下。你们看，没错。好了，你们去吃中饭，这儿我守着。你们安心吃饭，不用赶。"

陈昕儿问："可是曹老师吃了没？"

曹老师道："我等会儿回家吃去，家属十一点半开始煮饭，等我回去正好可以吃，你们别担心。"

三个人这才去食堂。唯有陈昕儿与两个男生保持一定距离，稍稍落在后面。简宏成走出一段路后，回头道："干吗这样呢？又规矩多了不是？男生女生走一起又怎么了？"

陈昕儿脸一红，不理他。

简宏成道："中午我请客，庆祝我们认识。"

陈昕儿终于抓到漏洞："你一早上哪有时间买菜票，可真大而化之。"

简宏成一想还真是，笑着摸出一张一百块钱的"蓝精灵"，道："你们谁卖点儿给我？反正今天必须我请客，说定了，我是班长。"

田景野笑嘻嘻地摸出自己的菜票，数出粉红的十张塑料片儿，道："给，先借你二十块菜票，反正我们食堂全部菜都买遍，饭吃得撑死，都用不到二十块。"

简宏成将一百块钱塞给田景野："我下午一点半后要跟我爸去见习，不能帮你们了……"

"没问题，回头我去寝室抓两个同学来帮忙就是。钱我拿着，回头替你买好菜票。"

简宏成索性又摸出一张一百，都交给田景野。

陈昕儿这个老一中权威起来："学校有规定，买菜票一次不得超过五十块钱。"

"什么臭规矩！卖菜票窗口几点开？我迟到一步买给你看。规矩是人定的，也是给人破的。"

田景野没心机，直接就惊讶地问："怎么破？"

"你们详细告诉我怎么买菜票，所有步骤。"

……………

一顿饭时间，简宏成与田景野坐在一起研究怎么突破规矩，陈昕儿坐在对面，忍不住长一声，短一声地说"这不好吧""影响别人怎么办呢""会被发现的""换我会慌"……

简宏成与田景野击掌结束讨论，冲陈昕儿一笑。田景野对着爱操心的陈昕儿做一个鬼脸，心里更是摩拳擦掌，跃跃欲试。于是，简宏成再摸出三百块交给田景野："你索性多买点儿，可能有些同学报到已经很晚，来不及买菜票的，就从你这儿拿，我先垫着。"

这样子的班长是陈昕儿从小到大从未见过的，这风格是陈昕儿想都想不到的，简宏成让陈昕儿耳目一新，她的目光已经控制不住地追逐。

简宏成完事后却四处打量，找那美丽的姐弟俩。没找到，他心里还挺不爽。

女孩子事儿多，陈昕儿吃完，赶紧回宿舍一趟洗脸梳头。经过203室时，她见到宁家姐弟坐在窗边吃饭，四周静静的，只有姐姐一个人唠唠叨叨，弟弟则是虎头虎脑地答应。

"把饭都吃光了吧，天热，放到晚上会馊。你还吃得下吗？要不要再加点儿开水？"

"吃得下。"

"那就不会浪费了。咸蛋黄都你吃，我不爱吃蛋黄。"

"噢。"

"刚刚我去食堂看了眼，汤是免费的，菜的量很不少。以后菜票、饭票还是我保管，我们一起吃饭，加上免费的汤，可以少打一个菜呢。"

"噢，要不我下课就到食堂做作业，等你来？"

"不用。中午下课你就直接去食堂，下午下课后，你去跟小朋友打打球什么的，我会去球场找你吃饭，反正有晚自习可以做作业。记得下课吃一颗水果糖，别低血糖晕倒了。"

"噢。"

……………

小姐姐在里面嘟嘟切切，外面的陈昕儿听呆了。她原本认定是宁宥撕掉了她贴在203室的字条，对宁宥有些成见，可现在偷听了这一幕，她心里沉甸甸的，原先的那些成见早烟消云散。她回去报到处，告诉那两位男生，以后大家要照顾宁宥，以后组织春游什么的活动，尽量少让宁宥掏钱。

当时，简宏成惊讶地说了一句："她怎么可怜得跟林妹妹一样？"

现在回想起来，田景野只觉得好笑。从此后，简宏成就一直把宁宥当林妹妹看待。若非简宏成自己强大得跟雄狮似的，这关系就会显得非常好笑了。

看看时间已到早上七点多，家门也快到了，田景野估计宁宥已经忙碌完毕，可以打搅了，便准备给宁宥打个提醒电话。他边走边摸出手机，抬头看看前面无路障，便低头安心找号码。忽然，他意识到刚才似乎看到个熟人，再抬头，果然是——张立新在路边小杂货店买烟，他可以看到个侧面。田景野心里顿时飞过许多疑问。这么早，张立新来这儿干什么？张立新并不住这儿，是有小三住这儿，还是来"看看"他田景野？田景野的眼睛微微眯了一下，索性迎上去打招呼。田景野仔细观察张立新的反应，看见他稍微一愣，立刻拿了找头迎过来。

"田总怎么在这儿？这么巧。"

"我就住这儿啊。我记得张老板不住这儿的吧，这么早过来……"田景野一脸天真无邪地刨根究底。

"噢……"张立新豪迈地环视一眼，指着不远处的医院大楼道，"昨晚陪一个朋友，其实是睡了一觉啦。这医院造的，停车场只能停十几辆车，我只好停到你们小区。这儿哪家店吃早餐干净点儿？"

田景野扫视了眼张立新那除了屁股那儿有些皱纹，其他部位都笔挺的西装，笑道："张老板对朋友真是没的说。我也没吃，走，我请张老板吃早餐，我请客，哈哈。"

张立新也笑嘻嘻地跟上，但谨慎地道："这儿是老小区了，不过在市中心，进出方便。田总很低调啊。"

"什么低调，我坐牢时老婆跟我离婚，我想都是我对不起她，害她如花似玉一个美女有了污点，再说孩子交给她养，就把财产都给她了。只有这套房子留着，是我毕业后买的第一套房，有感情。现在想想住这儿也挺好，我经常晚上喝酒，喝多了走走过来就是，省得酒驾。"田景野一边打哈哈，一边思索张立新是否在调查他，究竟了解多少有关他的底细，"不过，现在这儿早年的邻居搬走不少，倒是住进不少在附近夜场工作的职业妇女。张老板衣服笔挺，不像在医院滚一晚上的，呵呵，不过我不会出去乱说哈。"

张立新笑嘻嘻的，却忽然来了一句："哈哈哈……田总以前读一中？"

田景野满脸堆笑："张老板资信调查做得很彻底啊，佩服。"

张立新伸出手与田景野深深握了一下："我有点事先走，以后多联系。"

张立新走后，田景野发一条短信给简宏成："张立新摸到我家考察，大概是已经摸清我跟你的同学关系，有些怀疑我的资金来源是你，估计他不敢跟我合作。你打算继续吗？"

想不到简宏成立刻神采奕奕地回电，显然是早已起床多时："早。这么说来他还没走到绝路，还没饥不择食。不急，我有耐心。但你有没想过在后面推一把？"

"无须我动手，我知道下月三日，他有一笔一千万元的贷款到期，银行不会让他转贷。"

"银行抽贷？发工资日子快到了，这不是要张立新的老命吗？你猜他会不会考虑拿老厂的地皮与开发商合作退二进三搞开发？不对，这么做来钱慢，他现在急需用钱。他会不会卖了那地皮？"

"他的资金一定是非常紧张，要不然他不会这么迅速地摸我的底。

我再观察一下他如何处理下月三日被抽贷后的工资发放。你别心急。"

"我有耐心，但可以看出，他自始至终对我很是防备。你这一试探已经探出他的底线。"

"班长还是有几分情面，没说我第一次出手就失手。对了，陈昕儿回国了，你知道吗？她打算找宁宥谈判。虽然我相信宁宥的能力，但人家现在让家里事逼得焦头烂额，你想个办法拦住陈昕儿吧。"

"你失手什么，你我是同学关系，又不是你失误造成。我没空处理陈昕儿的事，我得找人去加拿大接管我儿子。"

"你不管我管，我见不得两个好同学厮杀。你究竟管不管？"

简宏成被逼无奈，只得道："你知道我今天起大早啃资料，上班需要会见两班重要客户，紧得上厕所时间都没有。唉，自己作孽自己担啦，我会处理。"

田景野知道简宏成只要说管，就肯定能管，只是不知道会管成什么样。但他心思也无法放到陈昕儿那些鸡毛蒜皮上，一路回味与张立新的你来我往，猜测张立新现在是什么心态。田景野从来喜欢走棋看三步，比别人想在前面。

宁宥早上送儿子上学，路上手机响。郝聿怀接起一看："未知来电？不接？"

"多事之秋，未知来电也得接。你帮妈妈发个短信给对方，让有事来短信，我现在没法接电话。"

很快，短信回来："我是陈昕儿，正在上海，希望找个时间会面。"郝聿怀将短信读给妈妈听，又问怎么回。

宁宥果断地对儿子道："没空，然后把这个号码拉黑。"

郝聿怀哈哈笑着照做。宁宥怕儿子问起，不得不寻找话题分散儿子注意力："你们同学知道咱家的事儿了吗？"

"昨晚我在饭桌上已经跟你说了，君安爸爸跟爸爸是同一系统，也就是意味着君安知道了；君安知道了，等于同学们都知道了。妈妈昨晚反应迟钝。可怜的妈妈，所以我昨晚没进一步为难你。"

"啊？"宁宥哭笑不得，儿子居然给她下套路，"那……"

"没什么，我告诉他们，既然可以有人为他们的爸爸骄傲，就需要有人来反之，否则世界不平衡，就像作用力与反作用力。"

"Bingo，好答案。想不想出国读书？"

"以后，想，但现在我要陪着妈妈，替你分担。"

"灰灰，你太乖了，可是妈妈为什么心里反而不安呢？"

"妈妈，别担心我，我是大男人了。你只要管住爸爸的事就行了，我自己行。"

可宁宥依然觉得心里不对劲。她将儿子放下后去上班了，完全没有再想一下陈昕儿。她现在哪有时间操心别人啊。

陈昕儿用宾馆的电话再拨打宁宥的手机，响半天就是没人接。她心知被技术处理了。她看着扔在床上的手机，一直犹豫着要不要开机。可一想到宁宥不接她电话，便意味着肯定心中有鬼，对自己有愧于心，便越发焦躁不安。她再也忍不住，打开手机，寻找宁宥的号码。可没等她将号码找到，简宏成的电话进来了。是简宏成秘书拨通的电话。

"陈女士，请稍候，简总跟您通话。"

陈昕儿心里一凛，下意识地中断通话。可来电不屈不挠又来，依然是冷冰冰的"陈女士，请稍候，简总跟您通话"。陈昕儿像捧烫手山芋似的将手机捧在耳边，等着那头简宏成的声音响起。她立刻辩解："我把小地瓜委托给小黄了，小黄稳重，你可以放心。"

简宏成道："我已经派更稳重的去加拿大，你可以放心，慢慢花时间找宁宥谈判，最好弄得她彻底焦头烂额，终于失去方寸，正好给我创造机会。她家地址和公司地址我让秘书发到你手机上。你不要再关机玩失踪。"

简宏成说完就挂机了。陈昕儿呆若木鸡，不知简宏成这话是什么意思，是真话，还是反话，还是亦真亦假？即使短信已经将宁宥的地址推送到她面前，她都不敢打开，仿佛面对的是潘多拉的盒子。

简宏图千辛万苦，终于要到一位曾经与崔家老婆共事过的退休药剂师的地址。简宏图连忙将好消息汇报给哥哥，顺便表功。可简宏成在电话里教育他："我特意拨付一笔专项资金，是让你聘用专业人士做这件事，而不是你自己出手。"

简宏图立马推翻前面说的话："那当然，那当然，我就是花钱请人才找到那位退休药剂师，不是我亲自去打听来的。可我请的人长相太横，找上门去，可能吓到那位药剂师。我得自己去问出那崔家老婆叫什么。只要问出来，后面的事就好办了。"

简宏成心里表示怀疑，可这种事不便麻烦可信任的田景野，只得勉强答应。

简宏图以为骗骗老太太不过是轻而易举的事，他穿上他妈最喜欢看他穿的一套深灰西装，一本正经地找上门去。可人家老太太警惕地看着这个气质轻浮的年轻人，显然不信他编的理由，要他拿出身份证证明身份。简宏图一愣，下意识地将拎包拉链拉开一半，忽然意识到不对，他不能暴露自己的身份，于是连忙找借口，说是敲错门，匆匆离去。

退休药剂师却警惕上了。可再警惕也没用，她也不知道宁蕙儿的下落，想警示都找不到门儿。但她逢熟人就传递消息出去，说有不三不四的人在找宁蕙儿，谁见到宁蕙儿，提醒她小心。

宁宥正上班，前台有电话进来，说是有女士找她。宁宥心说，陈昕儿打不通电话，难道找到她公司来了？她不知道情急之下的陈昕儿会在前台说什么胡话，她现在已经够倒霉，不愿再给同事添加话题，也没多问，就让前台放人进门。

可来者是她黑进郝青林电脑与手机看过照片的郝青林的外遇对象——顾维维。宁宥措手不及，看着顾维维进门，看着顾维维以比她还娇怯的姿态在她面前坐下，却不知怎么招呼。两个女人第一次面对面。相比宁宥，顾维维虽然年轻，可憔悴得多。外人只要一眼就能下结论，这个顾维维除了有年龄优势，其余都不如宁宥。

宁宥很快镇定下来，索性不说话，继续盯着顾维维。

顾维维不管，她鼓起勇气，直截了当地哀求："请你救救郝科，看在多年夫妻情分上救救他，我可以退出。"

宁宥不置可否地"噢"一声，不愿降格与第三者对话，打骂也不愿。

"我知道你恨郝科的不忠，可这会儿只有你能救他了。他说你能力比他强，事事都抢在他前面。我想连他都逃不过你的手掌心，那么你一定只要有行动就能救他。求求你，他是你孩子的父亲。"

宁宥目瞪口呆，但依然不愿与顾维维对话。她起身道："我去给你倒杯水。茶还是咖啡？"

"不用了，谢谢你，不敢有劳。不好意思，请坐下，让我说完。"

宁宥看看顾维维，木然地走出自己的办公室，进茶水间关上门，打电话给检察院专案的同志："不知道你们有没有在找可能知晓郝青林案情的顾维维？就是郝青林的外遇对象。她现在找上我，在我办公室。"

"正好要找她，请你稳住她。"

宁宥回到办公室，将一杯茶递给顾维维，然后便自顾自做事，不理顾维维。

顾维维等不及，再道："对不起，冒昧打搅您。可是只有您能救郝科了啊。求求您，您不能见死不救啊。"

宁宥听得很清楚，"你"变成了"您"，意味着顾维维的心理在崩溃。她冷漠地看顾维维一眼，纯粹是为稳住顾维维，才勉强说一句："我想想，没思想准备。"

顾维维艰难地道："郝科说，您让他敬畏，让他高山仰止，让他不敢爱。他不是移情别恋，而是结束对您的感情。但是他不能不负责任地抛弃家庭，他希望能两全。"

宁宥想装镇定都不能了，她只是惊讶地看着顾维维，不知这小脑瓜是怎么想的。

很快，检察院的同志来了。看到顾维维满脸恐惧地跳起来，宁宥冷冷的，什么都不说。

顾维维惊呼："你报警？你出卖我？你果然心狠手辣，果然是披着羊皮的狼。"

宁宥依然不说话。但最后一句话深深刺痛了她。可见郝青林那天并非情急之下说出的"披着羊皮的狼"，而是早已认定。

连检察院的同志都忍不住同情地对宁宥道："你别往心里去，比你惨的人我们也见过。一位女同志倾家荡产帮贪污受贿的丈夫打官司，坚定地相信丈夫的清白。等得知丈夫贪污的钱是养外遇对象，她当即昏过去。你看！"

"我没让郝科养，我自己挣工资养活自己。你们别听宁宥的，郝科说过，这个女人铁石心肠、心机极深……"

检察院的同志没搭理顾维维的控诉，将她往外带去。可顾维维非要把自己的想法表达出来，一路上继续大义凛然地高喊："郝科说早已无法爱你，你已经不是女人。你有没有扪心自问，是你的强硬把郝科逼出家门，逼上绝路……"

宁宥不即不离地跟在后面。出于礼节，人是她打电话叫来的，她总得将人送到电梯口。在顾维维的拼死控诉声中，她依然不言不语，但步步如走荆棘。她完全可以想象同事们的眼色正兴奋飞舞。

但更让宁宥崩溃的是，好不容易走到电梯口，电梯里，却走出斗志昂扬的陈昕儿。陈昕儿正好听到顾维维最后的挣扎："丈夫是你的，我三年前把他拱手让给你，是希望你好好对待他，珍惜他。我今天给你最后的机会，救不救他，你倒是说啊！"

宁宥依然不理顾维维，只对检察院的同志说"辛苦，再见"，但微笑比哭还难看。却听陈昕儿在她身后大喝："做第三者的，就别理直气壮了！以后出门戴个墨镜，要记住你没脸见人。"

等电梯门关闭，陈昕儿却面对着转过身的宁宥，咬牙切齿地道："不用谢，我痛恨所有插足的第三者。"

"不会谢，你诬我是第三者，烦了我这么多年，你欠我无数烂账。"宁宥边说，边回自己办公室。

陈昕儿不否认。她不请自来，宁宥自然也不会请自己跟上。她边走边四处打量，等走进宁宥宽敞的办公室，自觉地将门关上："位高权重啊。"

宁宥不语，倒了杯咖啡递给陈昕儿。陈昕儿用两根手指将咖啡推开："我不喝美式，也不用纸杯喝。"

"有话快说吧，几十年的老相识了，谁不知道谁啊，甭装。"

"出了什么事，竟然让第三者打上公司？不是你的风格啊。"

"郝青林因经济问题被抓，她大概是想殉情吧，碰到那种不要命的人，谁拦得住。昕儿，看到没？我焦头烂额，没力气抵御你的火力，请你手下留情，有事找正主儿，另找出气筒。"

"简宏成说，你越焦头烂额，他越有可乘之机。我问田景野要你的地址，田景野不给。简宏成却主动将你所有信息送上门来，让我来火上浇油。你看，简宏成就是这种男人，早认识他早好。"

宁宥几乎噎住："说完没？你若真火上浇油，我只有翻脸了。"

"你啊，唉，你以为我跟简宏成一样心狠手辣？我是来帮你。我问你，你家老公又是吃官司又是外遇的，你儿子怎么办？你自己都焦头烂额，你儿子还小，他承受得起？你以为刚才那女的敢舍命来找你，就不会冲去你儿子学校找你儿子？宁宥，我也是妈妈，我懂。你可千万别让孩子幼小心灵落下创伤，那会影响孩子一辈子的性格。这些，你都想过没有？"

陈昕儿字字戳中，宁宥不禁又想到送儿子上学路上感受到的异常。儿子太乖，乖得已经不像个正常儿童，她怎能不揪心？如果现在郝青林出现在她眼前，她恨不能将这个罪魁祸首剁成肉泥，现在她只是鞭长莫及。可是，儿子！即使明知陈昕儿未必是好意，可此时宁宥还是忍不住问："你觉得带儿子逃离现场好，还是鼓励他面对现实好？"

"你先问问自己，你还撑得住吗？你都撑不住，你以为你孩子呢？"

宁宥叹息："即使撑过去，又岂是好事？"

"对，小孩子太早认识社会不是好事，是揠苗助长。我提供你机会，你带上儿子去美国读书，我支付你生活费，支付你儿子全部学习费用，直到大学毕业。条件很简单，只有一个，从此绝迹同学圈。"

宁宥看着陈昕儿急切的脸，虽然脑袋阵阵地疼，心里烦乱得想撞墙，可陈昕儿不是顾维维，她终究对陈昕儿手下留情。陈昕儿既然已经上门纠缠，她只能正面解决问题："昕儿，你没钱，简宏成每月转账给你的是他精算过后的生活费，支付你们儿子的生活开销之余，只够你打肿脸充胖子采购伪充简太所需的行头。你住的房子、用的车，都没放在你名下。这些，我们在上海的几个同学都门儿清。那么消息来源是谁呢？当然只有你们两个中的其中一个。如此侮辱，由一个男人对一个女人做出来，你如果是旁观者，你会认为这两人是什么关系？"

"简宏成如果不是心里想着你，他不会如此对我。他用对我的侮辱来向你表忠心，所以，只要你彻底从他生活中消失，让他彻底死心，他就会放弃向你示好的一切手段。我现在虽然没几个钱，但够把你安顿到美国。然后，简宏成会看见一直陪伴在他身边的我，我会有钱支付挪走你的代价。"

"你言情小说看太多了。你也是中年人了，你见过谁有这么长情的？或许，我不过是简宏成打发你的便宜借口。你如果真想成为简太，建议你别让我这个假靶子蒙蔽了双眼。"

陈昕儿一愣，但左思右想，吐出一个"不"后，又说不下去，死死盯着宁宥不放。宁宥也有耐心，等着陈昕儿开腔。陈昕儿终于忍不住道："不，就是你。我跟简宏成多年，我知道他私生活不乱，他生活中只有我，心里只有你。只要你彻底消失，所有问题就能迎刃而解。"

宁宥"啧"一声，摇头道："昕儿，你还在拎不清。好吧，我残忍地教你一个知识——被爱是什么滋味。那时候，我是郝青林的整个世界，我在郝青林眼里是最弱小的。走在马路上，他一定是走在我的外侧；一起过人行道，车子从右边来，他一定走在我右边。等过了中线，他立刻换到我左边，体贴到毛细血管里。一个真心爱我的人，不会趁我焦头烂额之际趁火打劫，放你来骚扰我。你好好想想，你也可以去咨询不相干人的意见。"

陈昕儿依然死死盯着宁宥，忽然摸出手机，给一位朋友打电话，将宁宥的话大致复述过去。很快，那边肯定了宁宥的说法。陈昕儿的眼睛一下子茫然。铆足干劲盯了那么多年的目标，原来是简宏成施加的障眼法？她直着眼睛站起身，手忙脚乱地抓起包包就往外走。宁宥起身送她，却根本追不上陈昕儿凌乱但飞速的脚步。原以为陈昕儿可能会停顿在电梯前，可陈昕儿根本等不住，蹿进楼梯间噔噔噔地往下跑。宁宥只得作罢。

经过这一番凌乱，宁宥回到办公室，将手机扔到桌上，仰头呼啦一下瘫在椅子上，眼角渐渐沁出泪光。这日子，有完没完啊！

宁恕锲而不舍地准时到下班后的仓库区取来一天监控摄录的内存，走出老远才钻进自己的车子，脱下帽衫，换上显然是比较贵的衣服。即使他有几十年决心的驱策，此时也觉得一天一次去仓库区实在是绑架了他的时间。他便趁天还没黑，他的应酬也还没开始，赶去西三数码店看看有无适用的大一点的内存。

进门便见田景野正陪一个身板结实、满脸精明而江湖的中年男子说话。

田景野见是宁恕，便招手让他过去："宁恕来，认识一下，这是阿才哥，我在里面认识的好朋友。阿才哥做土石方运输，以后你们项目建设起来，别忘找阿才哥。阿才哥，这位宁大总经理是个标准的青年才俊啊，是我看着长大的，比我有出息得多。"

宁恕连忙与阿才哥握手寒暄，交换名片。田景野见两人招呼得差不多了，就对宁恕道："你忙你的去，等下一起吃饭。我跟阿才哥还有些话要谈。"

宁恕领会意思，再说他也真的有事，便找内存柜台好好咨询。他既然是老板的朋友，店员自然是对他毫无保留地介绍。

那边，阿才哥将刚才的话题继续下去："但我听说新力集团张总也在找你。要这样的话，我们兄弟肯定不竞争。说起来，我那几招把式都还是你手把手教我的。我们不如来谈怎么合作，跟新力集团做生意。"

田景野不禁笑道："我早上刚被张立新否决掉，新力那一票已经与我无关了。你放手与张立新做吧，有什么需要我帮忙的，一个电话。不过，我建议你拖着他，下月三日他一批贷款到期，肯定被抽贷。那时候他肯定更急，他急了才方便你入场。"

"啊呀，好！果然得找你问一下。你说老实话，新力下个月被抽贷，是不是你搞的手脚？要不然你怎么可能知道得这么清楚？"

"还真没做手脚，是那家银行最近审核严格了。"田景野见宁恕已经买好东西，往这边张望，想自己的要紧事情已经说完，就招手让宁恕过来。

阿才哥看着宁恕过来，问道："这孩子能信吗？"

"他一直在规矩公司做事，别拉他下水。"

宁恕却忽然接到妈妈的来电。宁蕙儿的声音并不焦急，但说出来的话让宁恕心中一惊。他连忙与田景野等告别，飞奔回家。

宁蕙儿在家织着毛衣，见儿子冲进家门，她虽然故作镇定，这会子却连见面唠叨一下都忘了，直接道："知道闯祸了吧？有老同事传话给我，今早有个流里流气的青年到我过去的药房同事那儿打探我的下落。我花一下午时间才找到那个药房同事问清楚，那个流里流气的青年要弄清楚的是崔家那个老婆的名字。你猜是谁在找我？是不是你前几天跟我说什么报复不报复的，打草惊蛇了？"

宁恕连忙道："没没没，我什么都没做。但我倒是认识简家的小儿子。你问问你那老同事，找她的是不是一个长得瘦条形的，脸色有点苍白，眼光有些媚，眼圈有些黑，看上去酒色过度的样子？"

宁蕙儿道："我已经详细问了，就是这个样子。你怎么认识简家小儿子的？是不是你惹他警惕了？"

宁恕认真回忆那次与简家兄弟吃饭的场景，思来想去，摇头道："没有，我跟他只吃过一次饭，还是姐姐同学田景野安排的，一大桌人吃饭，又没好好跟他说几句话，不可能引起他的疑心。再说那么个草包一样的人……不可能。"

宁蕙儿见儿子如此，便知儿子说的是实话，点头道："那就奇怪了，好几年没动静，怎么忽然又动作起来？又有什么打算？我现在已经不怕了，但你才回来做事，简家财大气粗的，已经做了那么多年地头蛇，我担心他们影响你前程。"

"妈，很简单，我和姐姐长大了，有实力了，简家的儿子也长大有实力了。我这边想着报复，他们一定也是同样心思。男人嘛，有血性。所以你看，我先下手为强是必须的。"

宁蕙儿皱眉想了会儿，道："罢了，我还是那话，不想惹事。可今天我那老同事不说我底细，难保哪天钱捧到他们面前，他们还能挺住。你姐家出事，她正好下午打电话让我过去帮她看着灰灰，我明天就去上海给她看家。你也租个房子外面住去。我们避开他们。"

"妈，你已经避了一辈子，想让我也避一辈子吗？这事不解决，我以后的家庭呢？也避着他们，到处流浪？我可是要堂堂正正做人的。所以，两家的事要做个了断，我不能再逆来顺受，尤其是他们又开始挑衅。可见他们不是善类，我们靠躲，是躲不过去的。"

一说起流浪，宁蕙儿大大地变色。不仅是流浪，还有隐姓埋名，两个孩子的名字都改了，几乎是两年换一个地方，两个孩子则是在进一中前两年换一所学校，天天生活在惊吓中。怎么可以让第三代依然过那种日子？

见此，宁恕道："妈，还反对我动手吗？"

宁蕙儿虽然胸闷，可依然断然道："不行。我宁可你调回北京去，我跟你去北京吃灰，给你煮饭看门。"

"避着他们有用吗？他们到现在还不依不饶，难道你要避他们一辈子？该还的早还了，我有什么欠他们的？我干吗避他们？不避，我受够了。"

"翅膀硬了，开始不听你老娘的话了？"

"不，而是我有判断了，不会再盲从。妈，我们没什么对不起人的，我们理应堂堂正正做人，在自己老家堂堂正正做人。我岂止不避，还会迎难而上，谁敢阻挡？！"

宁蕙儿怔怔地看着怒喝的儿子，仿佛终于发现儿子长大了，成人了。如此须发怒张的儿子，完全不同于她病恹恹的老公。老公发怒时，只会自残和伤害妻儿，落得妻儿至今受其之累。

"你别冲动，你想想，你爸当年也是一怒……"

"我和爸完全不是一回事！"宁恕回答得举重若轻，充满自信，没一句废话。

宁蕙儿忍不住举起手，扳住儿子的双肩，重重撼一把。果然，儿子几乎没什么晃动。宁蕙儿不由得又撼一次，却比上回的力量轻了。再一次，再一次……终于，她低下头，垂下手，无奈地叹息："你……你记得给你老娘留条命。"

"妈，我知道。"

宁蕙儿长长地叹息，走去厨房，背影仿佛一下子老了许多："来吃饭吧。"

"还有，姐姐那儿等她忙完再告诉她吧。"

"嗯，我知道。"

这一刻，仿佛一家之主易位了。宁蕙儿感觉到自己的苍老，也感觉到儿子的崛起。

宁宥带儿子上公婆家吃饭。对于宁宥还肯上门，尤其是让灰灰一道上门，郝家老夫妻简直是感激涕零。他们准备了一桌好菜等两人来。

宁宥最后到，她进门时，就闻到浓郁的饭菜香。公公亲自迎出来，笑道："灰灰已经把油爆虾吃掉三分之一了。我说是你妈最爱吃的，他说他也最爱吃，打耳光也不能放手。"

宁宥眼睛一亮，看看书房门："真的啊？我早上还有点担心他封闭自己呢，他能耍点儿赖，倒让我放心一大半。"

"可不？这才是最紧要的。"

宁宥使个眼色，公公立刻闭嘴。果然见郝聿怀从书房出来："妈，我替你吃掉一堆油爆虾。你晚上可以不用做剥虾那种麻烦事了。"

"剩下的三分之二，是不是还得辛苦你替外公、外婆吃掉？"见儿子开始调皮，宁宥眉开眼笑，一整天的疲累都值得了。

"是啊，是啊，我累惨了，我是家里的童工。"见妈妈笑得开心，郝聿怀更是开心。

"这么高兴，是不是又什么考试考第一了？"

"考试考第一这种事，对我这种常胜将军哪还有什么刺激感。我——进——篮——球——队——啦！校队，B队。"

"哇，通过考核啦？抱一个？"

"切，切。"郝聿怀不屑做这种小男孩才做的事，泥鳅一样地溜走。

宁宥这才挂着近日来最由衷的笑容，进厨房系上围裙，帮婆婆做菜。她对顾维维上门一字不提，免得让二老操心。等公公也跟来，她说："我这两天一直在考虑安排灰灰出国读书的事。这会儿看到他还能高兴，我倒是又动摇了，想讨爸妈一个主意。"

郝母叹声气，道："老头子，你说吧，我们也商量过。"

郝父道："青林做的事太不堪，我们也考虑让灰灰远离七嘴八舌。我们愿意负担费用，也愿意去陪读。这样你可以放心，我们也可以为你们尽点儿心。"

宁宥想不到二老比她想得更远，不禁感动得眼圈红了："我……"

可陈昕儿的电话忽然打了进来，挤走宁宥的感动。宁宥不得不吸吸鼻子，假装正常："昕儿……"

"宁宥，帮我，快帮我想办法！我儿子，小地瓜，我本来委托给小黄的，可刚刚打通小黄电话，她说简宏成叫人把小地瓜接走了。怎么办？简宏成是什么意思？"

"你最好问简宏成。"

"我当然打了，可打过去都是他秘书接，他秘书死人一样，只会说他转告。你说，他是不是气我擅自回国找你？他惩罚我？我该怎么办？"

"可不可以报警？让小黄报警？"

"没用，他手续齐全。你说，他这是想干什么？宁宥，从来只有你拿得住他，你帮我猜，他想干什么？"

宁宥郁闷了："我不知道啊，这算什么招？但反正不是好招。"

"他是不是想剥夺我的抚养权？"

"他凭什么？"

"会，他一定会。他早说过，别想用小地瓜来要挟他，他不吃要挟，他只会剥夺我的要挟权。"

宁宥只听得手机里传来的背景声音乱糟糟的，像是旷野里的风："你是不是正往机场赶？对，去深圳，面对着他，理性对话。"

"不，他连电话都不肯听，他不会见我。好了，你可以推开窗户抬头向上看了，我站在你家楼顶。简宏成不把小地瓜还我，我就往下跳。"

"什么？你冷静。我在婆婆家吃饭，我看不到你。你冷静，冷静，我立刻赶回家，路上起码二十分钟。"

"嗬，还有人在乎我的生死？"

"有。虽然你近年来无理纠缠烦得要死，我听见你的名字就头痛，可你一说跳楼，我只想到你的好，特别是你高中做团支部书记时对我的关照。你不能死，我立刻去找你。你等着，别动。"

宁宥将儿子托付给公婆，连围裙都来不及脱，就匆匆走了。她家的楼顶？那是二十九楼，她入住至今都没上去过一次。她光是想，就已经恐高症发作。她这个常年不剧烈运动的人此刻在小区道路上狂奔，跑得上气不接下气，喉咙发甜，都还没跑到车边，就已经喘得直不起腰了。

宁宥扶着墙根呼哧呼哧地狂喘，忽然想到一个匪夷所思的可能。简宏成将她的电话、地址都倒给陈昕儿，这事太反常。这会不会是简宏成根据她和陈昕儿的性格设的圈套？这圈套要套住谁？宁宥忍不住捶了自己脑袋一拳头，人命关天，此时眼前即使是圈套，她也得钻了。她跟跟跄跄地继续奔向她的车子。

宁宥几乎是连滚带爬地爬上车座，趴在方向盘上喘了好一会儿气，等手稳了，立刻拿出手机，两根手指非常自觉地，犹如自发地，按在"班长"这个名字上，接通了电话。几乎是瞬间，那个据说总是由秘书接听，陈昕儿永远呼叫不到急得要跳楼的声音跳了出来。

"宁宥？哈哈，你找我？"

宁宥几乎是瞬间意识到有问题，也没挂断，而是直接扔边上，另一手按下车窗，让外面的噪声挤满车厢。她车照开，喇叭照按。她在噪声中依稀听到手机里简宏成焦躁的喊叫，她不理。直到第三个红灯，她才小心拿起手机，对方已经挂断。宁宥在黑暗中翻了个白眼，大大舒了口气。过了一会儿，一条短信进来，宁宥没时间去翻看，用脚指头想也知道是谁发来的。

几乎是宁宥刚停车，陈昕儿的电话就打了进来："宁宥，你说你赶来，赶来，人呢？人呢？真的要给我收尸吗？那我还来得及跟你说几句遗言。没别的，十年后你帮我找到小地瓜，告诉他，他妈妈叫陈昕儿，是被他爸爸逼死的。"

电话里，陈昕儿气急败坏，又哭又喊。宁宥连忙钻出车子往上看，可是夜太黑，根本看不清楼顶有人："我到了。我在路上给班长打电话，也打不通……"她说了一句谎，跑着奔向自家大楼。她要是打通了，上午才刚骗陈昕儿相信简宏成爱的不是她宁宥的事又得泡汤，她又会陷入陈昕儿无休无止的厮缠，想想都怕。

"嘀，你也打不通！那就对了，你就是他给我设的障眼法，我现在才想明白，你还是他给我设的调虎离山计，把我从小地瓜身边骗走。这么多年了，他忽然这么多小动作，你说是为什么？喂，你说话啊！"

"我跑着上楼，上气不接下气，你说。"

"宁宥，我一无所有了，连儿子都被抢走了，呜呜呜……"

"嗯，等我啊，乖，我就不报警了啊。我肺都炸了，不说了，你等着。"

走进电梯，宁宥便断然挂了电话。她判断陈昕儿不可能自杀，或者说是不可能急着自杀。她这才有时间看短信："电话没锁屏？你给我的联系人名设定一定是'班长'，按字母排在第一位？还在用老式手机？害我白激动一场。想到你这么晚还在路上，这么辛苦，就让我帮你的忙吧，Please。"

宁宥喘着粗气，可旁边有其他人，她早斯文地掩住嘴转身面对电梯壁了。她都没时间想别的，立马把短信删了，脑袋里则加油盘算怎么在不伤及自己的前提下，把陈昕儿骗离危险地带，骗下楼。可是，怎么想，她都没把握。

上到顶楼，推开小门，夜风哗一下撞面而来，吓得宁宥腿肚子直哆嗦。她从来就是个害怕大自然的人，再加上跑得腿脚酸软，一踩到天台，便脚一软自己先倒了。倒地的刹那，她的完美计划终于在脑中浮出雏形，完美得她差点哈哈大笑出来。

宁宥索性不起身，以天鹅之死的优雅身形趴在地上，却不忘冲着站在栏杆边的陈昕儿颤颤巍巍地喊："昕儿，昕儿，救我……"如果没猜错，只要陈昕儿骨子里还是小时候那个正直规矩的团支书，那么陈昕儿断无见死不救的道理。可眼看着陈昕儿看过来，人却并不过来，宁宥郁闷了。难道装得不像？还是陈昕儿铁了心要自杀，没心思管别人了？宁宥眼珠子飞快转了一圈，连忙加上两只手的抽搐。她一向四体不勤，这抽搐装得不像是人的，倒是像受伤的兔子。

天台上装有红灯，虽然不算亮堂，却也可视。陈昕儿果真上当，顿时忘了自己的哀怨，飞快地跑过来抱起宁宥："宁宥，你怎么了？怎么了？"

"从小就有……"

"又低血糖！现在生活好了，还低血糖？还是减肥太狠？包里带没带糖？"都不需要宁宥回答全乎，陈昕儿就想起来了。她娴熟地腾出双手翻检宁宥的包。

"以前低血糖晕倒，倒有一大半是假的，为了逃体育课嘛。"宁宥在陈昕儿怀里懒洋洋地回答，慢慢翻身寻找合适的角度。

"呃，这次呢？"陈昕儿停住手，狐疑地看向宁宥。

"当然也是假的。"宁宥伸手抱住陈昕儿的腰，死死卡住，"你奶奶的，你找什么死？活得好好的，死什么死？你倒是低血糖晕一次看看，倒下时你立刻万分珍惜生命你知道吗？快把糖给我，我为了你，晚饭还没吃，再饿下去一准晕。"

陈昕儿赌气地将糖扔进自己嘴里，瞪着宁宥，不想说话，想起身，腰上却坠着个大活人，怎么挣扎都没用。可她非挣扎不可。这种状态，仿佛是她与宁宥一贯的相处模式——她这个老实人总被狡猾的宁宥骗。

宁宥见陈昕儿挣扎得厉害，不得不道："拜托，消停消停好不好？你以为你惨，我比你更惨你知道吗？我老公外面有个第三者，第三者还打上门，让我在全公司同事面前丢脸。我想骂死他都找不到转达的。他犯个经济问题，检察机关躲着去了。他贪的那些钱都养了第三者，回头判起来，罚没款都得问我拿。我还有个正好叛逆年龄的儿子，长得浑身都是触须，我连哭都得想想会不会影响他的未来。我公司的总工程师今年退休，一帮副总打得不可开交抢那位置，我家的烂事全成了他们的靶子，我现在不知背了多少谣言。我还有个工程背在身上，甲方是鼎鼎有名的刻薄鬼。什么叫内忧外患？我才是，你那算什么？茶杯里的小晃荡。我都没想死，你有什么资格寻死觅活？活着！"

情形有些诡异，宁宥舒舒服服地躺在陈昕儿怀里慷慨激昂，陈昕儿垂脸抹着眼泪听。若是换个位置，可能外人看着更顺眼。可好歹，陈昕儿不挣扎了，只是目光呆滞了。宁宥起身，但依然死死扣着她，撩起她的头发看清楚神情，道："你说啊，答应我，好赖都活着。"

陈昕儿哭声顿了顿，想说，却反而哭得更凶，趴在刚坐起身的宁宥肩上："不一样，不一样，不一样，你不会懂。"

宁宥的背被她捶得嗵嗵响，敲皮鼓似的。宁宥是真不懂，有什么不一样的？谁还能比她宁宥更惨？陈昕儿不过是一时与儿子失去联络，又不是儿子被拐，急得跳楼干吗？宁宥道："我最不懂是你怎么找我家来跳楼，以为简宏成跟我有直线联络？又来试探我？要是那样，昕儿，你就太缺德了，没见我已经接近崩溃吗？我不是超人啊，你不能一再地搞我脑子，你会把我搞死，是真的搞死，不是吓你。我们高中同学一场，三年住同一寝室，你相煎何急呢。"

"不是的，不是的，宁宥，你闭嘴，不要再骂我了，好不好？我的工作早被简宏成敲掉，我没同事已经好几年了；我跟简宏成不明不白生个儿子，我爸妈都不肯见我，等哪天儿子大了也会看不起我；我混那么多年，简宏成都没给我一个名分，我不敢见同学，怕你们笑话，更怕看见你们都在正常过日子；我没好朋友，我怕跟人深交下去，人们一打探我的底细，原来是个烂摊子，再看见我就是看不起我。所以，你说我跳楼求死时还能想起谁呢？你看我手机，打来打去只有你、简宏成和田景野三个……"

"可你不得不打我电话，是自以为能找我抢简宏成，不得不打田景野电话，是了解简宏成行踪。说到底，你的联系人只有一个简宏成。"说到这儿，连宁宥都不得不叹息了。

"那你说，他把我儿子抢去，也不知道又跟谁在一起，我还有什么活头！我这就叫众叛亲离，只有一条绝路走到头。我可以回头吗？回头你们都在笑话我，你以为我不知道你和田景野接到我电话有多不耐烦？

我每次打电话，都是把脸皮扯下才敢打，晚上不敢打，怕羞愧难当睡不着。可就是这样，他还要把我最后的一张皮剥掉。你说，我活着是不是多余？你跟我怎么一样，你是你儿子的妈，小三上你公司，你可以理直气壮地轰出去。你还有社会地位，有社会身份，偶尔丢个脸，你还能赚回来。说到底，你还有婚可以离，你什么事都可以拍桌上给人看，你老公做了什么，你找谁哭，谁都不敢说你一声活该。我呢？谁都在说我活该。活该是什么意思？活该就是该死了，我可以死了，我是个多余的。你真别拦我。"

宁宥听得目瞪口呆："日子怎么会过成这样？唉。既然你逮住我了，有什么话都倒出来吧，好歹老同学，谁不知道谁底细呢。下去说，上面风大，吹得我头更晕。"

"还有什么好说的呢？说了又有什么用呢？都是绝路，绝路，没有活路。"

"先别说绝路不绝路，我只奇怪你怎么舍得把儿子交给别人，自己跑回国内。还奇怪你肯扔下这么小的儿子，跳楼自杀。我告诉你，三年前郝青林出轨，我那时候也是跟被雷劈过一样，可一想到我儿子，我说什么都不能让我儿子没妈，不能让他不快乐，我就斗志昂扬，什么都做得出来了。你……想想你家小地瓜，想象一下如果以后他只能被一个不爱他的保姆或者后妈带着，那些女人背着他爸爸虐待他……你还死得下去吗？"

陈昕儿竖起脖子愣了会儿，又扑到宁宥肩上号啕大哭："小地瓜已经被简宏成抢走了！"

"刀架脖子上也得抢回来！但，刀要架到始作俑者的脖子上，比如抢小地瓜的主使者简宏成。"宁宥见陈昕儿抬起泪脸停住哭泣严肃看她，连忙又解释，"这儿的刀不是真刀，而是指一针见血的好办法。你应该最了解简宏成，找他，把儿子要回来。为了儿子，怎么做都行。"

"你帮我。我知道简宏成那次最轰轰烈烈的打群架，其实是你逼他的，高中时候对付简宏成，只有你和曹老师有办法。"

"我被风吹得晕，我们先下去，慢慢想办法。"

陈昕儿终于肯起身，与宁宥下楼。宁宥让陈昕儿走前面，她在后面看着，不禁唏嘘。一个人有一个人的一本账，今天仔细翻看陈昕儿的这本账，果然是笔笔烂账。可烂账也是账啊，即使是烂账也得算下去。

陈昕儿被宁宥送进主卫洗澡。她跟公婆联系，放郝聿怀在公婆家过夜。公婆自然是巴不得。但年迈的婆婆忍不住多问了一句："你那位同学究竟为什么事啊？"

"遇人不淑。"

郝母同情地叹一声气，但忽然想到不对："呃，我等会儿送灰灰回家吧，你们人多热闹点儿。宥宥啊，家家有本难念的经，家家的情况不一样啊。"

宁宥勉强笑道："妈放心，人跟人不一样。灰灰还是待你们那儿吧，我同学的情绪还在激动。"

但宁宥煮饺子时还是忍不住眼睛发直，既是累的，也是心里烦闷。刚才为劝陈昕儿，她列举了自己现在承受的痛苦，本意是没什么大不了，但不说不知道，一说吓一跳，才发现自己现在过的是什么狗一样的日子。她才明白过来婆婆何以担心她单独与同样遇人不淑的陈昕儿在一起，旁观者清呢。别人早看清她所受的罪，怕她跟着跳楼。宁宥越想越唉声叹气。

可即便如此，她还得随时跑去浴室敲敲门，要陈昕儿应一声，以确定陈昕儿没在里面搞事。不照顾陈昕儿的时候，她就神思不属。

但陈昕儿裹着浴巾就出来，喊她过去："宁宥，你来看，怎么都只有你的衣服？"陈昕儿指着两排敞开的衣橱。

宁宥关火过去一看，冷笑道："打包了。"再看陈昕儿的脸，一顿热水澡洗下来，陈昕儿的一脸焦躁晦气似乎洗脱点儿了。她这才放心。

"打算……离婚？"

"没想好。反正他这几年用不上那些衣服，挂着占地方，我看着碍眼。"

"他都那样了……你还爱他？其实你三年前遇到家庭问题，同学群里都以为你会离婚。"

"你不也一样？"

"不一样。"陈昕儿挑了一件宁宥的衣服，进去里面换，在里面大声道，"你有能力，一个人带着儿子能过下去。我不行，我这几年已经废了，没法再走入社会。你想，我现在出去就业，能找什么工作？已经十来年没工作了，又已经超过三十五岁这条职场生死线。我已经被简宏成废了。"这句话，陈昕儿从未说出来过，没脸说。今天生死线上走一遭，在宁宥面前就跟被剥了皮一样，她这才厚着脸皮说出来。可即便如此，她还是得躲进洗手间隔着门才敢说。

宁宥惊讶得轻轻自言自语："所以，不缠死简宏成怎么行？"

陈昕儿很快出来，仔细看看宁宥的脸色，道："唉，就知道你这明媒正娶的不会明白。"

宁宥道："我当然不会明白，为避嫌，也为了躲麻烦，我从来不打听你们俩的事。今天你如果想说呢，我们一边吃饺子一边说，我一只耳朵进，一只耳朵出，听完忘记，不给你意见，纯粹做一只树洞；如果不想说，我建议你跟田景野通个电话，大概只有田景野能最快让你获得孩子的消息。"

"宁宥，你帮我打，我吹头发。"

宁宥愣了一下，但一看陈昕儿尴尬逃避地背过身去，她想到刚才屋顶天台上陈昕儿说的话，心软了："那你替我去煮饺子，煤气灶上放着呢。"

"我可以听着吗？"

"会很折磨。"但宁宥也没拒绝，索性将免提打开，一边煮饺子，一边打电话给田景野，一边还得拿一只眼睛看顾着游魂似的陈昕儿。

田景野又是在与朋友吃饭，他现在是单身汉，回家也是一个人，不如有饭局就凑。他一看是宁宥的电话，以为宁宥是为官司的事儿，便自觉走出门找僻静处接听。但宁宥说的话让他惊住了，他几乎是一直"什么什么"，直到宁宥说完，才回过神来："她现在还有没有危险？"

"还失魂落魄的，纯粹是为儿子才跟我下楼。我不清楚简宏成是什么意图，但这事他得解决。"

"她有没有提什么要求？"

"性命都不要了，还能提什么要求？我是外人，不便乱讲，我只是传话的，总之，简宏成是始作俑者，应该知道怎么做。"宁宥看看陈昕儿，陈昕儿却是挂着长脸，脸颊抽了一下，低头叹息。

"你自己还好吧？"

"很不好。但我俩刚才在屋顶上比了一下谁更惨，好像从心态上而言，昕儿更惨，所以昕儿优先。"

田景野从鼻孔里笑出几声，他知道陈昕儿肯定在宁宥身边，他不便多说，便挂了这边，打通简宏成的电话。

但简宏成的态度完全出乎田景野所料。田景野只听到电话那端传来一声怒骂："有病啊！"田景野心里倒是替陈昕儿不平起来，骂道："人家都被你逼得要自杀了，还骂人有病，你有病啊？！今天这事责任全在你，你自己想办法解决。即使你不想救陈昕儿，你想想陪绑的宁宥，别给宁宥火上浇油了。"

"你以为我是冷血动物？陈昕儿跑回国内找宁宥无中生有，把孩子托给小黄。小黄是我生意朋友的女儿，才二十四岁，在那边大学读研，还没结婚，哪有带孩子经验。再说小黄要读书，陈昕儿怎么能把孩子托给小黄？我不放心才让另外的朋友夫妇去接走儿子。谁抢她孩子了？要抢在国内不是更方便？"

"我 ×，一摊烂账。你不会跟她好好解释啊？闹成这样！赶紧去解决。"

"陈昕儿跟我完全无法对话。你跟她讲，不信就打电话去小地瓜幼儿园，验证小地瓜到底有没有去上课。现在那边该上课了。反正她什么时候回加拿大，什么时候可以接走小地瓜。"

田景野晕得大小眼："你们两位的关系我不便打听太深，但能不能别总骚扰同学们？说出去你也脸上无光啊。更别说宁宥自己已经是焦头烂额，你好意思让你那些破事还去烦她？"

"别提了，我不小心沾上一口浓痰，甩都甩不掉，我也有被陈昕儿逼疯的趋势。我本来将计就计，宁宥那儿按常理应该可以摆脱纠缠，可陈昕儿还是找她要死要活。总之，你同时告诉宁宥，陈昕儿只是装腔作势，不会真跳，她心里计划多得很，壮志未酬，怎么肯跳。"

田景野道："无论你们是什么关系，你这么说陈昕儿，外人都会认为你理亏。"

"对，陈昕儿就是抓住这一点为所欲为，而且她还会利用我对小地瓜的感情。不提了，我知道我的形象。帮我向宁宥道歉。"

田景野放下简宏成的电话，却是踱步良久，思索良久。过了一会儿，他才给宁宥打电话，将简宏成有关小黄是谁，他为什么要从小黄那儿将孩子接走的原因原原本本地告诉了宁宥，并让陈昕儿给幼儿园打电话验证。

宁宥一边听，一边斜睨着陈昕儿。陈昕儿却是眼睛直勾勾的，听到一半就飞快拿出自己手机打越洋电话验证。

田景野在电话里听到了，不禁对宁宥叹道："我原本想以不偏不倚的身份对陈昕儿讲，如果她今天是真吓到要跳楼，她有必要检讨与班长的关系是否太病态；如果只是借题发挥……看来是我想多了。"

宁宥看着在阳台哇啦哇啦查证的陈昕儿，轻而快地对着电话道："我看你没想多，都有，所以，我没报警。"

田景野今晚已经一再大小眼，道："他们两个什么意思？"

宁宥放下电话，边吃饺子边看着陈昕儿在阳台上越来越手舞足蹈，显然已经变得快乐。等陈昕儿欢欢儿地回来客厅，宁宥已飞快将饺子全部下肚，拿起车钥匙打开大门，站在门边毫不客气地道："昕儿，不留你了。我得去解决我儿子的问题。请。"

陈昕儿顿时一脸尴尬："宁宥，对不起。"

"接下来一年我会非常艰难，如果你能答应不打我电话，不来找我，我现在接受你道歉。"

陈昕儿愣住，一张脸瞬间憋得通红。失措了会儿，她立刻收拾自己的衣物包包离开。走到宁宥身边，她飞快地道："我早该知道，我这种人被你们这些职业精英所鄙视。"

宁宥只是稍微挑了挑眉毛，不声不响地看陈昕儿走进电梯离去。而电梯里，陈昕儿的脸色又变得煞白，她死死握着手里的包，手背布满青筋。屈辱，早已掩盖今晚其他一切。

宁宥看着电梯门，只觉得莫名其妙，总觉得正常人不会有陈昕儿那种什么妾身未分明的想法。

但她也没空多想，她自己还有千头万绪解不开呢。

第六章
姓 简

简宏图觉得自己已经用尽浑身解数了，可他知道哥哥简宏成不会认可他的答案。他哥哥肯定是连斜眼瞪他都懒得，仿佛在说：这么简单的事也办不成，那可真不放心把宏图公司交给你了。

为了保住在宏图公司的职位，简宏图决定作个弊。他瞒着哥哥偷偷夜袭姐姐家，试图死皮赖脸纠缠出点儿答案。可是，他在姐姐的联体别墅前看到与姐姐分居多年的姐夫的车子。晚上——姐夫的车——紧闭的别墅门，仿佛指向什么有趣的答案。简宏图立马眼睛一亮，搜索客厅窗户。功夫不负有心人，简宏图不仅找到了，而且春天的客厅窗户开窗通气。简宏图爬上一棵苹果树，能清清楚楚地听到里面的对话。

简敏敏与张立新面对面坐着，中间隔着宽大的茶几和一瓶热闹的假花。即使大花瓶旁边摆满吃的喝的，依然难掩这对名存实亡的夫妻之间的剑拔弩张。两人不吃不喝对峙了半天，简敏敏道："卖价的一半，现金打到我账上，我没二话。"

"别这么短视嘛。工厂救活了，你也有份，每年你什么都不用做就能拿红利。"

"红利是什么稀罕物？你分过红利？噢，分过几块钱，那还是那年税务机关查税才分的几块钱。总之，张立新，我告诉你，你要敢背着我卖老厂那块地皮，你先摸摸你项上有几颗脑袋。"

"说这么难听干什么，我还不是为这个厂能活下去？又不是我的厂，是你爸传给你的厂。"张立新悻悻的，显然颇为忌惮简敏敏。

"我爸传给我的厂？那明天要不你别去了，我坐董事长办公室，行不？"

"行，工厂还你，我拿了我那份就走，我也老了，该退休了。"

简宏图在外面听得张口结舌。什么？简敏敏想夺回江山好几年了，今天这么容易就拿回？难道他简宏图歪打歪撞，撞见简家的一个历史性时刻？

简敏敏在里面也愣，但她愣了会儿就想明白了："你倒聪明，赚钱时把我挤出门外，等欠一屁股账了，就想到厂子是姓简的了？行，你退出，现在就开董事会，我让秘书来写决议，你签字交出股份。我管不了？没事，我让我家老二来！简家老二长大了，还有老三！"

简宏图不禁得意地在窗外将胸口挺了挺，他也行。

屋里，张立新有些尴尬地道："好好地讨论怎么解决问题，你一上来又是你死我活……"

"是你死我活，你流动资金紧张到见底，已经死一万次了。"

"好好好，是我死你活，谁都死光了就你一个人活着，你好好活。没办法跟你说话，我走了。"

"张立新，你越活越回去了，这种骗安居小区小娘的包袱也想来骗老娘。总之，我跟你明确，要么卖地的钱一半打到我账上，要么不许动它一根手指头。"

张立新走到门边忽然站住："安居小区那屋门口泼屎又是你干的好事？"

"对！"简敏敏连站起来都懒得，只一张脸泼辣地对着张立新，就把张立新逼得摇头再摇头，关门灰溜溜走了。

简宏图在外面看得心情大好。若非两手抓着树枝，他得拍手叫好。他扭头笑嘻嘻地看着张立新垂头丧气地走近车子，打开车门，开车就走，走得没影儿了，这才回过头准备下树，却忽然有一种很不好的感觉袭上心头。他循着轻轻的咻咻声往下一瞧，立马全身僵了，只见两只眼若铜铃的罗威纳犬蹲在树下，冲着他蓄势待发。简宏图这才想起大姐家养着两头猛犬，夜访大姐有极大风险。而张立新明知女友门口被泼屎却无法反抗，完全是因为现场有这两头犬待在他简宏图看不见的地方镇着。

好不容易等到缓缓走出来的简敏敏，简宏图简直要哭了："大姐，救命。"

"救命？你来干什么？不说出个让我满意的答案来，别想下来。"

简宏图死死抠住树干，坚贞不屈地撒谎："我就是好几天没见大姐了，来看看，想不到姐夫也在，就不敢进门。"

"谁是你姐夫？"

"是是是，张立新。"

"我要的老实话呢？"

"是是是，大姐要什么老实话？"简宏图觉得脑子都硬了，不如顺着大姐说。

"嘘，嘘，咱让老三醒醒脑。"

简敏敏嘘嘘声一出，两只罗威纳立马跳跃起来，咬向简宏图的屁股。简宏图吓得想更上一层楼，可苹果树不给力，反而枝条沉甸甸地弯了下来，他的屁股立马被狗撞到。简宏图吓得大叫："我说！我说！我来问大姐崔家那老婆的名字，只有这件事。"

简敏敏这才唤住两条狗，暂时停止刑讯逼供："是老二让你来问的？"

"不是，是我完不成哥布置的任务，没办法，只好来找大姐。大姐，行行好，把两只狗拉走吧，我的手抓不住了。"

"你先告诉我，老二为什么要打听崔家那老婆的名字？"

"他说我现在开始发展了，公司来来去去的人杂，弄不好混进崔家的儿女来捣乱，不如先搞清楚，招人时可以小心。大姐，狗。"

简敏敏惊讶，原来不是对付她，是她想歪。但简敏敏立刻又醒悟过来："你那小破公司能有什么发展，来来去去就那几个人，你就是花一天时间到他们家家访一下，也能摸清家底了。是不是老二想借你的公司做什么坏事？对付我，还是对付张立新？"

"哥真没说，他说先考验我，打听出崔家的事儿再给我其他任务。大姐，狗，我没力气啦。"

"你不知道不会问吗？拿手机打老二电话，不问出我满意的意图别想下来。"

"大姐饶命，你又不是不知道哥这个人。大姐，你再不叫走狗，我打妈的电话。"

"你打啊，呵呵，你腾出手拿手机啊。"

简宏图没志气，又怕又累，也不想坚持，终于投降，眼睛一闭，吧嗒掉地上。瞬间，八条狗腿没头没脸地哗哗踩过来，简宏图吓得连声音都没了。简敏敏一笑，将狗唤了回去，自己也进门，任简宏图一人躺在地上。她觉得已经问得八九不离十。简宏图一时连爬起身的力气都没有，可又不敢多待，连滚带爬地爬向自己的车子，钻进车，门锁上，才敢呼呼喘气。

等缓过气来，他想打简宏成的电话告状，可又不敢。他来找大姐可是偷偷来的，不能让哥哥知道。他比张立新更灰溜溜地离去。

但车到大门口，却见张立新的车子去而复还。简宏图惊讶，可他再也没胆回去偷听了。他只敢将今晚的事概括成一条短信发给哥哥，然后立刻关机，回家捂被子睡觉。简宏成本来就被陈昕儿找宁宥跳楼的事弄得火气十足，看到短信更是火冒三丈。可简宏图断绝了他骂人的机会，

116

他只能放下酒杯，到饭店洗手间隔间里，单独张牙舞爪发一会儿狠，才抹上笑脸再回饭桌。

张立新被简敏敏一叫就回，脸上无光，只得进门挂着满脸的不耐烦："又什么事？你也该去澳大利亚看看俩孩子了。"

简敏敏道："刚刚被你气糊涂了，忘了一件大事。我家老二前几天刚回来过一次，我问他来干什么，他不肯说。可是他把老三支使得团团转，好像这回要闹什么大动静，反正目标准是你。"

张立新立刻紧张起来，收起满脸不快："他哪天来的？"

"这个月十八日。"

张立新拿出手机看日历，一看就怔住，额头隐隐浮现汗珠。他想到，正是十九日，即第二天，简宏成的老同学田景野忽然找关系联络过来，上门拜访。果然天下没那么好的事，钱能自己敲门上来？简敏敏冷冷地问："怎么，已经被我家老二上手了？"

"还好，还好，没上当。你既然知道，为什么今天才说？"

"我高兴。我看你既然想到卖老厂地皮，不如趁老二下手前赶紧兑现，你我各分一半，你拿了钱赶紧逃命还来得及。厂子嘛，老二想要就拿去，白送。"

"厂子是你爸——我师父的心血……"

简敏敏抢过话头："交给他儿子不正是我爸的遗愿？正好。"

张立新噎住，想了好一会儿才道："老二如果来找我，我把实情告诉他，没什么大不了。"

"有什么实情呢？无非我出主意，你动手操作，你我都不是东西。但我跟他一个老娘，打断骨头连着筋。嘿嘿，你好自为之。我家老二现在势头很猛，你呢？我看最好还是拿笔钱逃走。多谢你帮我们简家经营那么多年，卖老厂地皮一半钱给你，算是对得起你了。"

张立新紧张地盯着简敏敏，过了好久，才道："你不过是打出你家老二的幌子，逼我卖了地皮给你一半钱，又是回到你的老路子。"

"哈哈，你赌一把。你现在搞什么产业升级搞得浑身是债，我看啊，老二现在这么多动作，就是瞅准这机会打你来了。"

张立新又闭目思索良久，忽然一声不吭地起身走了，还冷笑一声。这一下，出乎简敏敏的意料。简敏敏跳起来追上："连老三刚才都敢上门找我，你想知道为什么？"

"你要是还想保留你在新力集团的股份，你最好别对我玩心眼，我还能给你保留40%。你两个弟弟要是进来，能名正言顺拿走你所有股份。你自己好好比较。你除了跟我绑一起，没别的路。"

简敏敏急了，跳脚道："所以我让你卖了那块地平分，钱够你我用一辈子。"

"我不会放弃厂子。"

"嘿，你还真以为厂子是你的啊？你还真动感情了你？那厂姓简，不姓张，别搞错。"

张立新在门口呆了会儿，扔下一句话："那厂姓张！你就这么转告你家老二。"不理简敏敏的跳脚，张立新走了。

简敏敏一脚将门踢上，急得团团转。从张立新的表现来看，简宏成已经不声不响地动手，而且动的手脚不轻，张立新才会吓出冷汗。再想到十九日那天简宏成对她的张狂态度，显然是不把她当自家人，过去她如何重手处理简宏成，现在简宏成必然同样重手还击。简敏敏的额头也终于慢慢渗出冷汗。被她爸精心培养出来的老二绝非善茬。

心慌意乱中，简敏敏想到崔家，一个大胆的想法升上心头：崔家孩子如今也已长大，正当壮年，何不由她出手，暗中引导崔家人对付老二？

宁宥将儿子接回家。郝聿怀还有作业要做，她等着也是等着，便动手打扫卫生，只觉得今天特别累，累得拖完地都懒得洗最后一遍拖把。宁宥几乎是勉强着自己将拖把洗了，晾好，又拿出抹布擦拭拖把碰不到的角角落落。可是才蹲下擦完一个墙角，想扶着墙起身，体力却抵不过好强的心，她颓然跌坐地上起不来了。天台上与陈昕儿比惨的那些话在耳边此起彼伏，此时想起来她只会苦笑。

郝聿怀做了会儿作业，发现听不到妈妈的动静，不禁跳出来巡视。果然，在厨房的墙角找到筋疲力尽的妈妈。他赶紧跳过去，试图扶起妈妈："妈妈，不舒服？"

"让妈妈坐会儿，给我拿个垫子好吗？这个小死角坐着很舒服。"

"妈妈，你真的没事？"郝聿怀一边跳出去拿垫子，一边大声问。

宁宥撑着墙使劲往上挪动一下，让儿子将垫子塞到屁股下面，强笑道："没事，妈妈想些事，很头痛的事。你去做作业。"

郝聿怀半蹲在妈妈面前，忧虑地看了会儿，道："好吧，给你半个小时。"他跳起身，给妈妈倒杯水放在地上。可很快又折回来，在水杯下面垫了杯垫，又将厨房窗户拉上，然后轻手轻脚走得鸭子似的，回去书房。可他忍不住将椅子挪到书桌边缘，方便随时抬头就可以看顾一下妈妈。

见此，宁宥忧心忡忡。她不愿连累儿子，可现今有心无力，还令儿子的正常生活受到严重影响。她想到，她必须毫不犹豫地切割，绝不允许再有任何事影响到她的儿子。

宁宥有生以来第二次主动联络简宏成。

简宏成与客户在会所聊天喝酒，看到手机显示是宁宥来电，激动得按接通键时差点将手机打飞出去，扑腾了一下才稳定下来，满脸笑容地轻声柔气地抢着道："宁宥？哈哈，这回不是错拨？真找我？"旁边的客户觉得好笑，侧身偷听。简宏成却浑然不觉，自顾着兴奋。

"嗯，你好。"宁宥被简宏成的热情袭击得说不出话来，可她需要解决的事涉及儿子，她无法逃避。

"是不是陈昕儿找你的事？解决得怎么样了？哦，对，田景野已经告诉我结果了。对不起，对不起，害你受累。"

"想请你帮个忙。我已经当面拜托陈昕儿，一年之内别找我，别打我电话，能不能请你也替我阻止一下，有没有难度？"

"你当面跟她说的？"

"对。"

"赞！你一向分寸适度，有勇有谋。我这边也会做到。"

"百分之几的保证？"

"百分百保证一年内陈昕儿不打你电话，不去见你，不通过别人向你喊话，不通过其他任何可能的方式联络你。"

"OK，谢谢，就这样，再见。"

宁宥说完就将手机挂了，扶着料理台慢慢站起来。正好，楼上的厨房放水，下水管道给冲得轰轰地响，宁宥正想心事，没提防，又是一惊，扶住料理台又呆了会儿，才去找儿子。

"刚才我去救陈阿姨，天台上风真大，想不到上面的风那么大，我都不敢站直走出一步。明天得跟物业反映，天台的门怎么可以随随便便开着不上锁？"

"其实天台的风并不大，只有刚打开门的瞬间，感觉好像一阵狂风扑面而来，很可怕的样子，只要离开门就不觉得了。我认为那是大楼楼梯形成的烟囱效应，天台只有门边那块地方风最大。"

宁宥一想，原理上说还真是，可再一想，又唬住了："你爬上去过几次？"

郝聿怀赶紧头一缩："真不该为了安慰你把自己出卖掉。"

宁宥扑哧一笑："好吧，好吧，饶了你。怎么知道烟囱效应的？按说你还没学到这些内容呢。"

"总之是哪儿看到的，记住了。妈，这么一解释，你吓软的腿能恢复了吗？要还没恢复，要不晚上我再舍命打地铺陪你一夜？"

"啐，你妈哪有那么胆小。"可宁宥忍不住地笑，她确实是出了名的胆小，但她并不怕最可怕的人，"今晚上折腾来折腾去的，九点半前作业做得完吗？"

郝聿怀抽出一本数学作业："都很容易，我放到最后做。如果超过九点半了，我就赖掉不做这本。"

"呵呵，以前胆子还没这么大啊。好，看来以后不用模仿你的笔迹帮你做功课了。不过，我打算给你压一门英语阅读。"

"我不要出国，现在我得陪着你。"

"别担心，非指定选项。我现在开始办签证，等你暑假，我们去美国走一圈，看一看，再议。"

郝聿怀想了一想，这才点头答应。

儿子已经独立做作业多年，以往宁宥都不管的，可今天忍不住坐在书桌边陪着。儿子陪她，她也得陪着儿子，想来儿子只会比她更脆弱，她得让儿子扎扎实实地明白，她会一直在儿子身边支持他。

已钻进被窝睡觉的简宏图被钟点工叫醒。他迷迷糊糊地探出脑袋，怒道："干吗？天还没亮呢。"

钟点工气喘吁吁的，显然是刚刚从家里急行军而来："你哥叫我找你，不管你在做什么，立刻开机给他打电话。才十点呢，天当然没亮。"

简宏图一听，立刻吓醒，连忙又钻进被子："你告诉我哥，叫不醒我。"

钟点工却擅自将简宏图的手机打开，扔进简宏图的被子里："给你拨通电话了，赶紧接。我不管了，我得罪不起你哥。"

简宏图欲哭无泪，耳听得电话里传来哥哥的呼喊，他只好捧起电话，毕恭毕敬地接听，立刻眼睛眨都不眨地汇报在大姐家的见闻。钟点工听到他被狗咬，笑得赶紧掩嘴走了。幸好，简宏成没笑，也没责备，简宏图才越说越顺畅。

等说完，简宏图吃到一颗定心丸，哥哥让他不必再操心找崔家后人的事儿。

而简宏成则是坐在自己的小公寓里翘着指头盘算。他手机上已拨到大姐的号，只等着接通，但他不急，他现在实在心情太好，急不起来，反而忍不住跳起身哼几句小调，找些零食吃几口。直到实在磨蹭不过去，他才干咳几声，拉下脸，拨通简敏敏的手机。

从来，简宏成打电话，大多数时候是不管你想什么，他都是抢在前头发言，不管三七二十一，把主题占领了。但他今天碰到的是同为简家人的简敏敏。拨通电话，简敏敏就在那头抢着骂道："几点了？会看时间吗？会不会做人啊？有人管教吗？"

简宏成被尖锐的声音刺得耳朵痛，只得开成免提，将手机扔桌上，懒洋洋地道："来跟你验证一件事。听说你用人身威胁逼迫张立新放弃考虑卖老厂地皮……"

"你们兄弟俩除了偷鸡摸狗，还会做啥？半夜三更狗脚跳墙还有脸皮说！你管我。"

"我不管你。但我好奇，你一个无法插手新力集团管理，每天闲着没事干，待家里等张立新发工资糊口的人，管不住老公，不得不大清早低声下气哀求两个弟弟的人，怎么能威胁到张立新？靠两条狗？我真不信老三跟我说的那些，呵呵。知道老三在门外，故意演给老三看的是不是？为了对付我，可真兴师动众花力气。你无非想告诉我，如果不跟你合作，你就跟张立新联手吞了卖老厂地皮的款子，是不是？别跳了，越跳越显心虚，不如说实话吧，你要真有遏制张立新的能耐，我这儿倒有个不错的位置给你玩玩儿。"

简宏成这边说，简敏敏那边响亮地骂"放屁"，但她识时务，听到后面立刻闭口不骂，憋着一口气静静听完，问："什么位置？"

"你家出去那条路，一直往南走一公里左右，有家去年赶在元旦前开业的……"

"比特屋？"

"对，比特屋。我是比特屋的中国总代。不过，别看那家占的是好地段，投入的广告多，其实那家是山寨的。我不急，我等着它投入得差不多，打算收成的时候才进入，再打掉它，可以省我一大笔企宣开销。但打这种投了大钱的山寨企业，不仅需要法律人才，还需要一个豁得出去的拼命三郎。我一直在考虑家乡的比特屋加盟给谁，今天忽然对你有兴趣，可又一想，你连爸爸创下的新力集团都无法立足，啧啧。"

越听，简敏敏越平心静气。她听得出真假，简宏成有这实力拿总代。听到这儿，她冷冷地道："这种事摊到你头上，你一样是死。你年纪轻的时候，也最多只能想到抓住财权就是抓住一切，不懂财权之外还有人事权和渠道，等回头发现你被架空，抓住的几枚图章就只是橡皮图章的时候，不走，难道还赖着每天去上班？你刚出道时，不也被我赶出本市好几年回不来嘛。"

"你说出来倒是不怕刺激我。也是哈，结婚时你十八岁，张立新二十八岁，差整整十年，你确实不是张立新的对手。就像我刚出校门时，也被你玩得死死的，我们才差八年。不过，今晚这事无论如何得表扬你一下，不管你是出于什么目的，阻止张立新卖老厂地皮总是对的。你也应该清楚，妈会原谅你做其他任何对不起你俩弟弟的事，但只要你有插手卖老厂地皮，她绝不饶你。就这些了。如果你对加盟比特屋有兴趣，可以到我这儿来看看各种资料。不过，你也得如实告诉我张立新为什么怕你。"

"你不用威胁我。我即使卖了老厂地皮一走了之，你们也拿我没办法。我就一条烂命，大不了大家拼了，我无所谓，你们自己心里掂量。"

"就一条烂命？嗯，那看起来你拿不出加盟费的。呵呵，我还以为你这几年好歹总扒点儿钱到自己口袋里，原来是损人不利己。"

简敏敏被激得勃然大怒："谁说的？要不你哪天告诉我你什么时候到，我让你试条闷棍？我对你们兄弟俩到底还是手下留情，放任你们蹦跶，你们是我抱大的，知道吗？"

简宏成对着桌上的手机闷笑，直等简敏敏说完才放声大笑："呵呵，这就对了，这样的交流挺好，增进相互的了解嘛。"

至此，简敏敏才醒悟过来，简宏成绕来绕去，连蒙带骗加激将，将她的底牌掀了开来。但她并不在意，只是盯紧了问："那比特屋加盟的事怎么办？"

"大姐，我早跟你说过，你没有跟我谈判的资格。但你现在这个态度已经有点儿对了。你不能既把我当仇人，又想从我这儿捞一票走，你得拿出态度。"

"好。你不是想要崔家老婆的名字吗？宁蕙儿，宁死不屈的宁。他们两个孩子也该有你的岁数了。"

简宏成本能地一愣："哦，知道了。有空过来看一下比特屋的资料。"他将通话掐断了，摸出钢笔，刚放到纸上，忽然整个人一震：宁？

高中报到第一天，简宏成中饭后又布置一番，才与田景野辞别，去工厂跟随爸爸见客户。他才到工厂，便见大姐在财务室冲他招手。

"不是说今天报到吗？怎么又来？"

"都是小毛蛋蛋儿，没劲。我去爸那儿。"

"爸今天要见个重要人物，你可小心着了，别闯祸。"

"知道。"但简宏成先拐进了图书室，抽了几本书捆扎好。这是他打算给田景野看的。抱上书的简宏成轻手轻脚了许多，他走出图书室时，竟偷听到姐姐和姐夫的对话。

简敏敏口气激烈地抱怨："今天来这么重要的客户，爸爸偏心眼，又是只让老二跟着学本事。我们才刚知道的是吧，可老二话里那意思他是早有准备。我们管事儿的，还不如老二知道得早。我爸真是恨不得把老二拔苗助长了，好赶紧把我们踢走，让老二接班。敢情我们吃苦受累，这是替老二看家，等着老二读完书来接班呢。我这女儿在我爸眼里就不是人是吧？今儿还得靠着咱们呢，就这么把我们当贼一样防着，哪天为让老二顺利接班，还不得先把我们清除才能放心啊。"

简宏成听到姐夫在轻轻劝姐姐，他吐吐舌头。他也知道爸爸极度偏心，为免看到姐姐的臭脸，他偷偷从另一头的楼梯溜走。他也不会跟爸说，爸要是知道姐姐背后说怪话，必然严惩。其实跟着爸爸见客户并不好玩，得时时刻刻留意着倒茶递烟，又得记住两人的对话，等客人走后，爸爸还要揪住他跟他一句一句地分析为什么这么说，为什么那么做，技巧在哪儿，以后再遇到类似情况需要注意什么，等等，简直就是上现场课，而且是最不轻松的课。

等上完课，已经日影西斜。简宏成从爸爸办公室出来，姐夫却笑眯眯地送他一辆崭新自行车，让他把摩托锁起来，成年后再玩。简宏成挺郁闷，但他爸满意得很，表扬张立新做事极其周到，尤其是对小舅子的照顾令人放心。

简宏成戴着拉风的墨镜骑车回到一中，见报到的摊儿已经收起，校门口人迹寥寥，而正好落日徘徊于教学楼顶，殷红如血。简宏成不禁驻足赞叹，原来他的一中如此之美。

身后传来响亮的一声喊叫："班长哥哥，晚上好！"

简宏成回头，正是早上见过的那对姐弟。小姐姐刚洗过的顺直长发披着落日余晖，仿若透明，于是，小姐姐羞怯的微笑便像是从梦里来。

简宏成不由自主地跟着一起笑，柔软地笑。他顺手将一捆书交给姐弟俩："这几本都是我很喜欢的书，你们如果喜欢，多看几天也无妨，看完交给田景野。"他很重色轻友地将书先给了宁宥，按说他该告辞，可他竟不舍得走开。

宁宥将书接了，低头微笑说谢谢。宁恕虎头虎脑地道："姐姐肯定喜欢，姐姐最爱看书，妈妈说她拿到什么看什么。"

宁宥不吱声，但也不阻止，只微笑翻看捆得结结实实的书。她看到书后面敲的图章，那是刻着工厂名字的图章。她忍不住将手指盖在图章上，避开弟弟，抬头直视简宏成，依然轻声轻气地问："请问班长贵姓？"

"简，简单的简。"

简宏成印象中宁宥的眼睛一向是弯弯的，即使生气时也似乎在笑，但那次，她的眼睛竟然在听他说姓"简"之后瞪得滚圆。

简宏成在纸上写下一个"宁"字，不禁苦笑了。原来如此，看来只能如此了。

第七章
旧 账

　　宁宥下班前接到儿子的电话，儿子在电话里吞吞吐吐："妈，我被老师关了，你得来救我。"

　　"哪个老师？什么事？"

　　"体育老师，打架。"

　　"你挨打了吗？"

　　"这怎么可能？"

　　"好。见面再……"

　　"妈，体育老师很凶的。"

　　宁宥一笑。她有办法。

　　宁宥还是第一次到体育老师的办公室接儿子。一进去，她便见到宽大的体育教研室里，有膘肥体壮的体育老师在，也有其他家长在，还有郝聿怀与另两个孩子分居教研室的三个角落面壁。看清情形，宁宥才微微低下头，裱糊上她的招牌微笑进门。那个膘肥体壮的体育老师一下子便没了脾气。

　　"下午是篮球队第一次集训。事情起因是张同学因为抢球失利，骂郝同学是小贪污犯。郝同学辩论过程中，讽刺张同学四肢发达，头脑简单。李同学不甘心老友张同学在争辩中落入下风，过来先动手打郝同学。三个人打成一团，被我扯开。现在是谁都不肯道歉，需要你们家长做思想工作。"

宁宥满脸惊诧与担忧，但只问一句："两个打一个？"她还将无辜的脸转向另两位家长。

体育老师尴尬地道："两个被他打得很惨。郝同学是不是练过？"

宁宥没回答体育老师，但对两个家长叹道："养儿子头痛闯祸，养女儿头痛被欺负。"她不管两个家长说什么，款款起身，走到儿子身边，附耳轻道："赢了哈？"

"哼哼。"

"既然是赢家，就大方点儿呗，发起并组织个道歉会吧，早点儿完事，咱们可以回家吃饭。"

"嗯，只有这样了！"郝聿怀一点就通，无视体育老师的面壁要求，主动走过去，像个大人一样地与李同学握手，发起并组织道歉。

既然如此，家长们也无话可说，体育老师就把大家放了。

但郝聿怀上车后蔫蔫儿的，而且是钻在后座，不肯坐到前面来。宁宥惊险地倒出车子，走上直路，才敢说话。

"灰灰啊，篮球队的同学还是第一次接触，不像你们同班同学，了解你的品性，他们胡说八道难免。"

"我揍回来了，没什么好说的了。"

"那怎么还士气低落？妈妈都感觉得到你身边大气压是负压呢。你怎么一个打俩的？"

"没劲。"

"怎么了？打这种架，没什么可批评的，妈妈360度无死角支持你。我们刚才主动道歉，仅仅因为我们需要拿出赢家的姿态，我又不怪你。"

"不是。"

"那是什么？回答问题出错，气撒到篮球上了？"宁宥基本上不会给儿子将不快闷在肚子里的机会。

"不是啦。"郝聿怀又是闷了会儿，才勉强道，"今天捐款帮助高年级的白血病同学，我放弃经手，让生活委员保管钱。"

"主动还是被动？"

"主动。"

宁宥一时也郁闷了。只一天时间，先是主动放弃接触钱，以反常的低姿态表示他清廉的态度；然后被骂小贪污犯，以致拔拳相向，第一次被老师喊家长，这还能是为什么。儿子这么小的年纪，却得为郝青林的犯罪付出代价。而偏巧，宁宥深知那种代价的滋味。宁宥心里气得发狂，可后面坐着儿子，她不能表示什么，只能与儿子一起静默。

宁蕙儿到女儿家住了才两天便待不住了，因为这两天里，她打电话回家，发现儿子并未搬去住公寓。她担心简家的人找上来，儿子是首当其冲。她宁可自己回去挡在儿子面前，起码她整天闲着，容易发现动向，早发现早拉警报。而且她看到女儿最近心理负担重，整夜整夜睡眠不良，她不敢将家里的事再端出来压女儿身上，她只能一个人担惊受怕着。无人分享的滋味也不好受，她决定回家。

令宁蕙儿惊讶的是，周末晚上，家里的灯亮着，儿子竟然没出去。她手脚轻，自己开门进门，放下行李，到儿子房间，见儿子戴着耳机一边听歌，一边在电脑上快进看什么录像。宁蕙儿忍不住问："这是什么？"见儿子没反应，便将他耳机摘掉。

宁恕吓得跳起来，拍着胸口道："妈，你、你、你……你怎么回来了？"

"不放心你。这是什么？"

"公司仓库区的监控录像，我看看平常管理有没有什么异常，人有没有偷懒。晚饭吃了没？你坐着，我给你做。"

"这么用功，好，好。你忙，我煮个鸡蛋面吃，你煮不来，鸡蛋要煮得稍微溏心才好吃。要不要多煮一个鸡蛋给你？"

"两个！姐姐那儿好吗？"

宁蕙儿回到家心里就踏实了，仿佛外面再风大雨大，家也能挡住一切。她一边笑嘻嘻地去厨房，一边唠叨宁宥家的事："你姐反正一向外柔内刚，心里明镜似的，我开解也没用，帮忙又帮不上，反而给她添累赘，还是回来。她明天要见律师。听说律师已经跟郝青林见过面，跟她传达郝青林的想法。"

"姐姐早就该离婚了，那种人渣！我这几天每天都跟姐说一次，无论她做什么决定，我都无条件支持，唯独不帮她救郝青林。"

"你不知道灰灰那孩子多精怪，比你小时候多长几个心窍呢，难糊弄。你姐得顾忌灰灰的想法。做妈了不一样，孩子放第一位。我开脱排啦，等会儿再讲。"

宁恕正好退出这一天的记录，在小本子上记录一笔。从他装监控起这半个月内，宏图公司的仓库竟然没有一次进货，只有一次出货。因此，宏图公司的仓库卷帘门也几乎没怎么开启过，每天也就是仓库管理员进出一下。宁恕看着记录表轻蔑地笑。简宏图那种人管的公司理该如此。不过也难说，有些人开张吃三年，或许简宏图就是那样的天才。天才？宁恕忍不住再笑。

不料，宁蕙儿才刚煮好鸡蛋面，一个同行的来电将宁恕叫了出去。宁蕙儿无限遗憾，可不能不放。

宁恕在茶馆找到朋友，银河地产老总的女婿，一眼也看到阿才哥。

阿才哥对宁恕很客气，起身结结实实地与他握了个手，拉到身边坐下。

朋友对宁恕道："上次你提起新力集团那块地皮后，我们考察了一下，觉得有意思，想跟新力集团谈谈。可前一天还谈得好好的，第二天那张总就变卦，说不能卖了。偏偏，我老丈人不肯放了。我今天只好再去，正好遇到阿才哥也去，聊起来，你们竟然认识。宁总，你上回说你认识新力高层，你说为什么新力资金紧张得都要问阿才哥借钱了，却不肯卖解放路那块地呢？"

宁恕想了想，道："据我所知，新力集团前身是建在解放路那地块上的工厂。工厂原厂长出事的时候儿子还小，就招了上门女婿张总替他管厂，管着管着，厂子就到了张总夫妻手里了。现在的问题是，原厂长的儿子也都长大了，而且本事不小。我看张总的出尔反尔，可能跟家庭内部一些纠纷有关，具体我也说不上来。"

对此，同为女婿的银河地产老总的女婿倒是深有感触，一下子可以联想到许多："果然要问知情人。要是这样，宁总，你有办法吗？"

"这个……上回我跟你介绍的就是张总的小舅子，要我找机会问问他的意思吗？"

"有说张总的老婆跟他各过各的，会不会我们得与两口子分别协商？"

"可能还得再拉上两个小舅子，你没见过的那个小舅子能量不小。"

银河地产老总的女婿很是感慨，他在银河地产也是颇受老婆家三姑六婆的牵制，深知其中关系之复杂。

三个人又聊了会儿，等分手的时候，阿才哥冲宁恕使了个眼色。宁恕会意，开车在别处转一圈又回，果然见阿才哥在树荫下等他。阿才哥利索地上了宁恕的车，开门见山就问："解放路那块地，就这么神？"

"是啊。香港那个李嘉诚说过，做房地产就是地段、地段、地段，那块地的地段无与伦比。怎么，阿才哥也打算进军房地产？"

阿才哥摇头，却呵呵笑起来："我如果拿到地，够在你们这些房产商中间开个拍卖会了吧？"

宁恕心中一动，连忙道："我们公司只让我做住宅，那块地对我没用。但我可以为阿才哥报价什么的提供最专业的参考。只是……新力张总的小舅子之一是田总的好朋友、好同学，我怀疑张总忽然不卖那地，与田总好朋友的阻止有关，那个……"

"我有数。我们做事，不能让小田为难，还是不告诉小田的好。宁总，以后我们是兄弟，你如果有新力的消息，半夜三更也尽管给我电话。"

"阿才哥的事就是我宁恕的事。"

两人再次紧紧握手。

宁恕瞧着阿才哥离去。做这种生意的人，路数大多有些野，以往宁恕是不愿跟这种人称兄道弟的。但这种野路子的人，正适合送到张立新身边去。他什么手段都要努力一下，借力打力也是力，谁知道哪一把努力就见效了呢。

简宏成仔仔细细地阅读来自外包调查公司的一份报告。该报告调查的是他老家的市场，报告打开，全是各种各样的数据。而简敏敏就坐在宽大办公室的宽大沙发里，舒服得想睡着。偶尔简宏成会跟简敏敏说一句诸如"知道我们老家年薪十万元以上的个人有多少吗"，简敏敏便眼睛一翻，不理。

简宏成看完，将台灯推开一点儿，免得他的脸全暴露在台灯光里："这份调查报告是我春节后让做的，从报告提供的数据看，我们市的经济水准还不适合开比特屋。但既然是我老家，破例一下也可，回头需要走个程序。你看了各方面文件之后，有什么想法？"

"你是不是想骗光我所有钱？"

简宏成一愣，不禁笑道："好主意！"他拿起一沓资料下面压的一只封口严实的信封，想打开，又不禁皱眉放下，手掌压在信封上，像是试图捂住什么。

简敏敏也看到了："信封里是什么？顺便调查我的银行存款？"

"你的资信得等你签意向之后，与其他竞争者一起交给调查公司。这信封里是我前几天口头让调查公司帮我做的私活儿——调查崔家母子。你查了崔家没有？"

"没查。我不担心他们。"

"如果崔家的孩子正好在税务机构上班呢？到这年纪，也该当上处级干部了。"简宏成拿起刀子，慢慢将信封割开，两只眼睛却斜睨着简敏敏，"随便怎么你一下，就够你喝一壶的。"他抽出里面的信纸，却不急着看。

简敏敏嗤的一声："那种人家的孩子，贼眉鼠眼的，考得上公务员？"

简宏成使劲"哈"的一声笑，将信纸又装回信封："我最担心的事，被你一说显得很荒唐，我还看什么看。晚了，我让司机送你去宾馆吧。我的态度就这样，你需要跟其他竞争者一起走一下程序，但你可以有些特殊待遇，我投关键一票时会倾向于你。但是不是加盟，由你自己决定，我不勉强。"

"那么高的加盟费，值得你摆出大排场来行骗。我先观察了再说。顺便，你把信看了，到底说什么。"

简宏成先打电话让司机将车开到门口，然后才再度抽出信纸，抖开来看："一儿一女是不是？"

"是啊，跟你差不多年纪。"

"哦，女儿在上海工作，儿子在北京工作，都在企业，还真不是公务员，让你说中了。"简宏成漫不经心地看几眼，一点都不愿意看第二张信纸的样子，也懒得将信纸塞进信封，抓成一团递给简敏敏。可简敏敏窝在沙发里懒得起身接。于是，简宏成将一团纸随随便便丢入抽屉："好了，车子在下面等你，你回吧，不送。"他挪回台灯，拿起第二包资料开始拆看。

"还蛮用功。"简敏敏也不拿那两位在企业工作的崔家子女当回事，但她得再看一眼这个办公室，老二才是她最大的对手之一。凭她的眼光，这个办公室不像是临时搭建的骗子舞台。若真不是骗她……可老二能对她如此好心？十年前，老二可是差点被她搞进监狱，他能不记恨？简敏敏默默看了会儿眉头深锁、专心工作的老二，意犹未尽地走了。

简敏敏一走，简宏成立刻跳起来反锁了门。回到桌边，没等坐下，第一件事便是拿出抽屉里的信。信纸上，白纸黑字，打印出来的字清清楚楚，女儿正是宁宥，原名崔启真。他的第六感虽然迟到，却正确。而毫无疑问，他一直觉得眼神不对劲，仿佛心里藏满秘密的宁恕，正是崔家的小儿子。

一个宁宥，一个宁恕？简宏成看着这两个充满特殊意味的名字，心里虽然很清楚，他应该好好推测一下崔家那个老婆为孩子改名时候的心理，可他的心静不下来。他很想找个人说说这件事，尤其是确认真相之后，他需要回顾过往的点点滴滴，需要找个同样也认识宁宥的人帮忙回顾。他需要确认自己心中那段感情的着落。可他打开手机通讯录，却迟迟不敢下手。这事儿，告诉谁都不行，连告诉宁宥他已知情都不行。简宏成的眉头越锁越紧。

甚至，他连多纠结一会儿的时间都没有，门外忽然又踢又拍，好生热闹。简宏成只得将信封往桌子里一塞，皱着眉头走去开门，对门外的简敏敏道："落下什么了？这么激动。"

"宾馆门卡掉了，一定在你屋里。你干吗关门啊？你不是有助理管着门吗？鬼鬼祟祟。"简敏敏似乎是被助理的阻拦惹毛了，边数落边气冲冲地拨开简宏成，冲进办公室。

简宏成只得打发助理做事，他会对付老姐。可回头，却见简敏敏直冲办公桌。他立刻想到要坏事，可想不到的是简敏敏走到桌边一个冷笑，一掌压在简宏成掏出的第二包资料上："你怎么解释，老二？不是说很用功加班看资料吗？我走出去到杀个回马枪，这么长时间，你看了几页？为什么这些资料还在老地方？怎么解释？骗术很高明啊。"

简宏成见大姐的关注点并非抽屉里的信，不由得松了口气。可他心里正烦，懒得回应责问，而是将门拉得更开，道："行，姜还是老的辣。"

"我没那么容易打发。还我差旅费，还有这几天的误工损失。"

简宏成只得对助理道："让保安来，把她架出去。"

简敏敏大笑："恼羞成怒了？老弟，骗术太差，还得好好修炼啊。"然后她扬长而去，整个楼层都是她豪迈而得意的笑声。

男助理连忙乖巧地道："跟我表姐一样，一句'我看着你光屁股长大，这辈子都没法拿你当正经成年人'，就把我彻底否了。"

"她不明白她失去的是个多好的转型机会。人在重大选择面前总是慌不择路。"简宏成叹了声气，可他更多的是为宁宥的真实身份而叹气。经简敏敏这一闹，他倒是回过神来，着手处理最要紧的事。他得通知简宏图彻底隔绝宁恕，他现在有点看出宁恕对简家不怀好意。

不料，简宏图接到电话便兴奋地抢着道："哥，正要报告你一个好消息，我好朋友帮我去找张立新了，看起来张立新跟大姐说的不是胡话，他账面上的现金是真没了，必须借钱。而且他已经开始掏自己腰包给公司买原料，要不然公司没法开工……"

简宏成听得头晕，这事儿太故事化，他不得不打断："你慢慢说，从头开始说，先告诉我你朋友是干什么的，为什么张立新待见他。"

"他爸的担保公司在我们这儿吧，只要是懂点儿银行的都知道啊。

他拿出名片去，谁都认啊。"

"他既然这么能，你请他办点儿事之后，是不是现在一起吃饭庆祝一下？"

"哈哈，那肯定的，朋友要有来有往嘛。"但简宏图忽然意识到哥哥的话里有点儿不对劲，他立马心虚地问，"哥，是不是我又做错了？"

"不知道。我只知道田景野前一天去找张立新，张立新后一天就把田景野的履历摸清楚，直接摸到田景野家门口，还摸出我与田景野的同学关系。张立新一向谨慎，尤其在借钱这等大事上，你能担保他没叫个人后面跟着你朋友？"

"哎哟，我等下吃完走后门。"

"晚了。"简宏成挂断时，心里暗暗地嘀咕。但简宏成也没把此事太放心上，因为今晚上他心中一团乱。等过会儿才想起，他忘了打简宏图电话的目的，他只得给简宏图发条短信过去，郑重提示宁恕这个人不可接近。

宁宥大清早载着郝青林父母到律师楼。走出车门，郝父仰头看看律师楼所在的大厦，叹道："这辈子还是第一次与律师打交道。"

郝母却是异乎寻常地麻利地关车门，收拾坐皱的衣摆，挽起还在感慨的郝父，道："快上去啦，律师等着给你说青林的事儿呢。"

宁宥下车后检视了一下车子，才走到二老身边，细声细气地道："我跟律师打交道也没经验，今天幸好我们也算是三个臭皮匠了。刚才路上我不敢分心讨论，我想问的几个问题与爸妈一致，我们谁问都一样。但顾维维的问题他打算怎么处理……我等下中途会找借口退出一会儿。"

"这个问题我们不关心。"郝父斩钉截铁地回答，"宥宥啊，你太惯着青林。"

"他都这样了……"宁宥低头叹息，与郝家二老一起进大楼。郝母在边上看着放心不少，她最担心的还是儿子进去后，儿媳将儿子甩了。

一行三人上到律师事务所的楼层。周末的事务所很安静，看不到人。三个人正对着紧闭的玻璃门议论呢，里面律师迎了出来。

郝父自觉地作为带头人，上前自我介绍，与律师握手。宁宥几乎是打断他们的寒暄，抢着问道："青林受苦了吗？他身体还行吗？"

郝母一路只盘算着这个问题，被宁宥抢先一问，她眼泪立刻出来了，不禁紧紧握住宁宥的手臂，与儿媳前所未有地亲近。

"郝科精神状态不大好，难免的。身体倒是没见异常，也应该没受什么折磨，你们放心。里面会议室请。"

郝母放了老头子的手臂，改为紧紧挽住宁宥的手臂，两人跟在律师和郝父后面走进会议室。然后，郝母又是与宁宥坐在一起。

还是郝父问出最关键的一个问题："青林确定有问题吗？"

"这几天来，你们应该已有心理准备，我就有话直说吧。这是一个窝案，郝科在里面是从犯，他说拿到的钱大概十万元，自己平时用光了。他没记账习惯，具体每一笔的情况只能凭记忆……"

律师说到这儿，体贴地顿住了。他看到来者三个人中郝父低下头去深深叹息，郝母则是与宁宥两个人的头拱在一起轻轻啜泣。

律师有些纳闷地看着宁宥，这一次会见，宁宥的态度与上一回完全不同，上一回虽是骤逢打击，可依然表态果断干脆，这一回按说已经有心理准备，却怎么一个劲儿地闷头哭泣呢？

郝父本想继续问，可被身边两人的哭泣搅得心乱，只得劝道："我们先说要紧事吧，律师的时间宝贵呢。"

"是，但……"宁宥抬起脸，想收起泪水，可旋即又埋头捂住了脸，抽泣着道，"灰灰昨天让篮球队的两个同学打了，他们骂他是小贪污犯。"

一时，连郝母都停止了哭泣。可停顿过后，郝母哭得更痛苦。所有的关心，都在悄没声间转移到了孙子身上。都知道，未判之前，或许还可以说郝青林只是嫌疑人，可能无罪。可现在郝青林已经向律师承认了犯罪，此后他们大人倒也罢了，小小的孙子可怎么办？他们都是做教育工作的，都知道小孩子无法无天起来比大人更可怕。灰灰以后头上顶着一个犯罪的父亲，该如何在学校行走？会不会挨更多的揍？更别说各种重挫自尊的鄙视。

郝父说起这些原委，再也克制不住情绪，不得不再次吞药。

从律师楼出来，坐回车上，一行三个人都沉默，挂着眼泪沉默。好久，郝父道："宥宥，我们给灰灰办出国读书吧。"

宁宥点头："昨天傍晚在体育老师办公室看到灰灰，我心都碎了。"

郝母道："赶紧的，赶暑假后开学就可以出国念书。"

"直系亲属犯罪，会影响签证吗？我记得我以前办签证的时候，需要公安局提供的无犯罪记录证明。"郝父认真地问。

一时，车内三个人面面相觑。宁宥立刻拿出手机上网输入关键词搜索，搜索网页一打开，她便叹了一声，将手机递给二老："看样子会。"

"作孽！作孽！宥宥，无论如何，你尽一切努力替灰灰办出国留学，青林官司的事由我们来，你别分心了。灰灰出国需要的任何手续，我们不计一切代价做到尽善尽美，一定不能让灰灰身心同时受伤，灰灰还太小。有什么需要，你别为难，尽管说。"郝父作为中流砥柱，再一次做出决定。

宁宥叹道："不瞒你们，现在可能需要卖掉一套房子。签证，找中介，找学校，第一年的学费等，都是节外生枝的费用。费用不小，我不得不凑笔钱。我现在还没头绪，等回头厘清了，给爸妈一份书面文件，请爸妈届时通过律师与青林商量一下。家里大宗财产的处置，他需要知情。"

郝家二老竟是不约而同地松口气。回到家里，郝母道："还以为宥宥会提出离婚，给灰灰一个清白身份，她就是今天在律师那儿提出来，而且让青林净身出户，我们也没理由反对。想不到她这么好，这时候做事情还光明正大顾及青林。"

郝父也赞同："她是真心对青林好，真心为这个家好，青林这个畜生，不识好歹，唉。"

宁宥送郝家二老到家后，立刻转到以前买房时接触过的中介，要求中介将她手头的两套房子都卖掉，必须找全款、现金、一次结清的客户。对于中介的疑问，宁宥说是需要为儿子办出国留学。这是个好理由，比老板还债、老板娘闹离婚等理由更可信。中介立刻写在二手房介绍上。

从中介那里出来，宁宥给田景野打电话："田景野，我把两套房子交中介了。等买房款过来，我打算放一笔现金到你那儿，请你帮我收着，放你账号上，行吗？"

田景野道："行，我会新开一个专门给你的账户，教你怎么操作。唯一的问题，让我知道一下我在做什么。"

宁宥稍微犹豫了一下，但立刻清楚地道："我在谋划离婚，我不愿让郝青林分到一分钱。"

"劝你三思。我前妻也这么待我，虽然我当时的所作所为确实对不起家庭，毁了我的家庭，可她那么做依然对我伤害至深。"

"你不一样。"

"正因为我不一样，才能想方设法理解我前妻。尤其是我能东山再起，我的心态一直正常，才能理性对待我前妻。但郝青林那种坐办公室的，早已自废武功，他出来后一无所有，你说他会怎样？"

"谢谢你，田景野，我已经考虑到了。"

田景野结束通话后，皱眉看着手机发呆，一直到手机屏幕归于黑暗也没抬头。他想了很多过去的事，直到有同事进来喊他。有位看上去很有身份的人要求见他。田景野既然开店，当然谁来都不拒绝。他走出去，看到站在店堂角落的一位戴着墨镜、六十来岁的人，似曾相识，却一时想不出是谁，也不知找他做什么。

他走到那人近前。两人一握手，那人便凑过来轻道："我是郑伟岗，很高兴认识你。陆行长介绍我来，我们到你办公室说话？"

田景野大惊。这个名字如雷贯耳，本市著名企业家，他常见此人于电视上、于报纸上、于人群包围中，难怪似曾相识。但不知此人为什么来找他，他连忙将人往办公室里请。

对于田景野的端茶倒水，郑伟岗表现得谦逊有礼，又同时观察着田景野。田景野也知道这种人的眼睛如 X 光机，不好糊弄。他坐下就笑道："陆行长好吗？我出来后没敢去拜访他，避嫌，他毕竟是公职人员。"

"阿陆说你谨慎，知道你不去找他的原因。他说，他让人带话，要你暂时不去见他，也是有他的苦衷，希望你见谅。"

"谢谢陆行长，他见外了。我坐牢时丰衣足食的，就是因为好多朋友往我账户上存钱，我知道陆行长借手朋友帮衬我许多。我早年年少轻狂，没听他的话，他却事后处处关照，我愧对他。我现在如果出现在陆行长面前，他一定会倾尽资源帮我东山再起，可我不敢。我已经辜负他一次，不敢再害他为我操心。"

"你是明白人。除了阿陆，另有几个我信任的人向我推荐你。有关你的情况，我听说许多，大家都佩服你的为人，也佩服你的业务能力。我开门见山吧，我有几个重要问题要请教你、委托你，前提是，你必须为你我的联系保密。"

田景野一愣，犹豫了一下，抵住诱惑道："谢谢郑总青眼。不过，我虽然坐牢一次，但还是不想沾手目前法律不允许的事。"

"要的就是你这句话。你知道的，我们经商的心里都有朝不保夕的担忧，做得越大，越是担心得半夜惊醒。我需要给自己留条避人耳目的后路，而且这条后路是需要经得起挑刺的。阿陆说，他拿性命替你担保。"

田景野惊呆了。陆行长拿性命替他担保？他忍不住将对面的郑总当成陆行长，紧紧握住了郑伟岗的手。

简宏成的周日乏味得惊人，醒来后，便将手机连上充电器，给一个个长辈打例行请安电话：老妈、从小学到大学的老师们、过去到现在提携他的前辈们、已经离开生意圈的老友们……

简母今天高兴，小儿子肯来与她吃午饭，又带来老大、老二合作的好消息，她在电话里对简宏成道："老二啊，听说老大在你那儿。还是你气量大，肯退一步。"

"这事没成。可能我态度太好，大姐反而不敢相信我，以为我反复骗她。我司机说，她恨得连个正眼都不给我司机。"

简母又郁闷上了："你们姐弟三个什么时候才能和好？"

"妈，我会努力的。大姐顽固，需要有耐心给她创造环境，让她转变观念。中午吃什么？很想吃你做的葱烧大排。"

简宏图见他妈甩电话机，以为她想挂断，连忙挤过来凑在他妈耳朵边问："哥，报告，宁恕请我晚上一起吃饭，客气得跟口香糖一样，我怎么回绝他都有理由黏着我不放，我该怎么办？"

"他有什么事？"

"不知道啊，一定要介绍他们房地产界的朋友给我认识。哥，他到底是什么人？为什么你不让我跟他吃饭？"

"我看他眼光不正，你肯定吃他的亏。你绝不能与他有瓜葛。"

简宏成放下电话沉思。他不愿将他调查来的宁家姐弟的情况透露给其他任何人，他这么做，为的是保护宁宥，可现在宁恕一再招惹，他看得出宁恕来者不善。他毫不犹豫，一个电话打给朋友："上回让你调查的那个叫宁恕的，你帮我盯他一个月。"

简敏敏气呼呼地下飞机，气呼呼地回家，打开门却觉得有异，两条狗没如常扑上来表示亲热，保姆没立刻应声上来迎接，而且整个屋子光线暗沉，原来窗户都拉起了厚窗帘。简敏敏心说，保姆肯定又溜号回家干私活儿去了。她先进去卫生间洗手，不料开门就见她的两条宝贝大狗被五花大绑地捆住撂在地上。简敏敏大惊，立刻退出，当即见客厅出现两个男子。这两人她都认识，是张立新的秘书和安保部经理。

"你们干什么？想犯法吗？"简敏敏虽然口气逼人，可心里早虚了。论当下形势，她不是两个男人的对手。尤其是她的包落在两个男人控制之下，她无法拿手机报警。

秘书恭敬地道："张总希望跟您不受打扰地谈话。张总已经在路上。"

"保姆呢？放开那两条狗。"

秘书笑着退后："张总他很快就到，就在附近喝茶呢。您请坐，请坐。"

简敏敏不敢轻举妄动，难得老实地哼了一声坐下。

果然，张立新很快赶来。他一到，其他人便退走了。

张立新的脸色很难看，上来便声色俱厉地道："说吧，你们姐弟仨想干什么？你家老二委托他高中同学给我设局，你家老三也敢让朋友对我设局。你刚从深圳回来吧，跟你家老二和好了？一起对付我？怎么对付？别玩什么阴谋诡计，真刀真枪来吧，我接着。"

"放屁！你想怎么样？杀了我？真刀真枪来啊，我接着。"在丈夫面前，简敏敏毫不示弱。

张立新冷冷地道："我不犯法，但我杀你的宝贝狗。"说着，他抄起从厨房拿来的菜刀，走向卫生间。

简敏敏尖叫一声冲过去，挡在卫生间门前："行，我认栽。我告诉你，昨晚若不是我杀个回马枪，差点被老二骗光一生积蓄。你呢？前几年公司生意还好的时候，你当然不用怕老二，但现在，即使老二不动手，你也很危险，除非你跟我联手。"

"你跟我联手？你敢对你亲弟弟下手，敢把你爸气死，敢把老公赶出门，你这人能信？你什么都要捞在自己手里才放心，你这人能合作？除了你这两条狗，谁敢跟你在一起？"

"别杀我狗狗。我告诉你，你随便怎么做都行，只要别卖老厂那块地，那是老二的死穴。你可以拿老厂那块地跟老二谈，只有这种情况下他才会坐下来跟你谈。产权在你我手里，合理合法，他再怎么也得认。他想要地，只能跟你谈。"

"废话，他现在是拿刀对准我的喉咙，要我把地白给他。谈？他会跟你谈？"

简敏敏一时闭嘴了。不得不承认，张立新说得在理。好久，她才道："地在你手里，你即使卖了，也不会分我一分钱。地到老二手里，他已经明确说了，不会有我的份儿。反正我都拿不到钱，我不管。"

"你不管？好，我替你管教你那两条恶狗。"

简敏敏死死护住卫生间的门，死活不让张立新进门："让我想想。"为了两条相依为命的狗，她急了，一边冲张立新尖叫，一边看向两条挣扎的狗，嘴巴哎哎连声，以示安慰。

"好，你慢慢想。我抬走这两条狗。你什么时候退出跟你家老二的联盟，想出办法逼退老二，我什么时候把狗还你。你放心，我领走你的保姆，只要你好好做人，她会把你那两条宝贝狗照顾得好好的。我本不想为难你，但我现在公司艰难，我所有心思都得花在公司上面，没空跟你们简家一群疯子斗，我只能出此下策。给你半个月时间。"

"现在的老二不是刚毕业时候的老二，半个月怎么够？"

"半个月，收两条狗，还是收一锅狗肉煲，随你便。"

"张立新，只要你留下狗狗，什么条件我都答应你。"

"对你这种出尔反尔的小人，没办法。"张立新喊来两位助手，他一个人奋力挡住发疯一样的简敏敏，让两名助手将狗抱走。

简敏敏扭打不过张立新，要在以往，她会咬、会抓，什么都做得出来，可今天她投鼠忌器，只能眼睁睁看着狗狗被抱走。张立新终于放开她时，她披头散发地只会大喊："半个月怎么够？半个月怎么够……"

张立新走到门口，将菜刀在狗脖子上比画一下，才冷笑着将刀远远地扔掉，关门一走了之。

简敏敏追到窗边，抓开窗帘，亲眼看着他们将狗抬上车。她看到两只狗狗的眼睛无助地到处搜索她，她心急如焚。很快，罗威纳的耳朵捕捉到她的拍窗呼救声，四只眼睛眼泪汪汪地转向她。她仿佛能听到它们的呜咽。但那些人不管，为了把狗顺利塞进车子后备厢，他们竟使蛮力，扭弯它们的腿。简敏敏心疼得团团乱转，冲向大门。可门外不知被做了什么手脚，她竟打不开自家的门。没人理会她的拍门大呼，不，可能有人理会，但那理会必然是嘲笑或者冷笑。耳听得汽车得意地叫唤了一声跑了，简敏敏知大势已去，颓然跌坐到地上。她的眼睛也流露出无助。

简敏敏手中的手机亮了再暗，几次三番，可她竟找不到合适的可以求助的人。家丑不可外扬，她还得在外面装作新力集团的老板娘呢。可家里人呢……没一个用得上的。

但是，简敏敏从来不会真正认栽，她甚至都懒得流泪。从未有人同情过她的软弱，在她软弱的时候，也正是被欺负得最狠的时候。

简敏敏只发了一会儿呆，便立刻利索起身，翻窗而出，将串联大门门环的铁索解开扔掉，打开家门。那只来回一趟深圳的行李箱又被她原封不动地拎上车，她再奔机场，再飞深圳。

郑伟岗走后，田景野难抑激动的心情，忍不住走出去，到人迹罕至的大草坪上给简宏成打电话，这样可以酣畅地大声说话。他听到电话里传来呼哧呼哧的声音，不禁奇道："在干什么？你要是忙，我等会儿打给你。"

"别挂，我在跑步机上走路。"

"哈哈，你锻炼？太阳从西边出来了？"

"看他们在群里讽刺胖子，真是想死的心都有了。"

"嘿嘿，是被宁宥那句'长相天生，体形走样全是自暴自弃'刺激到了吧？"

"哈哈，正是。知道吗……呃，算了。你找我什么事？"简宏成这两天胸口一直翻滚着宁宥家与他家的仇恨，极想找个谁说说，可话到嘴边又咽下了，他不敢说。

"我知道什么？是不是我错过了什么？"田景野不放过。

"我不能说，说了连幻想都无法立足了。我这两天的状态就是原来如此——不是我差劲——还不如不知，六神无主啊。哎，你怎么来了？"简宏成感觉身后似有凉风削肋骨而过，回头竟见大姐简敏敏黑着脸站在他身后，也不知站了多久。

"你有事？要不你有空立刻给我个电话。"

"你说，你说，不相干。"简宏成两眼看着他姐，心里不禁嘀咕，难道早上没赶上飞机？

"除你之外，又有人非常信任地将大笔资金交给我打理，原因是以前的朋友们拿命替我担保。我很激动，非常激动，原来朋友们还认可我的人品。朋友认可的意义比让我重操旧业甚至更上层楼更让我激动。"田景野虽然脸上依然皱纹纵横，挂满厌倦，可声音不由自主地拔高了，两只脚不由自主地大踏步走，一个人在草坪上亢奋地绕圈子。

"不识子都之美者，无目者也。这下你还有理由消沉吗？立刻、当即、必须把店门关了，谁耐烦做那些小门小户的生意。"简宏成也替田景野高兴，又不得不分神管着大姐的动向，一心两用，脚下便乱了，他的"运动细胞缺乏症"彻底爆发。

"店门不关，我得给人一个交代，也得给儿子一个他的小脑袋瓜想象得到的身份，让他对他的父亲放心。你忙吧，回头找你好好喝一杯。"

"行。要不你现在找棵树撞儿下，假装是我高兴得挥拳头揍你。你恢复正常，很好，很好……哎哟……"简宏成终于小脑紊乱，掉下跑步机，跳了好几步，撞上隔壁一台跑步机才得以稳住，"我摔下跑步机了，哈哈。过几天就去找你，你准备好酒。"

田景野忍不住哈哈大笑，也是纵身一个飞跃，在空中双腿乱蹬，硬是将自己摔到草地上。他在草地上耍无赖似的对着天空乱笑，傻笑。

简宏成即使面对他大姐了，依然是收不住的满面笑容："你想通了？"

"对，我想通了。方便在你公司健身房谈私事吗？"

"去我办公室吧。"简宏成笑着，边走边将田景野的喜讯记录到手机记事簿上。他步速很快，但不妨碍他的记录。

简敏敏后面看着觉得陌生，她大弟能笑？以至于简敏敏也问了一句家常话："你星期天也在公司？"

"做老板的哪有休息日？"简宏成走进电梯，忍不住弯曲一下手臂，看自己的肱二头肌。可再用劲也挤不出个像样的。

简敏敏斜睨着，不语，但脸上依然肃杀。

简宏成忽然想到时间已不早，看一眼手表，道："都吃晚饭时间了，要不边吃边谈？"

"我晚上节食。"

简宏成将办公室门打开，放大姐进去，示意助理回家后，才紧闭大门："说吧。"

"行。我回来不是跟你谈加盟，而是来跟你算一笔账，我为简家付出多少的账。你想听吗？"

"你无非想告诉我，现在我得替整个简家还债。你先心算一下吧，免得最终资不抵债。"

"反之，是不是还债的事完全着落在你头上？"

"行。"

简敏敏没想到简宏成大包大揽，反而有些狐疑地扫视两眼，才道："从爸爸被刺说起。我当时高二，虽然成绩不如你出挑，但考大学不成问题，老师们都说我努力一把可以上重点。当然，你可以说这是废话。"

"我没说。我从小知道你成绩好，不过偏文科。"

"那天，我几乎是第一时间被张立新用自行车从学校带到医院。当时，急救医生给爸爸做了止血，需要立刻送上手术台。但爸爸非要把别人都赶出去，跟我和妈单独谈话。当时麻醉药稀罕，爸止血时没上全麻，痛得额头全是冷汗，脸色也因为失血过多变得蜡黄，人虚得眼睛都快睁不开，刚裹的纱布还在渗血，可爸非要跟我谈完才肯进手术室，命都不要了的样子。"

简敏敏回忆时，满脸都是愤怒，而不是其他，令简宏成诧异。但简宏成不敢打断，有些细节，连他都还是第一次听说，怕吱声得不是地方，这姑奶奶坏脾气上来又不肯说了。

"爸第一次这么重视我，他又几乎是躺在血泊里，他当时说什么我都会答应，你说是吧？等我多年以后长大了才回过味来，爸当时根本就是拿命来逼我。他拼着老命跟我说，工厂是承包的，他如果倒下，没精力管好厂，交不足承包费，明年承包到期，就得把工厂交出去。妈在旁边补充说，医生刚才说了，爸抢救过来后，不可能再出差，身体吃不消。爸说张立新是个好人选，但他是外人，这么大一个厂子交到张立新手里，他会生歪心，要我退学盯着他。我想，退学一年，等爸身体差不多了，我再复学也行，当然答应。我在家是老大，我应该啊。但爸又提出让我立刻嫁给张立新，这几天就结婚。只有这样才能保证张立新归顺，明年承包期到后，张立新不会抢走承包权。我说不行，我跟张立新差十岁，他傻大黑粗的，在农村还有未婚妻，我不嫁他，我保证能盯住张立新。但只要我不答应嫁，爸就坚持不肯上手术台。妈急得对我跪下，砰砰磕头，要我给爸一条生路，头正好磕在爸爸流出的一摊血上。你想想，你仔细想想。"

简宏成惊得合不拢嘴，几乎不敢相信，又觉得顺理成章。

简敏敏咬牙切齿地道："我只能答应！他们那是卖女儿，但我只能答应！等爸进了手术室，我转身去砸了崔家出气。所以，你以为厂子理所当然是我们简家的吗？不。厂子之所以还在简家，是卖了我换来的。你和全家后来的好日子，全靠我的卖身钱换来的。同意吗？这是第一笔账。"

简宏成不禁顺服地点头。他飞快地将重点记录到小本子上。

"但没完。"简敏敏怒目圆睁，喝完一杯水，狠狠将杯子摔了。这一回，简宏成什么都没说，看着她摔。

"我当时也吓坏了，整个人蒙了，发疯一样。爸爸手术后，麻醉药性过去，痛得死去活来。我跟妈眼睛都不敢闭一下，整整伺候了两天两夜。等爸清醒过来，第一件事，就是逼我跟张立新同房，造成事实婚姻。我当时鲜花一样，又是厂长女儿，张立新当时也年轻，看不懂爸的算计，当然求之不得。但我哪肯。爸为了让我就范，指使妈做了一件卑鄙无耻的事……"

"打住。"简宏成不得不张嘴叫停,他以前都没往那地方想,可现在大姐说起来,他只要脑袋正常,就能猜到结尾,"第二笔。"

"第二笔你该这么写……"

"不用,不用,我自己会写。爸妈都对不起你。"

"只是对不起吗?他们不拿我当女儿,他们又何尝拿我当个人?可那时我太幼稚了,竟然忍气吞声,试图做他们的好女儿。既然生米煮成了熟饭,就好好做张立新的老婆,再有气也出到外面去……"

"还……还有第三笔?"饶是简宏成历经磨难,心性坚毅,此刻也有点吃不消了。

口齿伶俐的弟弟忽然结巴,立刻提醒了简敏敏。她今天到这儿是来讨债的,而不是诉苦,她不能感情用事,婆婆妈妈。简敏敏心里飞快评估了一下简宏成的脸色,猜测了一下简宏成心中的激荡,胸有成竹地道:"怕了?我让你歇口气,我们先算账。第一个问题,你还认为新力集团和老厂地皮是简家的产业吗?"

简宏成不得不拿出平日里管理者的官样口径答复:"我过两天给你答复。"

"第二个问题,你高中到大学,一直是我养着你,你锦衣玉食,靠的全是我。我即使跟一般无知爹娘一样,当众给你两个耳光,你又能有什么话说?但你从小到大,除了想着接替张立新的位置,可曾想过报答我?"

简宏成诚恳地道:"你说话,想要什么?"

"先记账。第三个问题,我有没有资格跟你谈条件?"

"你没资格跟我谈条件"这句话是简宏成前不久回老家时,指着简敏敏的鼻梁说的,当时,他理直气壮,甚至义愤填膺。简敏敏这人,几乎人皆云可杀,他曾经吃足简敏敏的苦头,可今天他动摇了。他沉默了会儿,还是官样口径:"我过两天给你答复。"

"三个当事人，活的还有两个。你去问妈吧，她自己也是为简家什么都肯牺牲，她认为，我也该为了简家什么都做，她不会觉得有什么错，她不会瞒你。但据说你脑筋不是很好吗？你现在判断判断，我说的是真还是假呢？"

"先别武断说真假。你一天飞个来回，必然有要紧事，说吧，我尽力而为。"

"张立新把我的两个宝贝扣留了，条件是我在半个月内想办法让你退出对他的迫害。我要你救出我的两个宝贝。"

"哎，这是家务事，我不便插手。以你的脾气，万一你的两个宝贝也不愿与你相处呢？"

"我那两个宝贝在澳大利亚读书。张立新太混账，看见二奶眉开眼笑，看见我不到十分钟一定吵架，孩子们怎么能在家待着，不如送到贵族学校寄宿。张立新今早抢走的两个宝贝是我养的两条罗威纳，人不如狗，知道吗？我给你两条路，一条是退出迫害张立新，一条是半个月内把张立新打得服服帖帖，交出我的两个宝贝。你但凡有良心，这件事先替我办到。"

"半个月？为什么是半个月？你别急，你那两个宝贝暂时不会有问题，你静下心，好好把经过说给我听。"

"有什么好说的，就这俩办法，你做得到哪个就选哪个。"

"万一还有第三条路可走呢？而且你这俩办法不是为难我吗？说说吧。再说在张立新那儿受的气你都还没来得及找朋友倾诉一下是不是？这么憋着会憋出病的，不如跟我说说，一家人反正知根知底，没什么不好意思。"简宏成在听了大姐年轻时的悲惨遭遇后，即使还没找妈妈验证真假，可他一直说话挺诚恳，态度也诚恳。

"对啊，你们兄弟俩从小光屁股都是我抱大的，有什么不好意思。"简敏敏言语上讨来一些便宜，终于有点心理平衡了，才肯一五一十说出今早回家遭遇的突袭。

简宏成这回拿正眼对着大姐，认认真真地听，即使对他们夫妻的不正常关系有些吃惊，可相比前面大姐给他的大剂量旧时信息，这些都是小意思。听了一些他就大致有数了，拿起手机，开始找张立新的号码拨出。

张立新接到电话，首先便听到他妻子气愤的背景声音。虽然他听不出具体在说些什么，可起码，他的部分目的达到了。他冷冷地道："姐弟和好了？"

简宏成呵呵一笑："姐弟什么时候真吵过啊。是了，姐夫，我跟你澄清一件事，你说我指使同学田景野给你下套，挖你内幕，还说老三也在这么做，这不可能。我要害你的话，不会做那么粗浅的布局，他们那么做，最多看到几份税务局里也能看到的报表，还是你加了料的，对你有什么杀伤力啊，呵呵。"

简敏敏数落得上了兴头，不管简宏成是否打电话，一个劲儿地继续骂张立新，以便电话那头听到。可她的一只耳朵还是留给通话内容的，听到最后，不禁一愣，闭了嘴。简宏成这是什么意思？

张立新也呵呵讥笑道："对啊，对啊，一定是老三那不成器的乱来，呵呵……"

"是啊，老三还来找我邀功，我刚还批评他打草惊蛇。我若布局，即使知道什么去年底为了偷漏一点儿增值税，去虚开七份运输发票啦，今年初为了让无法享受退税的货物享受出口退税而虚报货名，通过向报关公司行贿，以免开箱查验啦，我都懒得说，小儿科，太小儿科，呵呵。姐夫绑架大姐两条宝贝狗也是小儿科，跟狗嘛就别过不去了，还给她吧。这就让保姆领狗回家行吗？"

不仅电话那头的张立新惊呆了，连急着复仇的简敏敏也惊呆了，夫妻俩竟不约而同问："你怎么知道？"

"我当然知道。"简宏成笑容可掬，但随手就将电话挂了，看向简敏敏，"大姐，不用愁你家俩宝贝了。要不，我让司机带你在深圳好好走走？"

简敏敏不理示好，紧张地追问："你别打岔，我问你，你怎么知道张立新那些事？你没忘了捎带调查我吧？"

简宏成一脸无赖地笑道："我哪有那么大本事，我不过是凭经验猜的，哪家企业不是那么做的，需要调查吗？呵呵。"

"别跟我打马虎眼。"简敏敏的严厉有些虚张声势了。

"真没蒙你。大姐，请看电脑，这是我们人事总监的照片，看不出吧，她跟你同龄。她每天工作量极大，可她性格乐观，看上去愣是比你年轻得多。大姐，你也该享受享受，想开点儿，别爸妈把你拴张立新身上，你还真把自己一辈子都拴张立新身上，闹得自己不痛快。心情不好是身体的大敌，知道吗？我看你暂时在这儿住几天，我让司机带你玩遍深圳，再去香港做做美容……"

简敏敏本来一直追问简宏成如何调查到那些信息，有没有调查她，可往电脑只看上一眼，她的手便忍不住捂住脸放不下来。她清楚自己的爸老。面对着简宏成花好朵好的安排，她沉闷地道一声"滚"，起身就走。

可简宏成热情洋溢地给了一句："大姐，亲情提醒你一句，看清双方实力，选择一家押宝，然后稳定持有，这样对你最有利。"

简敏敏在门口停住，背着身子想了会儿，道："跟张立新斗，好歹你一脚，我一腿，有来有往。跟你斗，我连渣都剩不下。你以为我不知道你的为人？你就是爸的翻版，心肠跟生铁一样又冷又硬。我是爸亲生的，爸都能把我这个女儿卖了。我才是你姐，你还不知怎么卖我呢。"简敏敏转身，看着张口结舌的简宏成，"怎么，让我戳穿了？你要是有点人性，能吊着你孩子妈那么多年不结婚？我还好歹为了孩子不跟张立新离婚，送孩子出国远离是非。你呢？你有想过你孩子以后怎么在人前做人？虎毒不食子，你比禽兽都不如，我才不会相信你。"

"我跟我孩子妈不是你想的那样。"

"哪样？始乱终弃？"

简宏成愣了一下，决定不解释，起身道："行，你慢慢选择站对吧。我让司机过来，以后无论你来深圳或者去香港，这个司机归你专用。"

简宏成的良好态度让简敏敏也是一愣，但她很快冷笑起来，扬长而去："将欲取之，必先予之。呵呵。"

简宏成也是回之以"呵呵"，可这一"呵呵"，竟是空洞僵硬地持续了好一会儿。他好一会儿才清醒过来，连忙看一眼时钟，见时间合适，便一个电话拨给陈昕儿。

陈昕儿好不容易等到简宏成的主动来电，连忙接通后，看看依然熟睡的儿子，轻快地跑出去接听："喂，你这工作狂一定又忘了今天周末，小地瓜不用上课，还睡懒觉呢。"

"哟，没吵醒他吧？他想我没有？"

"还好，我一听见就按掉。不过……"陈昕儿意有所指地道，"其他蹲移民监的太太说，那些在国内的爸爸为了维护与孩子的亲情，一般起码一天一通电话给孩子，很多还是早晚来电。"

"是这理。说起来，虽然我明确跟你表明过，我跟你没感情，不会跟你成为夫妻，但我们目前的关系也不合常理。起码小地瓜可能理解不了。这样吧，我会安排一下时间，与你协议结婚，然后离婚。那样一来，我们的关系会比较名正言顺，小地瓜也能接受，你看呢？"

这一段话，在陈昕儿听来，心情如坐过山车，飞快地直冲云霄，又飞快坠入深渊。她举着手机呆住了，完全无法说话，软软地倒下去，趴坐在地板上无法动弹。

第八章
英雄班长

　　宁宥为了一扫家中的晦气，将饭桌搬到种满花草的朝南客厅阳台上。才大清早，阳光已经洒落到饭桌，亮堂透明，令心情也敞亮起来。宁宥满意地看着正长身体的儿子勇猛地吃早餐。儿子面前盘子里的食物足有她的三倍。

　　郝聿怀大概一夜下来饿了，狼吞虎咽地干下去一多半，才有空得意地开腔："妈妈，我们年级有个骷髅兄弟会……"

　　"效法耶鲁的骷髅兄弟会？"

　　"妈妈，我必须提醒你，偶尔装一下无知是一种美德。"郝聿怀有些小恼怒，"但是我们年级骷髅会与耶鲁的不同。我们年级骷髅会的参加条件是男生，起码是三种高级别兴趣小组的成员，其中之一必须是体育。因此，会员人数只有……"郝聿怀隆重推出扇子似的两只手掌，"但影响力极大。"

　　"哟，他们要是不吸收你进去，简直暴殄天物。"

　　"这个我们暂且不提，那是个秘密组织。今天骷髅会将集体行动，找校篮球队 B 队的两名男生谈判。"

　　"十个对两个，如果用武力，有些胜之不武，有损骷髅会高贵精英的形象。"

"对啊，对啊。但我们会用最恰当的方式展示实力，警告无聊八卦人士从此闭嘴。"

宁宥无视儿子话里出现的漏洞，心里早已清楚她儿子必定是骷髅会成员，今天必定是一帮小兄弟替他讨回公道，同时警告其他同学不得再提郝聿怀的家事。宁宥心中暗喟时势逼儿子早熟，却并不阻止，让儿子自己处理他的事去，这是他成长的必经之路。

"听上去还蛮好玩的。只要不违法，手段不卑鄙、下流、无耻，很多看似必定剑拔弩张的对立，都似乎可以做得幽默。幽默真是一种至高境界。"

"对啊，对啊，聪明人应该拿出聪明人的法子，不能同流合污，耶！"

郝聿怀觉得自己的高明想法正好符合妈妈所言的境界，立刻扔下筷子与妈妈击掌。小孩子手掌已经肥厚有力，一掌击得宁宥倒吸冷气。郝聿怀好意提示妈妈，应该锻炼了。宁宥当然断然拒绝。

上班路上，宁宥忍不住去想儿子在那个什么会里究竟是什么身份。她总在担心郝青林犯事后，会影响郝聿怀在学校的正常学习生活，尤其担心有人因此欺负郝聿怀。如今看来，似乎她的担心有些多余，儿子身边有一帮小伙伴，有伙伴的人不会被孤立，不会受欺负，心理不会走偏门。说起来她和郝青林都不是合群的人，郝青林有知识分子家庭出来的清高，而她则是不得已。她不得不与同学保持距离，以免被打探家里的秘密，久而久之，她的性格也就形成了，人们都说她清淡。但她羡慕朋友众多的生活。因此，她总是有意识地鼓励儿子与小朋友们的交往，不惜强迫自己也融入吵吵闹闹的环境，与家长们交往。郝聿怀的性格倒是真的很合群了，从幼儿园到小学，都是男孩群里的老大。如果不是郝青林外遇时闯过著名的祸，说不定还能弄个班长什么的，只是这性格怎么看怎么熟悉……

一中有个传统，有"一二·九"歌咏会，这种活动对初高中一年级的班干部是个考验，班干部的组织能力在这种活动中显露无遗。

曹老师却并不怎么重视，他觉得那些唱唱跳跳的玩意儿都是歪门邪道，成绩才是王道。因此，他只是课间将简宏成叫出去简单交代几句："十二月九日的歌咏会你准备一下，务必注意不要让排练侵占正常学习时间，也务必注意不要在场上乱套。"

简宏成的回答也很简单："平日的功课都很紧，大家星期天又必须回家拿钱、拿吃的，不可能留下排练，不侵占学习时间几乎不可能。要不先从曹老师做起，物理课减二十分钟的作业量，其他课的老师我逐一过去商议。"

曹老师硬是愣了一下。他从教这么多年，还是第一次在布置任务时被反提条件。他竟是想了会儿，才拿出课本指着道："今天布置的这两题不做了吧。"

简宏成领命，回去教室直接找到陈昕儿，两位班干部先坐下开个小会："书记啊，我在你的履历上看到你有组织文艺表演的经历，你也有舞蹈功底，再说，你清楚一中歌咏会的套路。这样吧，演出由你组织，你做总导演。我做总后勤，拒绝各课老师加作业，抓人入伙，借场地，借衣服，借化妆什么的，都我来。你看你有没有困难？"

"好，就这么分工。让我想想做什么节目。"陈昕儿说得胸有成竹。这活儿果然是她拿手的。

"行！"简宏成立刻起身跳上他的凳子，拍手示意教室里的同学安静下来，"同学们，安静。我们即将面临高中段的第一次歌咏会，十二月九日，时间很紧。但我们不怕，为什么呢？曹老师说过，我们全班同学是他精挑细选来的，我们特殊，我们班一定有办法。我们不仅有办法，而且必定能闹个开门红，让全校从此记住我们班。这是我们班第一次集体活动。为了我们的开门红，谁都不能袖手旁观。今天一天，大家可以毛遂自荐，也可以互相举荐，亮出你们的特长，到陈昕儿处登记。能歌善舞的、会吹拉弹唱的、漂亮英俊的，都是特长，一个都不能漏网。明天各位特长尖子讨论，拿出节目设计，后天开始正式排练。曹老师为支持我们第一次集体活动，开恩免除我们两道作业题，我等会儿写到黑板上。其他老师的支持，我会陆续争取到。但老师们的支持是外因，我们更要靠自己的努力。同学们，有没有信心？"

简宏成的演讲如疾风暴雨，打得课间休息的同学措手不及，都还在发呆呢，没人吱声。但他寝室的其他七位男生竟一致举手，齐刷刷地大喊一声"有信心"，显得很是突兀。陈昕儿正站在田景野边上，见田景野卖力大喊，一脸马屁精样儿，不得不忍住笑。

但简宏成一点儿不觉得尴尬，顺势道："有信心就好。接下来我们需要的是实干。你们留心，谁都无法避免被我点名。"说到这儿，简宏成一直坚定的目光朝宁宥的方向打了个弯儿，"尤其是漂亮英俊能给我们班撑门面的，更要有心理准备。"

田景野窃笑："没我事儿咯。"

简宏成笑道："你跟我一样眼小聚光，但做勤杂工，逃不了。"

大家的眼睛一起聚焦到简宏成的眉眼上，这下一起哄堂大笑起来。

第一次班集体活动，简宏成组织得很辛苦。答应参加演出的人几乎个个是他做思想工作磨出来的。但他来到宁宥面前，还没开腔，一向少言寡语的宁宥立刻自报家门："我唱歌严重跑调，不会任何一种乐器，普通话不准，跳舞跟不上节拍。"

"毫无疑问，你有一个亮点有目共睹，你是全班最……"简宏成不禁一顿，憋了会儿，才道，"最 beautiful（漂亮）的女生。你必须上台。"

简宏成一言既出，众皆哗然。男生起哄狂赞，于是，简宏成获得了支持，微笑着向四周致意。但女生不以为然，宁宥最美？这个削肩平胸单薄的女生最美？这儿有陈昕儿镇着呢，还轮不到宁宥。可大家一看到宁宥满脸通红，顿足而走，对简宏成的话置若罔闻，便又不忍挑剔她了。这不，人家有自知之明呢，还行。

简宏成当众吃了个闭门羹，他自己倒是无所谓，反而陈昕儿周到地替他开解："班长，你抓来的上台人选已经很多了，我们都奢侈到可以设定 A 角、B 角了，不如我们藏着撒手锏，来年歌咏会再用。"

"对，不要一招使尽，听总导演的。"

陈昕儿不禁脸一红，不知怎的，应答不上来。

而简宏成满不在乎地走掉了。

简宏成为排练找到一间开阔的一楼空教室，他率领田景野等上不了台面的同学将教室打扫得干干净净，水泥地都似乎能当镜子。而陈昕儿排演的绝不是单纯的小组唱，她精心设计，让伴奏的同学个个在优美的伴舞之下亮出绝活，形式很是新颖。但女孩们的倩影招来了校外小流氓的围观起哄。

陈昕儿本来想着能避则避，错开时间让小流氓等不到人，可外面的小流氓有耐心，似乎随时随地都等着捉弄屋里的女孩。陈昕儿又想出办法，找来报纸，将玻璃窗糊上。宁宥也被陈昕儿叫来一起帮忙。可等她们正好完工，一颗大石头飞来，砸碎玻璃窗，落在屋中央。外面是小流氓们尖厉的怪叫。

陈昕儿反应迅速，跳过去将电灯拉掉，顿时一室黑暗。女生们紧紧抱在一起，恐惧地盯着窗口的破洞，那儿有惨白月光透入，也有小流氓们的蠢蠢欲动。安静一会儿后，更多石头飞了进来。

唯有宁宥是个不合群的，她没与大家抱成一团，只是一个人缩在门后的墙角，惶恐地盯着破窗想了会儿，一个人鼓起勇气，悄悄钻出门去，狂奔去自家班里。

宁宥气喘吁吁、脸色煞白地出现在上晚自习的简宏成面前，即使压抑住心中的害怕，她的吐字依然结结巴巴："你快去救陈昕儿她们。校外流氓攻击她们，好几个，快！"

"说具体点儿，坐下说。"

"来不及了，小流氓，校外，窗外，扔石头……"

简宏成终于看见宁宥使劲想缩进袖子里的颤抖的双手，一张脸一下子严肃起来。他扭头对全班大声道："怎么办？男生都抄起凳子，跟我来。我们人多势众，英雄救美去。田景野，你留下，照顾宁宥。"

宁宥发着抖反驳："田景野去通知陈昕儿她们，最好。"

"也行，你一个人待着。"简宏成不无担忧地看了一下面无人色的宁宥，但时间不等人，他只能扔下宁宥，一边一个个地抓起还在犹豫能不能打架，打架是不是触犯校规的规矩同学，一边有条不紊地吩咐，不许走大门去校外，谁谁先从厕所窗口跳出去接应，谁谁去排练教室外围侦察小流氓的分布情况，谁谁临时监督大家不得声张，悄悄埋伏，云云。他像一阵龙卷风，卷得胆小的同学也兴奋起来，扶扶鼻梁上的眼镜，倒提凳子脚冲出去。

那一仗，在简宏成的指挥下，打得常年在一中门口骚扰女生、抢学生钱的小流氓从此绝迹。

被田景野悄悄疏散回教室的"陈昕儿们"，与一直颤抖着等在教室里的宁宥，大家一起看到一帮平日里瘦瘦弱弱的文弱书生豪迈地吼着"日落西山红霞飞，战士打靶把营归"，浩浩荡荡地凯旋。

陈昕儿带头鼓起掌来，女生们热烈的掌声很快响彻教室，宁宥更是激动得哭了。她因害怕而忍了那么久的泪水终于涌了出来。

不需要歌咏会，全班同学从此紧紧凝聚在一起。男生们产生了前所未有的自豪感和责任感。

但世上没有不透风的墙。第二天才早自习呢，全校各班的喇叭响了，一个男老师严厉地命令："高一（3）班全体班干部立刻到教务处来。"

众人都知道坏事了。简宏成沉吟了会儿，起身按住另一位刚要起身的班干部，道："我是班长，我一个人去教务处，你们都坐着不许动。"

陈昕儿自打进入一中，还是第一次遇到这种大事。可她被简宏成的镇定激励，也起身大胆道："我也去，我必须去解释昨天的危险。"

简宏成却忽然调皮地道："俗话说，男主外，女主内，早自习的秩序需要你维护。我走了。"

陈昕儿哭笑不得，全班的气氛也一下子松弛了，可还是沉重，大家一起默默地看着简宏成昂首阔步地开门出去。此刻，身材中等的班长在大家眼里显得非常高大。

此后，谁都无心看书，也没谁敢去走廊瞭望。总之，装在黑板顶部的喇叭倒是不再响起。

大家都觉得经过那种打群架之类的大事，简宏成一定倒霉，关在教务处别想回来了。可下课铃响时，教室门开，简宏成毫发无损地出现在门口。

"当然没事。"他只简单给大家四个字，便有点儿小得意地回到自己的座位，举重若轻。

全班人的目光都跟着简宏成移动，陈昕儿也不例外。从小到大，陈昕儿心中崇拜过无数英雄，可从今天开始，她的英雄只有一个——简宏成。

唯有宁宥心里说不出什么感觉，她茫然地将眼睛移向了窗外。因为简宏成是简家人，简家人越勇武，她越危险啊。

那次简宏成率领全班男生打群架明显成为一条分割线，自此，简宏成在班里说一不二，大家对他的称呼自觉都改成"班长"。曹老师乐得忘记主持班长改选，简宏成顺理成章做了三年班长。既然班长不改选，团支书自然也三年不变。男主外，女主内，成了固定的模式。

宁宥微笑着走进大楼，是这几天难得的好心情。熟悉的人不禁奇怪地看着她，唯有另一位副总工程师何总上来问："这么高兴？"

"有吗？最近我焦头烂额得很。"她看看附近没人，站住了，"何总，正要找你说件事。7月全系统会安排工控专家去美国进修，听说还可以携带家属，我们集团的名额给我好不好？我想顺便带儿子看看学校。"

何总淡笑道："宁总找错人了，这事该宋总决定。"

"我可没找错，宋总肯定需要倾听一下总工的意见。何总，届时不是你还能是谁呢？我竭力拥护，而且得提前拍好何总的马屁。"

"哎哟，不敢当，不敢当，听说宁总才第一人选。这年头不是说升官靠'无知少女'吗？你一下占仨……"

"全占了我也不是那料，我完全没心思加入对总工这个职位的竞争。何总，怎么样？七月的进修，就一句话嘛。我反正押宝押你这儿了。我最近是真煎熬死了，你看我家里出那事，我担心儿子应付不来，影响他心理健康，一心想给他换个环境，这事全拜托你了。"

"呵呵，宁总又客气了。宁总，宋总那儿，拜托你多多美言。"

"必须的！我把今年头等大事都拜托到何总身上了，还能不尽力？"

两人这才会心一笑，一起坐电梯上楼。宁宥晓得，背后打她黑棍的敌人少了一个。她既然不争，就得清清楚楚告诉对方。可这世道要命的是人跟人缺乏最基本的信任，你越是说不争，人家越是反着听，唯有将利益绑在一条船上，对方才能放心。

但宁宥不会吊死在一棵树上。此后她寻找各种时机，下班路上、回家之后再约出来喝茶，几乎同样的对话，她将另外两个竞争对手也化敌为友了。事情一桩接着一桩，她忙碌得跟打怪白热化似的，没个休息的时候。

晚上回到家，她不禁站在院子里抬头寻找自家的窗口。小区里已是万家灯火，而她家的却是全黑，意味着没有一口热汤、没有一张笑脸等着她，反而需要她去撑起全家的光亮。宁宥抱着单薄的自己发了好一会儿呆，叹口气想上楼去，才想起儿子还在他奶奶家呢，还得赶紧去接回来。宁宥只得拖起疲倦的身子往外走。她想到早年妈妈一天几乎十六个小时开出租车，家务事都落在她小小的肩上。从小到大，她似乎一直在超负荷地承担、承担、承担，没个终止。这是不是所谓的劳碌命呢？

宁恕上班时接到阿才哥的电话，约晚上一起吃饭。因此，他一下班就赶紧赶去仓库区，取这两天的监控录像。来的次数多了，他越来越熟门熟路。

宁恕买通的那个师傅一看见宁恕来，就主动递来香烟，并送上换下的存储卡。两人握手寒暄了好一会儿，才一起离开。

可等宁恕走后，一个年轻男子从一条弄堂里转出来，站在宁恕刚刚站的地方左看、右看、抬头看，没看出什么，便拍了几张照，走了。

宁恕不知，他赶着去阿才哥的饭局。

阿才哥看见宁恕很客气，紧紧握着手道："你总算来了。"

宁恕忙看一眼手表："我还早到呢。"

"我心急。来，先喝茶。宁总，新力集团张立新张总这两天可能正式问我借第一笔钱。我还是第一次做这么大笔的，最怕触犯到什么法律条规的，结果钱收不回来，你得给我把关。"

宁恕笑道："阿才哥客气，我当然是知无不言的。不过，现在只想到一条，利息如果超银行的四倍，万一新力想赖账，可以打官司否定合同，你会很被动。"

阿才哥一拍手道："我最担心的就是这个。来，请坐，请坐，我们边吃边谈。我是大老粗，可我现在不想拿刀子、棍子上门讨债，我不是流氓。我要怎么做才能不留把柄？我这儿已经有三个方案，你替我看看。"

宁恕转身时，背对着阿才哥的马仔们，对阿才哥使了个眼色。阿才哥虽然浑身上下都是粗线条，一只脑袋却灵光得如搽满润滑油的万向节一样，立刻哦的一声，示意其他人都退下，屋里只留他和宁恕。

宁恕等门关上，才笑道："阿才哥，你的方案先搁一搁，让我先说，省得我胆小，看了你的方案就不敢再张嘴。可我实在是喜欢我这几天想出来的主意，一定得向阿才哥献宝才行啊。"

"这么客气，再谦虚我要找地洞钻了，你才是大秀才啊。请坐，请坐。"

宁恕却不急着坐，即使屋里才两个人，他还是附耳轻轻说出他设计的方案。阿才哥听得又惊又喜，都忘了需要装一下斯文，一拍大腿，左一句粗话，又一句粗话，表示大大地赞同。

宁恕说完，直起身看着阿才哥笑。阿才哥却还在直着眼睛回味，回味了好一会儿，才握拳道："我 ×，还真一点不犯法，而且……"见宁恕将手指竖在嘴唇上，他连忙刹住车，轻轻笑道，"好手笔，大手笔，一环扣着一环啊。果然是有文化的，厉害，厉害。"

宁恕微笑道："这种方案能想出来的很多，但如何走钢丝一样把握时机处理好每一步的落点，并扎实地落到实处，让对方逃不脱，估计这世上没几个人能做到。阿才哥是我见识过的唯一一个能做到的。"

"宁总，我怎么谢你？我不傻，你这套方案是照着我的性格想的，你没少费心血。你必须对我提个要求，让我回报你，否则我夜里都睡不好，不能欠兄弟的情过夜啊。"阿才哥抓着宁恕的手不放。

"让我想想，可不能便宜了阿才哥。"

两人一齐大笑。阿才哥这才放包厢外的人进来吃饭。

那天，张立新几乎是才放下简宏成的电话，便立刻让保姆领两条狗回去简敏敏的别墅。简敏敏第一时间获得消息时还在去宾馆的车上。她不禁看一眼手表，估计距离简宏成打那个电话威胁张立新才不到半个小时。如此迅速，可见张立新心中之惧怕。简敏敏不得不在心中重新评估与家中老二的关系。肯为了她两条狗拿出对张立新几乎是一刀致命的对策，是不是她的血泪经历起了作用？

为了试探，简敏敏决定暂时不走了，留下来好好算计了一晚上，第二天问简宏成要去香港的专车，再让简宏成替她订香港的房间三天。简宏成居然一五一十地照做，尤其是香港的房间订在文华东方，而且简宏成全额替她支付了房费。简敏敏又想相信简宏成的诚意，又担心这是简宏成设下的圈套，心里更加纠结，连出去逛街购物都没兴趣，在屋里猫足三天就回家了。

两条狗与她久别重逢，亲热得缠住她不放。简敏敏也是将包一扔，坐在地上与狗又亲又抱，检查它们全身有无受伤。

保姆等了会儿，见人和狗都稍微平静了点儿，才小心地道："张总让我等您一回家就通知他，如果您允许，他要来拜访。"

简敏敏两条眉毛顿时竖了起来。对比前儿在家中遭埋伏，今天张立新连直接上门都不敢，还要她允许一下才来拜访，前倨后恭，无非因了简宏成的那个电话。事实已经摆在她面前，即使她再不信任简宏成，此刻也只能吧嗒一下倒向简宏成的那一边。起码，简宏成能保护她不受张立新的伤害。

简敏敏让保姆打电话恩准张立新上门，她自己则接通简宏成的电话："老二啊，张立新求见我，你说他想对我怎么样啊？会不会绑架我逼你交出对他不利的证据啊？你快派个人过来保护我。"

简宏成却道："你的事，刚刚我问妈了。对不起，我以前对你不了解。"

"这不废话吗？这种不要脸的事我还能骗你？你说吧，张立新来了我该怎么办？"

"公平地说，你和张立新一起拿走的厂子是你们应得的。我以后放弃追讨，让老三也不再烦你们。等张立新来，你自己跟他谈交易吧，他现在手头紧，这个月银行贷款的利息没钱还，到处找钱，可他手头能抵押的资产已经全抵押出去了，找银行借款几乎是不可能。在他眼里，你可是块肥肉，你自己当心。"

"等等，你什么意思？我听不懂。"

"呵呵，就是说，我放过他，也放过你。但你们共同拥有一块能卖钱的老厂地皮，张立新正缺钱，一准打这块老厂地皮的主意，你要当心你们两个为那块地皮自相残杀。你要是杀不过他，尽管找我帮忙。"

简敏敏道："找你，有什么前提条件？你也赶紧给我说明白。我不信你能无条件帮我。"

简宏成道："也不算是前提条件，只是一个建议。我还是建议你去老妈家里给爸爸上炷香，也原谅他了吧。上一辈人的观念与我们不一样，可真要说卖女儿倒还不至于。再说你也因此可以在心里放下，以后可以轻松一点儿做人，对你更好。"

"我搞不懂你。"简敏敏将手机扔了，不再理神神道道的老二。如此好心，绝非简家人的风格，因此，神神道道背后必然藏着什么阴谋。但简敏敏现在没空去深想，她得休整一下，严阵以待张立新的上门。有老厂地皮吊在眼前，这一个个的都还能有善心？

简敏敏坐在单人沙发上，背对着大门，可只要稍微侧一下脸，便可看见窗外人来车往。简敏敏看着窗外繁花似锦的春色，却是心烦意乱。张立新要来了，可她心中没把握。即使两条狗贴在她身边拱卫，她依然心中没底。

终于等到张立新从远处步行过来，衬着娇嫩的春花与鲜亮的新叶，简敏敏看着惊道："老张这么老了？你看他的肥肚皮像半只砀山梨，以前背脊很挺，现在也垮下来了，走路那叫有走相吗？啧啧，要不是披着张老贵的皮撑起点儿精神气，晚上可以去广场找退休老太跳交谊舞了。"

保姆吊起脖子也往外看："张总一直这样啊。"

"没，前几天还没，怎么看着忽然老那么多？"

保姆摇头撇嘴："才不，前几天张总还感冒着，眼皮虚肿得像只核桃，今天看上去恢复了，还比前两天精神呢。"

"怎么会？"简敏敏疑惑地看着走近的张立新，怎么看，怎么觉得张立新身上的精气神仿佛已经走了下坡路，整个人暮气沉沉的，似乎……很容易打击，"也是，五十多，快六十了。"

"已经保养得算好了。"保姆不屈不挠地坚持发表自己的反对，同时忍不住看一眼女主人显得比同龄人苍老的脸，但这个她可不敢说出来。

简敏敏这回没答，鹰隼似的盯着张立新消失在窗边，而后门铃声响起。她这才坐端正了，拿起一本杂志悠闲地翻看。

张立新此来，虽然身体比前几天强，可全没了前几天的气势。他进来后，直接坐到一侧的长沙发上，有些焦躁地道："你想怎么样？"

"谁想怎么样谁？"简敏敏连眼皮子都不抬一下。

"你们姐弟想怎么对付我？"

即使简敏敏双手拉住，两只狗还是看着张立新很是躁动。简敏敏没搭理张立新，而是扬声对保姆道："你把狗狗牵走吧，今天用不着它们镇场子了。"

张立新脸色难看，却只能隐忍不发。

简敏敏一直拿余光瞄着张立新，见此，心中窃喜，更是气壮山河起来："老三是局外人，别把他扯进来。我和老二嘛……嘿嘿。"

　　张立新抱头闷声不响了会儿，也没抬头，道："不管你们怎么对付我，我跟你通报一下公司的情况。这个月的银行贷款利息我拿不出钱还，明天是最后期限，如果明天还不出，以后问哪家银行贷款都没戏了。没贷款的话，公司只有眼看着倒闭。情况就这样了。等公司一倒，你我一起完蛋。"

　　"嘿，这不是老二刚在电话里告诉我的吗？你公司该抓抓内奸了，老二怎么什么都知道啊？你还真别跟我哭穷，贷款利息还不出？你把手头房子卖掉，够你还几个月。再不行，借个过桥贷，虽然利息高。"

　　"我名下的房子都抵押了，只有你名下的房子还没动。但公司如果破产，你也是股东，你也逃不了。而且我们还是夫妻，我欠债，你有连带责任。"

　　"你想逼我拿出钱来支援你呢，还是逼我答应你卖掉老厂那块地皮？老二说你肯定得来打我财产的主意，果然又被他料中。但我不这么想。我的意见是，你要是管不下去了，你退出，我们的股份换一换，你拿40%，我拿60%，公司以后我来管。公司名字也得换一下，什么新力、旧力的，以后就叫敏敏集团。而且这事也由不得你，你不退出就坐牢，通过报关公司行贿海关和偷逃增值税什么的，还有其他老二没跟你说的，都够你坐牢。你坐牢，公司反正只能我来管了，明摆着的，你没选择。你只能选择退得主动点儿，还是退得难看点儿。选吧，我没别的意见了。"

　　说完这些，简敏敏有前所未有的扬眉吐气感：嗬，不怕你走，不怕你不管，你就是把全部亲信都拉走，一个都不给我留，这么大一个厂我也接得住。如今，老二给我撑腰呢！

　　张立新又是闷了会儿，抬起头，严厉地道："你别逼我，把我逼得走投无路，大家都没好处。我先把老厂那块地卖了，让你们谁都沾不到手。"

简敏敏觉得张立新那叫外强中干，她毫不示弱地拍着沙发护手道："你卖啊，你有胆卖啊。你只要有个风吹草动，我立马背材料去公检法司报到。我说到做到。"

"明白了，你们姐弟联手了。"张立新一拍扶手，大吼，"没那么容易！逼急了，两败俱伤，走着瞧。"

"你不用威胁，老娘不怕。老娘也有的是钱买你的胳膊腿。给你一个星期，收拾收拾打包滚，哪儿来哪儿去，别赖着简家地盘不滚。赤佬！"

张立新腾地站起来，身子一阵子摇晃，气得满脸通红。

简敏敏笃定地稳坐，手指还轻轻敲着沙发护手，轻蔑地看着张立新："有招吗？有招你使出来啊。"

张立新浑身发抖，颤抖的手指指了简敏敏半天，却说不出一句话。他狠狠地哼了一声，走了。走到门口，吸了一口花香似乎还魂，他转身道："小心你简家再次把你卖了。这回，你老皮老脸，卖不出好价钱了。"

这句话一刀戳中简敏敏，她狠狠地将手中杯子砸了过去。张立新自然是避开了。简敏敏看着张立新走，她招保姆过来，异常肯定地道："我看得没错，老张果然是老了，你看，人啊，老不老，全在一身精气。老张嘛，漏气了。"

保姆这一回点头表示肯定，还补充一句："太太浑身都是精神。"

简敏敏笑道："以后叫简总，哈哈。"她今天虽然是从香港长途飞机回来，可一点儿都不累，牵起两条狗出去溜达。她还得好好想想，威胁张立新的事得如何落实，能不能不靠老二，或者少靠老二，以便她独吞。

陈昕儿早上刚送小地瓜上学回来，手机响了，里面传来很悦耳的声音："早上好，陈太。这么早方便说话吗？"

　　陈昕儿愣了好久，这声音她很熟悉，是简宏成的助理。可平日里这声音一向对她公事公办，今天何以春风拂面？而且，称呼也改了，由"陈女士"改为"陈太"。陈昕儿一时回答得结结巴巴："啊，你请……请便，你一定有急事。"

　　"谢谢陈太。是这样的，有两位律师已经在飞机上，他们将在加拿大时间——现在是夏令时吧——下午两点左右到府上与您见面，商谈签订婚前协议。我已经将航班信息等资料发到您的邮箱，怕您没留意，特意再知会您一下。您不需要接机。届时不知您有没有空。如果没空，我会立刻设法联络两位律师，另外安排时间。"

　　"专程只为签婚前协议？"陈昕儿想到简宏成答应结婚的那些话，不禁苦笑。

　　但助理不知，温和地解释道："是的。陈太请别对婚前协议这种新形式产生心理疙瘩，婚前协议在目前有资产的高层人士中相当普及，已经成为一种既定程序，有合法的协议才有对双方的保护。"

　　"谢谢，我会等在家里。也谢谢你今天的和颜悦色，这不是反话，呵呵。"

　　"如果我以往有什么不周，还请陈太海涵。"

　　"好说，你们奉命行事而已。"陈昕儿挂了电话，一时心里感慨万千。原来简宏成不是信口胡说，而是真的要给她一个身份。虽然简宏成已经说定随即离婚，给她的身份只是前妻，可不知就里的局外人对她立刻态度大变样，那种恭敬、讨好、周全……谁不喜欢？

　　原来结婚获得正式身份的感觉是这样，不再妾身未分明的感觉真敞亮，是打开一扇门，走进另一个世界，一个明亮光彩的世界。一窥门径的陈昕儿不禁心潮起伏，一时都没心思去想那婚前协议有什么条款，她只是发呆，而想象却天马行空地驰骋了。

不知不觉中，陈昕儿捏紧了拳头，像宣誓一样在胸前默默地有力地舞动。

而打完电话的助理则是收起笑容，轻蔑地冷笑。这是一种靠自己挣得社会角色的职业女性对靠婚姻挣得社会角色的家庭妇女的蔑视。她正准备收拾收拾回家，却收到通报，有一个人自称是简宏成的姐夫，要求见简总。姐夫？助理跟了简宏成多年，自前几天第一次惊闻老大还有个姐姐之后，今天再得见姐夫。老大最近又是亲戚来朝，又是打算结婚，反常得厉害啊。

助理明显听出简老大对于姐夫上门拜访的吃惊，她将那个面相老得都可以当老大老爹的人领进老大办公室，只一照面，她就感觉出两人关系的不正常。助理立刻乖巧地退走闭门。

简宏成看见张立新，完全没有站起来的意思，也不打算招呼，只是靠在椅背上冷漠地看着张立新。

张立新当然知道不可能在简宏成这儿获得什么好待遇。他进门看了一遍周遭，自己找沙发坐下，坐的正是前儿简敏敏坐的那个位置，离门最近，坐姿也相同。可见两人虽然分居多年，却依然有夫妻相。坐下后，张立新也不客气寒暄什么的，直接道："既然你是简敏敏的后台，我们不如直接对话。你打算把我发落到什么程度你才满意：离婚，失去抚养权，净身出户，无偿退出股份，离开新力集团，还是坐牢？你掂量掂量你手中拿的证据，给个痛快的。"

简宏成听得丈二和尚摸不着头脑，但估计简敏敏一定做了什么手脚，害得张立新当天就赶过来面见他这个所谓的后台。简宏成怎么看张立新怎么不舒服。他沉默了好一会儿，才道："我已经授权大姐全权处理，不便再插手。"

"大姐？你不再直呼她的名字？"

"对。"

"打虎亲兄弟啊？"

"对。"

于是张立新也沉默。两个人都不看彼此。简宏成揣摩着简敏敏做了什么，抬着下巴眼睛朝天。张立新心事重重地垂着头，眼睛朝地。过了好一会儿，张立新起身，扔下一句"可惜好好的厂子"，便走了。

简宏成看着张立新的背影不语。等张立新走远了，他收拾收拾下班，见助理还没下班，就走过去道："你下班自己开车还是打车？"

"自己开车了呢。要送简总一段吗？"

"哈哈，路盲又得麻烦你。以后我姐夫再来的话，你直接拦截掉他。他曾经作为我姐姐的打手，对我做了……嗯，他是打手，我大姐才是主凶。你先回吧，我想想这事情怎么处理，拎不清得很。"

助理一笑，告辞。简宏成站在原地皱着眉头团团转。不，他需要找个朋友说出来，他快憋死了。

第九章
告 别

虽然自从郝青林出轨后也经常不着家，可从他出事被抓起，每到晚上，宁宥就觉得家里冷清得可怕。晚上，她收拾完之后，忍不住照这几天的常规又蹭进书房，试图与儿子待在一起，消解一下寂静。可这回郝聿怀不干了："妈，我又不是小孩子，你不盯着我也会做好作业。"

"我又不是盯你。你做你的，我做我的。"

"你肯定在背后盯着我，我有芒刺在背的感觉。我没法专心啦。"

"前阵子我一直坐这儿，你不是好好的？"

"不一样，前阵子爸爸被抓，我得照顾你，才让你待在书房。"

宁宥不禁觉得好笑，想揭发前阵子儿子不敢一人睡觉，到她屋里打地铺的事实。可作为妈妈，她忍住了。她笑着起身道："还以为你怕一个人待着又不好意思说，我急你所急才主动涎着脸要求蹭书房。行，让给你吧。"

郝聿怀老气横秋地道："看来我们母子需要加强沟通。"

宁宥扑哧笑了出来："我巴不得你跟我沟通呢。可每天吃饭时间都是我撬着你牙齿让你开口说话的呢。"

"这要怪妈妈菜做得太好。我只有一张嘴，每次一上饭桌，我就纠结是吃饭好呢，还是说话好呢。当然，这是马屁。"

宁宥笑得连电脑插座都拔不下来，正想回话呢，忽然停电了："怎么回事？对了，电热水器正开着，烧掉保险丝了？麻烦，我看看去。"

郝聿怀压着嗓门道："会不会像报纸上说的，有抢劫犯故意拉掉我们的电，等我们开门出去找原因，他们就趁机冲进来？他们知道我们家现在爸爸不在。妈妈，别出去看。"

宁宥顿时遍体生寒，站在那儿不会动弹了。以往简单不过的换保险丝这种事，虽然大多数时候是郝青林在做，但郝青林不在的时候，宁宥也是拿手。可等郝青林一不在，事情立刻变味。她看着黑暗中儿子善良的眼珠子，真想靠到儿子身边去壮胆，可又做不出来，只好摸到移动电源，先点亮 LED 手电，呼叫物业。

直到确认来者是物业职员，宁宥才敢战战兢兢地开门。她的紧张，自然是落在身边的郝聿怀眼里，因此，郝聿怀紧张地跟出门去，试图保护妈妈——他将跆拳道的招数在心中默背如流。

物业人员扳下闸刀，打开保险丝一看，保险丝好好的，另一只也是完整无缺。物业人员觉得问题可能出在屋里的空气开关上。等物业人员将闸刀扳回，郝聿怀发现他家的灯亮了："咦，好了？"

郝聿怀很开心问题快速解决，宁宥却惊得更是暗流冷汗："会是谁进楼层配电室做了手脚？"

物业人员也奇道："什么都没坏啊。要不明天白天等电工来再瞧瞧，我不是专职电工。"

宁宥心里嘀咕，可也只能送走物业人员。等回到屋里，她将所有临时照明工具都找出来，又与郝聿怀一起奋力将长沙发推到门边，紧紧抵住大门。郝聿怀一径惊问是怎么回事。宁宥等做完了这些，才坐下喘着气道："有可能是谁稍微将保险丝盖子拔出一点点，造成接触不良而停电。那保险丝盖子不是我拔的，要不然现在也有答案了，唉。"她不禁想到寡妇门前是非多，原来还真有人无耻到欺负只有妇孺的家庭。宁宥忐忑地胡思乱想，可又不敢让儿子知道。

可郝聿怀怎么会不知？他紧张地道："妈妈，我今晚就睡这张沙发上，我守门。"

宁宥想了会儿，道："不用，你去做作业，作业做完，干脆我们去住宾馆。到时我会请保安上来一趟，护送我们下楼。"

"好。"郝聿怀郑重地进书房去，过会儿又蹦出来，"妈妈，我建议你拉条电线通到门上，门是铁门，谁要是在门上使力，就会触电。"

"外面很容易就能让你断电，比如刚才。"

郝聿怀泄气，又回书房。

宁宥手软脚软地坐在门口沙发上发呆，思索这蹊跷事究竟是什么原因、谁是黑手，接下来还会出什么幺蛾子，她的手机却响了。她设的铃声是一段《葬花吟》，可在此时此刻寂静的房间里，这手机声响得突兀，响得诡异。宁宥全身的肌肉都绷紧了，紧张得几乎站不起来，似乎面临摊牌。她跌跌撞撞地奔去卧室，抓到手机，手机铃声却停了。她也不知该喘口大气，还是该继续提心吊胆。还没等她想通，电话又响了，惊得她差点儿跳起来。等看清屏幕显示"班长"两个字，她不禁又气又急，愤愤接起："干什么？干什么？"都忘了平时绝不接简宏成电话的誓言。

"你怎么了？谁在欺负你？告诉我。"

"没事。"宁宥没好气。

"怎么会没事？你说话声音完全是颤抖的。那浑蛋的案子影响到你了？"

"不是，我挂了。"

"别挂。你要是挂断电话，我立刻让律师上门，连夜替你解决问题，要不然我不放心。还是你不方便讲，旁边有人在威胁你？我让人上门，你别怕。"

"没有，都没有。"虽然简宏成并未出现在面前，也没派人上门，可宁宥心里稍微平静了点儿，"请教一个问题，这个……刚才家里忽然断电，可请物业来修，发现闸刀和保险丝都好好的，再将闸刀扳回，电却通了。你说，是有人偷偷怎么了我家一下，还是电路出了什么问题？"

"以前有没有出现过类似情况？"

"以前都是郝青林在解决。"

"我问一下电工，你别慌，手机设定到110，有响动立刻报警。"

"不用你问了，我公司里有更专业的高工。"

"我想到一个情况，如果电路接触不良，空气潮湿的情况下，很可能短路一下，可又不会引发跳闸，只要闸刀开关一下就好。你那儿今天潮湿吗？"

"哎，还真很潮湿，希望是这个情况。改天得拿个万用表回来查查了。"

"那就不用担心了，看来实验课动手能力差的人很要命啊，查电路的事还是让别人来吧。"

宁宥脸上不禁似笑非笑。高中、大学，她都是著名的高分低能，老同学都知道她。

"谢谢。有事？"

"想不到能一口气跟你说这么多话，几乎是一辈子的份额了。我明天一早飞上海，打算跟你谈一件事，希望你别拒绝。不是不得已，我基本上是信守为人基本道德，不会上门骚扰你的。"

"什么事？"宁宥本能地觉得糟糕，有大事。

简宏成一时说不上来，闷了好一会儿，才缓缓地道："跟你告别。"

宁宥呆若木鸡，翕合着嘴，却说不出话来。而电话那头也是无话，似乎刚才真的已经将一辈子的份额透支光了。

很久，宁宥以颤抖的手指按断了电话。她的脑袋里一片空白。

郝聿怀终于做完作业，蹿出书房，见妈妈雕塑似的坐在床沿，就跑进去大喊一声："妈！"

宁宥被惊醒，想笑一下，却什么心情都没有，手机提示有短信也懒得去看一下。郝聿怀惊问："妈妈，怎么了？吓坏了还没恢复？"

"你帮妈妈看一下短信。"

郝聿怀拿起手机熟练操作，然后读出来："报告一个好消息，简宏成和我近期结婚。谢谢你上回救了我的命，让我终于能等到这一天。陈昕儿。"

宁宥不禁大大地松了一口气，这就是答案了。如果是这个原因，那还好，还好。

"帮妈妈回一条——恭喜，你应得的。"

"这种话不是要加个百年好合什么什么吗？"

"你加吧。"

"恭祝百年好合，喜结良缘。你应得的。"郝聿怀一边打字，一边嘀嘀咕咕地念出来。

"对，对。"宁宥一直想微笑，可不知怎么回事，心中有一种莫名其妙的情绪压着，沉甸甸的，害她吐不出气来。论理，她不该是松口气吗？

"妈？要我喊爷爷、奶奶过来吗？"

"不用。我们各自睡觉。晚了，很晚了。妈妈不开心，需要安静会儿，对不起。"宁宥强笑着站起身，勉强走稳了，闯进主卫。

郝聿怀看着主卫的门，犹豫了会儿，轻轻关上主卧门出去。他收拾好自己的卫生，轻手轻脚地抱着被子睡在堵住大门的沙发上。他觉得他现在有责任保护妈妈。

而在主卫的宁宥则是疑惑地看着镜子中自己的脸。这张脸现在很诚实，没有挂任何面具，她看得清清楚楚。她皱着眉头。为什么？难道是因为简宏成终于与她说再见，与陈昕儿结婚？这不可能啊，她怎么可能对简宏成有那种心思。宁宥在心里各种挖掘自己最阴暗角落的心思，依然觉得她不可能对简宏成有想法。她不会为难自己，就将莫名其妙的情绪打包压到心底。

睡前，宁宥照例要看一下儿子睡了没。宁宥小心地打开儿子的房间门，却有声音从背后传来："妈妈，我在这儿。"

宁宥一惊，回头："你怎么……噢。"她明白过来儿子的意图，不禁笑了，心也暖和了。她走到长沙发边蹲下身，看见儿子露在被子外面的脸似乎特别孩子气，可他正做着很男子汉的事呢。她忍不住想伸手摸摸儿子的小脸，可郝聿怀义正词严地道："士可杀，不可摸脸。"

宁宥只得缩回手，笑道："谢谢灰灰保护妈妈。"

"嗯，应该的。妈妈，别想爸爸了，想也没用，他回不来。"

"嗯。"

"你别担心，往后我会分担家务的。今天我学会装保险丝了，不难。以后这种事我会来。"

"好，拜托你。"

"是真的，别不当回事。"

"当然是真的，妈妈很当回事。谢谢你，灰灰。"

"不用谢。妈妈，以前外公去世后，你怎么帮外婆的？"

"哦……好像家务活大多是妈妈做的，还得管着你舅舅。"

郝聿怀听了，就将头钻进被窝里不肯出来："哎哟，真不好意思，我才做了多少，就冲你邀功。可我比你当时大四岁，而且我还是男人哦。"

宁宥由衷笑着替儿子拉好被子，拍拍儿子的屁股道："你还可以努力。妈妈睡去了，有你看着门，我能睡得很安稳。"

听着儿子从被子里拱出来的咿咿唔唔声，宁宥回去主卧，可一走进门，眼泪唰地就下来了。她百感交集。

陈昕儿那边此时正是阳光灿烂。她接到简宏成助理的电话之后，有的放矢地发了两条短信出去，除了宁宥回复恭喜她，她家里的回复却是问她什么时候回去办酒席。陈昕儿不知道，简宏成没提起，助理也没提起这回事。显然，简宏成不可能办什么酒席。陈昕儿不知怎么回复才好，索性又是闷声不响做只缩头乌龟。反正越洋电话贵，已经对她失望透顶、放弃她好几年的爸妈不会打电话追着不放。果然，她爸妈这就没了下文。

陈昕儿满心不是滋味，想找个人说说，可能找谁呢？她这么多年一直避世，躲得别人已经想不起她，宁宥更是当面说不要再见她。而不认识的，她该怎么跟人介绍故事的来龙去脉呢？她羞于说出口，所以她来加拿大后并不热衷打入华人社交圈，只默默过自己的小日子。她的交际圈已经缩无可缩，只剩下一只手数得过来的几个人。她找不到人说话。

陈昕儿面无表情地在厨房做等会儿招待律师的茶点，忽然接到田景野打来的电话："陈昕儿，我这个电话打得很冒昧，对不起。可你爸妈打电话半夜找到我，他们着急。"

"我爸妈可真会乱来。"陈昕儿说不出其他。

田景野只得直接问："你要结婚了？跟班长？"

"是的。他跟我商量了一下，我通知一下我爸妈。"

田景野觉得陈昕儿说话的语调怪怪的，绝无喜悦："恭喜你，早该这样，我们同学早等着你们这一天。你也该出来见见我们了。"

陈昕儿不禁眼圈儿一热："真的吗？"

"你们俩的事大家都清楚，班长从不隐瞒。但孩子都生了，你们又男未婚，女未嫁的，我们还是希望你们踢好临门一脚。即使班长对你没什么感情，不过，这样结婚了也好，以后你也不必再说什么妾身未分明，别再把自己的头埋在沙堆里装鸵鸟，出来做个正常人，对谁都好，尤其是对孩子。"

陈昕儿脸上红一阵，白一阵，又是尴尬，又是点头："是的，是的。可是……简宏成也是这意图吗？"

田景野差点儿晕倒："你们没商量好？好吧，等班长通知我的时候，我也问问他。你呢，向周围太太们学学，别人是怎么对待老公的。"

田景野听到的却是陈昕儿的叹息，似乎很不快乐。

陈昕儿是真的不快乐，明明与美好只是一墙之隔，而且她已经偷窥春色，可她进不去。简宏成完全不给机会。从来就把路子堵得死死的。可是，人心肉长，陈昕儿怎么可能不向往？

心事重重，几个点心被她烤得歪瓜裂枣，重新动手依然重蹈覆辙，可两位律师已经打电话说快到了。她只得矮子里面拔将军，挑出顺眼的装盘。

两位律师都是女的，上门呼陈昕儿为陈女士。陈昕儿请她们往里坐。两人客气礼貌地打量房子和院子，有节制地赞美，即使已经飞了一长夜，眼角露出憔悴，依然说话点到为止，无懈可击，职业风范毕露。陈昕儿顿时觉得压力很大，浑身不自在得手脚都不知怎么摆才好，而且竟然忘了上茶，直到年长点儿的修律师问起，才忙着倒茶煮咖啡。

她忙碌的时候，两位律师已经将材料整理好，整整齐齐地摆在茶几上。因此，她才重新坐下，修律师立刻微笑道："那，我们开始？这是婚前协议，您请过目。"

陈昕儿拿来看，协议很简单，附带财产约定协议，约定各自的婚前财产婚后照旧，婚后各自财务独立，也就是说，陈昕儿别指望通过婚姻从简宏成那儿得到额外好处，除了规定的每月家用和目前陈昕儿与小地瓜在深圳住的房子归到陈昕儿名下，协议简单得一目了然，无法设置陷阱。陈昕儿也不指望简宏成能分家产给她，于是爽快地签下协议。她的签名旁边是简宏成的签名，她的签名第一次与简宏成的放在一起，却是在这样的场合。签好名字，她不禁停下笔，看着简宏成的签名好久——笔画刚毅，一如其人。

年轻的云律师见此好生诧异，而修律师则是不动声色地看着，直到陈昕儿呼出一口长气，将手挪开，才道："两位当事人签名，条文合法，本协议就此生效。陈女士请再慎重考虑一下，还有异议或者补充吗？"

"没了，差不多就是这个意思。辛苦你们老远赶来，请问订酒店了吗？"

修律师忽然沉吟，她看了眼云律师，还是果断取出下一份文件："我们订酒店了，谢谢陈女士关心。既然您对婚前协议无异议，我们再接着下一份，离婚协议书。您请过目。"

虽然陈昕儿早已清楚结婚只是走个过场，很快简宏成就会提出离婚，可这都还没结婚呢，白纸黑字的离婚协议书却已经放到她面前。如此步步防范，滴水不漏，完全拿她当危险的陌生人，陈昕儿还是被一举戳中，心如刀绞。她几乎没法看清字眼，摸索着找到签名的地方，将协议上的名字签了，便将笔随随便便地扔在简宏成的签名上。

云律师尽量温和地补充道："签名下面的日期将在具体日子到来时填上。请问陈女士，可以吗？"

"他要怎么办就怎么办。对不起，不留你们了，辛苦。"

两位律师立刻收拾文件告辞，给陈昕儿留下一份婚前协议。

走到门外，坐进出租车，云律师才忍不住感慨："人贵自立，今天最有体会了。"

修律师则冷冷地道："人家轮得到你感慨？相比我们天天伺候各种客户，这种只伺候一个便挣得下半辈子丰衣足食的生意可轻松太多。"

"不，总得给个人情感留份自我。"

"那是自立的人才配拥有的奢侈品。唉，开车找旅馆什么的都拜托你了，小云，年纪大了不中用。"

陈昕儿隔窗看着两位律师离去，她即使听不到两人的对话，可猜得到两人对她的评价。修订那两份十足屈辱的协议书的人，怎么看得起毫无异议就签名的她呢？是呢，她们知情，因此，她们依然称呼她"陈女士"。

她们看不起她。想到这儿，陈昕儿长长叹息。

"一二·九"歌咏会还没结束，宁宥接到妈妈的来信，让她周日回家一趟，帮忙一起搬家。从小搬家的活儿做得多了，宁宥懂得套路。掐指一算，她得周六下午第一节课后就走，要不然赶不上车子，更别说帮忙了。请假，就得找班长简宏成。找到简宏成时，他正与陈昕儿在楼梯口商量演出服的事，要借衣服几套、裙子几条什么的。两个人用钢笔在笔记本上比画，显然很认真的样子。宁宥只得远远站住了，等他们正事办完再说。

可背对着宁宥的简宏成不知怎么就知道身后有人了，很快便扭过头来，一看见是宁宥，就忍不住笑道："找我还是找陈昕儿？"

宁宥赶紧将请假条递过去："我想星期六下午请假赶末班车。我家搬家，我得回去帮忙。"

陈昕儿奇地看着简宏成的笑脸，对同学笑得这么低三下四的干吗？恐怕前儿因率全班男生打走流氓而被教导处叫去教训，都没这么跟老师赔笑。

简宏成笑道："星期六下午化学课有单元测试，你没法走。考完再走还来得及吗？"

"赶不上末班车了。那算了。"宁宥很郁闷，想从简宏成那儿拿回请假条。可简宏成下意识地将手缩了回去，不给。不给就不给，一张请假条又不稀罕，宁宥就走了。

陈昕儿见宁宥走了，便拿笔杆子轻轻敲几下硬皮本，试图继续讨论，却敲不回简宏成的脑袋——简宏成对着宁宥单薄的背影发呆。陈昕儿不得不咳嗽几声，才将简宏成的魂儿唤回。她笑道："想什么呢？想跟化学老师说说别考了是吧？"

简宏成愣愣地冲着陈昕儿笑，眼睛亮亮的，笑得陈昕儿脑袋里轰的一声乱了，有生以来第一次很不自然地别过脸去，无法直面一个男生。简宏成却脑袋一拍，兔子一样地蹦出去，追刚走开的宁宥，将陈昕儿扔在那儿不管了。陈昕儿愣了，找来找去，终于在楼下操场上看到刚追上宁宥的简宏成。简宏成好像在强烈要求什么，宁宥一个劲儿地摇头拒绝要走开，而简宏成追着继续说啊说，缠得宁宥终于点头。陈昕儿张口结舌地看着，满肚子的疑问，心中忽然非常不快，快快走了，不等简宏成。

晚自习后，陈昕儿才跟同桌说了几句，扭头就找不到宁宥了。她赶紧小跑才追上正要回寝室的宁宥，呼哧呼哧地道："请假的事解决了吗？"

"没呢。既然是考试，没办法。"

"那怎么办？"

"不知道呢。"

"班长也没解决办法吗？"

"不好太麻烦班长呢。不好。"宁宥叹息着摇头。可即使今天将信发出去，妈妈也收不到了，周六只能让妈妈一个人搬家了。

不知怎的，陈昕儿松了口气，轻道："有句话不知当讲不当讲。谢谢、对不起、劳驾之类的词语最好经常挂在嘴边。"

宁宥在黑暗中眉毛微微一挑，但嘴里心平气和地道："陈书记指的是我请假时候的说话语气吧？但你知道我为什么这么对待班长吗？"

陈昕儿被问住，心里闪过更多疑问，满肚子地纠结起来了。

宁宥冷笑抢着道："你既然不知道，却来教训我，是没礼貌还是仗势欺人？但我不需要你的道歉。"宁宥说完，就撇下陈昕儿走了。

陈昕儿吃了个哑巴亏。可她心里很快就将被抢白的事儿忘了，她有更多其他的不快，可又不敢多想，一晚上都闷闷不乐。

周六，简宏成在他弟弟的帮助下，终于顺利地将摩托车偷运出来，搁在学校门口不起眼的地方。等考完一下课，他就走到宁宥身边，俯身轻声道："别吱声，快收拾，我送你回去，摩托车偷出来了。"

宁宥一惊，本能地拒绝："不去了。谢谢。"

"什么？你让你妈一个人收拾？忙得过来？"

宁宥低着头，心里好生复杂。简宏成急得简直要跳起来："快走啦，再不走天就暗了。"他看着眼前细细的脖子，真恨不得一把揪过来拎出门去。

田景野不知这两人在干什么，走过来痞痞地吹了声口哨，又"哟嗬"了一声。宁宥顿时不自在起来，赶紧背上书包出去。简宏成拎起一个大花布包紧紧跟上。走到外面，简宏成道："校门口，快。别让人看见，我好不容易偷出车子。"他见宁宥不往校门口走，就跑步堵住宁宥的去路，直视着宁宥道："我又没坏心眼，你避着我干吗？难道你忍心让你妈一个人搬家，你却星期天在学校闲着没事逛街？"

宁宥不能反驳，她满肚子的话都无法说，不禁急得低头跺足。

简宏成不知女孩为什么这么别扭，只得用上群众路线了："快走啊，同学都看过来了。"

"啊？"宁宥连忙抬头一看，果然，一张脸一下子红得喝醉了似的，赶紧拔脚就跑，想都没想就跟着简宏成跑向了校门方向。

陈昕儿当然看见了。她不知道是怎么回事，她费劲地猜，都没听见同学在跟她说什么。一起排练的同学在背后偷笑她吃宁宥的醋了。

简宏成为免别人看见，一边跑，一边从大花布袋里掏出头盔套上，也扔一个给宁宥。可宁宥就跟坐自行车似的，偏着身坐在他后面，顽固地红着脸，低着头。简宏成却完全没了脾气，轻声轻气地劝："你不能这么坐，半路石头上弹一下你就会掉下来，真的。你得跟骑马一样坐。你把我当木头，开摩托车的木头，不就行了？"见宁宥的脸越来越红，却愣是不说话，简宏成只得再使群众路线，"呃，快好好坐，同学都快过来了，别让他们……"

宁宥吓得立马蹿上后座好好坐了。简宏成在前面鬼祟而得意地偷笑，轰地冲出校门。本来宁宥只是松松地各用三根手指稍稍地抓住简宏成为了冒充成年人特意穿的宽大夹克衫，可简宏成一轰油门往前冲，她吓得尖叫一声，毫不犹豫地死死抱住前面人的腰。

从小到大，两人都还是第一次这么贴近异性，两个人脑子里都像炸开了花。简宏成连方向都握不稳了，不得不停下来，忍不住回头瞧。可一回头，两只大头盔就顶在了一起。在头盔后面，两人惊惶地脸对着脸，隔着透明目镜凝视，不知所措。宁宥甚至都忘了放开环抱的双臂。是简宏成先清醒过来。他情不自禁地温柔地转动脖子，让自己的头盔在宁宥的头盔上慢慢地顺着弧度蹭过去，他便不敢再造次，专心地开他的摩托了。

这件往事，原本随着宁宥远远看见家门的影子就慌慌张张地跳下车，车没停稳，她被车速带着还摔了一跤，她不顾简宏成的惊呼，赶紧地跑回家，什么都不敢跟妈妈说，而紧紧尘封在不知哪儿了。后来，隐约听说路盲简宏成那天迷路，差点儿回不了家。可她不敢打听，能离简宏成多远就多远。今天，宁宥坐在公司附近的咖啡店，等刚下飞机的简宏成赶来，却不经意地想到了这件往事。按说，在辗转了一夜，几乎未眠之后，脑袋该非常混沌，却不料记忆竟如此清晰，甚至记得头盔蹭过去时天旋地转的震撼。宁宥依然觉得莫名其妙，她为什么竟会清晰地记住这一段。

"宁宥。"

忽然，传来的声音将宁宥抓回现实。她手忙脚乱地回头看，又想站起来，好不容易神志在这时候回来了，她又稳稳地坐回了沙发，冲刚到的简宏成微微一笑。即使沙发柔软得让人忍不住想躺下，宁宥依然坐姿俨然，犹如心知有狗仔队偷拍的明星。

简宏成则是很正式的西装，他今早不知穿什么见宁宥才好，想来想去，还是最保险的西装。他站住，俯视了一会儿宁宥，才大刀阔斧地坐下，叫了美式咖啡，不加奶，又微微起身，解开西装扣子，稍稍调整了一下沙发的位置。他让自己显得很忙碌，以致没空开口。可是，服务员很快将咖啡送上，他便没了不开口的理由。可等他定定地看住宁宥，说出来的却是没想好的："昨晚有没有又停电？看上去没睡好。"

宁宥将目光收回，低眉微笑道："昨晚吓得不轻。恭喜你们啊。"

"恭喜谁们？我？"

宁宥扬眉，惊讶地看着同样惊讶的简宏成："你们……不是要结婚了吗？"

简宏成这才了然："哦，不用恭喜。陈昕儿跟你说的？她只说了结婚？难怪你今早答应见我，原来，你以为我跟你告辞是因为这事。这不算事。"

这下，轮到宁宥彻底吃惊，看不懂简宏成葫芦里卖的药。她只得微笑道："总之恭喜你们。就这样？我签单了，你尽管点吃点喝，不用结账了。再见。"

"慢点，我还没说，不是这事。结婚的事我本来不想公开的，免得陈昕儿处境尴尬。你知道就知道了吧，也不知道陈昕儿怎么想的。你别张扬，我很快离婚，就是给她个名分，省得她总不明不白，为她好。"

宁宥被震惊得无以复加。她像看个陌生人似的看着简宏成，简宏成也是像看个陌生人似的看着宁宥。两人的脑子里都沸腾得像口高压锅，危险得都不敢开口。随即宁宥意识到问题严重了。既然不是为了与陈昕儿结婚而来告别，那么是为什么而告别？宁宥越想越心慌，心烦意乱得不由自主地站了起来。可刚站起来，她就意识到自己失态了，于是做了一件更错的事——她一屁股坐了回去。等意识到自己更错，她只能很虚弱地笑一笑了。

简宏成这一次可总算真正读懂宁宥的表情了。他也不绕圈子，双手撑在小桌上，似是要扑过去："对的，我找你不是谈陈昕儿。你别走，让我说完。"

危急时刻，宁宥的招牌姿势几乎是自发地运作起来。她低头柔弱地微笑道："我最近活得很辛苦，让我逃避好吗？"

简宏成几乎是连忙缩回身子，挤出笑脸，挤出温和得几乎变声的声音道："你想哪儿去了。我找你，是说我最近遇到的烦心事。想想你最近也心烦，我……可能我们共鸣一下，会变得轻松。"

"不是说……"

"为了骗你出来。"简宏成毫不犹豫地给自己脸上抹了一道黑，以让宁宥安心。

宁宥不傻，抬起眼睛看向简宏成。简宏成看着宁宥眼睛里若隐若现的泪光，心更软了，脸上强笑得更无害，那双小眼睛更是看不到了。他克制地道："看在我大清早老远飞过来的份上，给我十分钟。我只说我的事。"

简宏成对自己的无害化处理令宁宥平静下来。她深深呼吸一口气，鼓起勇气道："喝光你的咖啡，我们晒太阳去。把你计划说的、临时决定说的、想说不想说的……我已经留出半天时间。你吃点东西当早餐，我去洗个手。"

简宏成这回是由衷地笑了。他松了口气，靠到沙发背上，看宁宥走开。

田景野半夜被陈昕儿父母纠缠，早上不免晚起。他知道简宏成起得早，躺床上就给简宏成打电话，想问清楚究竟怎么回事。可当时简宏成正在飞机上，关机。田景野收拾起床，一顿忙碌后终于再度有空。他再拨简宏成的手机，这回倒是接通了。

"班长，结婚这种大事还瞒着兄弟们？"

简宏成正猛吃着小巧得看上去塞不饱肚子的蛋糕，闻言吓了一跳："陈昕儿到底跟多少人说了？怎么都知道的样子……"他看见宁宥回来，连忙对宁宥道："田景野电话，让我说完再走哦。"

田景野狐疑地问："谁在你边上？难道是宁宥？"

"你怎么知道？"

"你见了宁宥就没骨气。是不是？你们怎么会在一起？你不是要跟陈昕儿结婚了吗？"

简宏成对宁宥笑道："田景野一猜就中。你放着，账单我来。"他一边摸包里的钱，一边继续跟田景野道，"你怎么知道？陈昕儿怎么告诉你的？"

"我为什么不能知道？陈昕儿大概只通知了两拨人，一拨是她父母，一拨是宁宥。她父母急了，来找我。我问陈昕儿怎么回事，听她吞吞吐吐想说又不敢说的，有隐衷吧，班长？你在宁宥这儿，倒是让我有点儿头绪了。"

"你误会了。我找宁宥是来告别的，要不然她也不会答应见我。跟陈昕儿结婚只有一个原因——我刚被我大姐骂醒，这社会对离婚妇女的评价比对地下情人的评价高得多，我希望陈昕儿通过结婚、离婚获得离婚妇女身份之后，能走进社会，变个正常人，别总想不开一棵树上吊死。因此，我跟她结婚后很快会离婚。我认为让太多人知道其实对陈昕儿的声誉更不利，所以我跟谁都不说。但既然她自己要公布，我也没办法。"

田景野惊了："真不是儿戏？你想清楚了？"边上宁宥听了这更详细的解释，再次惊得目瞪口呆。

"谁儿戏？我又不愿不明不白给自己弄个婚史上身。我不是跟你说了嘛……"

"你……你既然跟宁宥告别，可陈昕儿死心塌地跟了你这么多年，你们也算青梅竹马，还有个儿子，你跟她结婚不是很好？"

"你别硬凑我和陈昕儿。我不会随随便便找个人过一辈子，即使没有宁宥，也不会是陈昕儿。我对陈昕儿没感觉，而且是越来越反感。以后你最好别提什么儿子都生了，儿子的事我找机会跟你详细交底。别搞得我好像死流氓始乱终弃一样，我什么时候都不会是那种人。"

"为什么要另找时间？因为宁宥在你身边你不便说？对宁宥难以启齿的事，难道对陈昕儿就可以做？两个都是好女子，你公平吗？"

简宏成脸上僵住了。他想了想，将手机设置成免提："行，事无不可对人言，宁宥，你也听着，田景野，我开免提了。"

宁宥连忙道："我不要听。凭我不入流的三观，男未婚，女未嫁，交往慎或不慎，生出个孩子来，除了有必要跟家人解释，没必要跟朋友解释。我到外面等着。"宁宥说到做到，果然起身就走，绝不拖拉。

田景野闷声道："作为一直要好的同学，看到陈昕儿混成现在这人不人，鬼不鬼的样子，我心里难过。我也是恨其不争，但……班长，你们真不能在一起吗？"

"不能凑合。为免意外，我连离婚协议书都跟她签好了。"

"靠，即使你再有理，这么做也太伤人。那是你孩子他妈，是你多年同学，她跟你亲人没分别。"

"既然这也不行，那也不行，算了，我收回结婚协议。还要我怎么办？我仁至义尽了。"

"简宏成，哪怕你拿出对宁宥态度的十分之一……"

"田景野，你是没见过我怎么受罪。这事到此为止吧。"

电话两头都是愤怒地挂断。简宏成匆匆走出门找到宁宥，可越走近，越叹息，越没了火气。相比之下，陈昕儿的事算什么。他走近了，刚要开口，宁宥就道："别跟我解释与陈昕儿的关系，我不八卦。"

"我也不想说。我就知道我这几天情绪不对，会做出错误决定，果然。说我的事，边走边说，你行吗？"简宏成不由得看一眼宁宥的高跟鞋。

"行，你说吧。"

两人于是在人行道边走边说。

"我家，我爸妈先生了个女儿，但他们重男轻女，一直想要个儿子传宗接代，不知怎么后来都没生，直到八年后，终于，我出生了。即使后来我弟出生，我还是个在家集万千宠爱于一身的主儿。我是我爸的命根子，我爸也是我心中最大的英雄。我小学二年级那年，我爸受伤，无法管理工厂。为了工厂继续下去，我姐中止高中学业，嫁给张立新。随后，我姐他们两个渐渐把持工厂，直至将资产全部挪到自己名下。我爸被我姐和张立新气死。为此，我非常恨这两个人。我拼命挣钱的其中一个目的，就是为我爸报仇。"

从简宏成开始说家事，宁宥就不断试图插嘴阻止，但都被简宏成不由分说地挥手截断。宁宥听得浑身发冷，恨不得逃走，可才刚流露出点儿意思，正好过马路时，简宏成一把挽住她的手臂，带她过马路，阻止了她的行动。才刚踏上马路对面的人行道，就听到最后一句，想想这一句背后仇恨的分量，宁宥腿都软了。她挣扎着撇开简宏成的扶持，也不理简宏成的阻止，果断道："你不需要转弯抹角，直说吧，我早等着这一天。"

"我说了，我今天只说我的事，我会信守承诺。走吧，堵在路口不是回事儿。那边绿化带里有张椅子，我们过去那边。"

"你说吧。"宁宥茫然地冲那边看了会儿，摇头，手一松，包掉到地上，人也支撑不住，靠在行道树上。

简宏成帮她捡起拎包，叹道："我上星期得知的消息，我完全无法接受。我扶你去那边坐下？"

宁宥摇头，直愣愣地看着简宏成。她仿佛听到脑后绷了二十多年的一根筋再也支撑不住，啪地断了。她的精神也涣散了。她身不由己地顺着树干滑下去，坐到地上号啕大哭。这二十几年，她承担了太多的事，她累了，承担不住了，管他事发，管他报复，爱谁谁吧，索性也一刀子劈了她好了，省得她天天活着遭罪。她这几天早活得不耐烦了。

简宏成没法再照计划讲下去，他心中设定的起承转合、疑问设问全被打断，而且他还没法递过去一张纸巾。宁宥将自己团成一个不规则球体，一张脸全埋进圆球里，再用两条手臂在上面吧嗒扣住，严丝合缝。简宏成慌乱地左看右看了好一会儿，无从下手，只好蹲下去，却不知该对着哪个方位说话她才听得见。可简宏成最大的问题是不知该说什么，他不明白宁宥哭得前所未有地激烈是为什么，最委屈、最无辜的应该是他啊。

路过的行人纷纷放慢脚步，注目这一对，更有好事者驻足围观。简宏成于是灵机一动，找球体上最大的裂缝喊话："已经有几个人站住看我们，这儿离你公司近……"

这半句话几乎是药到病除，妙手回春，没等他说完，"球"里面"长"出来一只手，准确无误地伸向他的方向，"球"里面还传出闷闷的声音："纸巾。"即使闷声过去依然是哭泣声，可到底是轻下来了。

简宏成连忙拍遍自己浑身口袋和手袋，都没找到纸巾，只得拉开宁宥的包。即使已人到中年，又有三三两两闲人围观，还有一只"哭球"十万火急地等着他的纸巾，他还是抑制不住好奇，逮住机会往宁宥的包里细细张望一眼。不出所料，包里的东西分门别类，很是整齐。

然后，简宏成好奇地看着"球体""吞"下一包纸巾。随着哭声终于渐渐止歇，宁宥的头总算伸出来，只是两手拍一张纸巾遮住大半张脸，刘海下垂，遮住剩下的一小半脸，隐隐约约能从刘海缝隙里看到泪光闪闪的眼珠。简宏成看着那双眼珠子迅速地左右上下观察一番，然后对准他翻个白眼。简宏成全不知这算什么意思，他能做的只有挽起宁宥，去不远处对着河面的长椅上坐下。

"这里没人围观。"简宏成坐下，靠到椅背上，舒舒服服地伸展双腿。他也蹲累了。他看一眼周遭景致，却依稀觉得后脑勺不对劲，扭头，果然见宁宥刘海后面的两只眼睛若有所思地看着他。

"怎么回事，这么反常？"

宁宥闷声闷气地道："应力积聚太多。你说你的吧。"

简宏成看了纸巾蒙面的宁宥一会儿，答了声"好"，长出一口气，看向远处："我前面说我对我姐和张立新恨之入骨，但差不多在我得知你身世的同时，我也得知发生在我姐身上的许多细节。她那么一个成绩很好的高中生，为什么在我爸受伤后辍学，嫁给年长她十岁、农村来的糙汉张立新？细节是魔鬼，我不说了。但我就此理解了所有事都有因果。我现在非常理解她为什么极端恨我、丧心病狂地打压我，也理解张立新所作所为的苦衷。可理解归理解，与张立新和我姐面对面的时候，我可以放弃追究我当年在他们手下吃的苦头，可我无法不想起我爸临终时的脸。其实，昨天张立新来见我时，我完全可以跟他摊开来说，即使我已经掌握足够他覆灭、坐牢的证据，可我不想对付他了。然而，等我看见张立新，我完全无法抑制自己的情绪。因为我心中有两拨仇人，一拨是我姐和张立新，一拨是你们崔家，已经恨得根深蒂固。我不得不想到我该如何面对你。我完全是茫然失措。常理上说，我该跟你告别了，我们这种情况……朋友都做不成。但，好合好散，前因后果我必须跟你说清楚。以后……"简宏成叹了口气，说不下去了，他也没想好。

宁宥一直蒙着纸巾认真地听，一个字都不放过。等简宏成说完，她也不接话，只是脑袋开锅似的与自己的记忆一一印证。

简宏成等了许久没等到回答，就问了一句："从我接触来看，你一直逃避我，但你弟弟明显恨我，对我有很深的敌意。前不久在田景野那儿遇见，我看他眼神不对劲，还想我又没破坏他姐的家庭，他这么讨厌我干什么。但不应该是我恨你们吗？千错万错，杀人总不应该，这是原则，你得跟你弟弟说说。"

"这事……唉，对我的影响到今天还没消除。谢谢你的胆魄，换我就不敢跟你摊牌。也请原谅我刚才的失态。我印象里你该承受得起，我憋坏了，既然你撕开一道口子，让我喷发一下，应该吓不走你。对不起。"

"纸巾也可取下，吓不走我。"

"呵呵，事关体面。这件事，我也一直在反思。谁对谁错已经不用争辩了，不可以杀人，这是原则。当年两家那事的起因，我也有些了解，我们彼此印证吧。有句话叫富人千条路，穷人烂命一条。我爸那病是年轻时跳进冰水里抢修什么设备落下的，原先的国营厂当然认，给他派轻松点儿的活儿养着，但改革后工厂一承包，自负盈亏的简厂长当然不认，逼他去非常需要苦力的车间，变相逼他走。本来工资就不高，承包后医药费的报销已经克扣，我家生活非常拮据，如果再失业，他那样的身体是不可能找到工作了。再加上身体不好，影响了脾气，我爸那天在家已经跟我妈吵了一架，然后就……体制变革之痛，即使强者如承包人都承受不起，这是我需要给你说明的第一个问题。有异议吗？"

"差不多。我小时候听到的差不多是这么回事。被你结合年代一分析更清楚。你和宁恕名字的由来，我总算想明白了。谢谢你也能平静地跟我摊牌。"

"我刚才已经爆发好了。再说第二个问题。你刚才一说，我有点知道你姐一直穷追不舍的原因了。如你所言，细节是魔鬼，许许多多的细节叠加不是物理的，而是会引发化学反应。你姐如此，我和宁恕也是如此。我直到几年前还对你姐恨之入骨，但我感激张立新。就是事发那天，我钻在床底下，眼睁睁看着你姐发疯了一样率许多大人砸了我的家。张立新看到了我，但他掩护了我。而后，你姐敲掉了我妈的工作，逼我们不断搬家，隐姓埋名，挨打挨骂，在夹缝中非常屈辱地生存，甚至差点儿丢命。高一那次你骑摩托送我回家，帮我妈搬家，那次搬家便是托你姐的福。我妈虽然用'宥'和'恕'两个字苦口婆心地教导我们，但直到高中毕业我还做不到。后来，因为你善待我，也因为我靠自己的努力终于丰衣足食，也算有个体面的社会地位，我才算走出自卑，学会宥和恕。但整个人生、养成的性格，种种影响恐怕还得延续下去。简宏成，自始至终，我最对不起的是你。今天既然说开了，我们……老死不相往来吧。"

简宏成的目光收回，盯着宁宥刘海后的眼睛，久久不语。他还没想好的话，被宁宥说出来了。面对宁宥伸过来的手，他犹豫半天才回握，紧紧回握。两人都知道，如此便达成契约了。松开手，他们各自走开，背对背，谁都没有回头。

简宏成走得很快，逃避似的，直着眼睛，漫无目的，只是朝着宁宥的反方向大步走开。

宁宥起身后，就拉下捂着脸的纸巾，揉成一团，精确地扔进垃圾桶。可她其实此时更需要纸巾。她虽不再号啕，眼泪却飞流直下。

两人都没说再见。

第十章
简 太

宁恕接到顶头上司常总的电话，才三言两语，他便兴奋地跳了起来，可又立即忍不住惊呼："什么，下午五点之前要回话？现在已经下午两点半，缓两个小时好不好？这儿遍地挖地铁，凡道路都堵车……"他一边试图争取时间，一边立刻利落地收拾拎包。

常总善意提醒："宁大总，老板这种出访只有两个原因，一个是该地进度大大超出预期，他亲自前去以示表扬；一个是该地项目迟迟无法推进，他不得不现身该地，做一把推手。你心里掂量你是哪一个，你还敢讨价还价？若非你过往出名的快、狠、准，以你目前的进度，我还真不敢在老板面前替你拍胸脯打包票。今天我替你请到老板亲自出马，改天老板驾到时你若安排不周，会见层次不高的话，多的是能人抢你的位置。"

宁恕诺诺连声。虽然他心里清楚是自己一心两用，专注于料理简家的事而确实耽误了手头工作，可从业以来，他一向用心工作，甚少挨批，今天即使上司对他算是仁至义尽，他心中依然不快，挂下电话后，也挂下了脸，不过，还是尽快出门办事去了。

可诸事不顺，到地下停车场，他发现一辆红色大众 Polo 打横停在他车头，死死挡住他的去路。宁恕一眼就看见 Polo 车前挡插着一张卡片，上书：挪车请打手机 ×××××××××××。可宁恕一想到对方接到电话再下楼，不知还得拖多久，他耽误不起时间，便略微有气，拿出包里的便笺，上书"套路太老"，夹在 Polo 车雨刮器上，便跑步出车库，打的去了。

过了一会儿，两个女孩下来取车。Polo 车司机看到雨刮器压着的便笺，撕下来好奇地问同行女孩："'套路太老'，什么意思？"

同行女孩想了会儿，拍手笑道："想起来了，有传说猥琐男只要在停车场看见美女，就拿自己车子横在人家车头，挡着不让走，美女回来急着赶路，只能打他压在前挡玻璃上的挪车电话，他可以不费吹灰之力拿到美女的手机号。人家以为你是猥琐男呢，宁可不用车，也不让你有机可乘。够入《列女传》了，哈哈哈。"

Polo 车司机哈哈大笑，但很快意识到不对："看车子和字迹，那位才是男生呢。哎哟，我是猥琐女。"

同行女孩立刻醒悟："对啊，你的车一看就是女生车。切，这男人要多臭屁才说得出'套路太老'，一定是经常被人下套的帅哥，而且字又写得这么好，求围观。咱不移车了，你回我办公室再坐会儿，看他敢不来电，不用车，走。"

Polo 车司机急道："不行，我还得跑两家，跑不完老大会拧下我的头。"

同行女孩摸出自己的车钥匙："你用我的。我今天一定要守株待兔，不逮到帅哥不罢休。"女孩另找一张卡片，挤眉弄眼地写上自己的手机号。

宁恕才上出租车，阿才哥一个电话进来："宁总，很想不到，新力集团的张总急着问我借钱，说是刚下飞机，要立刻奔我公司来谈，而且张口就是不小的数目。我一看他心这么急，立刻要求提高利息，他竟然也咬咬牙同意了。你说会不会有点怪？我有些心里没底。他很快就到，要不你来帮我盯一眼？"

"我……"宁恕犹豫了，但很快咬紧牙关道，"我立刻到。"说完，他就吩咐出租车司机掉头往另一个方向。

可宁恕忍不住扭头往后看，手指在腿上如弹钢琴一般跳动，脸上肌肉僵硬。可他没有选择，他放不下阿才哥那一头。

阿才哥一看见宁恕，就拉开一个书橱，将他拖进隐藏在书橱后的暗室。从暗室透过书的缝隙往外看，几乎可以看见办公室全景。

而宁恕则是将手中刚写的字条递给阿才哥："我在路上刚列出的注意事项，等下你一定要问清楚。我替你看着他的反应，随时用QQ与你切磋。你拿你的iPad给我，我立刻设定。"

"要的就是你这句话。兄弟，够意思。"阿才哥看一眼字条便知内容是好货，感激地拉住宁恕的手直摇。

"当然够意思。我老板十万火急等着我五点之前回话，但愿张总能速战速决，让我还能赶在他们下班前要个回话，关系到我的饭碗。"

"你告诉我你要找谁，等会儿我帮你一起想办法。我们先讨论你列的这几个问题。"时间不等人，阿才哥连客套都不顾了，站在暗室与宁恕讨论要点。他指着第一条道："当然问他要抵押物，但谁要他的车间？当然是市区那幢五层楼房。问题是那五层楼难道没抵押出去……"

张立新被阿才哥让到房间中间长得像龙椅的红木太师椅上就座。张立新以为是阿才哥客气，一再试图让阿才哥坐这位置。阿才哥笑嘻嘻地一把将张立新按到太师椅上。宁恕从小黑屋看出来，正好能将张立新从头到脚看得清清楚楚。他仔细观察一番，立刻打出一行字给阿才哥："看西服上的皱纹，应该是刚从飞机上下来。他果然急着要钱。为什么？一定要问清楚。"

阿才哥入座，先瞟一眼屏幕，一笑，对张立新道："张总的资金这么紧张？"

张立新有些激动地道："刚刚签下一个工程，这不，才刚飞回家嘛。城投做的城建项目，货款以后是没问题的，利润也不错，可惜没有预付款。我急需筹款采购原材料全面开工，工期很紧。我没其他办法，只好开这个先例，问私人借款了。才总，利息再商量啊，我毕竟一次性借得多，咱算批发价？"

宁恕赶紧打出一行字："问他看看合同。"

阿才哥也想到这一条，客气地道："张总，我看看合同行不行？我保证不泄露消息。"

"当然，该给银行看的资料我都带来了。你看，这是合同……"

阿才哥连忙起身过去，按住准备起身递过资料的张立新，免得张立新离开宁恕的视野："合同……哦。"这是一份市面常见的格式合同，只要稍微做过两年生意的都熟悉那格式，因此，阿才哥坐在龙椅面前的茶几上熟门熟路地检查了合同落款盖的章和合同金额。检查无误后，他笑着递回："恭喜张总，好，好！张总打算拿什么做抵押呢？我可不收你那些厂房。"

"我在市区有一幢五层楼大厦，房子已经老化，但地段最好，抵押给你。"

"这么好的地段，张总以前有没有抵押给别家？可别一女两嫁。"

"证照都带来了。如果抵押给了别家，这些都拿不出来的。我本来打算卖那房子的，可惜种种原因，没卖成，所以一直没抵押。要说，这房子的价格远远高于我问你借的钱了。"

宁恕暗暗点头，没错，简家的不让卖，张立新只能出此下策，而他要的就是张立新的这个抵押。他又打出一行字："如果证件都是真的，

197

应该可以同意。最好的抵押就是这幢房子。"

可阿才哥滞留在茶几上，没法看到宁恕的提示。再说阿才哥对这事有把握，不用提示。因此，在验看了证件后，他收回文件袋："好，钱什么时候要？"

"立即要。不是今天，就是明天，先借半年。"

阿才哥一愣，便立即趁热打铁道："行。但利率没商量。还有，半年利息另写一张借条。我算一下数字，这笔利息钱也得从银行走一下，以表明我确实曾经借给你这笔钱，免得有些人以后心疼起利息来，上法院打官司判借款无效。"

张立新疑惑地道："怎么走？"

"张总，你不用担心，这种做法只是我们的规矩。我打个比方，半年利息是两百万元，你在主借条之外另写一张两百万元的借条给我，我打两百万元到你公司户头，等钱一到账，你立刻提现还给我。就是这么走一下账，证明两百万元借条成立。等半年后你还钱结清利息，这张借条就还给你。"

张立新想了会儿，只得点头接受这种程序安排。

因为张立新要钱要得紧，阿才哥立刻接二连三给相关人员打电话，一边紧急筹措现金，一边让财务过来请走张立新去签约。等张立新一走，宁恕立刻推书橱出来："恭喜阿才哥发财啊，十拿九稳！"

"没问题？"

"目前看应该没问题，当然，最好请律师看一下所有文件。如果没别的事，我得去办我的事了。对了，你记下合同细节了吗？要一份复印件。"

"我有数。我替你安排车子。你不如立刻下楼去，不送，兄弟，改天好好请你。"

宁恕几乎是大步流星地出去。经过小会议室，他不禁稍缓一步往里看一眼，而张立新也正好看向他。张立新显然不认识他，看他一眼便又低下头想自己的心事。宁宥没多想，他火烧眉毛呢。

简宏成漫无目的地走了一阵子，走累了，找个地方坐下喝咖啡，做记录。他将与宁宥的对话大致记录下来，可又不忍回头看，写完就揉成一团，扔进包里。他叹了声气，打电话给简宏图："宏图，往后找时间带大姐出去玩玩。她这人心口怨气太重，不替她消磨掉点儿，她会闹得我们鸡犬不宁，拜托你了。"

"哥，你给什么任务都可以，大姐那儿你就饶了我吧，我没办法。"

"这事只有你做。你即便给她找个吃软饭的男人让她迷恋上也行，总之，得给她找乐子，让她分心。"

"为啥啊？哥，你怎么风向忽然变了？"

"别问，不是好事，你还是不知道的好。去做吧，你不是最会玩吗？"

简宏图虽然答应，可心里完全抵触。

不到半个小时，简宏成又一个电话来催。简宏图被逼无奈，只得去找简敏敏那只母老虎。有了上次的教训，这回保姆一开门，简宏图便出手如电，将门把手紧紧拽住，与保姆较着劲，只让门稍开十厘米左右的缝隙。他小心地透过缝隙往里张望，小声地问："两只狗呢？"

"今天你运气好，两只狗上学去了。"

简宏图这才小心地又推开十厘米的缝隙，探头进去搜索一番，才放心地走了进去。

简敏敏人逢喜事精神爽，这回倒是慈眉善目，只从报纸后面冷眼瞅着简宏图做贼一样的行径，并未冷嘲热讽。直到简宏图叫了声"大姐"，她才抬手指示简宏图坐下，眼睛却不离报纸一瞬："来找我做什么？老二让你来的？"

简宏图心一横，道："大姐火眼金睛，一猜就中。哥让我多陪你玩玩。可我想不出大姐喜欢玩什么，只好先过来问清楚。"

"老二脑袋没抽筋？"

"唉，对了，听上去今天说话是有些不对劲，慢吞吞的，好像没睡醒。"

"嗯，告诉他别假惺惺，我没空，忙着呢。你忙你的去吧。"

"可……大姐，你好歹说个什么爱好给我吧，我好给哥回话啊，否则，我还不让他剥皮抽筋了？"

"你听你哥的，就不听我的？"

简宏图敏锐地发现今天大姐的脾气出奇地好，于是，他继续壮着胆子涎着脸皮道："大姐，要不，我晚上带你去唱歌？"

保姆在一边察言观色，见主人已端茶送客而客赖着不走，便上前道："简总，五点要准时出门与朋友吃饭，您该换衣服去了。"

"哦，老三，你该滚了，不要敬酒不吃吃罚酒。"简敏敏并未起身，但拉下了脸。

简宏图一看风向转变，立刻逃窜出门。既然是大姐翻脸，而不是他主动退出，说明他已完成哥交给的任务，只是大姐不领情而已。简宏图一回到车上，就赶紧给简宏成打电话交差："哥，咱简总根本不理我，连正眼都不看我，就把我赶出来了。"

"简总？"

"哈哈哈，大姐不知哪根筋搭错，要保姆在家喊她简总，滑稽死了。放狗咬我那次，保姆还叫她简姐呢，下回去，是不是该叫简董了？要不一年后变简主席？哈哈哈。"

简宏成虽然心烦，可一想到大姐神经质地在家过做老总的干瘾，不禁莞尔一笑。可很快，简宏成回想起昨天张立新反常地气急败坏地出现在他面前提出种种质问，他这两天心烦意乱，没去深想，此时不禁想到简敏敏忽然让保姆改呼简总，可能事出有因，不知怎么在张立新面前打他简宏成的牌，打得张立新鸡飞狗跳，竟然冒险到他面前做毫无胜算的交涉。简敏敏究竟做了什么？接下来打算怎么做？

一想紧急正事，简宏成倒是还能集中心力。他将与张立新的三言两语对话回味了一遍，推测了一番，才给简敏敏打电话。

"姐夫昨天专程飞过来找我，你们又怎么了？"

"他找你？难怪你让老三来我家，我还说你什么时候变得孝敬了，原来是来打探我口风。他叫张立新，不叫姐夫。张立新跟你说了什么？"

"你跟张立新有没有可能恢复关系？包括和好或者和平共处？"

"张立新告诉你他想跟我和好？行，我要求不高，从公司大门开始，三步一叩首，一直跪到我办公室门口等我开门为止。你和老三不也想讨好我吗？我对你们一视同仁，你也可以这么做，不用玩别的什么花样。我告诉你们，不做出姿态来就妄图轻易过关，不可能。我不会相信你们的，省省吧。"

"大姐，虽然我理解你的怨气，但你对我这种态度着实没必要。一方面，我至今没有对你造成什么实质性伤害，你对我的迁怒可以适可而止。倒是你，该回顾一下你手起刀落，有多少人伤在你手下，那些人是不是可能跟我一样理解你，你夜路走得可安心？另一方面，你仗着我的情报才能把张立新逼得鸡飞狗跳，你但凡有点儿脑袋就应该想到你还需要我的帮忙。到现在为止，就我对你的最新观察，我给你两条忠告，一条是你已经多年不参与经营，你在现代管理方面的知识极度欠缺，别试图单枪匹马挑战张立新，他被你逼到绝路随时可以把你玩死；一条是凭你的臭脾气，我不信你能经营好一家人员复杂的企业，你最好有自知之明。最后给你一条我的底线，你们两个谁都不许卖老厂那块地。"

简敏敏满脸厌恶，几度将手机挪离耳朵，可又不得不继续听下去，因为她现在真离不得简宏成。偏偏简宏成自打被她收服后，人变得黏黏糊糊，爱发长篇大论，听得简敏敏几乎失去耐心，从沙发上跳起身，满屋子徘徊。好不容易等简宏成告一段落，她立马道："你说你的，我也说说我的。简家全家欠我的，你说过由你来还。好，你拿出实际行动来，我要张立新偷税漏税和行贿的证据。只要你把证据给我，我以后不再为难你和老三。"

虽然简宏成也不指望能劝动简敏敏，可还是忍不住摇头道："你这人，一大把年纪还这么想不开，跟所有人为敌有什么好处？我不会助长你的钩心斗角，我不允许你卖老厂那块地，我可以在你走投无路时给你生路。就这样吧，你好自为之……"

"喂，别挂，你安插在新力集团的眼线是哪几个？"

简宏成连连摇头，没有回答，将手机挂了。他不禁想到同是被命运凌厉对待的宁宥，这两人的反差太大。

宁恕被手机设定的闹钟声提醒，他只能与对面差不多年纪的人道："黄科，对不起，我得先跟我们老板汇报一下。"

黄科笑道："老板们都不考虑办事员在程序上需要消耗的时间。"

"可很多人在竭力向老板证明自己能飞。一个愿打，一个愿挨，优秀员工都是天生受虐狂啊。黄科，不好意思，耽误您下班。"宁恕一边拨通上司常总的电话，一边顺着黄科的话调侃一句，一边匆匆走到走廊上。

常总接通电话就问："下一步是边吃边谈？"

"没。他们晚上有接待任务，无法脱身。他们推迟下班，帮我在请示和研究……"

"研究？我们的计划已经递交一个月了吧，研究一个月？研究这么长的时间，其中可有你的功劳？"

"我一直在跟进的……"

"包括刚才一大段时间手机关机？从他们为你加班加点请示来看，他们对我们的计划是重视的。既然重视，为什么一个月都没有回话？宁恕，这其中有没有你的原因？你究竟有没有全力以赴，将重视落到实处？你最近很反常。你现在不用跟我解释，继续跟进，随时给我回复。"

宁恕唯唯诺诺。回到黄科办公室，黄科笑道："挨骂了？刚刚我们主任来电，老板非常重视，但是……你们追得太急了，今天没法给你答复。明天上午九点，主任会主持一个会议，请你说明情况，届时会有要人出席，你今晚回去一定好好准备。"

"哎哟，如果你不介意，我都想拥抱你，黄科。今晚你有任务，明晚你一定要给我时间，谢谢，非常非常感谢。"宁恕紧紧握了黄科的手出来，在走廊上长长喘了口气，拍胸庆幸。他把黄科的回话原原本本说给常总听。

常总却冷静地问他："我们有老板这位如此好用的招牌，能让他们明天专门为你开个会，你却在递交计划之后整整一个月一事无成，为什么？"

宁恕忙道："正因为有一个月的时间建立关系、夯实关系，才有今天的加急办理。但，对不起，当然也是我第一次独立担当大任，您没在后面挥鞭催促，我有些失去节奏。"

常总这才和缓下来："明天看你的表现。你不要让我无法在老板面前回话。你切记，你已经在老板印象里失分，不能再有任何闪失。"

宁恕再度唯唯诺诺。

宁恕打车回到公司地下车库，却见红色 Polo 车依然拦在他的车头。他心头火气上来，恨不得踢那车子两脚。他不愿打电话跟这种麻烦制造者交涉，给卡片上的号码发条短信，等车主下来。

宁恕静下来时，不禁回想一下午挨的批评。难得的挨骂让他心中很是沮丧，可他不能让自己沦于沮丧，他没时间。他坐在自己的车头低头沉思明天会议该说些什么才能抓住人心。

阿才哥的电话却吵着进来："宁总，这一票做得够快，主要手续赶在银行下班前都办完。张总也够爽气，是个干实事的人，没啰唆，一点就通。"

宁恕连忙道："恭喜。不过……阿才哥，我今晚没法跟你庆祝，公司的事火烧眉毛了……"

"说起来真不晓得怎么谢你才好，你是丢下你自己公司的事来帮我，我得好好谢你，今天不行还有明天。"

宁恕心中的沮丧被阿才哥那儿的喜讯打散，他想到自己一步步安排的计划，笑道："阿才哥，你逃不掉的，我总会敲你一顿请客。但你最好立刻开始着手下一步。虽然借贷时间看似挺长，但时间总是不等人。"

"你提醒得对，我打算让他到期还不上。我这就去了解一下跟他签下供货合同的公司。"

"哎？"

"哈哈，这一套你肯定没见识过。改天见面，我告诉你我的计划。这么大一条鱼，既然上钩了，我怎么能让他半年后就脱钩？"

宁恕又惊又喜，又不禁心生恐惧，连连说好之余，挂了电话，想继续构思明天会议上的讲话，却有些神思不属了。他隐隐想到，会不会他正在接近犯罪现场。可又想到，那是阿才哥的行动，与他无关，而张立新却可能栽在阿才哥手里……宁恕又不由得摩拳擦掌，恨不得时间过得飞快，立刻看到结果。

一个女孩来到停车场，见到正在打电话的宁恕，就静候在一边看着。宁恕与他姐姐一样，有轮廓分明的一张脸，长相无疑是出众——果然有资格臭屁。

而宁恕稍微冷静下来，才看到有女孩在红 Polo 车后面看着他。他都没看清那女孩的脸，跳起身道："麻烦你。"就去他车子的驾驶座了。

女孩却叫住宁恕："对不起，先生，这车是我同学的，她不在，我不会开车，你帮忙挪一下行吗？"

宁恕只得又关上车门，从女孩手中接过钥匙，走近了，这才有空看女孩一眼，可看一眼之后，忍不住看了第二眼。这显然是个漂亮的女孩，而且满脸的自信与骄傲。女孩也毫不回避地看着他，嘴角有小狡黠。

宁恕没了脾气，闷声不响地将红 Polo 车开走，将自己的车子开出，再周到地将红 Polo 车倒入他原本停着的车位，然后出来，细心地将夹在雨刮上的卡片收起，与车钥匙一起交还给女孩："不好意思，我忙到现在才下班，耽误你回家。这个点出租车不好找，外面又下雨，需要我送你一程吗？"

女孩笑道："谢谢，不用了，我还在加班。我同学说这儿车位紧张，希望以后来时还能停在你车头，她改天请吃饭答谢你，行吗？"

"两位女侠只要以后不挡我的车头，随时来电，我请吃饭。"宁恕依然是笑笑，上自己的车走了。

女孩被晾在那儿，很是惊讶，忍不住摸出包里的镜子照一照，挺正常、挺美的啊。

简敏敏自接了简宏成的电话后，便坐在沙发上一直没挪窝，认真思索简宏成的两条忠告。她不认为她与简家其他人的恶劣关系就意味着合作精神差，她替代张立新完全没问题，早年她还不懂事呢，张立新经常为业务出差好久，她不是照样把厂子管理得好好的吗？何况现在她更看透人性，有的是办法揪紧一个个管理人员的头皮。她重视的是前一条，她这两天一直在思索等一个星期的大限到来时，怎么去张立新那儿抢位置。她觉得简宏成很有针对性地提出这一条，应该是揪住了她的最大弱点，她这两天确实心里有些没底气。

她联排别墅的隔壁住着一个做外贸加工的老板，老板娘经常与简敏敏一起看房、买房。简敏敏想来想去，决定找近水楼台先了解一下情况。隔壁老板倒是挺帮忙，一回家就过来请简敏敏到他家边吃边聊。简敏敏等不及，来不及客套，起身就将大致来龙去脉告诉邻居。邻居一听，惊道："你打草惊蛇了。这种事你只有偷偷把准备工作做好，最后等上班时间出其不意地出现在你老公面前，一边派亲信控制住几个重要部门，不让转移资料、资产，一边你跟你老公摊牌，让他走人。你这么一星期后……他该转移的转了，该埋地雷的埋了，即使加急签证也可以跑出国了，你……唉，还来得及挽回吗？"

简敏敏大惊，一下子呆住，稍微一回味，就拍手道："晚饭不能吃了，改天我请你。还好，来得及，他昨晚还在深圳我弟那儿讨说法呢，最好一时还没反应过来。我立刻着手去办，不等明天上班了，今天就去封了财务，拿了各种证章。多谢，多谢，以后还得讨教。"

简敏敏连邻居的家门都没进去，就撩起裙摆跑回自家，打电话呼朋唤友，从四面八方杀向新力集团办公楼。

在新力集团大门口，四五辆车子已经汇聚，堵住大门。简敏敏激动地率领朋友推开门口保安，杀入大楼。

想不到，张立新还在，正与两个骨干谈话。

简敏敏冲进去，将一个塞了好几份报纸的用过的厚厚的顺丰快递信封拍在张立新面前，一巴掌压住，盯着张立新道："背着我找老二？也不想想老二跟我同一娘胎爬出来的。为了老厂地皮，他也得帮我。滚！哪儿来哪儿去，工厂从来姓简不姓张。"

张立新一开始完全没反应过来，愣愣地盯着简敏敏说到一半才跳起来试图抢夺快递信封。但简敏敏早料到这招，快手收回快递信封，扬扬得意地晃着道："都是罪证，哈哈，都是罪证！你是不是正在找内奸？不用了，以后他们就是我手下的骨干。滚，张立新，滚！你要胆敢反抗，明天这些资料就会分门别类地送到各部门去，我说到做到，大义灭亲。"

张立新喃喃道："你们……你们……"

"对，我们！我花了一下午才看完这些罪证，我们老二才是狠角色，有耐心，君子报仇，十年不晚。"简敏敏将装着一堆报纸的信封当宝贝似的紧紧抱在胸口，躲在牛高马大的朋友身后，满脸亢奋，挑战张立新的神经。她不知道张立新会不会上这个当，拿不拿老二上回电话里威胁的那两件事当回事，她心中完全没底。但她已经煎熬那么多年，她豁出去拼了，反正一无所有，大不了还是一无所有。她背水一战。

可张立新在简敏敏的逼视下，竟然如漏气的皮球，慢慢地瘪了下去。

简宏成才刚下飞机，就接到简敏敏志得意满的电话："新力集团明天改名，就叫简明！老二，别以为你行。没有你，我照样拿下张立新。你，也给我滚！"

简宏成站在大厅里完全凌乱了，这是怎么回事？张立新这么不堪一击？

宁恕早上洗漱出来，见妈妈早已摆上一桌丰盛的早餐。他坐下后先替妈妈盛了碗粥，对从厨房端一碟酱油出来的妈妈道："妈，今晚我可能没法回来吃饭了。"

"知道，又应酬。不过……"宁蕙儿显然很是犹豫，"你今天能不能出来一趟，只要一个小时，陪我去医院探望个老朋友。"

"今天真没办法，明天也还得看安排。我这几天被老板追着做事，身不由己，不像前阵子那么自由。妈，你准备好礼物，我只要有时间，就来接你一起去。是谁啊？晚一两天要不要紧？"

"是唐英杰唐叔叔。"

"不去！"宁恕回绝得非常坚决，"妈，你也不能去。你去是自取其辱。"

宁蕙儿沉默了会儿，道："你不陪我，我只有自己去了。我也担心遇到老唐家里人，但以前我们一次次搬家，老唐一次次帮我转户口，帮你们找学校插班，没有他，哪有你们的今天。如果没有老唐，我没本钱学车，也轮不到我开出租车，我拿什么养活你们姐弟？不管以前发生过什么，今天，老唐病了，住院了，我一定要去探望。"

宁恕一脸的恨其不争："妈，忘记过去，远离过去，好好地过当下的体面日子，不行吗？"

宁蕙儿怔怔地看着儿子，叹了口气："再说。"便不再提起。

宁恕还想敲钉钻脚，可阿才哥一个电话打断他的激动。他正好让油饼弄得手上一塌糊涂的，只好按了免提。阿才哥道："宁总，这事必须向你道个歉，我这人不地道，你帮了我这么大忙，昨天也没好好请你，今天还是没法好好请你吃饭，后天还不行。你尽管心里骂我浑蛋，但一定要等我回来，我们好好喝一通。"

"举手之劳的事，别总挂心上。怎么，出差？这么早已经在路上了？"

"对，出差。昨天得亏你提醒，新力那份合同我复印下来了。我今天过去找那个城建项目探个底细，摸清关系，嘿嘿。"

"才总，你以后可千万别再说我帮你大忙了，我哪跟得上你想的这些啊。明白了，大赞。"

阿才哥得意地大笑："谁说的，以后那块地的事需要请教你的地方多了。宁总，等我回来，我们不醉不休。"

宁恕按掉电话，沉吟了会儿，对妈妈道："妈，你看我和姐现在好歹都混得比较体面，有些旧事还是别翻出来的好。"

宁蕙儿瞅着儿子好一会儿，严肃地道："人不能忘本。你看你朋友连暂缓请客都要打电话来道个歉呢。"

宁恕急得有点儿烦躁："老唐不一样。妈，我现在回来发展，你别做出事来让我为难。"

宁蕙儿将碗往桌上一蹾，盯着儿子，却欲言又止："你慢慢吃。"她走去阳台收晾干的衣服去了，然后到自己卧室慢慢地叠，直到宁恕上班去都没出来一步。

宁恕不敢放任妈妈，上班停车后，看时间还早，便给宁宥打了个电话："姐，家里的事还好吧？"

"不好，累死，但你也帮不上忙。你说吧，找我什么事？"

"那个老唐住院，妈妈竟然想叫我一起去探望。"

"哪个老唐？"

"那个老唐，就是我们以前……"

"哦，他。"宁宥刚走进办公室，惊讶地站在当地，一时忘了放下包坐下。想了会儿，她才道："我知道你想到哪儿去了。这事吧，妈怎么做，你别拦着。你想不去，那就不去。但你千万不能把妈和唐叔叔的关系想歪。你可以不相信唐叔叔，但你不能不信任妈的人品。"

"姐，这是你的本意吗？我清楚记得你当年怎么说出'屈辱'两个字的。"

"那时我不懂事，原因不跟你解释，你没经历不会懂，妈妈那种心情，你能一辈子不懂最好。总之，你别在这件事上惹妈生气。你如果拒绝陪，我会周末抽时间陪妈一起去。"

"你什么意思……哎……"宁恕眼看着一辆大红的奥迪TT跑车由远及近，毫不犹豫地打横停在他车头，而远处显然还有空车位，"姐，回头再说，我这儿有事。妈妈的事你三思，别冲动。"

等宁恕说完，大红奥迪里面钻出一个女孩，正是昨天傍晚号称不会开车的那位。宁恕哭笑不得，只得按一下喇叭。女孩吓了一跳，立刻扭头来看，才见到宁恕坐在车里。两人相对大笑。宁恕下车，笑道："不好意思，今天不行，我上去一下就得出发开会……"

"好吧，我立刻开走。好像都很忙啊。"

"感谢女侠不堵之恩。"宁恕掏出名片递过去，"往后想堵时千万通知一声。"

女孩略显尴尬，跺着脚回去车里，飞一样地开走了。

被女孩一搅和，宁恕的心情变得大好。他笑着走进办公室，却一眼见到本该待在北京的顶头上司常总和另一位从来都是他的竞争者的资深同事小童。宁恕从头凉到脚，知道被突袭了。

常总没挪窝，等着宁恕双腿灌铅一样地挪到他面前，才严肃地道："小宁，你早。等下我们一起去说明会，我们这方由我主讲，你补充。事情紧急，来不及通知你，请你原谅。你赶紧处理一下工作，我们尽可能提早过去，会前先接触一下。"

宁恕虽然一脸挤出来的笑容，可心里沉甸甸地想：完了。

虽然是上班时间，但简宏成可以不守规矩，他先钻进健身房跑步。他咬牙给自己订了个计划，先练上一个月试试。上班时间的健身房空无一人，简宏成可以不用在乎姿势，跑到后来，呼哧呼哧地东倒西歪，全靠一口真气苦苦支撑着。

陈昕儿被笑吟吟的助理领到健身房门口，助理很是乖巧地道："简总一个人在里面。陈太需要果汁或者咖啡吗？我去拿一下。"

陈昕儿忙道："不用了，不用了，你去忙，那边有水，我渴了自己会来，谢谢你。"

女助理笑容可掬地退出，并小心地将门关上。陈昕儿简直有受宠若惊的感觉。但她没停留，她看到了正在锻炼的简宏成，穿着T恤和运动短裤，露出来的四肢一看就是缺乏长期有效的锻炼。陈昕儿一声不吭，静静地看着这个熟悉又陌生的男人。

设定的时间终于到了，简宏成扶着把手呼呼喘气，好一会儿才抓起毛巾擦把脸准备下来，这才感觉到身后有人。他惊讶地看清这是陈昕儿后，就没再看一眼，自顾擦脸上的汗，随口问一句："这么快来了？小地瓜一起来了没？"

陈昕儿道："我清早到的，是你的司机去接的我。小地瓜还是寄住在你朋友那儿，小地瓜喜欢他们。"

"噢。"简宏成擦完脸，接着擦手，一边开始往外走，一边做个手势让陈昕儿跟上，"我请律师过来确认一下具体手续。如果可以，今天就把结婚证办了，省得夜长梦多……"简宏成走到门边却觉得不对劲，回头一看，陈昕儿待在原地没挪窝，"怎么，反悔了？那就算了。我让司机过来找你。"

陈昕儿咬了咬嘴唇，依然没挪窝："哪怕只是高中同学，见面是不是也该关心一下我累不累、住哪儿、早饭吃了没？"

简宏成被问得一愣："对了，你出国那么多天，家里一时没法住进去，我让助理替你安排。你直接说不就是了？"但简宏成发现陈昕儿依然不挪窝，只得也站住了，"还有什么？"一边说，一边拿出手机查阅电邮。自始至终，他都没拿正眼看一眼陈昕儿。

陈昕儿只觉得自己特别傻，她要的不过是一个关心，可别说是关心，连个正眼都没有。原来以前简宏成的笑脸都是给小地瓜的，她落单时就享受不到。无奈，她只能再度失望，再度放弃努力。

"我的户口在上海，一直没移过来。要么我去上海拿了什么证明之后来深圳办登记，要么你在深圳拿了什么证明之后到上海办登记。你看？"

"后者吧。我正好过两天要去上海出差。不知道你今天来，我立刻让助理给你打些零用钱。哦，我有个会见……我先走一步，具体你有什么要求都跟助理说。"

眼看着简宏成要走，陈昕儿终于忍不住问了出来："当初我好好地在上海工作，你为什么要出现在我单位？为什么看见我高兴得手舞足蹈，连请我吃三天晚饭？我一直想弄清楚，你究竟是不是故意的？"

简宏成皱眉想了一下，道："我一贯为人摆在这儿，请你自己评判。我估计是你想太多，可全都没想到点上。我来不及了，不好意思。"

"我告诉宁宥我跟你结婚了。"陈昕儿抢着说。

简宏成又是止步，手指在门把上弹了几下，扭头。这下是正眼盯着陈昕儿，但什么都没说，直盯得陈昕儿脸上变色，他才转身走了。

简宏成一走，陈昕儿腿一软，跟跄了几步，走到窗边，扶窗台站住。她深深呼吸好几下，还无法抑制胸口剧烈的起伏，只好放弃坚强，慢慢蹲下坐到地板上："感情？错了……错了。"

助理开门进来，一看情形不对，立刻退出。陈昕儿却反而笑起来，这下好了，"陈太"这个美丽的肥皂泡也戳破了。她扶墙站起来，挺起胸膛走出去，装作若无其事地微笑道："请司机立刻送我去机场，我到上海办手续。请帮我买好机票，订的宾馆最好在静安一带，谢谢。"

助理也装作什么都没看到，将吩咐记录下来。等电梯到时，她立刻恭送陈昕儿进去。陈昕儿扭头看一眼助理拦在电梯门上的纤纤玉手，这不，依然是陈太的待遇。即使助理见识到她和简宏成的纠纷，可只要她还是简宏成的太太，就那么简单。

电梯里的陈昕儿冷笑："谢谢你破天荒第一次替我扶电梯门。"陈昕儿收起所有涵养，冷笑盯着助理尴尬得通红的脸，直至电梯门关上。她知道助理不可能还嘴，因为她是陈太。

司机与助理不同，司机对陈昕儿一向礼遇，送飞机一向是帮她提着行李将她送到最后一道门前，等她进去了才走。因此，陈昕儿也不会如对待助理一样对待司机，她与司机有说有笑，很是随意。

"陈姐从上海回去？"

"谁说回去啊，我去上海办些事。"

"哈哈，还以为小地瓜没跟着来，陈姐肯定来了就走，不会多停留。那还是从香港走？我把哪天留出来？"

"这回的时间很难定呢，要办好几件事……"陈昕儿直着眼睛盯着前方，发了会儿呆，牙关一咬，决定还是说出来，"我户口在上海，过两天宏成也会过去——我们会办一下登记，然后总得请几个朋友什么的。"

"哎呀，这是好消息。恭喜陈姐，那以后要叫简太了。简太，虽然知道迟早有这一天，可还是替你高兴啊。"

陈昕儿跟着一起笑，但脸上有些僵硬。简太？不是陈太？她忽然若有所悟："可是好好姓了那么多年的陈，忽然要改叫'简太'了，真不习惯呢。刚才助理'陈太'长'陈太'短的，我还一直没反应过来……不对啊，助理应该不会弄错称呼。"

司机连忙打圆场："这么多年都叫习惯了，一时改不过来。再说我老婆就说了，凭什么跟老公的姓啊，那是香港那边的习惯，咱内地不行。"为岔开话题帮助理脱身，司机更是舌灿莲花，"但我跟老婆说了，你别不服气，跟老公姓啊、戴戒指啊，还有把亲朋好友都叫来办一场啊，都是为女的好。为什么啊？挂上男人的姓，以后男人的朋友一看就知道你是谁的老婆，你想要他们做什么，他们都得给你几分面子，是吧。还有叫来那么多人办婚礼，你说那么多人知道我们结婚了，我出去干坏事，总得掂量掂量会不会传到我老婆耳朵里，是吧。就算是感情不好了，轻易也不敢离婚，你姓着我的姓呢，还有那么多知情人看着呢，变来变去不容易啊。陈姐，你看，我老婆一听，嘿，有道理，服了，哈哈。"

陈昕儿最先是敷衍地听着，可越听，越是有醍醐灌顶的感觉，眼前似乎隐隐约约看到一条生路，一条爽快的路。她由衷地笑了："你是说得真好，看起来传统沿用至今，还是有其合理性的。简太，可听着有点儿怪呢。"

"合情合理。"

陈昕儿不禁想到刚才简宏成对她的冷落。她心里玩味着，回想着司机的话，若有所思地笑了。

宁宥下班挺晚，今天与同事讨论一个设计的可行性，以往她都游刃有余，可最近心烦意乱，睡眠不足，听着那些年轻同事跳跃式的思维，她有点儿跟不上趟儿，因此觉得特别累。由于她没了一锤定音的自信，这个会议就越是意见纷纭，她的脑子于是更乱。会议开到天暗还没定论，她只得宣布散会，明天再议。

她几乎是一反常态地，不讲究姿势地，低头快步走回办公室。经过会见室，被里面的人叫住："宁宥，请客，我饿得前胸贴后背了。"宁宥连忙止步，她都不用看，就知道是田景野。也不知哪来这么多的高兴，她连声喊着"田景野，田景野，田景野"，跳进会见室，脸上全是欢欣的笑，眼睛里却噗噗地掉下眼泪。

田景野不禁笑道："这感觉怎么这么熟悉啊？那是我被判决后，你第一次去探监，我一听说是你，一路心里欢唱着你的名字，哈哈，今天正好倒个个儿。走，工作、儿子都扔一边去，跟我喝酒聊天。"

"太好了。本来是想这个周末回家一趟，找你说说的。你来了真好，由衷的。"

"我给朋友办点儿事，完了想来看看你好不好。看来不是很好。除了老郝的事，还有其他？"

宁宥毫不犹豫地点头。但看看周围也是赶着下班的同事来来往往，她只是问："你好吗？看你眼角皱纹都浅了不少呢。"

"我不错，事业在走上正轨，朋友开始回来。但身不由己干了一件蠢事，调查前妻现在交往的那个男人的底细。比我差太多，未来结婚了，可能还得倒插门住进我的房子里、开我的车。"

"中年妇女离婚后很难找到比前夫条件好的男人。走，既然你事业走上正轨，你请客。"宁宥很快收拾好，与田景野一起出去。

"你不离婚因为这个？放心好了，班长这个长期替补不知多想上位。"

宁宥不由得愣了一下，叹息道："回我办公室，我喊个外卖。"

田景野惊讶，没有反对，进门后自觉关上门："怎么，昨天班长来又惹事了？不就是假结婚嘛。"

"唉……"宁宥叹了一声，却不知从何说起，还是先打电话订个KFC全家桶，然后看着一言不发的田景野，"现在可以跟你说了。我跟班长之间，从来没陈昕儿的事，他们结婚不结婚，也不干我的事，我跟班长从来什么都不是。昨天班长是跟我告别的。"

"怎么回事？"

"还记得你说的那次探监吗？那次，我们两个可以说同是天涯沦落人，你那儿是前妻听到宣判后提出离婚，我这儿是查出郝青林出轨。我们还都挺大公无私地不顾自己情绪低落，只顾着劝慰对方。"

"对，你让我体谅她。虽然我今天回想起来觉得她也不容易，但你说的都对。可那时想法不同，人到那环境里，即使是我自己要进去的，心理还是会走极端。即使你劝了我那么多，我午夜梦回时，还是翻来覆去设想各种血腥计划，非常看不开。血腥计划，你想想我这个人一贯的性格，那时候会想出血腥计划，你想想。"

宁宥发了会儿呆，道："郝青林跟你不一样。他有罪，他早已对不起我，他对我也已经没了感情。"

"那时候没想那么多，那时候只想到我极端弱势，你还落井下石，完全没理性的。相信我，那样的环境，完全不一样。"

"不能总让我忍啊，不能总要求没做错事的一方退一步啊。"

"不是让你忍，而是挽救你未来的生活。老郝那案子，判得不会长，大概没等他把怨气、戾气磨光就能出来了，到时你避不开他的。你跟他有个儿子在，是一辈子的牵连。我相信你忍得住的，最难忍应该还是当年他出轨时，你对我说这叫天崩地裂，叫崩溃。但你那时都熬过来了，现在你对他没感情，稍微拖几天，他刑期就过去了，不难。"

"不一样。那时我以为崩溃，其实没有，我没怀疑人生，但这回……"宁宥眼前忽然冒出昨天与简宏成的分道扬镳，她自己也愣了。一个混沌的想法终于清晰起来，却把她吓得不敢言语了。她几乎是逃避似的赶紧道："对，我接受你的建议。"

田景野却是纳闷："你怎么回事？看上去状态差到不能再差。"

宁宥摇头，不敢再说。正好外卖送来了。田景野去签收，宁宥的手机也响了。宁宥看到显示，却是陈昕儿。她没力气应付，掐了电话。

田景野进来，才把外卖放下，他的手机也响了。"陈昕儿？她回国……噢，来假结婚。"

田景野接通电话。

"田景野，我过几天就会回去加拿大，可能以后不会再有见面机会了。"

"说什么呢，加拿大又不是天涯海角。"

陈昕儿叹气："你看，我就知道你懂我在说什么，唉，走之前想跟大家道个别。星期五晚上你有空吗？我们聚聚，你辛苦点儿来趟上海。"

田景野也忍不住叹息："我准时到。"

"能帮我请一下宁宥吗？"

"她到不了，她早跟我说过她妈妈家里有事要处理，本来周末我在家里等她的。"

"唉，以后不知道什么时候见面了。谢谢你，田景野。"

田景野放下电话，对宁宥道："也好，陈昕儿丢掉幻想，重新上路。"

"怎么可能好？丢掉幻想等于没了指望，哪那么容易重新上路。"

田景野不得不再问一遍："你怎么回事？怎么像是有感而发？"

"我心里很乱，说不下去。"

"因为……班长昨天的告别？"

"不！我不会出轨！"

田景野不解，可又似乎了解，但他不再问了，将全家桶推给宁宥，两人默默地啃食。

第十一章
跑 路

寂静被手机铃声打破，阿才哥气急败坏地找田景野咨询："有个混账拿一张假合同问我借了一大笔钱，我刚请客吃饭，问出合同是假的。老弟，怎么办？"

"有抵押吗？抵押物会被转移吗？"

"有抵押，抵押物应该不会被转移，但……我现在也没底了，会不会抵押物的那些证照也是假的？"

"不用太担心，为了借到钱，谁都会有做假账的意愿，你只要抓住抵押物就行。与其乱跳，你不如盯住人，盯住抵押物。我今天人在上海，你找个人替你验证一下那些证照。"

"我验过，是真的。我就怕还会有什么猫腻。这一票做得有些大，我有点担心。多谢你提醒。行，这就去布置。"

田景野收线后，跟宁宥道："对方是我室友，相当地尊重知识、尊重人才，哈哈。坐牢时全靠他照顾我。他很想拉我一起做，但我一直跟他保持君子之交，江湖人物碰不得。有次宁恕来我店里正好撞见他，我赶紧给他们中间砌好防火墙。"

"宁恕做事太像那种一脸斯文败类的商业精英，我有次批评他的想法有点不择手段、急功近利，他说我胆子太小，只适合做技术，还说上司跟饿狼一样地盯着他们的进度，他们的处境就是不进则退。那以后他就不大跟我说他的工作了。他回老家发展，其实我挺不支持的。老家有那么多老关系，他可能会处理不当。"

田景野不由得笑了："宁恕又不是灰灰，你怎么还拿他当小孩子看啊？"

宁宥如茶壶煮饺子，闷着无法说，犹豫再三，道："你帮我盯着点儿，千万别让他接触班长和他的家人，百分百出事。"

田景野这下是真笑出来了。宁宥知道田景野误解了原因，可她无法解释，只得郁闷。

宁恕上午如坐针毡地开了情况通报会后，下午回到公司，与上司常总和同来的小童关上门开了一下午的工作检讨会。常总几乎是逐项检查宁恕的工作进度，要求宁恕说明情况。会议开到天黑灯亮，三个人叫了快餐，准备连夜继续检讨。

盒饭送来时，大家才稍微放松一下，挪到会议室另一头开始吃饭。但常总并不放过宁恕。

"小宁，从今早通报会才开没多久，常务副市长越过程序进入会场，与我们直接对话来看，说明我们集团进入该富裕县级市对他们而言有提升一座城市形象的意义，他们非常重视，也非常急切。他们的重视对比你的进度，是我早上一直想不通的问题，为什么？"

宁恕正在心里组织语句，阿才哥的电话进来。不等宁恕说话，阿才哥就急道："宁总，大事不好！张立新那份城建合同是假的。我立刻联系张立新手机，他关机。我现在派两路人，一路去张立新的家找他，一路去他公司找他。你看还有什么办法找到他？"

如此紧急，宁恕听得脸色大变，情况完全出乎他的意料。这种情况下，他根本不可能扔下阿才哥不理，阿才哥急起来会砍人的。他只能硬着头皮道："还有两路，一路是张总太太家，地址是新城花苑15幢B；一路是张总太太弟弟的家，地址是御苑20幢不知哪个门。才总，我这儿跟老板开会，回头找你。"

阿才哥倒是体谅，把电话挂断了。

宁恕立即对常总道："这位是拉土石方的老板，像那种作业，一般都有本地地头蛇把持，我们集团常用的插不进。我这两个月的工作，有不少是这种没有记录在案的基础性工作，还有与本地现有地产商的接触沟通，不过……确实是没抓住重点。我犯了好高骛远的毛病，把工作重心放在了附加值更高的市区的未来布局上，觉得这是更大的难题，更有挑战性。您看地图……"

常总却摇头："小宁，小宁……"他看看另一位显然是看好戏的，做了决定，只能道，"小童，你留下，协助小宁工作。衣服、日用品什么的，你让家人快递给你，公司给你报销。小宁，你准备好参加一个月后的集团封闭式培训。小童，你赶紧跟家里通电话，交代布置一下吧。"

小童灵敏地领会到领导的意思是要跟宁恕单独谈话，他立刻出去，还走得远远的。

这边，常总郑重地对宁恕道："小宁，我给你解释的机会，不是让你说假话来糊弄我。你是我一手带出来的，你的做事风格我比你还清楚。我宁愿听你跟我解释说你回到老家遇到中意的女孩，心思集中不到工作上，也宁愿听你说衣锦还乡，应酬老友影响工作。我一下午检查你的工作，一直等着你检讨你这两个月来的工作量和工作态度，可你这次的态度太反常。是不是第一次派到地方，独当一面的重大责任压垮了你，或者你找不准定位飘飘然了？"

宁恕被常总批得满脸通红："我……我自以为衣锦还乡了，花太多时间呼朋唤友搞各种聚会，侵占工作时间，这个……我知道说出来一定挨您骂，不敢说。只是，真难抵抗诱惑。"

"不自觉！小童不会走了，暂时做你的副手，看来你还需要有人在边上牵制你。一个月的时间你看着办，做不出成绩的话，一个月后你去封闭培训，小童上位。"

"是，是。"

"该结婚成家了。小童跟你一起进公司，论工作能力，他不如你，但他有家有口，现在有生活压力，做事越来越可靠踏实。你呢？"

"我回家后我妈也一直在逼婚，您的角度比较独特。"

常总扑哧一声笑出来。宁恕心里松一口气。

简敏敏拿下新力集团，一整天不曾歇息，在食堂草草吃了晚饭后继续工作。

她终于有时间接见两个人，一男一女，男的年轻，女的中年。两人进来，简敏敏并没让两个人坐下。她一天不停地说话下来，现在嗓子有点儿沙哑，但不影响她中气十足。

"你们两位回家后跟简宏成说一声，我身边不许他安插卧底人手。你们以后的工作就让简宏成替你们安排吧，明天不用来上班了。"

年轻男惊讶地道："卧底？我没听错？地下工作一样的卧底？"他不禁看向中年女。

中年女奇道："简总，你说的什么？我不明白。我们到底做了什么，你要开除我们？"

"不用装。我从简宏成那儿拿到的卧底资料，评判下来，整个公司只有你们两个接触得到。至于是你们当中的谁，或者你们两个都是，我不管。我绝不容许哪怕一个卧底待在我的公司。你们可以走了。"

中年女的表情像天塌下来一样，眼泪立刻出来了。年轻男则轻松得很，道："开除我，没问题，我也正在嫌这厂离城太远，上下班不方便。但你得拿出书面文件，文件上要有证据证明我是卧底，再补偿我五个月的工资，要不然我去劳动局告你们，你就等着收传票吧。"年轻男说完就自己出去了，完全不拿什么简总、什么工作当回事。

简敏敏好生意外，看向中年女。中年女倒是珍惜工作，哭求简敏敏明察秋毫，为她洗冤。但简敏敏完全不心软，她今天从杀入新力起，所向披靡，已经杀得性起了。她挥手道："我宁可错杀一千，也不能放过一个嫌疑。告诉简宏成，要他当心他自己。下去吧。"

简敏敏话音刚落，今天负责做简敏敏保镖、同时充当执行人的两位朋友的朋友立刻出手，逼迫中年女出去。看着中年女完全无招架之力，简敏敏更加志得意满。她在想，消息什么时候传到简宏成那儿，只要简宏成气急败坏地来电，说明她找对人了。

可来电的是守在大门口的她朋友："简姐，来了好几辆渣土车，把门堵了。"

"哼，张立新是该报复了。"

"不是，我在问，你听着啊……"过了一会儿，电话里传出嘈杂的背景声，一个口音很重的男人在那边喊，"我们老板找不到你们老板，我们老板让我们堵你们的门，这是我们老板的名片，你们老板自己找我们老板说话。"

简敏敏的朋友拿了名片退回大门后面，一看清楚，立刻对简敏敏道："这个老板惹不起呢，简姐，是江湖人。我让保安立刻送名片给你。"

简敏敏大惊失色。恰好，家中保姆也大呼小叫地来电说有凶巴巴的人来敲门找张立新，直到闯进门把整个房间搜遍，发现没人才肯走。简敏敏心中完全没头绪，不知道对方是哪一窝马蜂，她怎么就捅到了那窝马蜂？

很快，保安将名片送到。她一看头衔就心慌了。本城说大不大，说小不小，她听说过这个人，绝对是惹不起的主。她完全不敢耽误，当即电话过去："才……才总，您找我？"

"你是谁？"

"我是新力集团新老板，我姓简，张立新刚退出管理。您找我？"

"嗯，我找的是新力集团的老板，我不管老板是谁，张总昨天以新力集团名义，问我借了九千万元，钱已经全部十万火急打到你们集团账户上。现在你们在市区的一套商厦抵押在我手里，证照都在我手上。我问新力集团老板，你打算怎么处理那笔贷款？我要你个态度，一句话。"

什么？张立新昨天紧急借九千万元？简敏敏完全哑了，脸色顿时煞白。

那边，阿才哥追着问："听着没有？说话啊！"

简敏敏颤抖着道："让我查一下，只要是新力集团手续齐全的借款合同，我当然认。"

"行，你查，查清楚。什么时候查清楚，什么时候给我个书面保证，我什么时候把渣土车开走。"

通完电话，简敏敏眼睛发直，瘫坐在沙发上。

宁恕终于将上司送回宾馆休息。然后，他赶紧打开手机，见里面有好几个未接来电与短信，大多数是阿才哥的。有一条短信则显然来自堵他车的女孩，内容只有一家酒吧的名字。宁恕毫不犹豫地回了一条：还在开会，对不起。便心无旁骛地查看阿才哥的短信。

"还在开会？开完立刻开手机，很多事。"

"粗人又忘记说谢谢、请。新力集团变天了，老婆赶走了张立新。我拿几辆泥头车堵了新力大门。"

"我只好连夜赶回家。你赶紧给我电话。"

宁恕的脸色随着短信页面的翻动而瞬息万变。等看完短信，他在车里仰天大笑。他千算万算，也绝算不到简家竟然发生内乱，大好时机轻易递送到他的面前。简敏敏抢回集团主导权？他眼前飞舞起简敏敏一次次上门打骂的恶形恶状，多么清晰。他在大笑中狠狠吐出一句："去死！"他不知道，夜色中，他的脸有多狰狞。

宁恕并不急着给阿才哥回话，他需要赶去现场，享受提前到来的复仇快感。他在夜色中起步，将GPS定位到新力集团。

黑色的车子很快驶出明亮的城市，投入黑暗的郊野。宁恕在仪表盘的光亮照射下，抑制不住地微笑。

很快，宁恕赶到现场。

新力集团大门前，巨无霸似的渣土车并排停放，只余不到一米的豁口可供行人进出。集团保安室门口的路灯都越不过高高的车厢，车厢后面拉出一片大面积的阴影。宁恕的车子毫无困难地钻进那阴影里。他降下一半车窗，将车子熄火，放倒车椅，美美地享受这人造的黑暗。即使黑影中停着一辆并未熄火的轿车，突突的声音一直响在耳边，他也暂时顾不上了。

一会儿，一位壮汉走过来拍窗询问："喂，你来干什么？"

"我是阿才哥的朋友。麻烦你，挡住我的车牌。"宁恕这才露出一贯矜持的微笑，从稍微放倒的车椅上直起身子，给阿才哥打电话，"阿才哥，我看到一排渣土车停在新力集团门口，光那排场，就足够震撼，简直是压倒性的气势。"见到宁恕给阿才哥打电话，来人立刻出手挡住宁恕的车牌。

"啊，你总算开手机了。怎么样？你看怎么办？我的钱会不会出问题？刚才电话里的意思，那婆娘完全不知道张立新问我借了钱，这又是怎么回事？我还到处找不到张立新，他的手机每次打过去不是关机，就是不在服务区，估计都拔卡了，他想干什么？"

宁恕转动车钥匙点火，升上车窗，这才道："站在现场，看着现场，我想到张立新答应用优质资产做抵押，甚至同意不近情理的利率，而且用假合同来证明偿还能力，这么多近乎自杀性的行为都指向一个可能，那就是他已经知道他老婆正在对他采取措施，他招架不住了，通过这种方法拿到一票现金撤离，同时，把所有借贷程序都合法地做足，保障阿才哥您可以毫无障碍地向他老婆索债，最终拿到借款的抵押物，就是那幢他老婆死死抓住不肯卖的市中心商场。那商场是张立新岳父拼死保住的地盘，是他岳父家最重要的资产，是他老婆的命根子。他既拿到自己应得的钱，又恶心死他老婆，一箭双雕啊。我觉得阿才哥您借出的钱连本带息收回基本上不成问题，但想超额收回，需要从长计议。"

阿才哥在手机那头沉默了一会儿，道："听着有道理。照你这么说，他找我借，而不是找别人借，难道是因为我比较厉害，有办法让他老婆吃苦头？"

"可能性极大。慢着，简敏敏出来了。简敏敏就是张立新的老婆。"

"她什么样子？怕不怕？"阿才哥赶紧问。

但宁恕没回答，他稍稍降下车窗，黝黑的眼睛透过车窗缝隙盯住简敏敏。简敏敏从那不到一米宽的通道走出来，披着可怜的路灯光，步子走得小而紧，一直垂着脑袋。她背着光，宁恕看不清她的脸，不知她的表情是如何之丰富。但他看到简敏敏忽然踉跄了一下，向前扑了几步，直到被那辆轿车里出来的女人扶住。

在简敏敏身后，宁恕看到的是平整的水泥地，并无任何障碍物可以阻挡简敏敏的脚步。半抱住简敏敏的女人与简敏敏耳语几句，宁恕见到一直垂着脑袋的简敏敏抬头看向他这儿。多年以后，再一次，他的目光与简敏敏的目光相撞。这一次，强弱易势，他心中再无恐惧，却看到被路灯光照亮的简敏敏的脸上满是慌张和恐惧。盯着简敏敏，宁恕只觉得浑身热血澎湃，如惊涛拍岸。

简敏敏则是仿佛感觉到宁恕的逼视，朝着宁恕的车子看了一会儿，却什么都看不到，她想朝宁恕的车子走去，但被女子紧紧抱住。这女子是她的邻居。从轿车里又钻出男邻居，他用手势阻止简敏敏，自己则走向宁恕。但宁恕不接招，伸出手将车窗升上。时候不到，他不想暴露自己。几个壮汉从左右冒出来，挡在男邻居面前。男邻居显然不想吃亏，立刻摊开手步步后退，退回车子。

看着轿车离去，宁恕这才有空回答等得焦躁的阿才哥："她腿软了，披头散发。"

阿才哥没有宁恕的文艺，他冷静地道："她害怕，说明她还不出钱。只要她还不出钱，市中心那幢商场就是我的了？"

"难说。她一个女人家，这么多年无法插手新力集团的管理，现在却能一朝一夕把张立新逼走，背后定有高人。我估计那高人是她弟弟，一个行事低调、精明强干的亿万富翁。为了简家命根子一样的地皮，他可能会出手帮忙还债。"

"要是这样，我不是只能拿到连本带利的那些钱了吗？我要的不止这些。"

"如果出现这种情况，那很遗憾。但更令人头痛的可能是他们找到张立新接收借款的银行账户。那账户可能是张立新偷偷开设的，一天时间，可能还不够他转移那么多钱。如果被找到，账户被报警冻结，他们收回那些钱，就更有还钱的底气了。他们明天肯定找你查看借款合同，找到那家银行……"

"对，刚才张立新老婆已经打电话问我具体的，我说等我回来再给她看原件。"

"万一她报警，通过警方来查问，你就很难拒绝回答了。钱如果被追回，她立刻疏通关系把钱还了，你不是白折腾一场吗？"

"对，我明天也关手机闹失踪，让张立新把手脚做干净。除非他老婆通过关系一家一家银行找过去，现在银行比米店还多，让她找去。我不能白忙一场。我看中的东西一定要拿到手。宁总，果然还是你懂行，知根知底。我连夜赶回家，明天找你。"

"明天我老板还在，但只要我走得出，随叫随到。"宁恕结束通话后笑了，笑着伸了个大懒腰，无比舒坦。他与门外的壮汉聊了两句，这才回去。

可他很兴奋，一时不想回家，他想到堵车女孩不知还在不在酒吧。

"可能是张总做的手脚。你总有办法找到他吧？找到了好好说说，总有办法的。你们还有一起生的孩子呢。"车上，男邻居一边开车，一边给简敏敏开解。

"我……"简敏敏紧紧抱臂坐在后座，欲言又止，可现在她急于找人出主意，没办法，只得说出来，"我担心一件事。昨天张立新是去我家老二那儿密谈之后开始行动的，今天是我开除老二安插在新力集团的两个人后，债主才忽然上门，这太巧了，处处都有我家老二的影子。还有，前几天老二忽然跟我说放弃追讨本该属于他的新力集团。我就是不肯相信，他怎么可能放手到嘴的肥肉。要只是张立新对我下黑手，我已经很难应付了，万一张立新背后是老二呢？那么多年，他一直谋划着对付我，哪那么容易罢手呢？"

男邻居听得晕头转向："老二是你谁？"

"我弟弟，家里排行老二。"

"要是这样，谁都没办法了。只有谁出难题，你找谁。既然你没办法，那只能找你家老二谈判。"男邻居本来就不愿多插手他们的家庭纠纷，听说是更深入的家庭纠纷，更是打了退堂鼓。

"不！看他能把我怎么办！"简敏敏几乎是声嘶力竭，可又中气不足。

"那倒是。不看僧面看佛面，你们妈还健在呢。"

"对，对。"简敏敏听到肯定，她愿意相信这肯定。她叹息着道："远亲不如近邻啊，唉。"

男女邻居都不再吱声，车厢里只有简敏敏的叹息声。

无巧不成书，宁恕进酒吧后第一眼看见的是简宏图。他在简宏图肩上拍了一下。等简宏图回头，他看着简宏图那与简敏敏相似的轮廓，忍不住由衷地笑，笑得超越寻常人情的界限。简宏图虽然与宁恕随口寒暄，却被宁恕的笑搞得莫名其妙，甚至觉得有些毛骨悚然。幸好今天宁恕还有其他约会，他不用再勉强应付宁恕。

可在酒吧找美女，简直有脸盲症的嫌疑。一眼看过去，个个大眼、长睫毛、尖下巴，昏暗灯光下，简直分不清谁是谁。宁恕只得动用手机，无法来个让人惊喜的亮相。

很快，堵车女不知从哪个角落冒出来，远远地，就调皮地比画一个手势，姿势优美得像跳舞。宁恕惊讶，走过去欣喜地道："你也是一中的？"

"是啊，真不好意思，看到名片才认出你。但我记得你以前可不是这样的哦。我姓程，比你低四届。我们一帮同学聚会，听我一说是你，都要求我发短信请你来，我心里可真没底，怕你认为我耍流氓，嘻嘻。幸好你真来了，要不然我太没面子。"

宁恕却忽然生出一丝心虚，可依然微笑道："我以前是个很偏科的细细长长的书呆子，是不是？"

程笑得眼睛弯弯的，却不承认，很自然地一挽宁恕，指示宁恕往一个方向走："咦？果然是加班开会。"

"怎么看出来的？在我公司周围布眼线了？"

"没有啊，应酬完了才过来的人都一身酒肉气，生人勿近。"

宁恕不禁仔细打量身边的程，又美，又开朗，又聪明，看样子还爱玩、能玩，简直像个精灵。这不正是他梦寐以求的女孩吗？而他也才留意到一股好闻的香味从程那儿散发过来，似乎程的一切都是他理想中的美。

刚刚从新力集团回来，还是志得意满的宁恕心里忽然生出中学时代常有的忐忑。一中与他经历的三家乡镇小学不同，一中多家境优越、又美又慧、多才多艺的女生。中学时代，那些女生是遥远的、可望而不可即的存在。当她们仰着下巴从宁恕面前走过的时候，宁恕从不指望她们能看他一眼，唯有在各级物理、数学竞赛获奖时，她们才会看到他。毫无疑问，程当年在一中就是那样的女生。

可现在，程挽着他的手臂。而不远处，是一群当年他可望而不可即的女生。

程笑嘻嘻地指着一位直发美女道："跟你澄清一件事，她就是红Polo车的车主。那天，她不是故意堵你，但后来就是我故意了，想看看谁那么好意思写得出孔雀开屏一样的字条。"

宁恕替程挪椅子，等她坐下，他才就座。他将这几年工作以来学到的礼节发挥得淋漓尽致。

"那天下午我本来要用车，可事情实在紧急，来不及等你们下来。我那天下午先是打车，后来问客户抢了一辆车来用……"

程抢着问："有没有把我们拉入黑名单？"

"怎么敢？幸会啊。"

"行，我把宁师兄的车牌号发给你们，以后随便堵，宁师兄大方。"

其他女生纷纷加料："红灯前加塞行吗？""喝酒后请宁师兄代驾行吗？""今晚就喝酒啊，正好。""噢，宁师兄还没喝，待会儿请宁师兄送我们回家，再把我们的车子一辆辆送回小区。""师兄真是神一样的存在啊。""如果没有师兄，世界将会怎样？"……

众人七嘴八舌，唯有"Polo女"优雅地笑，没加入揶揄大军。

宁恕完全插不上话，他只需要在一边听着，听一帮几乎是一起长大的女生凑在一起飞快地将话题穿越、横穿、乱穿，什么都讲，旋风似的八卦。宁恕很快搞清楚，程可欣是富二代，"Polo女"蔡凌霄是官二代；

程可欣的爸爸开外贸公司，蔡凌霄的爸爸是市发改委的副手。果然如他从小所知的，一中的学生很多家境优裕。宁恕不显山不露水地留意上了蔡凌霄。

最终，女生们将账 AA 了，说什么都不让在场的唯一男生宁恕结账。宁恕眼看着大家在门口告别时，都很有默契地让他送程可欣回家，他完全身不由己。但他特意在转身前看了一眼蔡凌霄。

今天显然是他的幸运日，他看到蔡凌霄也看着他，眼睛里有内容。

宁恕上车，便打开微信寻找附近的人。屏幕一拉出名单，他粗粗一看，便将最接近的几个名字记下。但他还是问了一句："哪个是你？"

"不说。"程可欣娇嗔地拒绝。

宁恕一笑，收回手机，启动车子。到了程可欣家小区，他再拿出手机，指着一个 ID 道："两地唯一重叠的 ID，这个是你。"

"理科生真讨厌，讨厌。"程可欣一边说"讨厌"，一边笑嘻嘻地下车走了。她几次三番地回头摆手，直到转弯。

宁恕耐心地等程可欣走不见了，才满脸挂着笑意回家去。等他到家，看到程可欣答应了他的加好友请求。

宁恕不由得想到初一刚开学没几天时，老师让大家填写特长表。他看到大家一项两项甚至整页地往上填特长，他却一个字都没写。组长来收时，他将纸片翻个面交给组长。组长拿到手就翻过来看，一看空白，就"咦"了一声，道："奥数也行啊。航模呢？手工呢？"

宁恕摇头，嘴上倔强地道："不突出，有什么好写的。"但心里不禁想，奥数是什么？航模究竟是什么样子？可他不敢问，怕被见多识广的同学笑话。到了一中他才发现，成绩好并不稀奇，最稀罕的是新生欢迎会上由学生组成的那个庞大乐队，羡慕得他眼睛都不敢眨。

全班只有他一个人没特长。但老师不同于组长，了解他来自小乡镇小学的老师单独找他谈话，替他做主，给他报名了奥数兴趣小组。

但宁恕充满希望地问老师："我可以报乐队吗？"

"噢，行啊。你只要拿你学的乐器来，给辅导员老师演奏一下就可以。"

宁恕的小向往立刻嗤的一声灭了。他家哪有钱买乐器，尤其是那种亮闪闪的铜管乐器。他乖乖进了奥数兴趣小组。之后，他就靠着奥数竞赛什么的奖牌在同学面前偶尔露一下脸了。

当年，他是远远绕着音乐楼走的，想不到今天他被一群当年特长可以填上一整页的女孩围绕。

宁恕只觉得小区夜晚的空气无比香甜。

宁恕站在花荫下，给正在路上的阿才哥打电话："阿才哥，你搞运输，人面广，能帮我查一个车主吗？"

阿才哥笑道："只帮你查女的，不帮查男的。"

"红色 Polo 车，你说是男是女？我把车牌号发给你。"

阿才哥笑着答应。

宁恕在花荫下长长地伸了个懒腰。上司今天的责备？早丢脑后去了。

简宏成试图将陈昕儿的事速战速决，又兼上海新总部有事等他处理，一大早他就赶去机场准备飞上海。才上车坐稳，司机就笑呵呵地说"简总恭喜"。简宏图奇道："恭什么喜？"

司机被问傻了，扭头看老板，却见老板也是一脸无辜的样子。他眨巴几下眼睛，一时不知怎么回答。简宏成看着领悟过来："噢，是陈昕儿跟你说的？"

"是啊，是啊。"

"到你为止，别再传播出去。以后你别载陈昕儿来公司，她想来，你替我拒绝，就说我吩咐的。"

司机听得莫名其妙，但闲事少管，他立刻答应。

简宏成却转开了脑子，他问司机："陈昕儿还跟多少人说了这事？"

司机忙道："我没看到……"

司机说到一半的时候，简宏成手机响了。他见是要紧来电，只得将陈昕儿这头的事暂时放下："张立新还没出现？"

"是的。但另有事情很紧急，只好直接打简总电话。发生两件事，一是这边新力的简总昨天开除了两个人。据我观察，她可能误以为那两位是您放在新力的卧底。"

"啧啧，本末倒置。第二件事呢？"

"昨晚开始，有六辆专门运送土石方的渣土车堵在新力集团正门，另有几辆十几方的渣土车堵住其他几个边门，所有门现在都只够行人和自行车通过。我打听到，说是张总前两天突击问人借了九千万元的高利贷，现在债主听说新力改朝换代，慌了，逼这边的简总拿出态度。目前能了解到的只有这些。这边的简总还没上班。"

"报警没有？"

"可能没有，这边没见到警察。现在集团上下群龙无首。"

"闯祸了。"简宏成自言自语，"你继续观察，有重要情况随时向我报告。"

简敏敏一夜辗转，又没人可说，憋得一颗心在胸腔里乱跳，怎么都睡不着。几乎是刚睡着，就被床头的电话吵醒。她闭着眼睛拿起话机，想稍拎一下就搁下，不要听，却听到话筒里传来哇啦哇啦急促的讲话声。她忽然一个念头闪过，难道是债主？吓得一跃而起，捧住电话接听。那边却是简宏成在"喂喂喂"。简宏成听接通后却没人说话，急道："都什么时候了，你也不看看时间再闹脾气。快告诉我自卸车堵公司门是怎么回事。"

"你怎么又知道了？你到底在我的地盘安插了几个人？还有谁？"

"你长没长脑袋？这个时间还睡懒觉，你可真有出息……"

简敏敏被骂得赶紧看一眼床头的电子钟，发现已经早上八点半。她吓得一边连忙跳下床，一边嘴上绝不示弱："不正是你和张立新联手的阴谋吗？好，我正要找你，你倒是撞上门来了。你交出张立新，我剁了他。"

简宏成怒道："大姐，我感谢你，关键时候总是想到我，真是亲人！我更佩服你，一晚上下来连债主是谁都还没摸清楚，竟然还能睡得八风不动，你够大将风度。但这回求你听我吩咐，立刻去做。第一件事，立刻联系债主，联系到后，你必须做到两点，其一是看借款合同，一定要拿到复印件，立刻传真给我；其二是摸清借款进入哪家银行，你立刻带上印章、开户证明去封了那银行账户。第二件事，说是第二，但必须与第一件事一起做，你让公司副总出面去做，立刻报警，去公安局经侦处报警，指控张立新非法挪用和侵占。听清楚了没有？你给我复述一遍。"

听到简宏成提到上公安局报案抓人，简敏敏这才稍微相信简宏成可能与此事无关。但她人到中年，一晚上没睡好，脑子本来就晕，又被乱七八糟的关系一搅，反应迟钝了许多，听简宏成说半天，也只听了个大概。但她有大姐和简总的威风："我这就洗漱吃饭，你把刚才说的那些发短信给我，赶紧的。你说，张立新的钱还会在账户上吗？"

"行。你找司机给你开车，今天路上都得给我办公。你给我债主的名字，我替你找熟人拉关系。"

"嗯，等下给你发短信……呃，不用了，我先去找他谈了再说。"

简宏成眼珠子一转就想到简敏敏在想什么，气得眼睛翻白："这种时候你还在担心我抢先一步跟债主勾结？行行行，你真是我亲人，今天算我自作多情！"简宏成毫不犹豫地挂了电话。可他又很清楚此事重大，若由着大姐胡闹，一定会闹出个无底洞出来。他即使再生气，也只能动手将该做的两件事发短信给简敏敏。世道向来如此，不懂事的人无知无畏地在前面闯祸，懂事的人忍辱负重地在后面收拾残局，还落不下一个好。

没多久，简敏敏就发回了一条短信："好好替整个简家还债，就看你这回的诚意了。"

简宏成彻底噎气。发了一条短信给简敏敏之后，他不再理她："被人追杀之前别来找我了。"

宁恕大清早将上司管总送走，回到公司，即将面对既是竞争者又是监督者的同事小童。可宁恕知道阿才哥已经连夜赶回，今天正是简家遭遇疾风暴雨的一天，可知与不可知的无数大事必将在阿才哥的办公室里发生，他心痒难耐，太想亲临现场，看一看简家怎么求上门。这么关键的一天，他怎么能安心坐得住好好上班？

宁恕几乎是鬼使神差地扭着方向盘，将自己送到阿才哥的办公楼。阿才哥在市区设有公司总部，装饰得正规且豪华，不知底细的人一看，基本上猜不出阿才哥是如何起家的。宁恕心里碎碎念着"我只是上去兜一圈，我只去兜几分钟"，带着小期待兴奋地走到电梯面前等待。没等他站稳，一阵响亮的高跟鞋声疾驰而来，宁恕不禁回头，见一中年妇女旋风似的冲着电梯疾步而来。不是美女。宁恕又面对电梯门入定，但头都还没摆正，忽然想起这中年妇女看着眼熟。他心里咯噔一下，心脏狂跳起来。难怪眼熟，就是这个女人，这个当年凶神恶煞一样的女人，当时对于幼年的他而言无比强大的女人——简敏敏！眼下，就站在他身边呼哧呼哧地大喘息，一脸狼狈。

宁恕长得高，他微微扭头斜睨这个恶女人。显然，一头鬈发在今早出门时没经过打理，油腻地耷拉着，无比颓废。胡乱的鬈发下，是同样耷拉的眼角和黑核桃似的下眼睑。毫无疑问，昨晚，对于眼前这个恶女人，是无比折磨的一夜。宁恕不禁笑了。

电梯到来，一群人轰然涌入。宁恕特意挑了个与简敏敏面对面的位置，继续仔细欣赏她的急躁与狼狈。

简敏敏终于感觉到有人在盯着她看，她找寻过去，见是一个陌生男青年。

这么多年，宁恕终于无畏地迎接简敏敏的目光。他并未避开，也未遮掩情绪，就那么直勾勾地盯着简敏敏，一语不发。

简敏敏感觉到寒意。但她从来不是怕事的，她也盯着宁恕不放。虽然她不知道这个年轻男人为什么目光充满恶意，但只要谁敢侵犯她，在任何场合、任何时候她都不会退缩妥协。等电梯到了她要去的楼层，她一脚踏出电梯门，立刻回头，手指几乎戳到宁恕的鼻梁，大骂一句"臭流氓"。

简敏敏试图骂完就溜，可宁恕面对仇人正浑身战意，她的这一声骂就成了导火索。宁恕的战意爆发了。他敏捷地一手拨开简敏敏的手指，一翻手掌就是一个大耳光。宁恕几乎是将几十年的仇恨全凝聚在这一巴掌上，简敏敏被打得晕头转向，直飞出电梯，趴到对面墙壁上。

电梯门在简敏敏的身后合上了。宁恕冷笑着对电梯里的其他乘客道："这什么人啊？隔那么远，竟然蹿过来污蔑我是臭流氓。"

有个男乘客笑道："一大把年纪的，谁流氓谁啊？这疯婆子得癔症了。"

众人都看着帅气逼人的宁恕笑，充满同情。

宁恕也笑起来。他随便到一个楼层便出了电梯，随即又坐电梯下去了。他不用再去阿才哥的办公室，他的目的已经达到。

宁恕回公司这一路真是春风得意马蹄疾，浑身都是昂扬斗志。到了公司，他响亮拍手招呼同事进会议室开会。小童见大家都到了，试图张嘴先做一下自我介绍，宁恕却冷冷瞥了他一眼，不给他机会，径直气势如虹地道："昨天总公司领导前来指导工作，给我们提了许多宝贵意见。下个星期，董事长将亲临我市。董事长的亲临是对我们开拓本市市场的极大支持与鼓舞，有关接待工作以及董事长会见市长的议题设定和方案调研，需要我们这四天加班加点拿出预案。我闲话少说，直奔主题……"

小童完全插不进话，唯有乖乖旁听宁恕激情四溢地调动大家的积极性，有条不紊地一项项布置工作，滴水不漏。

半个小时后，小童悄悄走出去，走得远远的，到电梯间给老婆打电话："我的行李不用收拾了，宁恕不会给我机会。"

等小童絮絮叨叨地说完，回头却见一个女孩静静地站在公司门口，朝着玻璃隔断的会议室看着，嘴角若有若无地噙着笑。小童看看女孩，再看看会议室里站着主持会议的宁恕，心里大致明白了。

简宏成下了飞机打开手机，短信一拥而上。他坐在上海公司派来的车上，都来不及跟司机寒暄，像犯网瘾似的，就对着手机看个不休。除去零碎几条是助理发来的，其余都是简敏敏的短信。

"我拿着名片去找放债的，才到电梯，就被一个年轻男畜生打了个耳光，打得我眼冒金星。进去放债公司，老板不见我，电话也打不通；问他们要合同，他们说要问老板拿，我怎么求都不给我。所以，我怀疑这个债主肯定是和张立新串通的。"简宏成看到这儿，皱皱眉头。

"我让会计出纳分头去各个开户银行查，都没查到有大笔钱转入。我问会计有没有小金库账户，会计说没有。既然查不到，就没法去报警说张立新挪用。什么巨债，弄不好就是张立新捏造出来恶心我一下。"简宏成只能喃喃骂"笨蛋"了。

"既然没借债，就报警来抓堵门的渣土车。那些人也不知哪儿听到的风声，卸下垃圾就跑了。"

"那个自称债主的又打来电话，说他在出差，明后天回来给我看合同。我问他哪家银行，他说记不清了。我问他打我的是谁，他说他回来找物业查监控。"简宏成的眉头皱得更深。

"债主派来两个人盯我，说是怕我跟张立新一样逃走。我走到哪儿跟到哪儿。家里保姆说她也已经有人盯上了。张立新打算干什么？到底怎么找到张立新？"

简宏成摇头，回复一条："你死到临头还对我隐瞒债主名字，死之前再找我吧。"

可是从渣土车堵门，债主却避而不见来看，简宏成觉得债主所图甚大。他坐立不安，恨不得立刻赶去撸下简敏敏，由他全权指挥。

他虽然赌气发了那条短信过去，可越想越心烦，只得违背诺言打电话给简敏敏："你有没有可靠一点又懂财会的朋友？企业律师也行。让他们立刻到人民银行查你们新力及底下各公司到底有几个开户行，基本户、临时户、专用户都查。笨蛋！这种套路都不懂，还说做过财务。债主要赖你公司向他借钱，光靠出示合同没用，一定要有钱到你公司账户才有效。这件事必须搞清楚。你跟你们财务好好套磁，让他肯替你卖力。就这样，赶紧去做。"

不等简敏敏说话，简宏成就挂了电话。他越想越没意思，恨得咬牙切齿，可转念又想到其他，立刻又打电话过去。

那边简敏敏见又是简宏成来电，很想要脾气也挂他一下。可她一早上下来已经感觉自己屁股坐火山口了，她离不开简宏成，只好冲手机哼一声，才接起，可又不敢大动作，一侧的脸还捂着冰包呢，扯到了会疼。

"说吧。我晚上跟妈吃饭尽孝去，你有什么话要跟妈说，也尽管一起说。"

"少装孝敬，我不会被你感动的。去人民银行查开户行的同时，你立刻在公司内部查两件事：一，印鉴动用记录，看谁这几天动用过什么章，尤其要查清的是公司章、财务章、法人章等；二，公司所有资产证书在不在，如果不在，查清去了哪儿。查完了，如果看清自己在往绝路走，就打电话详详细细告诉我。你告诉我多少，我才能替你想多少办法。"

"行行行，还有什么想到的，立刻跟我讲啊。"

"债主是谁？"

"等我跟他见了再告诉你。"

"你真是死到临头还在拒绝救护车。"简宏成只得挂断电话。他想打人。

中午下班，宁恕关上自己办公室的门出来，吩咐同事领小童去吃饭。他跟小童抱歉地道："我有个私人饭局要去，实在没法陪你，对不起。"

小童会意："看到了。刚才你们开会时，一个气质非常好的女孩在门口看着你。去吧。"

宁恕吃惊："大概一米七，长发有点儿卷，大眼睛的？"

见小童点头，宁恕不禁喜上眉梢。今天真是喜上加喜，他开心得满脸都是笑："我高中学妹，哈哈。"他挥手与小童告别。站在电梯前，他好生犹豫了一下，是按朝上的按钮，去找程可欣呢，还是按向下的按钮，回家与妈妈吃中饭呢？他犹豫了好一会儿，才按了向下。

宁蕙儿没想到儿子中午来吃饭，虽然接到电话才几分钟，她还是炒蛋做汤，好好做了三个菜，加上自己本来准备消灭掉的两个昨晚的剩菜，倒是摆了一桌。宁恕进门一看见饭桌就道："看来我得经常中午回来突击检查，省得我不在的时候，你总胡乱吃点儿打发过去。"

"又不是吃野菜，剩菜不是也挺好的？快洗手吃饭。"

宁恕洗完手，顺便将两碗米饭端出来。宁蕙儿看着儿子道："什么事这么高兴？家里走路脚底也像装了弹簧一样。"

宁恕坐下，不急着动筷子，两眼亮晶晶地看着妈妈道："妈，我替你稍微报了仇。我打了简敏敏一个耳光。"

宁蕙儿大惊："你说什么？"

"我上午在电梯里遇见了简敏敏，找借口打了她一个耳光。妈——妈，我知道你会反对，但我不管。我看见简敏敏的时候，我管不住自己的手。我才幼儿园大的时候，简敏敏找到外婆家，找到我和姐姐，跟她一起来的人拖住外婆，她左右开弓，扇我和姐姐的耳光，扇得姐姐晚上吃什么吐什么，你说是被打得轻微脑震荡了。我们不得不再次搬家，免得再挨打。可我今天才打简敏敏一个耳光，啧啧，意犹未尽啊。"

"你想走你爸的老路？你爸死前最后一次见我，他说，他后悔没管住自己的手。"

宁恕傲然道："我这一身本事，怎么可能走爸爸的老路？"

"你还想怎么……你该不会是还有什么计划吧？"宁蕙儿慌了。

"我不会犯法，但我会让简家尝一遍当年他们害我们家所受的苦。"

宁蕙儿看着儿子兴奋的脸，一时说不出话来，好久才道："得不偿失。我告诉过你，忘记过去，好好过我们现在的好日子。好日子不容易。"

"心里疙瘩没解开，我没法过好日子。现在有很好的女孩子喜欢我，但我的心思没法全放到她那儿，我需要解决从小到大压了我几十年的大心事。爸爸犯的错，他已经拿命抵了。现在是简家欠我们，欠很多很多。我不是圣人，我不能忍。"

宁蕙儿看着儿子道："不听妈妈的话了，是吗？"

宁恕忙道："不，妈，你别拿这个来压我。我会一直孝敬您到老，我还说过，从此我都跟您住一起，以后您的生活都由我来照料。"

"你得有命才行啊，你得有命才行！看看简家是什么阵势？人家拔一根毛出来，就能买你一条命。你以为你折腾得起来啊？妈是怕你丢性命，妈老了还等你来养呢。你给我好好活着、忍着，再苦也得忍着。你只有一条命。"

宁恕冷笑："简家？快到头了。妈，你看着，一年之内，让你看到简家倒下。"

"妈害怕。为了我，你忍着，行吗？"

宁恕紧闭双唇。他不敢看妈妈的脸，闭上眼睛，但重重地摇头，坚决地摇头。

宁蕙儿只能叹息了。

第十二章
债　主

宁宥午休时窝在沙发上打瞌睡，却被妈妈的电话吵醒。她看清来电显示，便挂断，然后拿自己的手机打过去，以节省妈妈的话费支出。

宁蕙儿一听就道："你在睡午觉？声音很哑，上火了？"

"唉，怎么就给睡着了呢？妈，我喝口水。呃，你没睡午觉，是不是有什么要紧事？"

宁蕙儿听着女儿反常沙哑的声音，皱起了眉头："我没啥事，你弟弟中午回来吃饭，才走，我想起给你打个电话，问你星期六时，灰灰会不会跟你一起回家。都忘了你也要午睡，你还好吧？"

"最近总是烦郝青林的事，睡得不大好。今天下了决心，跟方方面面都说清楚，在郝青林出狱之前，我不会跟他离婚，让他在里面安心。这么了断一下，人好像一下子脱力了，反而睡得好。"

"该断则断，何必再拖几年呢？对那种人，你怎么离婚都占着理。不瞒你说，当初你爸去了后，虽然有简家人追打，正式工作也丢了，日子好像朝不保夕，可我心里反而踏实轻松，知道以后一份付出肯定有一份回报。你爸不仅是身体差，拖累全家，而且如果当年没出事，那坏脾气也会拖得全家人都跟着他死。但我像你一样年轻时肯定不会想离婚，

241

觉得抛弃一个病人不讲道义，怎么说以前也是自由恋爱结的婚，不能他身体垮了我就走。现在想想，谁也不欠谁，第一要紧是让自己心里舒服。说你呢。"

"话是这么说，可人但凡有了立场，想法就不可能客观。郝青林爸妈算是知书达理的吧，但一听我说给郝青林机会，他们立刻态度大变……"

"日子是你自己过，不是靠别人过。别在意别人的眼光，别人不管饱，不管你高兴，只一张闲得慌的嘴。"

"我明白，他爸妈到底是他爸妈，我不会太在意他们的看法。但我在意灰灰，我只在意我在灰灰心里的形象。郝青林到底是灰灰亲爸，灰灰还小，还不能一分为二地理性思考。虽然他也狠狠地说起让我离婚，可很快又蝎蝎螫螫地反悔。我不想给灰灰一个我主动脱离他爸的印象，而且必须是和平协商分手，让灰灰心里过得去。灰灰是我的命根子，我不能在他心里留下一丝一毫对我形象不利的小疙瘩。再说，未来郝青林坐牢，这期间离不离婚没太大区别。"

"傻，离不离区别太大了。"

宁宥懂得妈妈的意思，但她对着窗外叹息："没区别，这两年反正我也不会发展其他感情，没兴趣了。"说到这儿，宁宥忽然发现自己的目光正对着远方的那片绿地，那里，不久前，她与简宏成摊了牌。她赶紧地转身了，"还有呢，趁这段时间，我可以比较宽裕地处理一下家庭共有财产，尽量做得滴水不漏一点儿。我在家挣得多，我不想把家庭财产跟郝青林这种人对分，可我也不愿与郝青林对簿公堂，拿他的丑事为我挣分，令灰灰难堪，只好提前做好手脚，届时看似公平地分手。"

"唉，你心里有准头我就放心了。小孩子那儿……还真是一时半会儿没法讲理的。你既然最顾忌灰灰，也只能那样了。唉，即使你弟弟吧，也都三十出头了，还……还是个愣头青，唉。"

"宁恕怎么了？唐叔叔的事他有完没完啊？后天我回家，我找他谈。"

"他啊……他……他今天在电梯里打了简家那个大女儿的耳光，高兴得什么似的，跟我来报喜，还说他跟简家没完。"

宁宥大惊，几乎是条件反射地，飞快转身又看向那片绿地："我跟他谈。"

结束通话，宁宥知道自己这两天又得睡不着了。她扶窗看着那片绿地。她早该想到，血气方刚又少年得志的宁恕回到老家，是绝不会对往事善罢甘休的。

宁恕吃完中饭，回到车上就给姐姐打电话，可占线。他略一思索，给楼上妈妈那儿打个电话试探，果然也占线。他知道妈妈是急着向宁宥告状搬救兵去了。果然，他回到公司，便接到宁宥的来电。但他也看到阿才哥坐在会见室里打瞌睡。

阿才哥的手下看到宁恕回来，便将阿才哥推醒。宁恕忙走进会见室与阿才哥打招呼。

宁宥听见宁恕那边的寒暄声音，却不放电话："听说你打了简敏敏耳光？"

"是啊，我也正要跟你说呢，让妈抢先了。"

"电梯里有监控，你一定要设法弄到录像，一来我要看，二来省得你被简敏敏查到。"

"你要看？"宁恕被妈妈搞得有点儿灰头土脸，一听宁宥想看，立刻眼睛一亮，"OK，这就去办。"

"我周末回来。你给我做事悠着点儿，别让灰灰见到个鼻青脸肿的舅舅。"

"是是是，遵命。"

宁恕心情又是大好，冲着阿才哥满是特殊意味地笑："阿才哥，阿才哥，什么好事让你坐不住了？"

阿才哥也是抿嘴满是特殊意味地笑："我的人到处找张立新，竟然在上海浦东机场停车场找到张立新的车子。你说，张立新是不是逃走了？他带走多少钱？等债务到期，那破厂能还得出我的钱吗？到时候我是不是可以收抵押物了？"

宁恕将门掩上，笑道："真没想到事情会出现这么意想不到的转折。阿才哥，等你收到抵押物，千万……你或自主开发，或联手其他房产公司做开发，都千万给我个优先权，兄弟我的前程需要您帮一把啊。"

"这还用说？你不说我都先想着你呢。这段监控录像给你，嘿嘿，你那一巴掌好重啊。"

阿才哥将一个牛皮纸信封交给宁恕。宁恕打开往里一看，大笑道："刚我姐还问我要这段录像呢，我难得如此暴躁，她还不信。我本来是去找你，在电梯里看见简敏敏，觉得脸熟，就傻傻地看着她想，这是谁呢，结果她指着我的鼻子骂我臭流氓，我火大了。"

阿才哥大笑："她捂着脸来找我，我觉着好奇，就找物业查了，一看原来是你干的好事，还想你干吗这么大火气，就索性亲自下去捅了电梯里的探头。监控坏了，没照到打耳光的坏人，你简大总经理爱怎么着就怎么着吧，哈哈。"

宁恕忙作势将牛皮信封掖到怀里："哎哟，原来是罪证，那我可得赶紧把它烧了。"

阿才哥也是大笑："宁总，晚上一起吃饭，我们好好聊聊，现在不耽误你上班。"

"哟，阿才哥，你该不会是专程亲自来送这段监控录像的吧？多谢，多谢。"

"我是回家睡觉，顺便到你这儿拐一下。晚上不见不散啊。"

宁恕送走阿才哥，回来将监控录像光盘插入电脑，将打耳光的一幕一遍遍地回放，脑子里却是小时候他挨打的一幕幕连绵不断地掠过。

新力集团的财务总监是一名脑袋前秃的小个子中年男子，一看便是稳重、精明、有心计，一句话能在肚子里滚三遍都未必给你一句定论的人。但简敏敏不在乎，她现在是老大了，再有心计的也是她开工资，何况她再次将在会计师事务所工作的朋友请来压阵。她直截了当地道："张立新是畏罪潜逃，不会回来了。你把你知道的私货都告诉我，或许我们还能把九千万元追回来。要不然，整个集团只能倒闭了，大家都没饭吃。"

财务总监仔细观察着简敏敏的脸，却不卑不亢地道："简总，该说的我都会说，这是我的职责。现在的问题是你不会相信我把该说的都说了。"

"你什么都没说，你这是还抱着张立新的大腿不放，想替他守住地盘，等他杀回马枪。我再给你一次机会，你只要告诉我张立新是通过哪个账户走账，钱现在到了哪里，我立马相信你。"

"我是真不知道。但我知道我再怎么说，简总你也不会相信，因为以前你试图从我这儿了解集团内部经营情况，我从来没给你一句你要的，你早说过你恨我，在别人面前骂我死秃顶。你对我早有成见，我从前天开始就等着你发落我。"

"行，如你所愿。"简敏敏也是个硬气的，绝不强求，立刻叫来保安和人事，指挥道，"保安，直接把这位死秃顶押出大门；人事收拾他的办公桌，公家的留下，私人的还他；直接开除，没有补偿。"然后，又对着财务总监说，"你去问问当时在场的两位主管销售的副总，张立新是怎么被我逼走的。既然你敬酒不吃吃罚酒，那就等我起诉张立新，你也逃不掉。"

财务总监当即变色，光滑的秃顶顿时变得油光发亮。他甩开保安的挟持，两眼紧盯简敏敏好一会儿，才道："你请便。各种偷税漏税的证据，我都留着，就是提防你们这些老大过河拆桥，反正税务不管你张总还是简总，税务只认法人代表。你也等着。"

简敏敏的朋友立刻附耳轻语："那秃顶说得对。不管谁逃税，罚款都是现在的你来交，如果你一时交不出，坐牢的恐怕也是你。"

可简敏敏完全不吃那一套，她冷笑道："坐牢，罚款，还有什么？我早查过，罚款再多也不会多过九千万元，为了九千万元，我什么都做得出来。再说，只要我砸锅卖铁交出罚款，我不是偷税漏税当事人，我就不会坐牢。倒是你，死秃顶，偷税漏税从来都是你经手，你不坐牢谁坐牢？我拼得过你，我有钱。我认准的事，绝不善罢甘休！"

财务总监无法不想到简敏敏一贯的作为，他的头顶开始滋滋冒油花。沉默了好一会儿，他口齿含糊，颇为艰难地道："其实，简总，该查的都查了，包括人行，我也查了，没有银行新开户记录。但有规定新开户到人行登记，有七天期限，也可能……"

简敏敏听到这儿，觉得秃顶说的与简宏成提示的一致，便挥手让保安与人事退出，她亲自起身去关上门："也可能什么？是不是张立新星期一私自开的账户，银行还没来得及去人行登记备案？"

简敏敏的朋友恍然大悟，将茶杯往桌上一放，道："对，打时间差。"

财务总监道："是，张总可能打了个时间差。这套路他门儿清。"

"他怎么个门儿清？以前还拿这套路做过什么？"

财务总监却避而不谈："如果简总在人行有熟人，现在立即去，走走门路，可能查得到最新开户行。九千万元不是小数目，抓紧时间，能追回一部分也难说。但我是真的没办法，简总，你再吓我也没用。"

简敏敏看看朋友，见朋友点头，便也点头道："行。再一件事，我要报案让警察抓张立新，暂时没时间整材料，你替我做一个，半个小时就要，今天就送过去报案，恐怕还来得及。你呢，乖乖给我每天来上班，我还得找你。"

财务总监唯唯诺诺而走。朋友等财务总监走后，赞道："看不出啊，简总，简大老板，斗智斗勇，你要智有智，要勇有勇，而且还门道摸得门儿清，财务想瞒都瞒不住你。"

简敏敏含蓄地笑，当然不会说出这些都是简宏成的提示。她笑道："你认识人行管事的吗？"

"不认识。"

"半个小时内我得找出来。对不住，你坐会儿喝口水，我得翻翻电话簿找人。"

但简敏敏找了一圈，那些关系都不够铁。无所谓，她还有个坚强后盾。她找到简宏成。

简宏成怒道："把债主是谁告诉我，我早替你找到开户行了。"

"让你知道债主，你还不联手债主，把我刚到手的吞了？"

"查到抵押物没有？"

"还在查。报案的事也有眉目了。我把财务总监收服了，你快给我找人行的朋友，再晚，钱都让张立新转走了。"

"先查我们老厂地皮的证件都不在。笨蛋，张立新要搞事，肯定先拿它下手。"

简宏成这会儿是去接陈昕儿办结婚登记去的，到了酒店大堂，却被简敏敏的电话给绊住了。他拿眼睛看着穿一身白套装、挽一束蔷薇花球的陈昕儿端庄大方地走过来，一边拨通田景野的电话。

"田景野，我姐把我姐夫赶出公司，我姐夫索性借一笔钱溜了。我现在要尽快通过人行找他借钱的银行账户，能截留点儿回来也好，只有找你了。"

"找债主问啊。你这不是脱裤子放屁吗？聪明人啊！"

“我姐死活不相信我，怕我跟债主联手，她自己又找不到债主，说是债主正出差，我看是债主跟我姐夫有猫腻。”

“更聪明了，呵呵。您丫还能哭着喊着求倒贴啊。”

“这事一言难尽，等我星期六回去一趟跟你面谈。你先帮我这个忙，我让我姐去人行等你。”

陈昕儿听到这儿，本来没有表情的脸上忽然抽了一下。

田景野道：“回来干吗啊？我们星期五晚上总是要见面的。”

“我星期五晚上在上海，没空，得跟陈昕儿吃个散伙饭，总要有始有终吧。”

田景野不禁愣了，而陈昕儿别过脸去，虽然脸上继续漠无表情，可脸皮腾地红了。田景野耳边响起陈昕儿通话时很是忧伤的请求：“别告诉简宏成哦，这算是我在某个身份下第一次，也是最后一次的生日趴，告诉了，他可能就不出席了，他会反感。”可简宏成说的是散伙饭。田景野不忍，就随口掩饰了过去：“好吧，见色忘友。你忙你的，我立刻去市人行等你姐。”

简宏成结束通话，陈昕儿不由得长出一口气。简宏成感觉不大对劲，忍不住又拨通田景野的电话：“哎，为什么你说我们星期五晚上总是要见面的？”陈昕儿的一颗心又提起来了。

田景野装傻，道：“你星期五不是还在上海吗？我也去上海。难道我在上海的时候你能不见我吗？我还想蹭你的套房省房钱呢。”

“×，我那么低调地住单人间，为了你只好奢侈一下升套房。星期五晚上卧谈会，哈哈。”

陈昕儿急得差点儿窒息，至此才放下心来，猜测田景野守约，并未透露。她连忙偷偷给田景野发一条短信表示感谢。田景野摇头，为一个不爱她的男人，陈昕儿做人做得如此卑微，何必呢。

田景野大学毕业后就被分配在市人行，虽然待了不到一年就离开，可他在市人行上上下下的关系只有更紧密。他带着简敏敏很快找到该找的人。该人帮忙打电话到各银行询问。简敏敏眼看着田景野轻车熟路地找到张立新周一刚开户的银行账户。

田景野早看见简敏敏在等待答案的当儿坐立不安，两只脚在桌子底下不安地交错挪移。因此，他一拿到结果，就很体贴地道："已经下午三点多，一般对公业务四点半结束办理，我们抓紧去找出账户和……"

简敏敏却早已以超出其年龄的灵动跳跃起身了，一边将抄了账户的字条抢着往外走，一边道："谢谢你，谢谢你，这下我自己来就行了。田先生，我先走了。"没等田景野反应过来，简敏敏已经消失在门口了。

田景野对着门口哑然失笑。他的前同事笑道："难得有识相的朋友啊，换我就缠着你一起去银行了，反正你套路最熟。"

田景野笑道："哪里，她是怕我查到她的债主是谁。要不是我好兄弟托我，我还懒得管呢。"

"人活一把年纪了，好赖会不分吗？让你跟着去，下午四点半收工前肯定能办完，她自己去嘛……保佑路上别塞车吧。"前同事一边说，一边拎起手机，笑眯眯地翻查电话簿。

"呃，慢点，让我想想。"田景野按住前同事，大致想了想查出债主对于简宏成的得失，才放开手，"再帮我看看账户里的钱转空没有。"

前同事找到人，便笑眯眯地去另一个房间了，过会儿出来，给田景野看一张纸，看完就撕得粉碎："账户里可能还有点钱，抓紧。可惜我这儿不能越俎代庖。"

"麻烦大了。"田景野看到纸片上的名字脸上变色，正是阿才哥，"我得赶去帮忙，但基本上是死马一只。唉，我也是上赶着求倒贴，刚我还笑话我同学呢。你帮我打个招呼，请那边主任多关照。"

田景野心无旁骛地抄了个近路飞奔开户行，等他前脚赶到下车，简敏敏的车子才刚挤进停车场，却倒不进一个狭小的车位。田景野跑过去冲头钻出车窗紧张盯着后方倒车的简敏敏道："下来，我给你倒。别反抗，我已经知道债主是阿才哥，我还知道那账户里还有钱。但你得听我的，时间不等人。"

简敏敏瞪了田景野一会儿，立刻指挥出纳下车，自己飞快跳下车将车门一锁："还有钱？哎哟！不倒了，快去拦住钱。"

"开窍。"田景野转身跑向门面不大的银行，简敏敏也跟上。

有朋友打过招呼，支行营业部主任亲自上阵帮助简敏敏走程序。简敏敏这会儿非常乖，田景野说什么她做什么，再急也不忘说个谢谢。

时间已经逼近下午四点半，银行门口的保安已经在谢绝客户。简敏敏急得都站不住，可又不能催。她知道这会儿发不得脾气，发脾气亏的是自己。她跺着脚神经质地踱步，终于等来柜员进入张立新偷开的账户。"啊，只有十三块钱。"

"十三？"简敏敏一声尖叫，身体一晃，眼前一黑。

田景野一边扶住简敏敏，一边吩咐主任："主任，请帮我开个证明，我立刻去报警。"

"报警……报警还找得回钱吗？"简敏敏焦躁地揪住田景野的衣襟问。

"你少打岔。"田景野没好脸色。简敏敏立刻闭嘴，紧紧咬住牙关，一声不吭。她当然晓得轻重缓急。

田景野一拿到主任递来的字条，立刻打躬作揖表示回头再谢，然后拖上简敏敏就往外跑。

简敏敏这时候才敢再问："钱能找得回来吗？"

田景野黑着脸道："你把事情经过详详细细告诉我，一个时间点都不能错。银行各种操作就是跟时间赛跑，环环相扣，你懂不懂？车钥匙给我，开你的车子，万一闯红灯算你的。"

简敏敏什么都照做，百依百顺。她让出纳自己回家，一上车就一手攀在田景野坐的驾驶座上，一五一十地告诉田景野经过。田景野将手机接通简宏成，让简宏成一起听。简敏敏被田景野命令拿着手机。她即使不愿意，可现在她得靠田景野帮忙，只能忍着对田景野的厌恶，拿着手机开启免提。

简敏敏道："星期天下午，张立新找简宏成谈判，简宏成没理他，他星期一早上赶回来，看起来就在星期一早上开了账户，下午借到了钱。我本来通知张立新一星期后退位的，可我后来一想不对，星期一晚上就把他逼走了。当时我带着财务一起去的，没查到有这新开的账户。"

"抢权还给他一个星期做手脚的时间？继续，继续。什么时候知道有外债的？"田景野心想，简宏成这个人机灵得粘上毛就是猴子，怎么他姐姐这么笨呢？

"星期二晚上，泥头车堵住厂门，我才知道有外债。"

"唉，一天时间，足够张立新倒腾了。"

"所以我才怀疑张立新跟债主里应外合，可能抓住债主就能讨还钱。"

"算了吧，债主星期二晚上也发现上了张立新的当，张立新给他看的一份大合同是假的。班长，真巧，那债主还是我教出来的，就是跟我一起坐牢的，我当时还不知道是你们家的事，安慰他只要抵押物在就没事，让他火速查抵押物。"

简宏成听了，在电话那头怒道："大姐，听见没有？昨天晚上你把债主是谁告诉我，弄不好第二天一早田景野去操作一下，有些钱还没转出去，还能追回来呢。看样子张立新也是临时起意。"

田景野对简宏成道："班长，你也大意，星期二晚上你一接到你姐告急电话就该找我，本市能一下午拿出九千万元巨款出借的人我都清楚，再联系到泥头车堵门，我基本上打几个电话就能确认身份，何况当时债主还电话咨询我遇到假合同怎么办，稍微联系一下就能知道是阿才哥。"

简宏成道："我一直到今天早上得知厂门被堵才知道，但具体情况还是问我妈要到我姐别墅的电话，主动打电话给她，把她从被窝揪出来，才稍微了解，可她就是不给我债主名字。我教了她查账户开户行和报警两条路，本来不想麻烦你，想不到债主不在，电话也关机……"

"那时候还没给你债主名字？"田景野疑惑了。

"对。我姐自己去找债主，还在电梯里挨了一个耳光，我就是那时候知道靠她自己没用，得找你。"

"没治了，自作孽，纯粹是自作孽。刚才在人行，朋友还告诉我账户里还有钱。就这么一会儿的工夫，争分夺秒啊。早上要是知道就什么事都没有。要我说呢，这耳光该打。我就见过夫妻联手倒腾骗债主钱的事，换我是阿才哥，也会怀疑上你姐。现在只能指望能抓回张立新，能讨回多少是多少。"

田景野忽然发觉不对劲，怎么都是他和简宏成唱主角了？他趁红灯扭头看向简敏敏，却见简敏敏一脸警惕地看着他。田景野一愣，忽然明白过来："你怎么跟看小偷一样看我？你该不会怀疑我跟班长唱双簧骗你吧？从人行骗到银行，从银行骗到公安局？"

简敏敏忙道："怎么会，怎么会，你们说得太快，我想不过来。昨晚吓得没睡好，今天一天脑子都迟钝，反应慢。"

田景野就没再问。简宏成听了，道："我姐这辈子吃亲人的亏最多，疑心重。田景野，你专心开车，务必今天报上案，采取行动，抓到张立新才会稍有希望。"

"班长，说句不中听的，如果张立新找对人，现在不仅人已出境，钱也已经全部洗出境。这不是难事。现在权且死马当活马医，我会尽力。"

简敏敏紧张地看着田景野，问简宏成："钱要是追不回来，一分钱都追不回来，会怎么样？"

简宏成想了想，道："有几个办法，一是你跟债主商议，延迟还款……"

"这条直接作废。阿才哥借出来的钱利息都高，你拖的时间越长，越还不起。正经制造型企业，谁家还得出高利息？"

简敏敏颤抖着问："利息很高？"

"肯定。"田景野非常确信。

简宏成只得道："还有一个办法是拆东墙，补西墙，借低息的债，还阿才哥那边高息的债，关键是你借不借得到。新力集团这么一折腾，更没人借钱给你。另一个办法是卖厂子。最后没办法才是什么都还不出，由着债主收走抵押物。大姐，抵押物是老厂地皮吧？查证了没有？"

"老厂！你说得一点儿没错。"

田景野听简敏敏声音怪异，迅速扭头看她一眼，见她发呆，就跟简宏成道："班长，我随时向你汇报。到公安局了。"

"不，你开着手机，我现在没心思做别的。"

陈昕儿站在婚姻登记处的走廊里，一边留意着简宏成，一边看排队叫号有没有轮到自己。好不容易，一个美妙的声音叫到了她手里捏的号，她连忙出来叫简宏成："快，轮到我们了。"

简宏成回头看她一眼："等等，我这儿十万火急。"

"我们是最后几个了，他们快下班了。"

"让后面一对先替补一下。"这结婚简宏成本来就没怎么放在眼里，说田景野那儿有十万火急的事在推进，他怎么能安心登记结婚？

陈昕儿无奈，只得回去与工作人员商议。

田景野拖着已经筋疲力尽的简敏敏跑进经侦总队，找到报案的科室。幸好，还没下班。可还没等他站稳缓口气，简敏敏立即甩开他的手，就拿刚才被田景野拖着的手直指着田景野，气喘吁吁地叫道："同志，我报案！九千万元挪用，这个人是同案犯，我把他骗来了。还有他坐牢的狱友阿才、我丈夫张立新、我弟弟简宏成。这是银行证明，刚开的。同志，快抓人，他们要带着钱逃到国外去。"说完这些，简敏敏已经体力透支到极限，浑身失力，软软地倒在地上。简敏敏如此之可怜，一下子提升了她报案的可信度。一室公安的眼睛全都盯住田景野。

田景野完全想不到他会被赖上，大惊。

简宏成在电话里听到简敏敏报案，也惊住了。他只能通过电话大喊："田景野，你稳住，这事对你很不利，你有前科，他们一定会先审你。我立刻赶去找你……"

可没等简宏成说完，两人的连线断了。简宏成看着作响的手机，对不远处的陈昕儿喊道："陈昕儿，我走了，田景野出事了，我要连夜赶过去，你自己回家。"他一边说，一边走，将陈昕儿一个人抛在结婚登记处。

周围，还有几个幸福地等待着叫号的双双对对，唯有陈昕儿形单影只，像泥塑木雕似的，呆呆地看着简宏成头都不回地离去。好不容易等到的机会，还会再有吗？

司机在婚姻登记处的门口闲晃悠，见老板简宏成一个人匆匆出来，虽不知出了什么状况，可立刻反身去取车。

简宏成一边拨打简敏敏的手机，一边连忙叫住司机："你等在这儿，接陈昕儿走。另外，立刻去电话让再派一辆车到我老家的高速入口等我。"可接通的电话被简敏敏直接交到了经侦大队警察的手里。

简宏成来不及跟司机细说，一边招手跳上一辆出租车，一边跟警察道："你好，我是简敏敏的弟弟简宏成，在上海，正以最快速度走高速过去，向你们当面说明情况。这件事的大概情况是夫妻翻脸，丈夫张立新敌不过妻子简敏敏的强势，非法挪用公司一笔巨款走人。妻子被这笔巨款吓得失去理智，反诬我找来帮助她的我同学田景野。请你们尽管定位我的手机，随时追踪我，我正持着这部手机赶过去。我很快将以坦荡到场来证明田景野的清白。请善待田景野，他完全无辜。"

警察和气地道："我们赞赏你的态度，欢迎你尽快过来协同解决问题，也请你相信我们的依法调查。先请你登记一下个人信息。"

"请千万善待田景野，他完全无辜。我叫简宏成，简单的简……"

宁宥下班回家，打开门，就听书房里传出一声大喊："妈！"她应道："哎，灰灰。咦，这袋米是谁拿来的？"她看见客厅正中放着一袋十斤装的大米，正是她家常用的那种。

郝聿怀一脸小得意，但装作满不在乎地道："哦，我回家顺手带来的。"

宁宥无精打采了一天的脸顿时亮了，耷拉的眼角，尤其是耷拉的嘴角渐渐地上翘。她倚在门后，微笑着换好拖鞋，轻轻走进书房，见儿子回头，她凑过去，笑着道："哟嗬。"

郝聿怀挺不好意思地做个鬼脸："我做作业呢，嗷。"

宁宥笑着退出，飞快地做了个黄瓜三明治，切成四小块，每块插一根牙签，放到儿子书桌上，又笑眯眯地退出，做她的晚饭。

宁宥做家务从来看似慢条斯理，可前后步骤筹划得很好，进程很是顺畅迅速。

忽然，门被重重地拍了一下，随后在一阵摩擦声之后，又是重重地一拍。宁宥吓得握住铲子在厨房里发呆，还是郝聿怀蹿出书房去看监控视频："妈妈，是陈阿姨，她好像喝多了。"

宁宥的好心情被破坏掉了一角。她竖起手指压在嘴唇上，示意郝聿怀别理外面那个人。郝聿怀蹑手蹑脚地走到妈妈身边，轻道："陈阿姨看上去很可怕，眼睛像是死的。"

"妈妈自顾不暇，没力气管她。陈阿姨钻牛角尖了，她自己要钻，别人帮不了她，由她去吧。"

"噢。"郝聿怀似懂非懂地应了声，走过去又看了会儿监控，龟毛地凑过来道，"现在是晚上，她那样子要是走出去，会出事的吧？"

宁宥简直是欲哭无泪，只得同意郝聿怀放陈昕儿进来，但又警告一句："她要是吐了，你得负责收拾。"

郝聿怀不由得犹豫了一下，但还是去开了门。

陈昕儿跌跌撞撞地进门，绕着郝聿怀转来转去："你妈妈呢？"

"来，陈阿姨，你坐这儿。"郝聿怀将陈昕儿引到饭桌边，让她坐在硬板凳上，然后蹿到宁宥身边得意地道，"这样她就不会吐到沙发上了，容易收拾。妈，交给你了。"

"谁说我接手了？你放人进来，你收拾烂摊子。"

"我还有好多作业。"郝聿怀拔腿就溜，却被妈妈一把揪住领子。他只得以妈妈揪住的领子为圆心，转了个角度，面对趴在饭桌上的陈昕儿皱眉头。等妈妈放开手，他郁闷地走到陈昕儿旁边，郁闷地道："陈阿姨，你知道一个女的晚上喝醉酒还出来乱走，有多危险吗？"他见陈昕儿抬起头，又补充教育，"而且，喝醉酒真不体面。"

可陈昕儿只是直勾勾地看着郝聿怀，充耳不闻："你妈妈呢？"

宁宥将做好的炒芥蓝和香煎三文鱼放上桌，手指敲敲桌子，等陈昕儿的目光看过来，问道："吃了没？一起吃？"

郝聿怀却问："前几天不是说要结婚了吗？那位叔叔的电话是多

少？我叫他来接你。"

陈昕儿被提醒，冲着宁宥哭诉："都已经到婚姻登记处了，简宏成一点儿都不着急，只有我干着急，等号、领号都是我的事。可终于排到了，叫号了，一个电话就把他叫走了，他走得头也不回，完全无视我。再急的事，等不到半个小时，把登记办完再走也不行吗？他就把我一个人孤零零地扔在那儿，头也不回。真的，回头看我一眼都没有，当我是空气。喂，宁宥，为什么你也当我是空气？你不能坐下来听我一会儿吗？"

宁宥听得心惊肉跳。她借着忙碌让自己平静，却被陈昕儿叫住。她只得撑住桌子，面对着陈昕儿，道："不能，没空。"

郝聿怀看看妈妈，又看看陈昕儿，不是很懂。他想说什么，但被妈妈一个眼色阻止。他只好闷声不响地吃饭。

陈昕儿两眼巴巴儿地看着宁宥，接过宁宥递来的一碗黄豆猪骨汤，机械地喝，很快喝到碗底朝天，又急着道："其实，我知道爱简宏成是死路一条，我早知道的。我也在逃避，你又不是不知道，我当初大学毕业为了留在上海，使出多少力气，就是因为不敢回老家，不敢去北京，不敢去深圳，怕那三个地方会碰到简宏成，又一发不可收拾。命运真不公平，你热火朝天地谈恋爱，简宏成的眼睛里却……"

宁宥几乎是粗暴地伸手捂住陈昕儿的嘴，不让她说出来："小孩子在呢，你说什么呢！"

陈昕儿却奋力挣扎，脱离宁宥的掌控："我努力过的，可我逃不走，命运，都是命运啊。"

宁宥只得将陈昕儿揪住，拖进主卧去，回头吩咐儿子："灰灰，你自己吃，吃完洗碗做作业。"

郝聿怀豪放地道："天涯何处无芳草啊，陈阿姨。"

"哟嗬！"宁宥惊得差点儿打跌，赶紧将主卧门关上，一直把陈昕儿拖到主卧卫生间，再将门关上，估计儿子是听不见了。

陈昕儿乖乖地任宁宥拖来拖去，乖乖地被宁宥放倒在浴缸里坐下。她只管自己流泪，唉声叹气。

宁宥则坐在旁边的浴缸沿，不耐烦地道："你别告诉我你逃不走，你选的公司做的正是简宏成的专业，你自找的。在上海的同学哪个没劝过你选另一家？而且另一家的待遇也比这家好，你非要飞蛾扑火，你还说你逃不走？"

"我把所有与他相关的都扔了，只保留这一点小奢求，还不行吗？你们都结婚的结婚，恋爱的恋爱，一对一对肆无忌惮地在我眼前晃，多戳心，知道吗？尤其是你，他对你那么好，你眼里却只有姓郝的，我当初劝过你……"

"别提我的事，继续说你的，让你说痛快。"

"你跟姓郝的快离婚了吧？简宏成可总算等到了。"

宁宥烦得很，肚子又饿着，更是火上加火。她皱眉摘下花洒，打开水龙头浇到陈昕儿头上："快清醒吧！"

宁宥到底是手下留情，没用冷水浇，陈昕儿却被浇得更放肆了，忽然大笑："哈哈，该不会我单恋简宏成，简宏成单恋你，你单恋郝青林，郝青林单恋别人？天大的笑话！"

宁宥恨不能拿花洒砸晕陈昕儿，可惜那犯法，又不敢放任不管，怕陈昕儿砸了她的房子，只好欺负陈昕儿醉酒糊涂，替陈昕儿找话题："对了，你单恋简宏成，谁介绍给你的男人都看不顺眼，直到又遇见简宏成，然后叹一声世界真小，命运让你们重新相遇，于是奋勇地飞蛾扑火了，对吧？"

"不对！"陈昕儿坚决地摇头，洒出的水花溅了宁宥一身。宁宥只得关了水龙头。陈昕儿稀里糊涂地还坐在水里，成了温水泡陈昕儿。

宁宥倒是意外了："难道不是？大家公认的。"

"不是！那时候他刚被他姐姐、姐夫骗得一文不剩，借钱从头做起，你知道吗？非常惨，一边似乎挥金如土撑门面，一边回到宾馆啃方便面。但他就是那种人，从不甘于平庸。他当时在竞投一个项目，最大的对手是我们公司。可他在业界实在太渺小，渺小到来我们公司转悠都没人认出他。他试图从我们公司收集情报，可没人上他的当，他一无所获，直到看见我，那眼前一亮……那眼前一亮……好像久别重逢看到的是你。他与我握手，又笑又说，紧紧握手，握得我手都疼。他请我晚上一起吃饭，我说叫上别的同学，他说单独请我。他连着请我吃了三顿晚饭。"

陈昕儿说到这儿，一张醉脸满是痴痴的笑。宁宥听到这儿终于明白过来了。

"简宏成那口才，他要是连说三夜……是说他现在多不容易？他是多么地憋着一口气要做给打压他的他姐姐、姐夫看？他拿背着人啃方便面、住澡堂说明他的辛苦创业？然后他都不需要提出要求，你就心疼了，心疼得违背职业道德，去偷出公司的竞标核心秘密，交给简宏成？最后他在竞标中成为一匹黑马，从此发达，你被公司发现并开除了？哎——哟，傻妞！"

"我是自愿的，这就是命运。但你怎么知道得这么清楚？简宏成连这也告诉你？"

"需要告诉吗？你的性格，简宏成的性格，只要稍微给个线索，全班同学都能给你答案。简宏成太了解你。真傻，竟然敢做这种事，你们公司没抓你去坐牢，是你们公司管理缺失。"

陈昕儿完全没管宁宥后半句话，她眼里只有简宏成："简宏成怎么可能了解我？他完全不屑于来看看我的心。"

宁宥无语了，心里只念叨一件事：又得穿走我一套衣服。

陈昕儿则是又直着眼睛痴痴地发呆。过了一会儿，她忽然撑起身来，浑身湿漉漉地要跳出浴缸。宁宥忙问她做什么，她说要去外面倒水喝。宁宥连忙又将她按回浴缸，自己出去从冰箱里拿了瓶塞柠檬片的矿泉水过来，递给陈昕儿。

陈昕儿很容易就拧开了盖子。可因为容易，她便眯起眼睛仔细看瓶盖接口处，并不急着喝水。

宁宥冷眼瞅着，道："放心，不是喝过一次的废瓶子回用。天一热，我都是早上开半打瓶装水，往里塞了柠檬片再放冰箱里冰镇着，方便随时取用，瓶口又有柠檬片阻着，不可能喝得太快，免得伤胃。"

陈昕儿大舌头地道："你真讲究。既然我想什么又被你猜到，你既猜得到我以前做的事，又猜得到我现在想什么，那你再帮我一个忙。你说简宏成当初为什么单独请我吃三天晚饭？我多次问他，他都不肯直接回答。他说他一贯为人摆在那儿，让我自己想。你都能猜到简宏成跟我说了什么，你能告诉我简宏成究竟是什么用心吗？"

"你想知道什么呢？如果简宏成是因为从小与你男主外，女主内共事默契，跟你有与众不同的共鸣，知道你是最好的倾听者，他又正好一肚子的话憋到内伤，逮到你了，连说三夜，你一感动，主动急简宏成之所急，替他把事办了。虽然你工作丢了，可这是你求仁得仁。如果简宏成是利用你对他的感情，用可怜来打动你，令你不惜冒险替他办事，问题是你是成年人，又没人拿刀架在你脖子上，你最后丢了工作，也是你求仁得仁。你还想知道什么？"

"你的意思是，简宏成怎么都没错，是我活该？你果真是护着简宏成。"

"我如果说简宏成是故意利用你，你是不是为你这些年的境况找到理由了？"

"你看，你净忙着找我的碴，你该有多偏心简宏成，偏心到肚脐眼儿了。可连你这样偏心都无法说一句简宏成没错，简宏成没利用我，说明什么？说明你们都心知肚明，简宏成当年就是利用了我。简宏成利用了我，然后想当没事人一样把我一脚踢开。"

"然后呢？"

"如果不是我，简宏成哪有今天！"

"再然后呢？"

陈昕儿忽然大叫："什么再然后！简宏成就是先利用我，再把我踢开，始乱终弃！我明白了，我今天终于彻底搞清楚了，该丢掉对他的幻想了！"

宁宥抿嘴听着，等陈昕儿舌头踉踉跄跄地打着滚将话说完，她才道："都说透了吗？"

"说透了，前所未有地酣畅。我原来是被利用，我在简宏成眼里就是颗棋子儿。"

"既然说透了，你也该明白往后怎么做人了，好自为之。你赶紧洗个澡去去酒气，衣服给你放门口，我去门口给你叫车送你回宾馆。"

"你有没有同情心？你没见我结不成婚满心都是痛苦吗？"

"我的同情心早偏心到肚脐眼儿了，怎么可能同情你？洗澡吧。"

陈昕儿死死抓住宁宥的手："可我还有最要紧的、最具杀伤力的没说。但我必须先问你，你认清简宏成的本质了吗？"

"最具杀伤力的是不是你怎么怀孕生子，简宏成却不肯奉子成婚？我认清简宏成的本质了，先是忘恩负义，后是始乱终弃，对不对？"

"对，你才该好自为之，放弃幻想，别插在我和简宏成中间。"

宁宥继续冷眼看着陈昕儿，一脸冷静地道："对啊，我真是太感动了，你竟然现身说法教导我。然后你告诉我，孩子怎么生出来的？班长行为下作？"

"孩子怎么……"陈昕儿傻傻地顺着宁宥的话头刚准备说，忽然一下子蹦了起来，水滴又溅上了宁宥。陈昕儿的醉眼竟然精光四射，警惕地盯着宁宥："你想趁我喝醉，套问真相？你真阴险！"

"这不是你为了让我认清简宏成本质吗？你自己提出来的，我顺着你说，怎么赖我了？难道是真相很不堪，还是真相于你不利，你不敢说出口？"

"不，你别试图激将，我喝得再醉也不会上你的当，何况我没醉，我不上你的当。你从小就是一脸无辜之下诡计多端……"

"原来你是不敢说，是不敢，难怪你一直无法理直气壮地争取权利。"

"谁说不敢，简宏……"陈昕儿忽然屏住气，不知哪儿来的大力气，一把将宁宥拨开，扭开门，就这么浑身滴滴答答地冲了出去。

等宁宥回过神来追上，陈昕儿早已冲出大门。宁宥追到门口，奇道："哟，逃避成这样？浑身全湿就跑，这么反常，怎么回事？该不会是……"

陈昕儿拼命按电梯，上下按钮乱按，只求速走。可电梯一时来不了，她等不及，狼奔豕突地找到安全门步行下楼去了。

宁宥也没打算追，关上门，冷眼看着地上一只只的湿脚印。见儿子从书房探出脑袋，她才一笑，只说："放心，陈阿姨酒醒了，现在活泛得很。"

"她到底怎么了？妈妈，你应该比她困难得多吧，你都没喝酒骂人呢。"

"我爱自己，她不懂爱自己，这是我跟陈阿姨的区别。"

郝聿怀转转眼珠子，有点儿理解不了。

第十三章
选 择

田景野被"请"入一间隔离房，失去了手机的掌控权。他对这些套路都熟悉，完全不会激动，要了纸笔后便冷静地坐下写他的。

过了好久，有位警察拿盒饭进来，和气地道："饿了吧？我们边吃边说。"

田景野不急着接饭盒，而是急着将反复琢磨描出的一整张纸的关系图交给警察："谢谢，我饿一下无所谓，不过，新力公司的钱还在银行流转，那些操作不等人。我同学的姐姐简敏敏多年不从事企业管理，可能业务不熟，我怕她耽误正事。这是我根据我所了解的情况绘制的关系图，这笔钱何时问谁借的，何时进入哪家银行，可能何时被以何种方式取走，针对特定取款方式的侦查截留方式，如何打时间差，等等。请你们把重点放在追款上，不用理我，等你们查清楚，也就自然证明我的清白了，我不急。"

警察放下盒饭一看，识货，但转身走之前，将盒饭和缓地推到田景野面前，客气地道："我待会儿给你拿杯水来，你先吃。"

田景野也客气地道："你忙，我不碍事。"

警察走到门口，忍不住回头道："你和简宏成是同学关系？"

“对。”

警察点头：“值得。”

田景野微笑。他当然知道。他也清楚警察已经认定他是无辜的，只是既然被简敏敏告了，案值又不小，警方也得谨慎地走足程序。

宁恕下班，在车库他的车子附近，他看到程可欣的车子。他站在自己车子面前，对着程可欣的车子微笑，但只是站了一会儿，便立刻转身跳上自己的车子，直奔仓库区。他已经答应阿才哥的邀约，他还有仓库区的录像待取，忙得没时间管自己的事。

在仓库区取了录像出来，宁恕又有一种身后有人的感觉，可回头又看不到可疑的。他警惕地在仓库区转悠了一阵子，也没发现异常，这才走。他怀疑是自己疑心生暗鬼。

可这种身后有人的感觉一直持续到与阿才哥相约的饭店，直到坐下，那种感觉才消失。

阿才哥看见宁恕就亲热地拉住手猛握，又附耳轻道：“张立新他老婆下午才查对账户，听说账户里头只剩下十三块钱，十三点，哈哈。”

宁恕一听，立刻笑得打跌，那开心，怎么都抑制不住：“十……十三点，哈哈哈，真能整。现在该去报警了吧？”

“报去吧，再报也追不回钱了。小田也真是，明知是我的生意，还落力帮那个女人，太不讲义气。要不是张立新手脚快，他是不是想坏了我的好事？”

宁恕连忙道：“这事我得替田哥说话，他跟张立新内弟简宏成是非常要好的同学，过命的交情，估计是简宏成求他帮忙。这么大事，他不得不帮，怨不得他。我姐跟田哥也是同学，我小时候是我姐的跟屁虫，哈哈，这些关系我都了解。”

“哦，那人，我常听小田提起，是他班长。那就是了，我就说小田做事不会不着调。你也可以，知道我生小田的气，还敢替他说话，都够义气。来，宁大总，你请上座，坐上位，我今天要好好谢谢你。"

"怎么可以？阿才哥不坐上位，谁敢坐？"宁恕拼命挣扎，硬是将阿才哥拱到上位才罢。

可阿才哥都还没坐稳，一个电话进来就让他变了脸色。他连声答应之后，对宁恕道："那女人果然去报警了，公安局的让我过去配合调查……"

"您赶紧去，这事儿耽误不得。我也回家了，我们改天再约。带足证据，包括张立新伪造的那份假合同复印件，还有您去调查合同所走路段的路桥收费单，免得被怀疑您与张立新是联手制造假借条，这种事就很难说得清了。"

阿才哥连连点头，点完头，却道："我就这么空手去，不刻意。等他们真怀疑上我，我让他们去我公司搜，都是已经在财务报账了的发票，更说明问题。只是今天说请客的，我又是说话当放屁，真对不住你。明天再约，我得赔罪。"

"说哪儿话，正经事要紧，快去，快去。"

阿才哥被宁恕推着走到门口，忽然想起一件事，忙摸出一个信封塞到宁恕手里，笑道："本来还想审审你，跟你卖个关子……"

宁恕连忙将信封推回去："阿才哥，你这是干什么，还是朋友吗？不要，不要。"

阿才哥一愣，笑道："你以为我送你红包啊，这是你让我查的那位蔡凌霄小姐的电话和地址，哈哈，你有眼光。我走了。"

宁恕这才收了。等送走阿才哥，宁恕回到自己车上，打开顶灯，翻看信封里的字条。他想把字条上的信息收录到手机通讯录里，可忍不住手一滑，屏幕翻到程可欣的条目上。他看了一会儿，又看了一会儿，默默地将程可欣的页面翻过。

简宏成终于赶到公安局，根据指示，大步跑向指定房间。他跑出电梯，穿过一条长长走廊时，猛然看见一间屋子里坐着发呆的简敏敏。简宏成险险刹住脚步，恨不得扑上去，可停下就看清楚简敏敏左脸明显病态隆起，显然这个耳光挨得不轻，日光灯下，整个人的状态跟撞鬼了似的。简宏成不禁一声闷哼，无法再给简敏敏教训，黑着脸走了。

简宏成才走，阿才哥从另一个房间做完笔录，交代完细节，洗清自己出来，一路还笑眯眯地与见面的任何人非常友好和善地打招呼，面团团的，像个老实巴交的老好人。可走了几步就一眼看见无聊等待结果的简敏敏。一想到自己因这个女人而被来回折腾了一夜，他怒气冲天，冲进去不由分说，扬起手就是一个耳光，正好打在简敏敏的右脸。一时间，简敏敏的两边脸颊丰满地对称了。

"妈×的，要不是看你是女人，我揍死你！你信不信！"

有警察立刻上来拖住阿才哥，阿才哥飞快收手，但嘴巴上依然狠狠道："死婆娘！你老公拿假合同骗我钱，你又胡说八道诬告我，害我差点跳进黄河洗不清，你们是不是串通起来骗我啊？领导，领导，我报案，我太好心，我现在才他妈怀疑是他们两公婆串通起来做戏骗我钱。你们抓住这死婆娘！别前脚她老公把钱转走，后脚她也没几天闹失踪，到时候我那九千万元问谁拿去啊，啊？她有问题，死婆娘肯定有问题！"

简敏敏被这一巴掌打得晕头转向，捂着脸傻愣愣地看着阿才哥，都不知道眼前这男人在说什么，完全傻了。

简宏成听到响动感觉不妙，连忙出来探视。见警察已经控制住场面，他便背手静静地盯着阿才哥愤怒地指控。

阿才哥一边骂，一边两只眼睛观察周围众人的表情。渐渐地，他的眼睛聚焦到简宏成脸上："你是谁？"

"我是简宏成。你是新力的债主？"

"对！"

两个人对视良久，犹如蓄势待发的两头豹子，但都没动手。

阿才哥混江湖多年，知人识人，他看得出眼前的简宏成是个狠角色，不好惹，一如田景野以往所吹嘘的。阿才哥了解田景野。田景野虽然一副人畜无害的样子，心中却是极有准则，能让田景野服气的人，必然是个角色，因此，阿才哥一言不发，等待简宏成出招，以探虚实。

可简宏成也不出招，只逼视着阿才哥，想看这个江湖人不知不觉地暴露出在借贷中究竟是什么态度、有什么打算。

时间一分一秒地过去，阿才哥气势不减，依旧与简宏成剑拔弩张地对视。简宏成心中已有结论。这个对手不简单，这个对手的目的也不简单。

而简敏敏终于拨开漫天飞舞的金星，看见眼前从一个人变成一堆人。她感觉是幻视，赶紧闭目摇头醒神，再睁眼，看清一堆人里面有简宏成。简敏敏如看见救命稻草，跌跌撞撞地扑过去，却昏头昏脑地指着一名警察连呼："揍他！老二，揍他！"

简敏敏揪住的是简宏成的衬衣后领。她一使力，衬衣前领便死死卡住简宏成的脖子，迫使简宏成不得不被她拖着弯腰退让，就像原本威风凛凛的雕像忽然被一冒失鬼推倒，形象碎了一地。

于是，阿才哥在这适当的时机，发出豪放的笑声："哈哈哈……"斜睨着简家姐弟俩，昂首阔步地走了。

简宏成连忙喊一声："债主慢走，有话请教。"可简宏成很悲剧，他还得从下盘不稳却情绪激动的简敏敏的魔爪中挣脱出来。不仅是挣脱，他还得扶住简敏敏，束缚见到救命稻草就又张狂起来的简敏敏。

阿才哥站住回头，轻蔑地笑道："打架？报仇？看清楚，这儿是公安局。"

简敏敏抢着道："老二揍他，老二揍他……"

简宏成抱住简敏敏，镇定地对阿才哥道："既然你们已经由一纸借贷合同维系在一起，为什么你一再恶意地对待她？又是大车堵门，又是动手暴力？"

"为什么？你倒是问得莫名其妙。他们两公婆拿一张假合同骗我贷款，还不该打？"

"口说无凭。我们现在连一纸借款合同都没见过，只听你单方面说借钱给我们，说我们作假，而且在我们一无所知时，你不是主动积极地联络我们解决问题，而是仿佛不要还款似的，直接将关系引向冲突，这完全不是合作双方解决问题的正确态度。这是把新上任的新力集团老板往死里逼，这正与下台的张立新的态度一致。请问，你认为简敏敏的怀疑有无道理？"

"呵呵，给我一张假合同还有理？谁先拿出不正确的态度的？谁晓得他们两公婆是什么关系，我堵门有错？我还想问你呢，我只打她一个耳光是不是太轻？"

"你说的一切都建立在所谓的假合同与所谓的借款合同之上，我还是那句话，口说无凭。当然，你可以逃避拿出证据，你尽管走人，谁都拦不住你急着离开。但我还是希望你本着合作双方应有的合作态度，与人方便，与己方便。你认可我们也是受害者，你提供有效帮助让我们了解真相，方便我们在此基础上执行合同。正好公安局的同志也在场，我们可以合力把这个案子搞到水落石出。更何况，以假合同骗取的借款合同，这借款合同是否可视作无效合同，还须斟酌。"

简宏成说这席话时特别艰难，一边是简敏敏神志不清地一直在喊打喊杀，一边是自己情绪本来就不好，还有田景野在押，这么重大的事情他还得耽搁一下，不得不先解决讨厌的简敏敏的问题。而他得镇定，得在双方已经全都撕破脸的前提下，拿到阿才哥手中持有的借款合同原件看清楚条款，化解眼下的无限被动。

阿才哥则是在听到"无效合同"时，脸上横肉一颤，差点跳脚发作，可又不便发作，因为简宏成将警察也"捆绑"了进来。但他随即充满讽刺地笑了，爽快地道："行，我们这就走。刚才警察同志去查看的资料都还没锁进保险箱，我们正好再看一遍，省得我拿进拿出，让你们一会儿说作假，一会儿说犯法、无效。反正多看几遍又不会把合同看没了，走，这就走，一起去。"

阿才哥轻而易举地将了简宏成一军，因他知道简宏成也是被简敏敏控告的"同案犯"，目前还无法自由进出。

简宏成也知道自己当下在别人眼里就是个笑话，一边被简敏敏告，一边还得维护简敏敏。但他无法撂挑子，事关简家，他得解决问题："好，多谢债主。既然如此，还得麻烦债主，我们时间另约，明天早上九点到贵公司，可以吗？我现在当务之急是解救我的好朋友田景野。听说田景野也是你的朋友。"

阿才哥讥笑："嘿嘿，如果你不用在这里面过夜，明天早上九点。小田不用你救，他被你们这些白眼狼陷害，但他有我们这种有情有义的朋友，我早择清了他。"

阿才哥终于走了。简宏成心里相当没意思，可还是得平静地挨着。等阿才哥一走，他才对简敏敏喝道："胡闹不解决问题。坐下！安静等结果。做事又笨又凶，丢了九千万元，本来就是自找。你想发泄，也换个地方，换种方式，红口白牙把我们几个害得还不够惨？"

简敏敏厉声道："人家当着你的面打我，打的是你简家的人，打的是你的脸！你这不要脸的，谁让你放走他的？"

简宏成瞪眼："还装疯卖傻？！"

大约是娴熟运用敌进我退、敌退我追的游击战术，简敏敏见简宏成已不肯在外人面前掩饰火气，她立刻退了，假装头晕，坐回椅子上呻吟。

简宏成扔下简敏敏，回去隔壁继续说明情况。他其实没说多少，就见田景野被另一位同志领进来。简宏成高兴得跳起来："你没事了？"

"才多大的事，你还真来。我当然没事，能有什么事，都说得清楚的。要是当时手机还能用，我早让你别来了，大老远干什么来啊。"两人都高兴得拔拳捶来捶去，推来搡去的，都很开心，"只是，我没事，新力有大事。根据办案同志介绍，大概张立新委托了个高手，钱估计是追不回来了。我根据现状再想想办法，看他们的手续有没有破绽可抓，回头再跟你聊。"

跟田景野一起进来的警察道："张立新已经出境。"

简宏成其实早有心理准备，直接道："应该是追不回来了。对于专业地下金融人士来说，洗个九千万元出境不用太多时间。"

田景野拍拍简宏成的肩膀，按他坐下："只要有百分之一的希望，就要做出百分百的努力哈。我去隔壁。"

简宏成道："等等，张立新用假城建合同骗取借款，这个借款合同，我得让律师看看，是不是可以视作无效合同。"

田景野道："视作无效合同容易，但已经黏上的阿才哥，你以为甩得掉？这时候，合同有效无效，已经不是重点了。"

简宏成心想，确实是。他点头，看着田景野出去，回头对警察道："家人没法选择，朋友不同。我很幸运，已跟田景野做了二十年朋友。"

城市已经停止喧嚣，街头驶过的车辆零星可数，忙碌着，忙碌着，时钟已经转到第二天的黎明。田景野与简宏成走出经侦大队，后面跟着两眼直勾勾的简敏敏。等走到空旷处，田景野才道："我已经使出浑身解数了。这笔钱如果能再早半天发现，不，渣土车堵门时就警觉起来，当时就找我，可能还有追回几成的希望。"

简宏成看着简敏敏道："听见没有？先是你打草惊蛇，让张立新有时间布局，又是你疑神疑鬼不告诉我大车堵门，第二天在我的追问之下还不肯告诉我债主是谁，看吧，九千万元，没了。"

简敏敏蔫头耷脑地问："那怎么办？新力开不下去了，对不对？"

简宏成道："何止开不下去。谁让你对我疑神疑鬼，非得出事才找我，现在好了，一口气没了九千万元。你那破厂资债相抵后还能有什么？纯粹一个资不抵债的大包袱。我现在只能给你保证一条，我会养活你。"

田景野一笑，走开几步做掩耳盗铃状。

简敏敏都不用想，张嘴就道："既然你会养活我，那新力交给你，但老板必须是我，最终拍板的人必须是我，其他你带钱进来管理，我放权。"

简宏成"嗤"一笑，拉起田景野就走："天黑，她还做梦呢。"

"抵押物是老厂那块地！我看你放得下手？"简敏敏捂着脸口齿不清，可态度相当清楚，她有仗恃。

简宏成脸上一僵，但没回头，对田景野道："我也真想给她一巴掌，可惜她两边脸都被人抢先占了。"

田景野笑道："让她冷静一晚上。一下子丢了九千万元，谁都没办法冷静。你今晚住我家吧，狗窝，随便猫一晚，明天我陪你去见阿才哥，他对我还是得给面子的。"

简宏成点头："阿才哥这个人吧……我今晚看出来了，他的心思在我家老厂那块地上了，他不想让我们顺顺当当还钱。白天他对我大姐的躲避，我看是故意制造借口拖延交出张立新偷偷开户的银行，让张立新把钱全转走，制造新力集团未来借贷到期还不出钱的局面。晚上他面对我的对立姿态，也不是正常解决问题的态度。"

"那就很麻烦。阿才哥不是个讲规矩的人，在这么大的标的物面前，我的面子有限，你要有心理准备。"

"张立新是故意把超值的我家老厂地皮做抵押物，难怪阿才哥那种人会动心。可现在我大姐还没搞清楚状况。对了，我找个人，你先上车。"

简宏成试着给他联络的调查公司老板发了一条短信，他心急，希望那老板晚睡，正好能提供点儿信息给他，让他可以安心。想不到那调查公司老板很快来电了："简总，你也这么晚睡？"

"啊，太好了，你也没睡。我明天早上九点要去找一个诨名阿才哥的办点儿事，你对他有了解吗？"

"有点儿了解，不多。我整理一下，九点之前发到你邮箱。应该是今天早上九点吧，呵呵。"

"对，都今天早上了，辛苦你。"

"很巧啊，简总，你让我调查一下的宁恕刚几小时前与阿才哥吃饭。不过，这个饭局因阿才哥早走而散场。"

简宏成结束通话后，站在原地愣了好久。他心里隐隐觉得不对劲了。

田景野见简宏成通完电话后，雕塑似的站着不动，心知有大事。他掏出钱包，数一千元给简宏成的司机，让司机就近去住下。等他打发走司机，回头见简宏成依然维持那姿势不动，便推门下车，冲简宏成走去。

"又想到什么了？"

简宏成依然没动弹，但眼珠子转了个向，看向田景野："事情可能远比我以为的复杂。"

"真是阿才哥与张立新联手？看着不像啊。阿才哥这个人的性格，我大致还是清楚的。你告诉我情况，我替你分析。"

简宏成却是犹豫了会儿，颇为沉重地摇头："让我再想想该不该说。我不怕事，但怕伤到一个人。"

"什么时候变得这么讨厌了？说话吞一半吐一半的。"田景野凑近了看清楚简宏成的脸色，发现不仅是严肃，更有不知所措，很不像简宏成一贯的表现，"到底怎么回事？别傻站着，去我家慢慢说。我把你司机打发走了。"

简宏成皱着眉头坐进车里，一边系安全带，一边看着田景野操作不熟悉的车子，却没出声提示。田景野哭笑不得，道："你会开就提示一声，不会开就别盯着我，我又不是美女。"

可简宏成开口倒是开口了，问的却是大出田景野意料的问题："宁宥的弟弟宁恕会不会是阿才哥在这件事背后的幕僚？"

"呃，他们认识？他们倒是在我店里见过一面，那时还不认识。阿才哥想认识宁恕，被我隔离。你怎么会想到宁恕？"

"看起来你的隔离不成功。很巧，今晚，不对，应该是昨晚了，昨晚，我一个朋友正好看到宁恕与阿才哥吃饭，而且是单独吃，可见不是泛泛的关系。"

"阿才哥做土石方生意，宁恕是房地产公司总经理，两个人有接触不是意外。只是……"田景野干脆将车子熄火，依然停在停车场上不动，靠着椅背仰天想了会儿，道，"按常理，他们即使是工作接触，也应该叫上我，起码第一次应酬的时候不应该越过我这个共同的朋友。那么果然是不合常理，他们似乎已经有不错的私交，却完全背着我。为什么背着我，这确实是疑点。可至于你说宁恕可能是幕僚，我不大相信。宁恕有如此深仇大恨的动机吗？即使你对宁宥死缠滥打了点儿，可到底没害宁宥，他没必要对你们简家怎样。"

动机？简宏成一下子又成了闷葫芦，有苦说不出。

田景野看着起疑，不客气地问："你最近是不是干什么好事了？上回特意赶去上海，说什么跟宁宥告别，又是玩什么花招？现在有苦说不出了吧。"

简宏成侧过脸横田景野一眼，可长哼一声，却又不便说，只好仰头朝天。忽然，他想起一件事，连忙拿出手机试图发短信。

田景野在简宏成面前总是心急，等不到简宏成的回答，却又见简宏成的手指如大象踱步似的很迟钝地操作打字，看着火大，抢过来道：

"反正你跟陈昕儿也不可能说甜言蜜语私房话，你说，我做你小蜜。"

简宏成习惯了，就道："我跟你通话，你被警察扣住那一刻，其实我正跟陈昕儿在结婚登记处排队，你一出事，我当然没法待那儿了。但说句老实话，没登记成，我心里反而轻松。今天我还是没法回去上海登记，你跟陈昕儿说一下，叫她别等了。"

田景野惊讶得说不出话来，一只手飞快打字，一只眼睛却斜睨着简宏成。等打完字发送了，他才道："你要是说陈昕儿有弟弟名叫陈恕，可能是阿才哥身后的幕僚，我完全信，死心塌地地信。你这臭渣男。"

简宏成躺平任骂，只懒洋洋地随口应了一句："我不是被这边的事拖住了嘛，又不是故意的。"他心里则是依然在细细揣摩宁恕与阿才哥的出招精准之间是否有必然联系。

"陈昕儿这星期六生日，你想好怎么补偿吧。"

可简宏成的心思全不在陈昕儿那儿，只"哦"了一声，充耳不闻，却慢吞吞地字斟句酌地道："田景野，我有个疑问，阿才哥原先清楚张立新与我姐的紧张关系吗？他最初放车堵门，似乎与第二天避而不见，不给我姐张立新偷开账户的开户银行行为的出发点不一致。前面他还在想方设法，甚至不择手段地逼新力新老板现身给个说法，后面忽然避而不见，稳稳地操控起了我姐。是谁给了他一份定心丸，让他一夜之间变得有的放矢？这份定心丸必然是对我简家有深入了解。"

"我是从你嘴里听说的。如果你怀疑宁恕，难道你也把你家的纠纷告诉宁宥了？但你家的事只要有心人随便调查一下，很容易摸透。"

简宏成点点头，却依然慢悠悠地推理："还有我姐昨天早上去阿才哥那儿，在电梯里被一个陌生男青年莫名其妙地打了一个耳光，宁恕的嫌疑越来越大了啊。"

田景野只好哼一声，道："然后你就很有理由找宁宥谈话了，是不是？你只要搬出宁恕，你东拉西扯地可以缠上好几年了，渣男。"

以往，遇到这种情况，简宏成都是贼兮兮地承认，可这回，他将头扭向田景野，叹息着道："我跟宁宥是真的分了，以后再不会去打她的主意了。这事是我心中大恸，唉，你以后别提这事了。"

田景野吃惊了："为什么？"

"跟我怀疑宁恕的原因是同一个。可既然宁宥不愿提起，我……"简宏成长叹一声，直起身，两手撑在仪表盘上，顿了会儿，才道，"我还是得照顾她的意愿。走吧，睡觉去。"

田景野更是丈二和尚摸不着头脑，只得再次启动车子，但同时提醒道："睡前好好考虑两件事，新力的事，还有陈昕儿明天的生日。"

"新力的事需要全盘推翻原先设定。不过，我总算心头有眉目了。"

"真的有宁恕插脚？"

"可能性百分之九十九。"

"好吧，等你想说了再告诉我。"田景野将车子驰上马路，又喊一句，"明天陈昕儿生日。"

"我没老年痴呆。"简宏成只得又拿出手机，给助理发短信：因急事结婚登记没登记成，请立刻帮我准备一份生日礼物给陈昕儿，以示道歉，本周六要。一边发，简宏成还一边嘀咕："我这么多大麻烦事缠身，你还没完没了地纠缠陈昕儿那点儿屁大的事。"发完又查看电邮，继续唠叨，"我这么忙，你还！我这么忙，你还！"

田景野没搭理，但瞅准时间在红灯前猛一脚刹车，刹得简宏成一下子冲出去趴在仪表盘上。

最近睡眠不良的宁宥睡到半夜，又似乎听见有谁敲门的声音。她又直觉以为是郝青林被放回来了，一下子惊醒，拥被倾听，外面却又什么声音都没有了。可她还是下床出去，周遭察看一遍，看什么都好好的，才又回来睡觉。

这么一折腾，她又睡不着了，躺着拿手机上网，却看到宁恕新发来的邮件。邮件有一条链接，她点进去一看，正是宁恕中午说起的在电梯里打简敏敏耳光的视频。视频是黑白的，犹如老电影回放，挑起宁宥历历在目的记忆。可手机屏幕太小，宁宥立刻起身换到书房里的电脑。她将短短一段视频放了一遍又一遍。一遍又一遍地，简敏敏在一个耳光下飞了出去。

就像她小时候领着弟弟放学回暂时寄居的外婆家，就快到外婆家时，被领着两个男青年的简敏敏截住，耳光一个接着一个热辣辣地扇过来，只打得她脑袋一片空白。第二次是他们已经搬离外婆家，新住的地方跟谁都不说，连外婆都没告诉。可妈妈没办法替他们转校，学校得与户口对应。那天还是放学的时候，她才走出校门，就被一个耳光打飞了。可能，飞出去的轨迹比眼前简敏敏的更有长度。妈妈宁蕙儿这才想到，简家不仅挖出她的工作单位，跟踪到外婆家，如今又挖出了宁宥就读的学校。慌乱中，宁蕙儿向在公安局工作的唐英杰求助。户口迁移很难，但把城市户口迁到乡下，却稍微容易。但这稍微容易还是花费了唐英杰许多关系。唐英杰帮了非常大的忙，对于无助的宁蕙儿母子三人而言，无疑是雪中送炭。唐英杰甚至还替姐弟俩转了学校，一家三口越发离不开唐英杰……

宁宥咬着嘴唇给宁恕回复一条邮件："打得好！"

宁蕙儿特意天没亮就蹑手蹑脚地起床出门买菜了。等她拎着大包小包回来，整个小区还静悄悄的，路上见不到几个人影。有个平日里一起打太极拳的阿姨穿得仙风道骨地锻炼回来，见到宁蕙儿的大包小包，便上去主动分担了几个，都不许宁蕙儿推辞。

"哟，买这么多高级水果啊，有客人来？"

"是啊，明天我女儿和外孙回来，我外孙上初一了，眼看着要比我高了。"

"哦哟，原来是外孙，外孙最要紧，这年头人越小越宝贝啊。"

宁蕙儿跟着一起笑，只是笑得不大由衷。

宁恕完全没听到妈妈出门，他醒来习惯性地从枕头底下摸出手机看一眼，见到几分钟前有一条阿才哥发来的短信，请他醒来给个电话，有要事商量。阿才哥如此紧急，还能是什么事，肯定与简家有关。宁恕的睡意全没了。他难得不赖床，一跃起身。但他毕竟不是阿才哥的马仔，他还是去洗手间洗漱休整了后才给阿才哥电话。

寒暄两句，阿才哥直接道："昨天不是为了新力被公安局叫去吗？事情是说得清楚的，一点问题都没有……"

"那女人十足十三点，她老公留下十三块钱还真是恰到好处。"一说到简敏敏，宁恕便全身神经兴奋起来，忍不住打断了阿才哥的话。

"是啊，那十三点女人，就算她这几天能把她老公找回来，两人一起还债，我也不担心他们。可你不知道，我昨晚在公安局碰到十三点女人的大阿弟，我看那人不简单……"

"简宏成？"宁恕忍不住再一次打断阿才哥说话。他想不到简宏成会来得这么快，比他预期的早。

"对。这个人看上去不简单，是个有手段的人。等会儿他到我公司看合同，小田会陪着来，我不可能不给他看。但我想了一夜，有他在，我的计划还能得手吗？你对简宏成有多少了解？"

宁恕想了会儿，道："我对简宏成的了解，大多数来自中学时期，他确实是个有能力的人，应该说是我见过最有领导力的人。听说他一直发展得很不错，目前资产超十个亿是最保守估计。但正因为从小就锋芒毕露，简敏敏利用先发优势，曾经把他打压得很惨，把他的家底全掏光不说，甚至连家都回不了，因此，两人的关系非常差……"

宁恕刚说到这儿，就听家门锁响，他妈应声而入。他喊了声"妈"，刚准备换个地方继续通话，却见妈妈脸色有点儿小不自在，将手中的购物袋往身后藏。他愣了一下，但电话那边连着人，他就没太在意，进去自己房间，关上门继续说："不好意思，刚刚我妈买菜回家了。"

"向令堂大人问好。"

"谢谢，谢谢。"宁恕偷笑，阿才哥这个江湖人在礼数方面又周全又老派，很有意思，"刚说到两人关系非常差……"

"正要说呢，我昨天看着也在心里奇怪，我打了简敏敏一巴掌，我下手重，打得她站不起来，可看上去简宏成并不怎么心疼的样子，要换成我姐挨打，我早扑上去拼命了。你这一说，倒是对了，但他们到底是一家人，对外还是联手的。"

"确实，这是个问题。"宁恕皱起了眉头，"但是市中心连着商场的那块地，那是肥肉，如果拿到手里，再开发个好项目，阿才哥，你的社会地位、身家，就完全不一样了。"

被宁恕一挑，阿才哥的心又热火熊熊地燃烧起来："总有办法，总有办法。但这件事，宁总，你得对小田闭嘴，小田跟那个简宏成太要好。"

"我明白，别让田哥夹在两边朋友中间太为难。"

"对了，对了，别让他为难。他们今天来看合同，我得好好观察那姐弟俩的关系，到底谁听谁，谁指挥谁。"

宁恕结束通话来到客厅，见妈妈在阳台收衣服，一堆买来的大包小包还堆在地上。宁恕觉得好像刚才妈妈拎的塑料袋不止这些，再想到妈妈刚才神色的不自在，忽然心中有了怀疑。他看看阳台上的妈妈，顺手打开厨房料理台下的橱门，打开第二只时，果然看到里面藏着掖着三塑料袋的水果，有当季的枇杷、樱桃和芭乐。再看地上的，也有这三种水果，但数量少了点儿。他一声不吭地将橱门掩上，若无其事地煮开水。

而宁蕙儿心中有那么点儿鬼，即使人在阳台，一颗心却牵挂着屋里，两只眼睛的余光一刻都没离开。她见到儿子打开了橱门，知道她刻意掩盖的东西露馅儿了。她抱着衣服进来，扔在自己床上，回到厨房，见儿子非常镇定，像什么事都没发生过。这样的儿子让她觉得陌生。她索性将事情挑明了，将大包小包从橱门里拖出来，示威似的放到料理台上。

"这些，我明天看老唐带去，你吃的在下面。"

宁恕看看包里的水果，摸出手机给宁蕙儿看："姐不会跟你去的，你看她昨晚对我发去的视频的回复，她说打得好。她跟我想的一样。"

宁蕙儿特意戴上老花眼镜仔细看来自宁宥的邮件，很清楚，就是这三个字，完全不可能有歧义。

宁恕道："我没骗你吧。我看姐姐提出陪你去就是缓兵之计，等她明天来，肯定说的是跟我一样的话。妈，这些水果放冰箱里，回头让姐带走，给灰灰吃吧。"

宁蕙儿板着脸不说话，过好一会儿，才有些赌气地道："以后吧，明明看见了，别装没看见，家里又没外人。"

"妈，求你，起码今天别去，听听姐姐来了怎么说。她要是投票支持你，我没话可说；她要是反对……妈，也是二比一啊。"

宁蕙儿板着脸道："我还想问你关上房门偷偷打什么电话！我听到一大半，怕你不好意思才去阳台收衣服。回头也让你姐评评。"

宁恕一愣，随即笑了："姐姐说了，打得好！妈妈，你难道不了解？姐姐从来不是息事宁人的人。"

宁蕙儿发怒，忽然伸手拧住儿子的脸颊往上扯："别给我这么笑，我真不喜欢看你笑得这么奸。"

宁恕见妈妈怒得失态，忙想收起笑，可又忍不住打心底笑出来：

"妈，你这叫恼羞成怒，哈哈。"

宁蕙儿瞪着儿子，却看到儿子被她扯得变形的脸很是好笑，也忍不住扑哧笑出来："长能耐了，敢取笑你老娘了。"

宁恕笑道："妈，你今天买的这些菜够用了，别再去买了。明后天我会在饭店请客，让小灰灰吃海鲜吃个舒服。"

"我买了，我做出来的一样。"

"这不还得让小灰灰见见世面吗？别担心，地方什么的我都会安排好。我吃过几家好的，这回也要带你和姐姐一起尝尝去。"

"自己家里人，不要浪费啦。"

"就因为是自己家里人，才要好好对待啊。正好趁姐姐回来我们好好聚聚。我请客，别跟我抢，一样的。"

宁恕一边说，一边却隐隐想到什么。他脑子快，很快心中便有了轮廓，不禁一笑。可宁蕙儿又看见了，忍不住呵斥："又奸笑，又打什么坏主意了？"

宁恕扯了个淡："我在想姐姐会不会跟我抢着结账。再一想，麻烦，可能抢着结账的最大生力军是妈妈你。我们一家人真是相亲相爱。"

宁蕙儿笑了，果然是。一家人都经济不错，都愿意为家人大力付出。想到这个，宁蕙儿心里终于舒坦了。

但宁恕吃完早饭上班去，才下楼就一个电话打给阿才哥。

"阿才哥，我刚才想到简家那姐弟俩的关系。简敏敏过去为什么打压简宏成，还不是为了想把她爸传下来的产业都揽在自己手里。可简宏成作为儿子，家里的产业一分都没捞到，心里还不知多恨他姐姐。你说，他这回过来帮忙，怎么可能是真心帮简敏敏？他会不会是趁张立新出逃后乘虚而入，目的是争夺简家产业？而简敏敏能不提防？别看昨晚姐弟联手，背地里不知多钩心斗角呢。阿才哥，你今天仔细观察是不是这样。如果是，离间计！让简宏成纵有万般能耐，也无法在简敏敏的地盘里使出来。"

"着啊！宁总，好计策，好计策啊！那简敏敏是个心狠手辣的，正好，冲她下手，哈哈哈。不知她被我们打肿的脸消了没，哈哈哈。我今天不打她了，让我想想以后怎么对待她。"

"对她好，让她放下危机感，省得她狗急跳墙找简宏成搬救兵。他们可不是寻常人家的姐弟。"

"嗯，怎么听怎么有道理，回头我们见面好好盘算。宁总，你真是……我自家兄弟都没你亲啊。"

宁恕微笑。他怀疑他现在脸上的笑又是妈妈指控的奸笑。可他真忍不住这样笑。

阿才哥刚与宁恕结束通话，便见田景野一个人朝着他家走来。他吩咐家人一句，避上楼去了。他还没从宁恕提议的离间计里醒过神来，他得装还在睡觉，想清楚了再来会见田景野。他还不想伤害与田景野的交情。

于是，田景野敲门进入时，阿才哥的老婆热情地将他迎进门，告诉他阿才哥还在睡觉，她去喊一声。两人客气一番，田景野被安置到早餐桌边吃早餐。

阿才哥在楼上抽完一支烟，才穿着拖鞋噼里啪啦地做飞快下楼状，一见田景野就大笑道："我们又坐一屋吃早饭了，再难得也没有了。"

"呸呸，昨晚差点又吃了，你还说这种混账话……"

阿才哥笑着打断田景野的话："我早知道你没事，再说有简家那个兄弟在，我怕你为难，就先走一步了。你来得正好，要不然过十分钟后我也会打电话给你，约你提前见个面。"

"简宏成是我从小到大的朋友，你是我的患难之交，我非常不愿见到你们冲突。我想做个和事佬，不知道有没有资格，但无论有没有，阿才哥你得赏我这个脸。"

"知道你得生我的气，看来我昨晚先溜一步是对的。这件事你得听我解释。我知道你跟简家那位老二是铁杆，可我之前调查到简家老大跟老二关系很差，差到王不见王，我才会去做那家的生意。我昨晚被叫到公安局，一听说你有插手，我就知道坏了。等再看到简家那个老二到场，我心说你得抢菜刀来砍我了。等下上午九点多他们姐弟到我公司看合同，我正要问问你该怎么办才好。我也快被简家那摊子事搞毛了，到底怎么回事？"

"简家那事，真是做戏一样，我也跟不上他们的变化。你看我也被那个疯婆子栽赃。原本就怨不得你，你也是受害者，明显被张立新利用了一把。我看张立新问你借这笔钱有两个意图，一个是拿钱走人，这笔钱够报复他老婆了；另一个意图是他拿假合同惹毛了你，你这霸王肯定不会放过他老婆，总会让他老婆吃点苦头，他再度借你的手报复了他老婆。他这是把你利用得彻底。我同学简宏成本来什么都不会管，可问题是借贷合同的抵押是他家祖产，是他家过世的老爷子传下来的。保住祖产，是他的底线……"

阿才哥本来边听边点头表示赞同，听到这儿连忙插嘴："慢着，慢着，那商场是他家祖产？那就是第三个意图了，还是报复他老婆。他问我借钱时我就想，我这么高的利息，他一家普普通通的工厂靠那点儿利润怎么还得起，他就拿出个城建合同让我相信。可我还是不大相信，但心想正好，他要是还不出，我更喜欢他那市中心的商场。说实话，就是为了那商场，我才特意跑一趟，查他那城建大合同能让他赚到多少，没想到是假合同。那时候我就心慌了，不是还打电话请教你吗？"

田景野点头："果然是第三意图。我昨晚也跟我同学拍胸脯，保证阿才哥你是被张立新硬扯进来的，也是受害者。"

"对的。我当时连夜赶回来，半路还出了车祸，晦气透顶。我在车祸现场跳着脚发誓，即使半年后他张立新还得出钱，我也不要了，无论如何我要逼他吐出商场。不瞒你说，我现在心里已经把那商场当目标了，再高的利息，跟那个位置的商场比，算个啥。但既然事关你的朋友，是你朋友的祖产，我再生气也得忍着了。"

"阿才哥对兄弟真是没的说。"

"当然。能一起吃足两年牢饭，这缘分不是普通的。你跟你朋友说，自己去我公司复印合同吧，我这回不会再为难他们。你那么忙，别陪着去了。既然已经知道中间夹着个你，我再生气也不会再为难他们。但……真不是他们夫妻联手骗我的钱？不对，现在想想他们不是联手了，祖产都押在我这儿呢。我倒是有点儿冤枉那疯婆子了。"

"不算冤枉那疯婆子，那巴掌算是阿才哥替我打的。那疯婆子是哪壶不开提哪壶，知道我有前科，还把我往死里栽赃，太做得出来。这事多谢阿才哥，所有人情我都牢牢记着。"

"朋友，说什么谢。我走这条道还不是你教的，你都没收我一分钱学费呢。别光顾着说，吃。"

过了一会儿，阿才哥站门口送田景野走。等田景野转弯了，他都没进屋，站在门口叉着腿点起一支烟，眯着眼睛深深地吸。

田景野上了车，坐上驾驶位，发现车里除了简宏成，还多了简敏敏。他扭头看一眼简敏敏，厌恶地回头直视窗外。

简宏成迫不及待地问："怎么样？"

"说得是很好听，说是看我面上照合同办事，而且以后也不会再为难你们。但既然胃口让那抵押给撑开了，恐怕压下去不是那么容易。"

简敏敏坐后座抢着道："既然他这么说，我等会儿去他们公司复印合同，该不会……"

田景野没回头："不会再有暴力，也不会推三阻四。这是肯定的。"

简敏敏当即神气活现了："老二，复印合同什么的我自己会去，小意思。你赶紧去公安局，替我再努把力，让他们想办法抓住张立新，追回那九千万元。"

田景野看着简宏成，满脸都是同情。简宏成回头叹道："你以为田景野不一起去，你真能行？"

简敏敏下意识地摸摸自己的脸，但坚决地道："我带财务过去。你去公安局盯着。"

田景野终于忍不住回头叱道："大姐，谁家值九千万元的面子让你随便借用？我不去当场，凭你能一手交割面子，一手担负人情？"

简敏敏立刻不响了。

简宏成郁闷地呼一口长气。但田景野往后视镜里一瞧，觉得简敏敏那眼睛明摆着满是警惕，只得替简宏成郁闷地叹一声。

宁恕在花店精挑细选，让店家扎出一捧鲜花。写卡片时，他持笔犹豫了一下，脑子里冒出的是程可欣的巧笑，笔下却是一顿，清晰明白地写下蔡凌霄。写完卡片，他又犹豫了会儿，才让老板将卡片插上。他没让老板送，而是自己翘一下班，亲自送。

上班高峰时期，持一捧娇嫩的花走进大楼，看看拥挤的电梯，简直没勇气挤进去。挤坏不说，肯定会成电梯里的焦点，他脸上的每一个毛孔都会被当场数遍。宁恕到底还是有点儿脸皮薄，他选择了走楼梯。因此，当他气喘吁吁地出现在接待人员面前时，显得很是诚恳。

宁恕长得好，身材颀长，五官立体，皮肤白皙，再加上连年在大场合打拼练就的气质，即使不捧花，站在蔡凌霄所在的公司门口，前来上班打卡的人即使再行色匆匆，也会留意他一下，何况他还捧着一束花。宁恕被看得浑身发烫，等蔡凌霄被服务台的姑娘叫出来时，他白皙的脸皮已经白里透红了。

幸好，蔡凌霄的脸从出现起，也是一直红到脖子，脸都不肯抬起来。

宁恕这才稍微镇定，将手中鲜花递给蔡凌霄。可面对身边川流不息的上班人群，他打好的腹稿都没法说出来。见蔡凌霄接了鲜花，他索性只简单地道："我上班去了，回头给你电话？"

蔡凌霄低着头，抿住弯弯的嘴角，使劲点了点头。

等宁恕一走，她才抬头看向宁恕消失的方向。早有同事蜂拥上来问："男朋友？做什么的？看上去很有品。"

"校友。"蔡凌霄不肯多说，红着脸回到自己的办公桌，却给程可欣去了个电话，"可欣，谢谢你哦。"

"谢我做啥？"

"我的工作单位是你告诉宁师兄的吧？谢谢你帮忙。"

"哎，宁——恕？"

蔡凌霄一下子就听出异样来，她连忙道："是的。我老板叫我，我过去一趟，回头找你。"

"喂喂喂，别走，他去你单位干吗？送花？接你下班？"

蔡凌霄慌得装作没听见喂喂喂，将通话掐了。她有些不知所措，但也义无反顾。

田景野熟门熟路，很快将车停到阿才哥公司所在大厦停车场。这么迅速，倒是让捧着一盒子生煎包回忆小时候味道的简宏成无措了。简宏成捏着一只生煎包，郁闷地道："我才吃六只，还有两只怎么办？"

"放着，下来吃。"简敏敏冷冷地命令。

田景野笑嘻嘻地道："要不我开出去再转一圈？"

"九点差五分了，快。"简敏敏再次催促，迫不及待地跳下车去，拉开简宏成那侧的门。

简宏成只得下车，又不舍得扔掉那美味，索性一口气将两只生煎包都塞进嘴里，嚅动着鼓起的嘴跟着田景野走进大厦。田景野倒是习以为常，反而简敏敏不习惯，看怪物似的看看自己的弟弟，赶紧走开几步。简宏成侧身扭头，避开人群的视线，飞快地将生煎包咽下去。田景野替他配音："舒坦！"简宏成笑着补充："不是一点点舒坦。"然后才追上几步，问简敏敏："你上次挨打是在哪部电梯？"

简敏敏脸色一变，指着那电梯道："那儿，那儿。"

田景野道："你不是已经确认是谁了吗？"

"指控一个人的时候，需要精确。"等简宏成走进电梯，抬头一瞧，却见摄像头的方位只有两条电线耷拉着。

简敏敏也顺着简宏成的目光看过去，见此脸色一沉，知道查不到真凶了。她扭头问简宏成："你说是谁？"

简宏成看着简敏敏，却不语。田景野也是闷声不响地旁观，心说，简宏成对宁恕是爱屋及乌。

简敏敏看着简宏成，不语了，若有所思。电梯停在阿才哥公司楼层时，她才问一句："你到底参与多深？"

简宏成皱皱眉头，正想说话，却见阿才哥亲自热情地迎了出来。连熟悉阿才哥的田景野都惊讶了，笑道："阿才哥这么客气干吗？"

阿才哥客气地先与简宏成握手，然后立刻两只手与简敏敏紧紧地长时间地握住，嘴上虔诚地念叨："不一样了，今天不一样了，今早之前，我还在误会你们新力一大帮子人算计我的钱，今早让小田一说，我才晓得是误会。我是粗人，火气大，但是非还是懂的。对不住，简总，对不住，昨天对你太不客气。以后我们是一条战壕里的，自家人。说句大实话，以后保护好你简总，保证你准时顺利还钱，是我这个做债主的责任。简总，往后你有什么小事摆不平的，可以找我，算我弥补昨天对你做的坏事。要是简总生气不答应，那我只有凑上老脸让你打回去了，我一点儿不会怨你，我活该，谁让我狗眼不识金镶玉。"

简敏敏一见到阿才哥便开始心慌，完全是仗着今天身边有两位男士才稍微放心，不由自主地靠到简宏成的身边。此时，简宏成镇定坚毅的脸是她最大的安慰。等阿才哥握住她的手，她虽然勉强着笑，可两腿忍不住打摆子。她毕竟是女人，再强悍也敌不过一个普通男人的暴力，何况是阿才哥这种出了名的刺头。然而，她听到了阿才哥对着她掏心窝子。惊魂未定的简敏敏怎么想怎么觉得阿才哥说得有道理，就是这个理。她虽然一时还消不去紧张，可胆子回来了，忙笑道："既然是误会，那就提都不要提了。"

"不行啊，我下手重，心里愧疚。这么着，我送简总一张美容院会员卡。我不立即表示表示，心里不安。"

简敏敏心里虽然不愿意，可嘴上豪气地道："都说了是误会了，阿才哥再提起，就是嫌我女人家头发长，见识短，太看不起人，呵呵。"

阿才哥这才呵呵地笑着，将大家往最豪华的会客室里迎。会客室里已经摆好了鲜花、水果、巧克力。阿才哥一边安排简敏敏入座，一边将好吃的往简敏敏面前拿。这种做派虽然十足刚洗净泥腿子的乡镇企业味儿，可真拿出来用，也是讨人喜欢的。简敏敏总算安下心来，不再害怕，重新认识到自己的地位。

简宏成坐下，对田景野悄悄地道："感觉不对劲，可看着又合情合理。这年头越大的债务人越是老大，债权人得小心伺候着才不会错。我是不是风声鹤唳了？"

田景野点头道："走着慢慢瞧吧。"

阿才哥笑问："小田，你们说什么悄悄话呢？其实你真不用来的，你把事情替我理清楚了，我知道后面该怎么做。我难道会吃人？"

田景野笑道："阿才哥想哪儿去了，我同学在问我能不能查查前两天电梯里打我们女简总的是哪个小子。"

"哦，这事要紧，我一上班就让人去大楼物业查了，看看那天的录像还存着不，看起来还没查到。来，我们干正事。这是最要紧的借款合

287

同，一共有两份，你们看看原件。这一本是我让赶出来的复印件，还有银行进账单复印件，你们对照原件查一下，回头你们带走。要是认真点的话，我们两边可以都在复印件上签个名字。还有这一本，是我们公司的花名册，全是两寸正面照，请女简总认认那天干好事的是不是我的手下。"

阿才哥一壁厢说，两个戴雪白手套的精壮小伙子就将阿才哥手里的资料一件件地恭敬地送到简敏敏面前，并替她翻开。那场景，基本上只有香港黑道片里才有。

简敏敏这会儿不怕了，但她心里很清楚，看合同还得靠老二。她让小伙子将合同之类的都交给简宏成，她只看员工花名册。

简宏成问田景野会不会为难，田景野对着阿才哥道："我当然得帮看一眼，哈哈。"

阿才哥连说应该，应该，又冲简宏成补充一句："昨天我让律师帮我看了合同，即使那份城建合同是假的，也不耽误这份借款合同成立。"

简宏成只得点点头："我看看。"

但这种合同放到田景野眼里是一目了然的，他看完原件看复印件，看完就直接将原件交还给阿才哥，都不去麻烦围在简敏敏身边的俩小伙子。既然田景野帮看，简宏成就舒舒服服地坐着与阿才哥像老朋友一样聊天。他说说他做什么生意，也问问阿才哥做什么生意，还频繁地接听他公司打来的各种电话。

简敏敏仔细辨认半天，看上去大多是粗人，没一个是。正烦躁间，却接到公司打来的电话，说是有工程车莫名其妙地出现，熟练地将堵在公司门口的土石方清理走。她放下电话，想了会儿，伸手抢在两个小伙子之前将面前的花名册合上，双手奉还给阿才哥："不用看了，我相信那事不是阿才哥做的，阿才哥敢作敢当，做了不会隐瞒。多谢阿才哥帮忙清理公司门口的土石方。"

简敏敏说这种上得了台面的场面话的时候，简宏成微笑斜睨，笑而不语。

阿才哥笑道："既然女简总相信我，以后我们的合作就方便许多。堆土石方堵门本身就是误会，既然是我做的，当然该我清理。女简总别放在心上才好。"另有一个阿才哥手下进来，与阿才哥耳语，他听后对简敏敏道，"去物业查了下，当时几架电梯在那个时间的监控录像我们都看了，没查到。正好有一架电梯的监控坏了，该不会是……这么巧？"

简敏敏豪爽地道："人倒霉，认了。"

简宏成笑眯眯的两只眼睛在简敏敏与阿才哥之间打转，看差不多了，就道："我看时间差不多了，我们请了朋友去公安局帮忙，这会儿得过去会合。谢谢阿才哥帮忙，不敢打扰。"

阿才哥又是很客气地亲自送到电梯边，扶着电梯门请一行人进电梯。正好又是那架电梯，四个人不约而同地看看监控摄像头的方向，会心而笑。

但电梯门合上一启动，简宏成便冷冷地对意气风发的简敏敏道："起劲个屁啊，一口气背上九千万元的债，到时候你是卖掉工厂还债，还是乖乖交上抵押物呢？或者，你有的是私房钱？"

"既然我动动手指头就能把张立新赶走，自然有办法半年后把债还上。合同有没有问题？"

田景野笑眯眯地道："没问题。只是有一条约束挺严格的，规定你不能卖抵押品。"

简敏敏眯起眼睛对简宏成道："有商场的产权在，我不担心。"

"行啊。你再想想怎么跟你的两个孩子交代吧。我们……帮忙到此为止？还要不要我们跟着？"

"公安局那边还是你去，是你找的朋友，你帮忙到底。其他不用了，等万一我转不过来再找你。"

"你行的，绝不会转不过来。连我安插在新力的人都能让你找出来，我相信你的能力。"简宏成随口撒了个谎，让简敏敏认定他的眼线果然被她赶尽杀绝了。

简敏敏其实对公司未来的经营，尤其是资金的周转，全无底气，可此时在老二面前，必须斗志昂扬地道："以后只有简明，没有新力，简明集团，哈哈哈。"

简宏成笑看简敏敏扬长而走。田景野在一边提醒道："你姐想卸磨杀驴了。"

"她要不这么做就不是她了，以后还有的是麻烦。田景野，你看能不能跟阿才哥谈谈，我买下他手里的全部债权。我只想拿回商场那块地。"

"要不得，要也不是现在。"田景野断然否定，"你这么急吼吼地感情用事，不是伸着脖子让人斩吗？但我看你已经被那商场套住了，你姐明摆着拿它当指挥棒套你，你必须想办法先解套了自己再说。"

简宏成长叹："那是我爸的毕生心血，我爸的一条命啊。"

"即使再这么想，也得放在心里，别向你姐递把柄。"

"我不用递她也清楚。田景野，你忙你的去吧，你的手机都快把你裤袋振穿了。我自个儿去公安局。"

田景野很是无可奈何。

宁恕忙碌一早上，中午与小童一起下来找地方吃饭。透过一家日本餐厅橱窗，他看到程可欣。小童也看见了，下手推宁恕进餐厅，自己走了。

程可欣早在宁恕与小童在门口推推搡搡时就已经看到宁恕。等宁恕进来，她一双丹凤眼似笑非笑地看着宁恕，却一言不发。

宁恕被这双眼睛看得如过电一般，举止失措。他忽然后悔早上的选择了。他坐下时，不小心撞到脚踝，痛得鼻子一酸，可只能硬扛住，知道这种酸痛最催泪。

程可欣此时却微笑道："晚上怎么安排？哪儿吃大餐？"

"晚上我姐带我外甥回娘家，我得去接他们。"脚踝酸痛得他说话困难，又不便弯腰按摩。但两人心照不宣，话题都是围着蔡凌霄打转，都不将名字说出来。

"可惜了周末。"

脚踝的痛终于慢慢消下去，宁恕斟酌着道："我家我爸去世早，我妈忙着挣钱养家，我是我姐带大的。我姐也是一中的，她上高一，我上初一，我们一起进的一中。我姐很文静，所以前晚上见到小蔡，一眼就觉得似乎已经熟悉很久……"

程可欣愣了，一双丹凤眼先是圆睁，随即低垂下去，不再看向宁恕。

宁恕知道该滚蛋了，可他忍不住画蛇添足说了句"我走了"，自然是没有人理他。他又是犹豫了一下，这才起身离开。程可欣在他身后眯起眼睛，抿嘴盯着他离开，手中的筷子将一块寿司捣得稀烂。

第十四章
复 仇

　　宁宥被难得来一趟科研中心的宋总叫去谈话。宋总基本上闲置不用的办公室在楼层另一端，走过去需要穿过两边密布办公室的长长走廊和一个布满格子间的大办公室。自打宋总迈进楼层起，所有人的目光都关注着宋总办公室，揣测每一个被宋总召唤进去的副总工会不会成为下一任的总工。宁宥在众目睽睽之下来到宋总办公室门前，开门进去坐下。

　　宋总虽然一向言语文明，长相也是斯文，可微蓝的镜片总是将他的目光染得冷酷。当然，他的作风也一样杀伐果断，令人望而生畏。可宁宥有她的压箱锦囊一枚，遇到逾越不了的强悍者，她有招牌的经典柔弱微笑。在这样的微笑面前，越是强悍的人越是不免生出一丝恻隐。即使在工作中废话甚少的宋总都闲话了一句："家里的事怎么样了？"

　　"有宋总和许多朋友的大力帮助，已经算不幸中的万幸了。可还是很……"宁宥苦笑了下，没说下去。

　　"噢，必然的。不过，你在这种情况下依然让人放心，工作没怎么耽误，不容易。"

　　"进度没耽误，可细节部分我暂时无法定下心来好生推敲，还得过几天等定下心来再说。至于其他几位副总名下的工作，现阶段我完全没有精力以联合审核的名义过目了，宋总对不起。"

宋总点头认可，换了话题："对于总工人选问题，你有什么看法？"

"虽然在技术方面我是当之无愧的 No.1，但行政方面我不仅无兴趣，也没精力，估计也没能力。我没考虑过总工这个位置。但我既然事实上负责着所有项目的最终审核，就要求获得相应的报酬。我不争总工的位置，但需要总工的待遇。我这要求不高的，应该不会给宋总添麻烦。"宁宥说得笑嘻嘻的。

宋总也笑嘻嘻地道："你这要求已经触动编制改革了，还说要求不高。你有没有考虑过分一部分时间给行政管理？你看你优点有不少，技术方面的能力在这两年已经获得上下全面肯定，没人再拿性别和年龄说事，你是硬碰硬赢得威望的；你虽然口头不承认，可你看人看事很清楚，处事也公平合理懂进退。既然已经符合这两条最重要、最基本的条件，你有没有考虑过百尺竿头更进一步？"

宁宥麻溜地道："我胆子小啊。"

"我看你胆子不小，敢跟我讨价还价的人不多。不要推辞了，你这年龄正该担负重责。不考虑给自己一些压力？"

宁宥一时沉默了，低头了有一会儿，才抬头道："正是因为知道宋总绝无可能拔拳相向，我才能正常发挥说正常话。可如果面对的是不确定的人，对方只要眼睛瞪起来，我即使有本事保持面不改色，心脏却完全无法控制。我无法独当一面，这是我的心理缺陷。"

宋总非常遗憾地道："你应该了解，越到高层，能腾出来的位置越少，总工退休，这原本是多好的机会，是最适合你走的路。你真考虑清楚了吗？"

宁宥非常不情不愿，可也无可奈何地点了点头。

回到自己的办公室，看着对面的总工程师办公室，宁宥简直是悲愤交加。她怎么可能不想要那位置，可她的心早已落下残疾，她不敢要。她无法直面暴力冲突，而那是一把手必然会碰到的。

她唯有调出宁恕传来的录像，看简敏敏一遍遍地挨宁恕巴掌。宥个屁，她一辈子都不会将"宽宥"俩字加到简敏敏头上。

等宋总前脚离开，宁宥也后脚早退开路。她独自赶到火车站的地铁口等郝聿怀下课过来会合。只是一想到今天不得不推掉大好前程，宁宥心里就非常郁闷，独自站着时，不时地、无法克制地想到恐怖的过去，两条眉毛竖了又竖。

终于看到儿子来了。还是个孩子，可背着一只双肩包老练地穿插在浩荡人流中，已经像个样子。见到儿子，宁宥心头的气才消点儿下去。

可看上去那么老练的孩子，一见到妈妈就蹦跶起来，一直蹦跶到宁宥面前，叫上一声"妈妈"。宁宥早就眉开眼笑了，都不等郝聿怀伸手替她分担大包小包。还是郝聿怀提醒："妈妈，我们快点走，快到点了。"

宁宥一看手表，才"哦哟"一声急了，连忙与郝聿怀小跑着进站去。郝聿怀虽然年龄小，可体力比宁宥好太多，一跑起来飞一样，每跑几步就得等一下气喘吁吁的妈妈。母子俩几乎是掐着钟点上的站台，到了车厢门口才相视而笑。宁宥觉得她都快断气了。

郝聿怀却指着不远处另一车厢门口道："妈妈，你同学，陈阿姨。"

宁宥扭头一瞅，果然是陈昕儿傲然站在一等软座车厢门口，很快就上了车。宁宥赶紧将头扭回来，免得陈昕儿看到自己。她拖着郝聿怀也赶紧上了车。

可陈昕儿终究还是看见了宁宥。等火车启动后，她从一等座过来宁宥所在的车厢。

宁宥正在检视郝聿怀帮拎上车的一盒鲜奶小方，打开盒子她就要哭了，里面给震得稀巴烂。郝聿怀不好意思地抓抓头皮，道："我都不知道里面是奶油的，我为了跑得快，还甩流星一样地甩。"

"还以为你认识这种蛋糕盒子呢，常拎去外婆家的啊。"

"本来应该认识的，可当时一只眼睛看手表，一只眼睛看你脸色呢。我这种小孩，做人真罪过，还得看妈妈脸色过日子。"

宁宥哭笑不得，只得将盒子盖上。郝聿怀却又一眼看见陈昕儿，指示妈妈看过去。宁宥这下是一点儿都笑不出来了。

陈昕儿这会儿的穿戴很是高端洋气，与昨天的醉酒状态完全不同。她当然没地方坐，只好侧身倚在椅背上。宁宥一看这架势，名叫"陈昕儿有话说"，连忙掏出 iPad 交给儿子玩。

"原来你周末真是回娘家去。"

"你以为是田景野替我找的借口？我要是不去，会直接告诉你我不高兴去。生日聚会不办了？"

陈昕儿犹豫了会儿，道："很失望，不想办了。想回家偷偷看看爸妈，然后去加拿大躲起来算了。本来不想让人知道我的行程，特意不让简宏成的车子送我回家，省得偷偷看都看不成，想不到还是撞见你。"

"当没看见我。你要是没过来，我就是想当作没看见你的。以此类推，以后你都不需要过来确认。"

"跟田景野他们也别提起。"

"不会。"

陈昕儿这才放心起身，拉平衣服下摆，恢复微笑："你也不想见我的，我走了，再见。"

宁宥坐着没动，只眨巴几下眼睛算再见了。陈昕儿看看她，欲言又止，扭头走了。

陈昕儿走后，郝聿怀才抬起眼睛，问道："陈阿姨做什么的啊？好像又有空又有钱。"

"她……"宁宥一时回答不上来，忽然觉得若是照直了回答，陈昕儿的身份非常尴尬，尴尬到回家见父母都得偷偷的，"她好像就是又有空又有钱，也不知为什么。"

"噢。"郝聿怀也没当回事，却又问，"妈妈，这是什么？"

宁宥一看，正是宁恕打简敏敏耳光的视频，吓得脸都白了："你你你这小坏蛋又破解妈妈电邮密码。"

"可是舅舅打女人耶，真不好。不是说男人不能打女人吗？"

宁宥一时不知道怎么办才好，可又知道，如果她不将原因说清楚，以后儿子看见宁恕心里就有疙瘩了，弄不好等会儿见面就会认真跟宁恕辩论。可说清楚原因……宁宥只得硬着头皮道："这个女人，以前我还上小学的时候，打我打到脑震荡。你舅舅是替我报仇。但除非是这种非常极端的情况，我依然不同意男人打女人。"

"她为什么打你？"郝聿怀立刻愤怒了。

"说来话长，以后慢慢跟你说，火车上人太多。总之不是我的错，也不是你舅舅的错。"

郝聿怀靠过来，将耳朵凑到宁宥嘴边："你轻轻说，我得了解。太气愤了。"

宁宥直起身，双手捧住儿子的头，扶正，正色道："这件事妈妈现在不想谈，等妈妈想好了，愿意面对了，再跟你说。"

宁宥的脸太严肃，郝聿怀只得坐直了。可这段视频在他心里生了根。

其实，当妈的才是天天看着孩子的脸色过日子。宁宥虽然见儿子不再问了，可心里怎么都放心不下，不时偷偷看一眼他在想什么。可偶尔抬一下头，却瞥见陈昕儿在车厢连接处偷偷摸摸打量她，见她抬头便一闪而过。宁宥怒了，她今天本来就郁闷，偏又被陈昕儿不断骚扰，更是难以抑制，索性走过去追上陈昕儿，直接问道："你一再对我提不合理要求，我一再满足你，可你还想怎样？"

"我……我没……"陈昕儿试图否认，也试图逃离，可火车走道太小，腾挪不顺。

"你有不合理要求不如直说，我念在你最近遭遇坎坷，愿意满足你一部分不合理要求。但你别偷偷摸摸好不好？我儿子在，不是我一个人，我不放心。你到底还想怎样？"

"你别咄咄逼人，这么多年是我一直在受委屈。"

"委屈个鬼，你一等座，我二等座，谁比谁强哦。说吧，要什么，不说就别来偷偷摸摸了，爽快点儿。"

陈昕儿一直顾左右而不肯言，可出路被宁宥堵着，无奈之下，才期期艾艾地道："简……宏成也在老家呢，我就是想确认你到底有没有打电话告诉别人我的行踪。"

宁宥听了有点儿吃惊："放心吧，我自家的事都忙不过来呢，没见我这阵子焦头烂额吗？"

陈昕儿愣了一下，过会儿才"噢"了一声："也是。可是……"她眼神复杂地盯着宁宥，"可越是软弱的时候，越会急切地寻找依靠。"

宁宥看了陈昕儿一会儿，严肃地道："陈昕儿，我为你今天说出这句话感到惋惜。既然今天你清醒，我也跟你说几句人话。想当初你刚大学毕业，工作第一年便被选为优秀员工。第二年即使工作繁忙，又有新岗位培训，你依然报考注册会计师，并一口气通过三门。当时的你容颜靓丽，能歌善舞，业绩出色，谁要是跟你说找个男人依靠依靠，你会大声笑出来。现在你怎么反而大步倒退了？高中时期，你的成绩虽然不是一流，可大家都认可你是合格的团支书。你有强大的组织能力，你值得信赖。现在看看你的脸，你的能力呢？你的自信呢？你的容颜呢？你甚至都不敢见熟人。别跟我说全因为简宏成，我家老公出轨甚至坐牢，我都还死皮赖脸地活着，更不奢求依靠，反而努力成为大家小家各种家的支柱。你的遭遇不会比我惨，可你看上去比我惨得多，建议你照照镜子好好看看你的脸。最后，怕你听不清楚，替你把重点思想理一理——活到这年纪，唯有靠自己，死心吧。"

"你的意思是让我脱离简宏成，独立过日子？"

宁宥摇头，随即用手指指脑袋："独立在这儿，这儿！明白了吗？我管儿子去了。"

"那你的意思是，我不用脱离简宏成？"

宁宥只能一声惨叫："妈呀！"头也不回赶紧溜，此刻觉得自己多嘴了。

可陈昕儿追着大声问："你答应不会联络老同学！"

宁宥干脆连回答都不敢了，举手比画一个"OK"，继续溜。

陈昕儿这才点头，斜睨着宁宥的方向，嘴角露出一丝微笑："我有强大的组织能力！"她不由得握紧拳头，给自己打气。

宁宥完全没想到她的劝告完全打歪了方向。

宁宥回到自己的位置，却见儿子在与他舅舅通微信。她想看看，郝聿怀却一扭身，将手机背对她。幸好，信号中断了。宁宥不由自主松口气，假装若无其事地问："问出来了？"

"舅舅狡猾。"

"嘿嘿。"宁宥知道瞒着儿子，只会让这猢狲更出尽百宝地去挖掘原因，只得道，"别挖空心思了，我妥协一下。还记得你爸刚被捕那天晚上我跟你讲的故事吗？"

"你小时候的事？记得，很苦。"

"喏，录像上的女人就是那个被我爸爸刺伤的厂长的女儿。她后来好像有出不完的气，追着我们打，打得我们都没法活下去。我脑震荡，我们搬家，我们改名字，都为了躲她。"

郝聿怀紧紧盯着妈妈，满是同情，却还是坚持道："可现在舅舅打女人……也不对。"

“你说得对……”

郝聿怀抢着道：“刚才舅舅也说我对，可为什么你们都认为我对，电邮里你却说打得好，舅舅还回你一个笑脸呢？”

宁宥噎住了：“你看，你乱刨坑，刨得妈妈的美好形象碎一地了是吧。”

“其实你可以告诉我，做点儿小坏事是挺快乐的。然后，以后你也不能对我要求太高了。”

“这孩子谁生的啊？太精怪了，我吃不消。”

郝聿怀得意地笑，身子一扭，靠到妈妈身上，开始打游戏。这动作，自打他认为他是中学生，是大人之后，已经好久没做了。宁宥这才放心，似乎那段录像并未破坏母子间的关系。

简宏成一整天都在替简敏敏奔走，几乎发掘出他在本地的所有关系，只为将张立新捉拿归案。可下午时，他在新力的线人来电，有位外来的副总经理走马上任，看来是简敏敏的朋友。

简宏成完全不放心，想都没想，就赶去新力，却见大门口已经有几位工人在动手敲掉原本钉在花岗石上的“新力集团”这几个铜字，而铜字下原本修剪出“新力”两个字的黄杨树则是早被剃了光头，留下断枝残叶。简宏成心说真绝，做得真迅速彻底。可他没想到的是，更绝的还是针对他的，门口保安拦下他的车子，说是老板通知，不让他进门。

过了好一会儿，简敏敏才亲自从新坐稳的办公室里走出来，大驾亲临大门口，看望并慰问晒在太阳下的简宏成同志。简宏成坐在他的车上，眯着眼看着简敏敏走近。他不下车，只是降下车窗问：“过河拆桥了？想好九千万元怎么还了吗？”

简敏敏抿嘴轻蔑地一笑：“我只要把债务重组一下，拿原本就不属于我的张立新的股份引入一家好合作企业，有什么不能解决的。你，跪安吧。你只要把张立新抓回来就行了，别想插手我简明集团的事务。"说完，便毫不留恋地扔下简宏成走了。

简宏成完全惊住了，竟是一时想不出如何回答，眼睁睁地看着简敏敏离去。

宁恕非要在新开的五星级酒店请一家人吃饭。大家坐下，座席中的孩子自然是众人的焦点。宁宥见儿子反正有人管了，便溜达出来找洗手间洗手。宁恕见此，等了会儿跟出来，等宁宥出来便半路拦截。

宁宥会意，笑道："是明天我陪妈妈去探望唐叔的事？这么迫不及待？"

"你一定要去？忘了他的丑陋了吗？忘了那些风言风语了吗？"

宁宥深深看着弟弟，好一会儿才道："当时我们家，有心的帮不上忙，比如外婆家；有能力的却唯恐避之不及，因为我们这个只有妇孺的家是眼看着起码十几年不会有起色的，谁都知道沾上就是大麻烦，而且是甩不脱的大包袱。人说救急不救穷，我们当时就是谁都不敢救的穷。一个一无所有、连工作都被简家屡屡打掉的女人，除了出卖色相，你想想还有什么办法获得救助？"

宁宥说到最后的时候，忽然莫名其妙做了个动作，只见她微微垂下颈子，浑身显得娇娇怯怯，却在无助的脸上飞出一道勾魂媚眼，直射宁恕。

宁恕本来有一肚子的话要与宁宥争论，可一见这媚眼，下意识地避开眼睛，浑身不自在地观察周围有没有人看着："你……你干吗？"

宁宥冷笑道："妈妈当年就是这么回事，把唐叔从稍好的朋友培养成铁杆朋友，但只差红线一步。要不然，谁哪来的动力一帮就是十来年？"

宁恕怒了，压低声音厉声道："你胡说，不许乱说！"

宁宥则是继续冷笑道："你又不是灰灰，灰灰那年纪还认识不到黑白之间的灰，比如你打简敏敏耳光那事，我在灰灰面前只好认错。你就别装嫩了。是事实，你得认。唐叔不管是心甘情愿也好，是糊里糊涂也好，他被我们利用了十来年，我们靠着他才活过来，我们怎么都不能装不相干。"

宁恕更怒，可他有些无措了，因为他知道宁宥不会乱说，何况是事关妈妈清誉："你……你……不要想当然，你当时才多大，你能懂多少？"

"我比你大，我是女生，本来就是比你懂。你好好想想吧，回头别忘了来结账。"

宁恕目瞪口呆地看着姐姐离去，无法动弹。怎么可能？

陈昕儿刚好也入住了该酒店。她收拾完毕，便去餐厅吃饭。可她心中有计划，于是出电梯后便四处走走看看，了解环境。像她这种衣着俨然的，自然是不会有人上来盘问的。很巧，她看到发呆的宁恕。她觉得此人眼熟，可她并不愿被熟人看到，赶紧脚底抹油走得飞快，逃到拐弯看不见宁恕了，才放下心来。可回想一下，还是记不起这个男的是谁。她这两天睡眠不佳，有些记忆不良。

但她并未在餐厅用餐，而是找到主管询问有无二十人左右的包厢，明天用。以往，这种订酒店、订桌之类的事，她只要一个短信发给简宏成的助理，自有助理不仅将地方订好，而且安排车子接送。因此，当她自己出面时，一时有点儿不知谈些什么，想一句，问一句，慢吞吞的。幸好酒店的主管训练有素，什么客人都应付得来，有针对地向陈昕儿做出推荐。于是陈昕儿很快发现这事儿并不难，说话便利落起来，问题竟也是源源而出。很快，她便签字订下包厢。

离开后，陈昕儿脸上有些欣喜，想到宁宥说她有很强的组织能力，果然，被简宏成的助理渲染得多难、多不容易、多需要多头兼顾的活儿，其实不难。

带着自信的喜悦，陈昕儿来到曹老师家里。她在老师家门口踱步良久。及至一位楼上的邻居上楼后又下来，再次见到她，面露惊异，陈昕儿才连忙敲响曹老师家的门，免得被路人询问。

曹老师打开门见到是陈昕儿，很是意外，竟是怔怔地扶住门看了陈昕儿好一会儿，那眼神很复杂，但里面的内容绝对有慈爱，看得陈昕儿鼻子一酸，眼泪扑簌簌落了下来。曹老师连忙让陈昕儿进门，拿纸巾放到陈昕儿面前。

"陈昕儿，好多年没见了，这回是跟简宏成一起来的？"

曹师母听到声音走过来看，一见就惊呼起来："哎哟，陈昕儿，好久没见，好久没见。吃饭了没？刚回来的？别哭，别哭，怎么了？"

陈昕儿心里设想过与曹老师两口子的见面，设想的所有场景中，唯有这关切是缺席的。她以为曹老师和师母会问她为什么躲那么多年不敢来见，为什么将日子过得如此混乱，甚至都已经忘记她的名字，等等。可想不到，连师母都叫得出她的名字。她猝不及防，"哇"的一声大哭起来。

曹师母赶紧给陈昕儿倒茶水、递热毛巾，然后，老两口坐着看陈昕儿哭。曹老师本来就长得近的眉毛更是连在一起。

曹老师等陈昕儿的哭声小了点儿，才开口和蔼地道："才今天早上，简宏成给我来过电话，说他在这儿，明天过来看我。你跟他不是一起来的？"

陈昕儿摇头："不是，他……"一说起来，陈昕儿满腹委屈，一肚子的话。她忍住哭，道："曹老师，我本来没脸见您。"

"说什么呢，快别哭了，有委屈告诉我，等明天简宏成过来，我问他。"

"我……曹老师，我不想提他。本来昨天我们已经在结婚登记处，结果他又借口走了。我对他……不指望了。"

曹老师夫妇都大惊，难怪陈昕儿一见面就哭，哪个女人受得了男人在结婚问题上如此出尔反尔。曹老师道："明天简宏成来，我批评他。"这一回，对简宏成宠爱有加，几乎当儿子对待的曹老师将"问他"改为了"批评他"，连曹老师都不认同了。

　　陈昕儿摇头："算了，不提他。曹老师，我正在加拿大坐移民监。我想以后就定居加拿大，可能不大会回来了。明天是我生日，我想请大家吃个饭，算作辞行，以后见面可能性不大了。但……我这几年羞愧交加，一直躲着没敢见同学们，怕大家不肯来见我最后一面……"

　　"什么最后一面，现在又不比过去，现在视频聊天都行啊。别说丧气话。"

　　"是我心碎了。可我又好想见见同学们，我们（3）班曾经是多相亲相爱的团体，即使这么多年了，我还一直想着，叫得出每一个同学的名字。我只想去加拿大前再见他们一面，可我不敢，怕他们一个个都问我跟简宏成的关系。曹老师，请您以您的名义帮我邀请，好吗？不管您用什么理由，只要不提起我，省得他们问起什么，我实在没心情回答。请帮帮我。"

　　是简宏成将陈昕儿变成这样！曹老师有种儿子对不起别人家闺女的内疚，他毫不犹豫地同意了："好的，我来联系。正好我暑假要去美国帮我儿子管孩子去，听说他们也帮我们联系了老年公寓，如果看着好，以后我们可能也不回来住了，跟儿子去住。我也想叫大家聚一起见个面。我这就来。"

　　曹老师换上老花镜，却以老年人少见的时尚手法摸出一个苹果手机，翻开通讯录："这手机是简宏成过年送给我的，我先打给他，让他明天白天不用来了，晚上一起去你包厢吃饭。要叫上他吗？"

　　陈昕儿想了会儿，点头："也算上他吧。"

　　曹老师便开始认真地打电话。毫无疑问地，只要是在本地的同学全都答应出席。这就是当年曹老师掌舵，简宏成男主外，陈昕儿女主内的（3）班，特有凝聚力。陈昕儿放心了。

简宏成吃完饭上自己的车，见了司机，才想起晚上还有个睡觉问题摆在眼前。他忙一个电话打给田景野："我今晚睡我弟弟那儿去，你那狗窝的钟点工该换了，太差劲。"

田景野笑道："我家的钟点工是我，好不好？等着，我喝醉的时候会打扫。我现在应酬，不理你。"

简宏成却没笑，想了想，道："我刚刚的饭局是跟一个老朋友，本意是想请他帮我查查我姐新招的副总是个什么角色，结果他给我一份刚整理出来的资料。我得找个僻静的地方好好推敲。明天曹老师饭局上见吧。"

田景野依旧是不正不经地调笑："明天周末啊，你竟然一整天时间都不理我？要不要我给你安排一些活动？"

简宏成却实打实地道："这两天的时间都扔在闲事上，我自己公司的事肯定堆积如山了，明天再不处理一批，有人得造反。有个客户等不及，买机票追到这儿来了。唉，知道我的线人怎么形容我姐公司的新副总吗？三十出头，中等偏矮，衬衫袖子被发达的肌肉撑得满满的。我怎么觉得像条小狼狗啊？"

田景野道："班长，我看你清官难断家务事。你不如明天好好想清楚，你到底试图达成什么目的。如果只想为你姐好，她身边出现一条小狼狗，你就祝她'性福'；她有债务重组计划，你就乐观其成。你有什么底线，你也直接告诉你姐，让她别试图挑战。别皱着眉头做救火队员，都是成年人，你该放得放，让她摔个半死也是她活该。"

简宏成不禁"嗯"了一声："对啊，我只有一个目的。有数了，谢谢提醒。"

前面的司机不由得回头偷瞧一眼老板，难得见老板有不大精明的时候。

简宏成让司机载他去简宏图家，他等不到到家就翻看调查公司的朋友给的前段时期调查宁恕的蛛丝马迹。调查报告前面写着：对宁恕先生，我很难确定他想做什么，在做什么，唯有将他的行踪记录下来，请简总判断。

宁恕很忙，他的行踪记录有几天跟布朗运动似的，显示出充沛的精力。简宏成却仔细审阅，一边用红笔画出可疑部分。

而在简宏图的家里，简宏图接到哥哥要来的通知后，便飞一样地赶回家，先楼上、楼下查看一遍，然后一举冲进淋浴房，把身上的烟酒味冲掉。洗完澡出来，他拿手心挡住嘴巴哈了口气，闻闻有无酒味。他自己觉得没有，可难保哥哥闻不到。他眼睛一转，下楼进厨房摸出一头蒜，拧住眉毛吃下去一瓣。顿时，生人勿近了。

等简宏图将一切处理完毕，他哥大驾到了。但显然他是白处理了，他哥几乎只是匆匆扫他一眼，两只眼睛又回到一本资料上，径直坐到沙发上继续看。简宏图连忙将一杯水端到哥哥旁边放下，却不敢吱声，老老实实地坐在对面。

过了会儿，简宏成没抬头就问："你的仓库在老松树街88号第67门？"

"是啊，怎么了？"

"最近有没有发现异常？"

"没。怎么了？"

简宏成往前翻看，红笔历历标示出宁恕多次于下班时间光顾67门对面的仓库，不知做什么。他将资料合上，定定地看着简宏图沉思。简宏图被他看得浑身不自在，问道："到底怎么了？"

"换个仓库，离老松树街远点儿，行动保密，以后哪个朋友问起，都别提新仓库在哪儿。暂时先这样。我到楼上打电话找个人，你给我立刻行动起来。"

简宏图莫名其妙地看着哥哥上楼去，可他只能照做。

简宏成上楼，将自己关在书房里，拿出手机调出宁宥的号码，却久久不敢按下去。过了好一会儿，才眼睛一闭，将拨打键按了。可铃声响了三声，电话就被按掉了。简宏成不知道宁宥正与妈妈、弟弟一桌子吃饭，以为她从此以后不再接他电话，心里难过了一下，便立刻发条短信过去："不是有意唐突你，是想跟你谈谈宁恕，要紧。我周日回上海，请约个时间、地点。"

输入之后，又轻读一遍，确认不算唐突，也已经把事情说清楚了，才点击发送。

那边，宁宥展开一看，心脏便猛跳了。

宁蕙儿只顾着管外孙，哪还有空看女儿。宁恕则是一直有些心不在焉，却也看到了姐姐脸色的变化："怎么了？眉毛都竖起来了。"

宁宥看看宁恕，又看看她妈，起身道："我去打个电话。"

宁宥走后，宁蕙儿这才问儿子："你们刚才在外面偷偷说了什么？"

宁恕犹豫了会儿，道："明天早上，我和姐一起陪你去吧。"

"噢。"宁蕙儿笑了，"你去最好了，最好了。"

宁恕不由得看着妈妈眼角慈眉善目的皱纹，满脑子却是宁宥刚才的那个媚眼。他心里很是无措，可他告诉自己，他是宁家唯一的男丁，他不能乱了阵脚，他得撑住这个家。

宁宥接通简宏成的电话，虽然果断地问，但声音轻轻柔柔的："我弟弟的什么事？电话里谈可以吗？"

"或者视频吧，我这儿的电脑可以连线。我还有些资料，非要紧事不会找你。"

宁宥道："我这两天回我妈家呢。知道你也在这儿。我明天有些事要处理……"

"不如我后天顺路捎上你，路上谈。别介意，我现在没什么想法。"

"不了，谢谢。不如一个小时后吧，我在万豪café（咖啡）。"

简宏成放下手机，心脏竟是嗵嗵嗵地猛跳。他赶紧收拾了资料出门，根本等不到什么一个小时后。

宁家四口结束晚餐后，宁宥送走他们三个，看看时间还早，就在大厅溜达了一圈，才前去咖啡厅。以为简宏成从别处赶来会稍晚点儿，却见简宏成桌上的咖啡已经喝掉一半。

简宏成则是一直对着入口坐，一见宁宥进来，便不由自主地站起来，站着，却思想斗争着，不知这么做是不是算热情到唐突。可既然站起来，他就没打算坐下去，直到宁宥坐下，他也才坐下。宁宥过来，只是冲他微微一笑，便默默坐在他的对面。服务员跟着过来。宁宥微微侧脸点好喝的，又是对服务员微微一笑，才罢。简宏成完全是不由自主地一直盯着宁宥，直到宁宥扭回头又看向他，他才想到不妥，收敛了心中的想法。

简宏成眼睛小，他低垂着眼皮，几乎是闭上眼睛了，不过这样的遮掩方便他开口说话："我姐电梯挨耳光那天那个时间段，宁恕正好也出现在那大厦。宁恕几乎是定时出现在我弟弟公司仓库周围。我不知道宁恕想干什么，我想知道的是，跟你谈有没有效果。如果没效果，我直接找宁恕。"

宁宥大惊，简宏成的三言两语完全超出她的认知："你……你说得详细点儿，怎么回事？以及你怎么知道的？"

简宏成看着宁宥的反应，不由得长吁一口气："你不知内情，让我感觉好很多。我意识到宁恕有问题，首先想到的是与你开诚布公地沟通，寻找解决之道，希望你也是同样的态度。上一辈的恩怨我不想评论，只希望我们都向前看，尽量放开胸怀。我对宁恕的怀疑始自我了解到你和宁恕究竟是谁之后，他的身份触发了我心里的一个谜团，他为什么强拗着想做我弟弟简宏图的朋友，其中似乎有不怀好意的成分。对不起，我不是多心，我自诩看人很准。"

宁宥依然是惊讶："宁恕与你弟弟？会不会搞错人？宁恕工作很忙。"

简宏成道："我对我弟弟说的话也不是很放心，才会请个朋友帮我调查一下。对不起，就是俗称的跟踪。这是我必须有的警惕。这本是调查报告，其中重要部分我已经用红线画出。"

简宏成将一本资料推到宁宥面前，宁宥将手放到资料上，却是想了会儿，将资料推回。这个动作，又让简宏成万分欣慰，她信任他。

"不看看吗？"

"不看了。我会跟宁恕谈谈。"

"还有一件事，从这份记录看出，宁恕跟一个江湖人士走得很近。这个江湖人士最近正好与我姐有经济上的来往，我姐在来往中蒙受巨大损失。我分析经过，总感觉江湖人士身后有熟悉我家内情的幕僚。我怀疑宁恕，但没有直接证据。如果宁恕有参与的话，请他收手。我到目前为止还不想为难他。但如果我想动手，对不起，我不会再通知你。"

"江湖人士？"宁宥眼睛已经瞪得滚圆。她有点混乱了，只好从包里掏出本子做一下记录，以免遗漏那么多的重点。

简宏成看着宁宥记录，暂时不说话。他压根儿没看到陈昕儿也进了咖啡厅。陈昕儿大功告成，才有了饿意。可她拐进咖啡厅就一眼看到宁宥与简宏成在一起。她很想冲过去揭穿宁宥在火车上与她信誓旦旦发的誓，可她怕简宏成发火，影响明晚的计划。但她又不愿离开，她得盯着。她叫了吃的，等她吃了两口，一直对着她坐的简宏成都没发现她的存在。陈昕儿心里当然明白为什么，因为简宏成对面坐的是宁宥。宁宥就像黑洞，将所有周围的光线都吸入黑洞。陈昕儿怒火中烧，可还是忽然清醒过来。她有计划。她忍下这口气，挪到背光处。

简宏成等宁宥合上本子，才道："对，江湖人士。不管宁恕是出于什么目的接触江湖人士，都对他有害无益。别被武侠小说迷惑了。"

宁宥一愣。她只知道宁恕看上去已经给简家造成巨大损失，想不到简宏成还在提醒宁恕当心。她不禁重新认识简宏成："谢谢，我会跟宁恕谈。"

"好。"简宏成拖了许久，才接着道，"其他没了。"

宁宥却是怔怔地看着简宏成好久，才道："谢谢。很多事，很多年，都谢谢。"

简宏成觉得自己很明白这句话背后的意思，他不禁微笑了，看着宁宥起身走了。

宁宥低头满腹心事地离去，完全没心情留意周围。陈昕儿很想起身拦住，却不敢现身。她又看向简宏成，见简宏成什么都不干，就坐在那儿发呆，一张脸却微笑得能滴下蜜来。过了会儿，她见到简宏成又皱起眉头，有些消沉的样子，继续发呆。陈昕儿知道，那五味俱全的表情，叫由衷。简宏成从未对她如此七情上脸过。

宁宥才刚走出宾馆大门，就接到电话，是宁恕让她就地等着，他这就从停车场过来捎上她。宁宥心中觉得不妙。

果然，一会儿宁恕开车过来，宁宥即便是隔着玻璃窗都能看见他一脸的别扭。门童帮开了车门。宁宥想缓和一下气氛，上车就若无其事地跟宁恕道："回娘家待遇真好啊，晚上出门还有人管接送。"

"嗯。"宁恕沉默了会儿，没等到宁宥接腔，等不住了，就暴躁地道，"早知道不来了！"

"哟嗬，会撂狠话了啊？你只看到我跟简宏成见面就发狠，你要是得知简宏成跟我面谈的专题是你，会不会把我拉到荒野里扔了？"

宁恕一愣，正好车子到红灯前，他忘了减速，差点儿撞到前车时才险险猛踩住刹车，惹得两人都往前乱扑。

在弟弟面前，宁宥一点儿不掩饰伶牙俐齿，人还趴在仪表盘上呢，嘴上早麻利地道："慌了？你做了些什么，简宏成了如指掌。可你敢不敢让妈知道？"

"简宏成知道些什么？"宁恕强自镇定。

"你跟一个江湖人物勾结做的那些事，你绕着简宏成弟弟仓库做的那些事，还有你打简宏成姐姐的那个耳光，等等，我记不住那么多了。我不想见简宏成，更不愿接受他的好意，可事关你，我不得不接受。所以，收回你的臭脸，开车吧，后面车子都按半天喇叭了。瞧你紧张的。"

宁恕索性将车拐到路边停下，激动地道："耳光我打了，简家的损失已经造成了，我很高兴，怎么了？简宏成招架不住，想通过你来威胁我？有种他放马过来跟我对着干。"

"简宏成要真是你嘴上说的招架不住，你急刹车做啥？绿灯亮了半天为啥你没看见？别强充好汉了，收手吧，你不是对手。"

宁恕被戳穿了，急道："那你想怎么样？每天像你一样冲简宏成伏低做小赔笑脸、装可怜？我自己做事自己当，不用你在简宏成面前做无用功。"

"对啊，我忘了你不是灰灰，你长能耐了，我挡在你前面干什么，该你管我能见谁不能见谁了。你牛，就知道冲我这老弱妇孺使脸色、发脾气。你干吗瞪我？在家里人面前使性子，你能啊，真长大了，真长能耐了，真不愧是宁总，一方诸侯，了不起……"

"你甭挤对我，你才不弱，郝青林在你面前全无招架之力，你一直压着郝青林一头，你还自以为委屈呢……"

"你说什么？你再说一遍！"宁宥不禁想到郝青林骂她是披着羊皮的狼了，不由自主地浑身细胞进入一级战备。

宁恕也火大得口不择言："郝青林外遇时，妈就跟我议论过，你其实是厉害人，郝青林是结婚后被压得死死的才发觉货不对板……"

宁宥听得怒火中烧，打开车门，又一脚踢开，下车走了。

宁恕愣了一下，立刻噤声，到底从小到大姐姐的余威尚存。可他愣了会儿，便一声不响地狠狠甩上车门，开车扔下宁宥走了。当他憋着一团火气回去，找半天找到一个车位停住车，下车关上车门，才想到坏了，说是接人的，现在他一个人怎么能回家。可他也不愿低头回去找，抱臂坐在对着楼道入口的喷水池石阶上生气。

一阵夜风吹过，宁恕忽然听到身后有窸窸窣窣的声音，不禁警觉地回头，等看清背后是波光粼粼的水池，才想到这个位置的背后不可能有人，可满手臂的鸡皮疙瘩已经粒粒爆绽。摸着手臂上的鸡皮疙瘩，宁恕心头的寒意渐渐升起。宁恕终于意识到，在对简家的战局里，如今，他也站到了明处。而且他都想不到简宏成已经闷声不响地对他调查了好久，知道了那么多。他觉得，今天简宏成会见宁宥，与其说是威胁，更不如说是递上战书。往后，站在他面前的，将不再是简敏敏，而是简宏成。

宁恕狠狠按压手臂上的皮肤，试图压平爆绽的鸡皮疙瘩，可徒劳无功。他开始恨自己的胆小如鼠。果然被姐姐戳中，他似乎从小到大都逃不过姐姐的锐利眼光。

宁宥愤怒地在暗夜行走，可她没走几步就在遮天蔽日的树荫下害怕了，连忙转身寻找安全的地方。可万豪已远，只得避入旁边一家咖啡店。

坐下缓一口气，刚才的愤怒倒是被恐惧卷走了，心里却是越想越不是滋味，连她妈妈都在郝青林外遇后认为是她太厉害，这不正呼应了郝青林认定的她是披着羊皮的狼了吗？可她害过谁呢？未出嫁时，她兢兢业业担起几乎所有的家务，而且为了照顾幼小的弟弟，她放弃初中考取一中的录取通知，继续在乡村初中读书，幸而中考还是考上一中。嫁人后也是撑起一个家，家务、理财、养育后代，所有大的、小的决策，哪样不是她英明决断。结果大家反而都是被她侵权了的样子，都无比委屈，反而是她浑身都不对。她将想法写入短信，想发给妈妈，可最终还是一叹而止。她妈妈也活得不易。

这时，田景野打来电话："宁宥，明天什么时候到？明晚上曹老师设宴聚餐，过不久曹老师要去美国与他们儿子团圆，很可能住那儿了，他想跟我们话个别。我想起你明天也在，明晚有没有空？不如也过来坐坐。不过简宏成也在，你要想清楚了。喂，怎么我说半天你回一声都没有？"

"流落在外，生我弟弟的气。那家伙越发不服管教了。"

田景野扑哧一笑："你弟弟多大了，你还管教他？来不来？明晚上万豪。"

"又万豪。"宁宥不过是随口说一句，可一说出来，却觉得大有深意了，"哎，谁定的万豪？曹老师不会定那边，太奢侈。"

"还能谁定的，肯定是简宏成呗。"

"反正有鬼，我现在气得头昏脑涨，想不清楚。你找简宏成商量去。"

田景野哈哈大笑："来不来？一起看鬼。你要还在生气，干脆捉鬼。"

宁宥闷声不响地听着田景野说笑，一口气憋在那儿，就是不吭声。田景野忍不住问："真那么大火气？"

宁宥终于忍不住问："我是不是只披着羊皮的狼？我害谁了？"

田景野一愣："你在哪儿？一个人吗？我立刻过去。"

"不用，你只要回答我 yes or no。"

"你……不好惹，但也不主动惹人。但谁说你是狼了？你不凶残。"

"郝青林。"

"哦，他。他摆不正心态。你太周密，很多时候又看得太透，比我们很多同龄人成熟，我看他在你们家大事小事完全没话语权。他好歹也是个出色的，十几年下来，难免不服。但实际也说明他不是块料，要换作简宏成，简大爷心理强悍，干脆赖皮赖脸躺倒了让你管个够。你说呢？"

"别又扯上简宏成。算了，是我白生闲气。明天我看看安排，可能过去跟曹老师告别一下就走，避嫌。但……"宁宥不禁想到也住万豪的陈昕儿，更想到陈昕儿在火车上一而再地浑身焦虑地要她发誓不透露回老家的信息，她心中略有所悟了。可她既然已经发誓不说，当然还是想遵守的，只得道："明晚聚会有鬼，直觉，有热闹看。"

"那你更要来了。我给你留着位置。"

宁宥与田景野结束通话后，一个电话给宁恕："快来接我，就在你丢下我那里附近的咖啡店。别——不——服！"

"为什么要服？是你先打了我的电话，你主动。"可宁恕一边说，一边起身大步走向车子，只是忍不住警惕地往四周看了一眼。他不打算放弃，那么从今天起，他得注意人身安全。

宁宥没有辩论，而是坐着等。一直等到宁恕来到面前。她让宁恕坐下，清晰、绝不含糊地道："我们就简家的事划一条底线。无论你怎么动简敏敏，我没意见，但你不能伤及简宏成兄弟。"她伸手压下试图争论的宁恕，"客观看爸爸当年的刺杀与简家父亲当年试图解雇爸爸，爸爸的罪过远远大于简父的，即使爸爸已经伏法抵偿，我们依然愧对简家，毕竟是爸爸的冲动导致简家父亲早逝以及简宏成兄弟历经坎坷。简敏敏是例外，不能因简敏敏的个人行为而牵累简家全体，你认可吗？"

宁恕道："我不认可。既然你能把简敏敏的个人行为从简家全体划分出来，为什么我不能把爸爸的行为从我们家划分出去？简敏敏当年有如此丁是丁，卯是卯的区分吗？毫无疑问，一人做事，全家承担，包括现在。我打击简敏敏，但据说深受简敏敏之苦的简宏成在全力挽救简敏敏，可见一家人无法有机切割。"

　　宁宥无法反驳，她只能看着宁恕，无奈地道："我担心你。我很相信，你只能撼动一下简家，但简家能要你的命。钱可以解决很多问题。"

　　"我会保护好自己，但我只会用进攻性的防御。而且我会声明，我的事与你和妈妈无关，我一人做事一人当。"

　　宁宥看着弟弟，摸出包里的化妆镜，让宁恕看镜中的人："我更担心的是你的心，相由心生，你看，你的脸上已经露出狰狞。为什么不放下过去，静下心来过自己的日子？你一直没稳定女朋友，不结婚，是不是也因为放不下简敏敏？过好自己的日子，比什么都重要。"

　　宁恕看了一眼镜子，立刻扭开脸去，不肯再看："姐，你和妈辛苦那么多年，总算把我们家从泥淖里拖出来。现在，该是我负责洗去粘在我们全家人身上的臭泥巴和心里的憋屈。否则，忍着那么多憋屈你们没法正常生活，起码我不能。"

　　宁宥道："不用算上我。我以前是没能力，不得不放下，现在是有能力，但已不愿追究。生活里很多坎儿你是永远都弄不清怎么会落到你头上，也怎么都解决不了的，绕过去也是通过。通过了，自有海阔天空，不愿再回头。相信我。"

　　宁恕道："姐，人各有志，我放不下。爸爸出事时我还小，很多事情我记不得了，但有一事越来越清晰，越清晰越是增强，就是爸爸出事那天早晨，你说爸爸会被我的调皮气死。小时候我一直以为爸爸是被我气的才会去杀人，我不敢跟你们说，怕你们责怪我，把我扔掉，只好独自提心吊胆。等长大后知道不是那回事，可有些东西已经在我心里生根了，无法放下。"

听到这儿，宁宥的眼泪抑制不住地流下来。

回家的车上，宁宥告诉弟弟："你不放弃报复的决定，由我知会妈妈，还是由你自己说？必须让妈妈知道，让她心理上有防备，也在安全上有防备。"

"你跟妈说吧。妈比你还专制，三言两语就跟我谈崩。"

"好。还有简宏成那儿，简宏成没有不宣而战，甚至善意提醒你与那个江湖人物的接触是双刃剑。既然他光明正大，我也不能畏缩，我会通知他你不放弃。"

宁恕沉默了会儿，才道："说吧，去说吧。"

"最后，我敬佩简宏成，希望你看在我的分儿上对他留三分情面。"

宁恕不由得瞥宁宥一眼，但果断地道："不！"

宁宥也不强求，当着宁恕的面拿出手机通知简宏成。她今天从简宏成那儿感受到做事光明正大的力量。

简宏成已经回到简宏图家里。因为简宏成在，简宏图这两天晚上就哪儿都不去，"贤惠"地守在家里，等待简宏成随时进出。因此，现在简宏图就坐在简宏成边上的单人沙发上。宁宥电话进来时，别墅大门也被敲响。简宏图去开门，简宏成一边接通电话，一边朝着厨房走，随手将身后的一道道门关上，不让简宏图听见。

"宁恕不打算放弃。"宁宥开门见山。

"知道该是这个结果。谢谢你通知我，但还是请他三思。既然他如此放不下，请他将心比心想一想，作为绝对的受害者——我，之前这二十多年对令尊的恨有多强烈，积蓄怒火爆发出来也有多强烈。他一小白领承受得起吗？我都愿意为了你放下，他为什么不替你和令堂大人想想？"

宁宥无语了，过了好一阵子也想不出该怎么回答，默默将电话挂了。

简宏成只得对着手机无奈地道："可怜你得夹中间左右为难了。"

他又一道道门地打开回去客厅，却见田景野坐在他原来的位置上："你怎么来了？"

"我今晚又没喝醉，没动力打扫卫生，可家里乱得没处落脚，只好到你弟弟家里投宿。摆着个臭脸干吗？有事跟你商量。"

"我也正好要找你。我姐那边的事儿，从今天开始你退出吧，什么都别管、别问了。事情发展下去可能会让你左右为难。"

田景野立刻了然地道："我已经跟阿才哥明说了，我跟你是'青梅竹马'，跟他是'半路夫妻'，感情不同，自然有所偏心。呵呵，别为我犯难，这点儿小事都摆不平，我还混什么混。"

"不是你的事，具体……我还没想好，想好再跟你详细说说。原来我也是个感情用事的人，才知道。"

田景野扑哧一笑："好吧，不说就不说，臭渣男。再说明晚曹老师摆宴万豪的事。我最先什么都没想，结果宁宥一口咬定有鬼，我才慢慢想起来，兴许还真有鬼。结果去万豪找朋友细细一查，还真有鬼——陈昕儿住在万豪。"

简宏成一愣，他压根儿就没去关注一下陈昕儿。而简宏图一听说陈昕儿，立马竖起脖子来了精神。简宏成看弟弟一眼，朝楼梯努努嘴："你该睡去了。"简宏图连忙与田景野道了晚安，不情不愿地上楼去了。但他怎么可能放弃，楼梯一拐弯，他就止步了，伸长耳朵偷听。晚上寂静，他一字一句全听得清晰。

简宏成问田景野："明天曹老师请客是陈昕儿发起的？"

田景野将字条扔给简宏成："陈昕儿的房号，你去解决一下。一会儿跟人订合同先结婚后立刻离婚，一会儿从结婚登记现场逃走，石人也咽不下这口气。死渣男！”

简宏成不肯看，将字条撕碎扔掉：“随便她。我的神经早让她搞疲了。”

“你这么慢待她，我看不下去，毕竟是老同学。虽然我也看不惯陈昕儿，但我愿意为你们居中调停。”

“不要。”简宏成拒绝得非常干脆。见田景野有些不以为然，他又补充一句：“我忙不过来，没空搭理陈昕儿。”

“你儿子的妈啊。”

“我儿子……她只记得赶着跟我办登记，却把儿子丢给我朋友夫妇。我本来就冷眼瞅着她怎么处理儿子，看她不把儿子当回事，只能请朋友把儿子抱回国了。再看看别人，老公出事，她第一时间拼命赶去儿子身边，稳住儿子。别怪我偏心，人跟人不一样。”

田景野只能呵呵了。他晓得那个别人应该是宁宥，必须是宁宥：“那你明天去不去？”

“去。既然是曹老师出面，下刀子也得去。”

“好吧，明天可能宁宥也去。我有好戏看了。”

简宏成皱眉，却没反对，只感喟道：“越是不懂事的人越爱多事。简敏敏如此，陈昕儿如此，宁恕也如此。好吧，让他们都烂出来，妈的。我要招架不住，从此不姓简。”

田景野拍拍屁股起身，笑嘻嘻道：“我走了。你要是不姓简，我同意你姓田，以后被老师罚抄自己名字一百遍，可以比你的简少写好多笔画呢。宏图，可以下楼了，憋屈你啦。”

“别背着我去找陈昕儿。”

“你都懒得管，我多事干吗？”

简宏成跳起身送田景野出门，一眼便看到田景野皱巴巴的裤子：“宏图的钟点工是个稳妥人，我对她知根知底，要不也介绍给你？”

"不要。我只要亲切地跟钟点工拉呱拉呱，宏图的坏水分分钟瞒不住，到时候我是管呢，还是不管呢？就你一个臭渣男已经够让我头疼了。"

"我知道你不希望看到我明天晚宴上被陈昕儿突袭，亲自来一趟是想劝我在陈昕儿这件事上改变一下处事风格。但我不想改变。"

"何必呢，万一被扣个屎盆子，无论你辩还是不辩，总之是臭一辈子了。背后喊你臭渣男的老同学一定不少。"

简宏成就是有本事对"臭渣男"三个字置若罔闻："毫无疑问，明天陈昕儿不管说什么，你对我的看法不会变。既然朋友如此，我何必管她说什么。"

田景野这回收起了笑容，看着简宏成，正色道："你和陈昕儿从未透露过你们交往的细节。如果陈昕儿明天爆出来的内容是你太欺压她的话，我还是会愤怒。想想，我们曾经三年同学，陈昕儿虽然规矩太多，可一直倾尽全力支持你，她对你的感情毫无保留。我虽然烦她，可实在不忍。"

简宏成点点头。送走田景野后，一个人抱臂皱眉站在小区马路上很久。这回，简宏图什么都偷听不到，只能眼巴巴地偷看。可偷看来偷看去，简宏成都只有那一个姿势，简宏图没耐心等了：一向英明神武的哥哥怎么在陈昕儿的事上如此磨叽，这种家常小事应该找他，他周围多的是朝秦暮楚的朋友，有的是甩女朋友的妙招。他在自己卧室门上贴一张字条：哥，我睡了，别吵我，晚安哦。然后，他翻墙从后门出，直奔万豪。

激发个人成长

　　多年以来，千千万万有经验的读者，都会定期查看熊猫君家的最新书目，挑选满足自己成长需求的新书。

　　读客图书以"激发个人成长"为使命，在以下三个方面为您精选优质图书：

1. 精神成长

熊猫君家精彩绝伦的小说文库和人文类图书，帮助你成为永远充满梦想、勇气和爱的人！

2. 知识结构成长

熊猫君家的历史类、社科类图书，帮助你了解从宇宙诞生、文明演变直至今日世界之形成的方方面面。

3. 工作技能成长

熊猫君家的经管类、家教类图书，指引你更好地工作、更有效率地生活，减少人生中的烦恼。

每一本读客图书都轻松好读，精彩绝伦，充满无穷阅读乐趣！

认准读客熊猫

读客所有图书，在书脊、腰封、封底和前后勒口都有"**读客熊猫**"标志。

两步帮你快速找到读客图书

1. 找读客熊猫

2. 找黑白格子

马上扫二维码，关注**"熊猫君"**

和千万读者一起成长吧！